Bernd Frenz
DIE BLUTORKS 2
Der Sklave

Bernd Frenz

DIE BLUTORKS 2
Der Sklave

Roman

blanvalet

FSC
Mix
Produktgruppe aus vorbildlich
bewirtschafteten Wäldern und
anderen kontrollierten Herkünften

Zert.-Nr. SGS-COC-1940
www.fsc.org
© 1996 Forest Stewardship Council

Verlagsgruppe Random House FSC-DEU-0100
Das für dieses Buch verwendete FSC-zertifizierte Papier
Holmen Book Cream liefert Holmen Paper, Hallstavik, Schweden

1. Auflage
Originalausgabe Februar 2010 bei Blanvalet,
einem Unternehmen der Verlagsgruppe
Random House GmbH, München
Copyright © 2009 by Bernd Frenz, Germany
Copyright © der deutschen Ausgabe: 2009 by
Blanvalet Verlag in der Verlagsgruppe
Random House GmbH, München.
Umschlaggestaltung: HildenDesign München
Illustration: © Kerem Beyit
Karte: © Jürgen Speh
HK · Herstellung: RF
Satz: Uhl + Massopust, Aalen
Druck und Einband: GGP Media GmbH, Pößneck
Printed in Germany
ISBN: 978-3-442-26609-8

www.blanvalet.de

INHALT

AUS DER HÖHE
9

DAS RAD DES FEUERS
21

DIE ARENA
141

AUF LEBEN UND TOD
283

Epilog
359

Personenliste
365

Dank und Gruß
367

König Gothar brachte uns die Arena,
doch die Orks brachten uns die Zeit der blutigen Tränen.

SANGORISCHER VOLKSMUND

Nur wer bereit ist zu sterben,
kann den Kampf überleben.

TORG MOORAUGE

AUS DER HÖHE

Scharfe Böen schlugen Feene kalt ins Gesicht, aber das machte ihr nichts aus. Ihr wild umherflatterndes Haar hatte sie längst mithilfe eines langen Lederbandes zu einem Zopf gebändigt, und so blickte sie weiterhin fasziniert in die Tiefe. Von oben aus wirkte die Welt zwischen Frostwall und Nebelmeer ganz anders, als sie es gewohnt war. Selbst für eine wie sie, die doch die Kunst der Levitation beherrschte. Denn all die Höhen, in die sie der Atem des Himmels bereits gehoben hatte, waren nichts im Vergleich zu jener, in der sich die Schwebende Festung ihren Weg durch die Wolken bahnte.

Auf einem schroffen Vorsprung am Fuße der Außenmauer kauernd, sah sie auf den Flickenteppich aus Wäldern, Wiesen und Äckern hinab, der unter ihr vorüberzog. Wie klein und unbedeutend doch alles von hier oben aus wirkte. Besonders die winzigen Menschen, die sich überall mit Hacken, Pflügen oder Äxten darum bemühten, dem kargen Boden genügend Nahrung und Brennholz abzuringen, um ihre armselige Existenz zu erhalten. Fast konnte Feene verstehen, dass all diese Untertanen für König Gothar kaum mehr waren als unbedeutende Spielfiguren, die er nach Belieben übers Feld schob.

Fast.

Noch mehr als diese Distanz, die sie zu dem Gewimmel am Boden verspürte, imponierte der Schattenelfin allerdings die weitläufige Landschaft, die sich ihren neugierigen Blicken so bereitwillig darbot. Flüsse, die sich wie blaue Bänder durch fruchtbares

Grün schlängelten, und riesige Seen, die zu Tränen zusammenschrumpften – all das ließ Feene erschauern. Angenehm erschauern.

Als sie dann Rabensang erblickte, raubte es ihr nahezu den Atem. Sie kannte die Stadt am Rande von Dunkeltann. Feene hatte sie schon einige Male aufgesucht, hatte in ihr gekämpft, gemordet und sogar vor Lust gestöhnt. Doch bei all diesen Besuchen war ihr nie aufgefallen, worauf die kreisrunde Form der Stadt beruhte.

Und woher das Fundament der Stadtmauern stammte!

Ein heftiger Windstoß traf sie so hart wie ein Schlag und wollte sie mit roher Gewalt gegen die fugenlose Mauer drücken, doch die Ledersohlen ihrer Stiefel rückten keinen Fingerbreit von der Stelle. Jeden noch so kräftigen Barbaren oder Ork hätte es längst von dem abschüssigen Sims gefegt, doch solange sie der Atem des Himmels durchströmte, klebte Feene an ihrem Platz wie eine Spinne an der Wand.

Rabensangs Mauern rückten näher und näher. Und mit ihnen die steinernen Gebäude, die auf den Ruinen einer untergegangenen Metropole ruhten. Doch was niemand dort unten wusste, weil es sich nur aus so großer Höhe wie dieser erkennen ließ, war, dass sich ganz Rabensang auf den Resten eines erloschenen Vulkans erhob. Der natürliche Felswall, der den ringförmigen Festungsgürtel trug, war also keine bloße Laune der Natur, sondern das kümmerliche Überbleibsel einer Zeit, in der sich das Basaltgestein noch kegelförmig in die Höhe getürmt hatte.

Unwillkürlich kam ihr der Heilige Hort von Arakia in den Sinn. War es möglich, dass die Macht der Blutorks tatsächlich bis nach Ragon reichte? Oder war das Erlöschen dieses Vulkans ganz einfach nur ein weiteres Zeichen dafür, dass der Atem des Himmels stets über das Blut der Erde triumphierte?

Noch während ihr diese Gedanken durch den Kopf gingen,

erhoben sich die Wappentiere der Stadt von den Dächern und stiegen in dunklen Wolken zur Festung auf. Feene hatte nie verstanden, woher der Name Rabensang rührte, denn die schwarz gefiederten Scheusale, die die Dächer der Stadt bevölkerten, krächzten genauso schauerlich wie im Rest von König Gothars Imperium.

Inmitten des umherflatternden Pulks zeichnete sich ein goldener Schimmer ab, der rascher an Gestalt gewann als die übrigen Tiere. Nur ein besonders großer Rabe mit schwarzblau schimmernden Schwingen konnte es an Geschwindigkeit mit dem so metallisch glänzenden Vogel aufnehmen. Den halb geöffneten Schnabel angriffslustig vorgestreckt, schnitt er der Taube den Weg ab und versuchte sie im Vorbeiflug am Hals aufzuschlitzen.

Gothars fliegender Bote ließ sich davon nicht beim Aufstieg beirren. Erst im allerletzten Moment, kurz bevor sich die Flugbahnen der beiden Tiere kreuzen mussten, kippte die Taube scharf zur Seite ab. Statt weiter ihren ungeschützten Bauch zu präsentieren, berührte eine ihrer Schwingen den Hals des Raben – und glitt durch ihn hindurch wie ein erhitztes Messer durch ein Stück Butter.

Der Schnitt verlief so schnell und sauber, dass der schwarz gefiederte Rumpf noch einige Flügelschläge lang weiterflog, während der abgetrennte Kopf bereits haltlos in die Tiefe stürzte. Erst danach sackte auch der flatternde Körper ab.

Krächzend stoben die nachrückenden Raben auseinander, um nicht von dem durchtrennten Kadaver getroffen zu werden. Die Lust am weiteren Aufstieg war ihnen allen auf einen Schlag genommen. Laut protestierend begannen sie unterhalb der Festung zu kreisen, während die Taube ihren Weg fortsetzte, ohne auch nur einen Atemzug lang innezuhalten.

Feene konnte mit ihren scharfen Augen genau erkennen, wie das Blut, mit dem das goldene Gefieder besudelt war, einfach von den Schwingen perlte. Fleckenlos schimmerten sie danach wieder in der Sonne. Gothars Boten mochten auf den ersten Blick harmlos wirken, doch ihnen wohnten unheimliche Kräfte inne.

Wie allem, was dem Tyrannen diente. Ob nun Lichtbringer, Schädelreiter oder Gepanzerte – sie alle schienen von Natur aus dazu bestimmt, Angst und Schrecken zu verbreiten. Und wurden nicht selbst die Schattenelfen von den Menschen gefürchtet? Feene spürte, wie sich die stählerne Klammer, die um ihren Brustkorb lag, wieder löste. Ja, allein ihr Name verbreitete pures Entsetzen in der Bevölkerung, und das war gut so. In Zeiten wie diesen war es besser, gefürchtet zu werden, als sich selbst fürchten zu müssen, so viel war sicher. Leider stand Feene dabei nicht ganz so hoch in der Hierarchie, wie sie es sich gewünscht hätte.

Während die Schwebende Festung über Rabensang hinwegglitt, erreichte die Taube ein schmales Turmfenster, durch das sie in einer eleganten Kehre eintauchte. Feene sah ihr neugierig nach. Was für Nachrichten der Bote wohl bringen mochte?

Ohne lange zu zögern, machte sich die blonde Elfin an den eigenen Aufstieg. Die groteske Architektur der Festung hätte einen Kletterer verzweifeln lassen, doch niemanden, der über den Atem des Himmels verfügte. Feene brauchte keine breiten Fugen zwischen dicken Feldsteinen, um Halt zu finden. Ihr genügte der raue, von kleinen Muscheln und anderen Schalentieren durchsetzte Untergrund, der sich vor ihr steil in die Höhe wellte. Geschickt glitt sie an der Außenmauer empor, obwohl die Winde, die um die Festung pfiffen, immer wieder an ihrem Silberharnisch und dem Rock aus metallverstärkten Lederstreifen zerrten.

Feene liebte den Schutz der Dunkelheit, deshalb mied sie den torlosen Eingang auf ihrem Weg, an dem die magischen Lichter lauerten, die jeden Besucher bis zum Thronsaal geleiteten. Stattdessen kletterte sie bis zu einem vorspringenden Erker, in dem drei Fenster, kaum breiter als eine Schießscharte, klafften. Als sie sich durch das mittlere von ihnen zwängte, kam es ihr vor, als würde sie in dem dunklen Schlund eines Leviathans verschwinden oder einer anderen monströsen Missgestalt, die sie verschlucken und verdauen wollte, zumal die eckenlosen Innenräume wie durch Gärung entstanden wirkten oder wie die Mägen eines Wiederkäuers und die eng gewundenen Gänge frappierend an die Verschlingungen eines Darms erinnerten.

Es gehörte zu den natürlichen Vorsichtsmaßnahmen eines jeden aus der Legion der Toten, den Platz, an dem er sich befand, zu erkunden und zu erforschen. Feene war in den vergangenen Tagen, in denen sie immer wieder in die Schwebende Festung zitiert worden war, stets darauf bedacht gewesen, den magischen Lichtern zu entkommen und sich einen groben Überblick über die wichtigsten Wege und Räume zu verschaffen. So fiel es ihr auch nicht schwer, von dem Erker aus in den Thronsaal zu finden.

Ab und an musste sie die Arme ausstrecken, um sich an den Wänden entlangzutasten. Dann schrak sie oft zusammen, weil sich der raue Putz unter ihren Fingern seltsam warm und nachgiebig anfühlte. Obwohl ihre feinen Sinne keine fremde Gegenwart ausmachen konnten, spürte sie doch ein warnendes Prickeln im Nacken, als würde man sie aus unsichtbaren Augen beobachten. Das leise Hallen ihrer Schritte begleitete ihre Gedanken in einem düsteren Rhythmus, deshalb war sie froh, als Gothars Stimme erstmals bis in ihren Gang drang.

»Sie bitten um die Erlaubnis zum Angriff?« Das Echo, das sich über mehrere Biegungen hinweg fortpflanzte, ließ den Tyrannen krank und verzweifelt klingen. »Warum tun sie das? Sie wissen doch, dass sie die Ankunft meiner Festung abwarten müssen!«

»Eure Feldherrn sind in Sorge!«, antwortete eine mit Zischlauten durchsetzte Stimme, die zweifellos dem Maar gehörte. »Die Truppen befinden sich in der Defensive. Sie erleiden große Verluste, weil die Blutorks immer wieder im Schutz der Nacht zuschlagen und sich dann jedes Mal zurückziehen, bevor die Abteilungen aus anderen Forts zu Hilfe eilen können.«

»Aber … das ist schlecht!«, rief Gothar bestürzt. »Dann müssen wir … müssen wir doch …«

Feene traute ihren Ohren nicht. Dieses Gestammel passte nicht zu dem alten Herrscher. Sprach da etwa jemand anderes?

Ihre Überraschung wuchs noch weiter, als sie den dunklen Thronsaal erreichte. Wie üblich umhüllte inmitten der Finsternis nur eine einzelne, aus dem Nichts strahlende Lichtsäule lediglich den weißen Marmorthron, und nichts anderes. Doch der Tyrann mit der Schlangenkrone, der auf den mächtigen Steinblöcken saß, war nicht der, den sie kannte. Von der ehrfurchtgebietenden Aura, die er sonst verströmte, war kaum noch etwas geblieben, denn er wand sich wild zuckend auf dem Thron, als würden ihm Scharen von Ungeziefer über die nackte Haut laufen.

»… den Befehl …«, stieß er gerade mit verzerrtem Gesicht hervor, »… müssen den Befehl geben …«

Der Maar, der Höchste aller Lichtbringer, schwebte direkt neben der steinernen Sitzfläche und wirkte mit beruhigenden Worten und Gesten auf den Herrscher ein. »Alles verläuft nach Plan«, verkündete er mit eindringlicher Stimme. »Die Barbaren *sollen* massive Verluste erleiden. Je stärker ihre Kampfkraft geschwächt wird, desto leichter sind die unterworfenen Gebiete zu beherrschen.«

»Ja!«, rief Gothar, wie ein Gläubiger, dem eine Erleuchtung zuteil wurde. »Zu viele Krieger sind gefährlich für uns!« Das von verschwitzten blonden Strähnen umrahmte Gesicht bebte noch immer, als würden Armeen von Insekten unter der Haut entlangwandern, doch seine Stimme klang bereits wieder ruhiger und fester, als er forderte: »Wir müssen triumphieren! Die Schlacht um Arakia muss gewonnen werden!«

»Arakia wird fallen«, versicherte der Maar. »Gewiss.« Dabei

klang es fast, als ob er mit sich selber spräche, vor allem, als er noch einmal wiederholte: »Ganz gewiss sogar.«

Feene wusste nicht recht, was sie von diesem Gespräch halten sollte, doch eins war ihr klar: Sie hätte besser nicht hierherschleichen und lauschen sollen. Den König in einem solchen Moment der Schwäche zu erleben hätte noch weitaus höher stehenden Schergen als ihr den Kopf gekostet.

Rasch zog sie sich wieder tiefer in den dunklen Gang zurück. Alle Sinne angespannt, eilte sie durch die Finsternis davon. Bis das Echo ihrer Schritte, das leise von den Wänden widerhallte, von irgendetwas gedämpft wurde.

Sofort hielt sie an und langte nach dem Schwert an ihrer Hüfte. In der daraufhin einsetzenden Stille glaubte sie ein leises Rauschen zu hören, wie es entstand, wenn feine Seidentücher im Wind aneinanderrieben. Sie ahnte, was das zu bedeuten hatte, und war dennoch bereit zu kämpfen. Aber noch ehe sie den Stahl aus der Scheide ziehen und weiterstürmen konnte, wurde sie von fahlem Lichtschein übergossen.

Verdammt! Eines der magischen Lichter!

Geblendet schloss Feene die Augen. Doch selbst zwischen den zusammengekniffenen Lidern hindurch vermochte sie den schwebenden Lichtbringer zu erkennen, der ihr den Weg versperrte. Es war ausgerechnet der, der sie nach Arakia begleitet hatte. Sie erkannte es an dem rot vernarbten Geflecht, das die Rückenschleier durchzog, dort, wo sie das Wesen mit der blanken Klinge verwundet hatte, vor unendlich langer Zeit, wie es ihr schien, als sie noch eine andere gewesen war.

»Lass die Waffe stecken, Todbringer! Es gibt keinen Grund für einen Kampf.«

Todbringer. Das war Feenes neuer Name und der Rang, den sie in der Legion der Toten bekleidete. Sie hatte sich noch immer nicht richtig daran gewöhnt, so bezeichnet zu werden. Noch viel mehr überraschte sie allerdings, dass der Lichtbringer sie angesprochen hatte. Zum ersten Mal in all der Zeit, seit sie sich kannten.

Feene wollte schon eine entsprechende Bemerkung machen, als ihr endlich klar wurde, dass die Stimme, die sie gerade gehört hatte, *hinter* ihr erklungen war. Überrascht wirbelte sie herum und starrte direkt in die fein gearbeitete Silbermaske, die den Maar von seinen Lichtbringern unterschied.

»Du dürftest nicht hier sein«, erklärte er ganz ruhig, als ginge es um nichts Besonderes. »Ich hoffe, du weißt das.«

Feene suchte fieberhaft nach Ausflüchten, doch sie fand keine einzige, die wirklich überzeugend geklungen hätte. Darum zog sie es vor zu schweigen.

Das glühende Weiß, das unter den geschwungenen Augenschlitzen der Maske hervorschimmerte, trieb ihr den Schweiß auf die Stirn, bis der Maar endlich fortfuhr: »Andererseits ist es nur eine Frage der Zeit, dann wirst du ohnehin in alle Geheimnisse der Schwebenden Festung eingeweiht. Der Todbringer ist einer unserer wichtigsten Kontakte zu den Bodentruppen. Und das Wissen, das er von uns erhält, ist die eigentliche Macht, die ihn über die anderen Schattenelfen erhebt. Dennoch obliegt es einzig und allein uns zu entscheiden, wann und wo du Einzelheiten erfährst. Hast du das verstanden?«

Feenes Kehle fühlte sich an wie zugeschnürt, trotzdem würgte sie ein »Ja« über die trockenen Lippen. Angesichts von zwei Lichtbringern, die sie von vorn und hinten eingekeilt hatten, blieb ihr auch nichts anderes übrig.

»Sehr gut«, lobte der Maar, dessen wallende Schleier sich plötzlich dicht an seinen hageren Körper schmiegten, während er sich tief zu Feene herabbeugte. »Und ich bin mir auch ganz sicher, dass du von nun an artig in deinem Quartier bleiben wirst. Schließlich haben wir dir ein wertvolles Geschenk gemacht, das wir dir aber jederzeit wieder wegnehmen können!«

Die Elfin spürte, wie ihr das Blut aus dem Gesicht wich, als sie an den Säugling dachte, den sie bei Inea, seiner Amme, zurückgelassen hatte. Noch hatte der Junge keinen Namen, den sollte er erst bekommen, wenn sie nach Sangor zurückkehrte. Und sie wollte nach Sangor zurückkehren und den Kleinen wieder in die Arme schließen. Unbedingt. Denn er allein war die winzig kleine Flamme, die ihr unter ihrem Eispanzer ein wenig Wärme spendete.

»Es gibt keinen Grund, mir zu drohen«, sagte sie mit unvermittelter Heftigkeit, selbst ein wenig verwundert darüber, wie fest ihre Stimme klang. »Ich diene dem Herrn der Schwebenden Festung treu und ergeben, gleich, in welcher Gestalt er mir gegenübertritt.«

Die farblosen Augen des Maar ruhten einen Moment lang schweigend auf ihr. Dann glaubte sie ein beifälliges Funkeln darin zu erkennen, aber das mochte eine durch pures Wunschdenken erzeugte Täuschung sein.

»Gut«, beschied er ihr. »Dann zieh dich jetzt zurück, und erreg nicht noch einmal unsere Aufmerksamkeit, bis wir die Grenze zu Arakia erreichen.«

Feene nickte, den Blick demütig gesenkt, auch wenn es sie Überwindung kostete. Doch für den Säugling wäre sie sogar auf Knien vor dem Maar herumgerutscht.

»Lass mich bitte durch einen deiner Lichtbringer zu Arnurs Wehrhof bringen, wenn wir am Ziel angelangt sind«, bat sie.

»Warum?«, fragte der Maar überrascht. »Die Legion liegt direkt vor Knochental in Stellung.«

Feene unterdrückte den Anflug eines Lächelns, das ihre Mundwinkel anheben wollte. Wenigstens war es ihr durch diese Andeutung gelungen, ein Gespräch auf Augenhöhe zu erzwingen, das ihren unwürdigen Abgang abmildern würde.

»Warum?«, wiederholte sie süffisant. »Weil es dort jemanden gibt, der sich rund um das Schlachtfeld sehr gut auskennt und uns treu ergeben sein wird.«

DAS RAD DES FEUERS

ᚦ 1 ᚲ

ie Wachen an der Nordseite mussten aus Bersk oder Vandor stammen, denn ihre Positionen waren nur schwer auszumachen. Nur von Natur aus schweigsame Barbaren, die an das raue Bergleben gewöhnt waren, verstanden es derart gut, mit der Dunkelheit zu verschmelzen. Doch obwohl sie sich bloß drei oder vier Mal pro Nacht bewegten, um ihr Gewicht von einem Bein auf das andere zu verlagern, vermochten auch sie den scharfen Ohren eines Blutorks nicht auf Dauer zu entgehen.

Urok und seine Mitstreiter waren jedem Menschen nicht nur im Nahkampf überlegen, sondern auch, wenn es darum ging, sich im Schutz der Nacht anzuschleichen oder zu verbergen. Wenn es sein musste, konnten sie tagelang reglos ausharren – doch wozu sich die Mühe machen, da es doch von der Zivilisation verweichlichte Städter aus Ragon oder Cabras gab, die ständig etwas zu beschwatzen hatten?

Nur wenige Steinwürfe von der südlichen Palisade entfernt, drängten sich zwei dieser Hellhäuter in einem Erdloch, anstatt so viel Abstand wie möglich zueinander zu halten. Wachen wie diese waren leichte Beute, denn sie konnten es einfach nicht lassen, auf ihren Plätzen herumzurutschen oder sich etwas zuzuflüstern. Trotz der Lichtinseln, die einige Wachfeuer in die Dunkelheit fraßen, hatten sich längst mehrere Kriegsscharen an die beiden vorgeschobenen Posten herangearbeitet und sie unbemerkt umzingelt.

Tabor, der eine dieser Scharen anführte, konnte es sich nicht verkneifen, ein schauerliches Heulen auszustoßen, um die Feinde zu erschrecken.

»Hörst du das?«, erklang es prompt aus der Grube. »Da jaulen Wölfe.«

»Das sind keine Wölfe.« Zumindest der zweite von ihnen schien nicht völlig verblödet.

»Welches Tier heult denn dann so schrecklich?«, fragte der geschwätzigere der beiden neugierig.

»Gar keins.« Der andere Posten klang inzwischen so, als würde er sich die Hose nass machen. »Das sind Blutorks!«

Torg Moorauges massiger Körper begann zu beben, weil er nur mit Mühe ein Lachen unterdrücken konnte. Urok, der neben ihm im Gras kauerte, behielt lieber die nahe Palisade mit den Ecktürmen im Auge, anstatt sich über die beiden Feiglinge zu amüsieren.

Zum Glück fielen endlich einige aus Tabors Schar über das Erdloch her, um dem unwürdigen Schauspiel ein Ende zu machen. Es war Grimpe persönlich, der seinen mächtigen Streithammer auf den klügeren der beiden Posten niederfahren ließ und dessen unbehelmten Kopf zu einer breiigen Masse zerschlug. Der andere sah seinen Kameraden noch sterben, doch bevor er den dabei erlittenen Schock überwunden hatte und einen Alarmschrei ausstoßen konnte, fuhr ihm bereits das scharfe Blatt von Rowans Doppelaxt durch den Hals und durchtrennte ihm die Stimmbänder. Ein leises Schmatzen, mehr war in der Dunkelheit nicht zu hören, bevor der abgetrennte Kopf mit einem dumpfen Poltern auf dem Erdboden landete.

Bis zu den beiden Ecktürmen drang das verräterische Geräusch offenbar nicht, denn die Posten dort oben schienen sich weiterhin zu langweilen. Dafür ertönte ein leises Knarren am Fuße der Palisaden. Urok kniff sofort die Augen zusammen, damit sein Blick die vor ihm liegende Dunkelheit besser durchdringen konnte.

Wegen des bedeckten Himmels sickerte das Mondlicht nur spärlich in die Tiefe, trotzdem gewahrte er einige schmale Schatten, die sich plötzlich fest umrissen von der sie umgebenden Dunkelheit abhoben. Wie aus dem Boden gewachsen, ragten sie in die Höhe – Dutzende von Bogenstäben, die vorsichtig gespannt wurden.

Urok klopfte Torg Moorauge anerkennend auf die Schulter. Der alte Kämpe hatte gut daran getan, der schlecht gesicherten Südseite zu misstrauen und vor einer Falle der Menschen zu warnen. Er kannte die Taktiken der Hellhäuter gut genug, um zu wissen, dass sie nicht einmal davor zurückschreckten, Angehörige ihres eigenen Volkes als Lockvögel einzusetzen. Wie ehrlos sie doch waren, von einigen Ausnahmen abgesehen.

Grimpe und Rowan waren längst wieder aus dem schützenden Erdloch heraus, aber keiner von ihnen machte sich die Mühe, sich einen der Köpfe als Trophäe an den Leibgurt zu binden. Diese beiden Toten waren es nicht wert, dass ihre Schädel den Türrahmen einer Orkhütte schmückten. Ganz abgesehen davon, dass der eine, nachdem ihn Grimpes Hammer zu Brei und Knochensplittern zerschlagen hatte, auch völlig unbrauchbar war.

Urok stieß den Ruf eines Käuzchens aus, um die beiden Orks vor der Gefahr durch die Bogenschützen zu warnen. Sofort ließen sie sich ins Gras fallen. Urok und Torg hingegen erhoben sich, so wie es mit den anderen Scharen für diesen Fall abgesprochen war. Angesichts der unsichtbaren Pfeilspitzen, die längst in ihre Richtung zielten, war Urok froh, dass er seinen neuen Schutzschild bei sich trug. Früher, auf den einfachen Raubzügen, hätte ihn dieser Schutz mehr behindert als ihm genutzt, doch in Tagen des Krieges war so ein Schild beinahe unverzichtbar.

Mit einer Leichtigkeit, die Menschen immer wieder überraschte, setzten Torg und er ihre massigen Körper in Bewegung. Sein leicht gebogenes Schwert mit der gezackten Außenseite in der Rechten und den mit Lindwurmhörnern verzierten Schild in der Linken, rannte Urok den Bogenschützen entgegen. Weder er noch Torg gaben sich Mühe, leise zu sein. Im Gegenteil. Sie stampften so hart auf, wie sie nur konnten, um den Eindruck einer ganzen Schar zu erwecken.

Nun, das entsprach auch irgendwie der Wahrheit. Schließlich bestand Uroks Schar nur aus ihm und seinem Rechten Arm, doch das konnten die Hellhäuter nicht ahnen. Ebenso wenig, wie sie wussten, wohin sie zielen sollten. Ihre Nachtsicht war nicht mit der eines Blutorks zu vergleichen.

Urok hingegen konnte sehen, wie die verborgenen Schützen versuchten, ihre Bogen nach dem Gehör auf die nahenden Feinde auszurichten, viele mit geradezu kläglichen Ergebnissen, doch einige wenige stellten sich dabei geradezu unangenehm geschickt an. Die Hellhäuter selbst versanken weiter im Schutz der Nacht. Sie schienen sich in einem gut getarnten Graben verschanzt zu haben, anders ließ sich nicht erklären, dass nur die obere Hälfte ihrer Bogenstäbe zu sehen war.

»Gleich!«, mahnte Torg leise.

Zu Recht, wie sich Urok eingestehen musste. Denn sie waren der vorgeschobenen Front inzwischen so nahe, dass ihre Umrisse sicher bald für das menschliche Auge sichtbar wurden. Plötzlich verzog sich auch noch die schwere Wolke, die bisher die Mondsichel bedeckt hatte.

Urok reagierte sofort.

»Für Arakia!«, rief er und warf sich im gleichen Moment zu Boden.

Er hatte nicht allzu laut geschrien, doch in der Stille der Nacht trug seine Stimme weit genug, um alle Scharen zu erreichen. Die vorgestreckten Schilde halb über die Köpfe gezogen, landete er mit Torg im Gras. Zwei, drei Pfeile schwirrten über sie hinweg, abgeschossen von Soldaten, die sich an Uroks Stimme orientiert hatten. Doch das war nichts im Vergleich zu dem Zischen und Pfeifen, das gleich darauf die Luft erfüllte, diesmal aus Richtung der Kriegsscharen.

Scharfe Spitzen aus Blutstahl, die auf massiven Schäften steckten, und von Orkmuskeln gespannte Bogensehnen – dieser Durchschlagskraft hatten die meisten Harnische und Kettenhemden nichts entgegenzusetzen. Dort, wo sie einschlugen, stöhnten die Getroffenen auf. Doch ein großer Teil des tödlichen Schwarms sirrte über die Soldaten hinweg und spickte stattdessen die Palisade des hinter ihnen liegenden Forts.

Urok brauchte seinen Brüdern und Schwestern keine Anweisungen zuzurufen, sie wussten auch so, was zu tun war. Schon der zweite Pfeilregen war niedriger gehalten und riss blutige Lücken in die Reihen ihrer Feinde. Was den Orks dafür entgegenschlug, war geradezu dürftig. Gleich darauf folgte eine dritte Pfeilwelle, bevor der Beschuss wie verabredet eingestellt wurde.

Urok und Torg sprangen sofort auf und überbrückten die verbliebene Distanz zu den Menschen mit langen, federnden Sprüngen.

Nur jene Wachen in den Ecktürmen, die sich allzu forsch über ihre Brüstung beugten, um zu sehen, was unter ihnen vorging, wurden noch mit gezielten Schüssen belegt. »Alles klar bei euch dort unten?«, rief einer von ihnen, der offensichtlich nicht verstand, warum die vorgeschobene Truppe auf einmal zu fluchen und zu stöhnen begann.

Gleich drei gefiederte Schäfte, die ihm nur einen Atemzug später der Kehle entwuchsen, sorgten dafür, dass er nie begriff, wie dumm er sich gerade verhalten hatte. Es mussten die Weiber der Madak sein, die ihn getroffen hatten, denn sie galten als die besten Bogenschützen von ganz Arakia. Doch auch sie konnten nicht verhindern, dass andere Posten, die sich hinter die Brustwehr duckten, lautstark Alarm gaben.

Urok und Torg hatten unterdessen die Reihen der Menschen erreicht. Wie erwartet waren es groß gewachsene Barbaren mit Zöpfen und geflochtenen Bärten, die sich ebenfalls darauf verstanden, lautlos in der Dunkelheit zu verharren. Es gab kaum Tote unter ihnen, nur viele Verwundete, die sich allerdings über die Pfeile, die in ihren Leibern steckten, mehr ärgerten, als dass sie unter den Verletzungen litten. Doch so muskulös und furchtlos sie auch waren, sie schraken doch zusammen, als die beiden Orks vor ihnen der Dunkelheit entwuchsen.

Uroks Wellenschwert hielt schon beim ersten Schlag reiche Ernte. Die ungewöhnliche Waffe war dem Hornschwert eines Gepanzerten nachgebildet, bestand aber aus rasiermesserscharfem Blutstahl, der mühelos durch Fleisch und Knochen drang. Ohne auf das Blut zu achten, das ihm entgegenspritzte, teilte er nach beiden Seiten aus, um die vielfache Übermacht so rasch wie möglich zu dezimieren, und sein Wellenschwert schnitt mühelos durch Leiber, durchtrennte Muskeln, Sehnen und Hälse, grub sich in Eingeweide und trennte so manches Körperglied ab.

Die Barbaren starben unter seinen Hieben, wie es sich für würdige Gegner ziemte: aufrecht und schweigend. Und gleichzeitig darum bemüht, zum Gegenangriff überzugehen. Rund um Torg und ihn wälzten sich die Männer aus der mit grünen Zweigen abgedeckten Verschanzung, um die beiden gefährlichen Angreifer zu umzingeln und niederzuringen.

Urok musste mit seinem Schild mehrmals feindlichen Stahl abwehren, ohne dass die mit Lindwurmschuppen besetzte Oberfläche einen Kratzer davongetragen hätte. Gleichzeitig ließ er sein Wellenschwert kreisen, das auch im Rückschwung tödliche Wunden riss.

Seine ungewöhnliche, aber effiziente Kampftechnik ließ viele Barbaren auf Distanz gehen, und schon im nächsten Moment waren die vereinten Orkscharen heran, die sich gnadenlos auf die Hellhäuter warfen und sie mit vereinten Kräften niedermachten.

Der Boden war bereits mit Blut getränkt, als die ersten Fackeln über die Palisade geworfen wurden, um den Kampfplatz zu erhellen. Der Versuch der Menschen, die Orks von oben herab zu beschießen, scheiterte jedoch an den Weibern der Madak, die längst nachgerückt waren und ihrerseits das zusätzliche Licht nutzten, um die Brustwehr des Forts mit einem dichten Pfeilhagel zu bestreichen. Jeder Soldat, der zu weit über die zugespitzten Holzpfähle hinweglugte, lief Gefahr, dass sich ihm eine Pfeilspitze aus Blutstahl in Kehle, Gesicht oder Schädel bohrte.

»Los, reißt die Einfriedung ein!«, befahl Tabor, als unten auch der letzte Feind der Länge nach aufgeschlitzt zu Boden sank.

Alle Orks, die Streitäxte trugen, rannten daraufhin zur Palisade, um die Seile, die die Stämme miteinander verbanden, mit wuchtigen Schlägen zu durchtrennen.

Dies war einer der Momente, in denen Urok schmerzlich die väterliche Doppelaxt vermisste, die er während des Kampfes in der Blutgrube verloren hatte. Doch das Wellenschwert leistete ihm beinahe ebenso gute Dienste und ermöglichte obendrein das Tragen eines Schilds.

Während die Orks auf breiter Front wie von Sinnen auf das Holz eindroschen, wurde ein Quietschen laut, das ganz danach klang, als würde das schwere Tor an der Ostseite geöffnet. Es war also genau so, wie Torg, Gabor und andere Veteranen es vorausgesagt hatten – Gothars Truppen hatten sich inzwischen auf die nächtlichen Angriffe eingestellt und gingen rascher denn je zum Gegenangriff über.

»Es wird allmählich Zeit!«, mahnte Urok die übrigen Scharen.

Einige andere Erste Streiter nickten zustimmend, nur einer von ihnen war vollkommen anderer Meinung.

»Wir harren aus, solange wie möglich!«, widersprach Tabor lautstark, obwohl ihre Zahl viel zu gering war, um dem massiven Vorstoß einer ganzen Fußkompanie zu trotzen. »Aber du und

dein Rechter Arm könnt gern abhauen, wenn es euch zu gefährlich wird.«

Selbst mitten im Gefecht konnte der Dreckskerl ihre alte Rivali-
tät nicht vergessen. Herausfordernd sah er zu Urok herüber, während seine Mannen weiterhin wie besessen auf die Palisade einschlugen. Die ersten Stämme wankten bereits. Doch was nützte
das? Auf der anderen Seite lauerten bewaffnete Soldaten, die ihre
Speere und Spieße durch die entstandenen Lücken rammten.

Die einzige Möglichkeit für ihren kleinen, aus nur fünf Scharen
bestehenden Stoßtrupp, unbemerkt ins Fort vorzudringen, wäre
gewesen, die Palisade lautlos zu überwinden. Da sie aber schon
erwartet worden waren, blieb ihnen nur noch, ihre Verfolger so
geschickt wie möglich hinter sich herzulocken.

Urok schüttelte ärgerlich den Kopf. »Besonnen zu streiten ist
keine Feigheit!«, knurrte er seinem Erzfeind zu.

Andere Erste Streiter machten sich gar nicht erst die Mühe, auf
Tabor einzuwirken. Sie gaben ihren Scharen einen Wink und verschwanden mit ihnen in Richtung Berge. Urok verständigte sich
kurz mit Torg, bevor sie sich ebenfalls absetzten. Rowan, der dicht
bei ihnen stand, schloss sich ihnen an. Auch einige andere aus
Tabors Schar rückten nun – entgegen seinem ausdrücklichen
Befehl – von der Palisade ab, denn inzwischen erschütterte der
schwere Tritt von Lindwurmtatzen den Boden.

Tabor fletschte wütend die Zähne, doch selbst ein Sturkopf wie
er musste einsehen, dass die Zeit für den Rückzug gekommen
war. Gedeckt von einem dichten Pfeilhagel rannte also auch seine
Schar mit weit ausholenden Schritten davon. Gerade noch rechtzeitig, denn jenseits des östlichen Eckturms preschten bereits die
ersten Schädelreiter mit Fackeln auf ihren Lindwürmern heran.
Die gefiederten Schäfte hielten sie jedoch auf Abstand, während
sich eine dicke Wolkendecke vor die Mondsichel schob.

Ohne den silbernen Schein, der die Dunkelheit zu einem

nächtlichen Blau erhellte, quoll die Finsternis schlagartig auf und verfestigte sich zu einer undurchdringlichen Wand. Zumindest für die Verfolger. Die Orks rannten hingegen schnell weiter und lachten vor Freude über ihr großes Kriegsglück.

Die Schädelreiter hüteten sich davor, ihnen noch zu nahe zu kommen. In dieser tiefen Finsternis hatten sie trotz ihrer Lindwürmer das Nachsehen. Lieber blieben sie auf Distanz und leuchteten für die nachfolgenden Fußtruppen den Weg.

Bei mehreren Forts links und rechts von ihnen spielte sich genau das Gleiche ab; auch dort punktierten Dutzende von Pechfackeln die Nacht.

»Heißer Teer und Elfenrotz!«, fluchte Torg verstimmt. »Dieses Mal wollen sie uns wirklich eine Lehre erteilen!«

Tatsächlich rückten fünf ganze Forts aus, um sich an ihre Fersen zu heften. Dass auch Schädelreiter darunter waren, zeigte, wie ernst es Gothars Feldherren war.

Eine derartige Übermacht vermochte die kleine Orktruppe bis auf den letzten Krieger aufzureiben. So blieb ihnen nur, weiterzulaufen – und ihre Verfolger dabei in das allmählich hüglig werdende, unwegsame Gelände im Vorfeld der Berge zu locken.

Dorthin, wo die Hauptstreitmacht der vereinigten Stämme von Arakia im Hinterhalt lag.

Für Torg, den Ältesten aus ihren Reihen, war es am schwersten, das hohe Tempo zu halten. Zuerst fiel er nur zurück, dann begann er auch noch laut zu keuchen.

Urok wurde ebenfalls langsamer, um an der Seite seines Rechten Arms zu bleiben, während Tabor hämisch grinsend an ihm vorüberzog.

Nach und nach wurden sie von allen aus Tabors Schar überholt. Nur Rowan, der zusammen mit ihnen losgelaufen war, blieb weiterhin bei ihnen, während alle anderen weit vorauseilten.

»Verschwinde!«, fuhr ihn Torg zwischen zwei Atemzügen wütend an. »Ich bin kein Greis, der fremde Hilfe braucht.«

Rowan lachte laut auf. »Du musst mich schon fangen, wenn du mich verscheuchen willst«, neckte er den Alten und lief weiter vor ihm her.

Torg knurrte böse, sparte aber den Atem von nun an lieber zum Laufen. Außerdem zeigten seine mächtigen Zähne, die im Dunkeln schimmerten, dass er im Stillen selber lachen musste.

Als sich die Nacht erneut aufhellte, weil die Mondsichel hinter der vorübergezogenen Wolkendecke wieder zum Vorschein kam, erkannten auch die Schädelreiter, wie weit die drei hinter den übrigen Orks zurückhingen. Lautes Zischeln durchschnitt die Nacht, als sich die Schlangenmenschen in ihrer Sprache untereinander verständigten. Gleich darauf war zu hören, wie sie ihre Lindwürmer neu formierten.

»Lauft!«, forderte Torg mit verzerrtem Gesicht. »Ich werde versuchen, sie aufzuhalten!«

Noch ehe Urok reagieren konnte, stieß Rowan einen verächtlichen Laut aus. »Das hättest du wohl gern!«, blaffte er Torg Moorauge an. »Damit dein Name auf Kosten unserer Ehre an den Feuern besungen wird, was?«

Urok musste lachen, obwohl auch sein Atem allmählich schwerer wurde. Besser als Rowan hätte auch er nicht antworten können.

Der Alte mit dem hängenden Augenlid stieß wütend sein Schwert nach vorn, doch Rowan war ihm viel zu weit voraus, als dass er ihn damit hätte aufspießen können. Er kam nicht mal nahe genug heran, um den jungen Krieger ein klein wenig zu pieksen.

Trotz dieser Drohgebärde war allerdings nicht zu übersehen, dass Torg nicht mehr konnte.

Urok warf rasch einen Blick über die Schulter, zu den Schädelreitern, die sich zu einer langen Linie aufgefächert hatten, und dann hoch zum Himmel, zu der Mondsichel, die sich langsam wieder umwölkte.

Bis zu den bewaldeten Kuppen, die die übrigen Scharen gerade erreichten, würden sie es nicht mehr rechtzeitig schaffen, das war ihm klar.

»Dort drüben!« Urok deutete mit dem Kinn auf einige zersplitterte Baumstümpfe, die aus dem hohen Gras ragten. »Dort verbergen wir uns, sobald sich der Mond wieder bedeckt!«

Gothars Soldaten, die an dieser Stelle Holz für die Forts gefällt hatten, waren bei ihrer Arbeit äußerst schlampig vorgegangen. Statt die Stämme sauber zu durchschlagen, hatten sie sie einfach zur Seite wegbrechen lassen. Die scharfkantigen Reste ragten wie bizarre Klingen in die Höhe.

Solange sich ihre Schatten noch im Blau der Nacht abhoben, rannten Urok und seine Gefährten den einmal eingeschlagenen Weg weiter, doch als der Mond wieder hinter schweren Wolken verschwand, bogen sie sofort scharf nach links und eilten auf den natürlichen Schutz zu. Hinter den Stümpfen angelangt, knickte Torg in den Knien ein und ließ sich kraftlos nach vorn sinken. Auf allen vieren hockend, saß er einfach nur da und pumpte laut japsend Luft in seine Lungen.

»Warte, bis die Meute vorüber ist«, befahl Urok, während er seinem Rechten Arm auf die Schulter klopfte. »Dann springst du den Nächstbesten von hinten an und wirfst ihn aus dem Sattel.«

Rowan ahnte sofort, was er wollte, als Urok ihm in die Augen sah und mit dem Kinn in Richtung Berge wies. Gemeinsam rannten sie los, ohne noch ein Wort zu verlieren. Im Schutz der Dunkelheit kehrten sie auf ihren alten Weg zurück und rannten weiter, als wäre der Dritte an ihrer Seite gestolpert und einfach liegen geblieben. Schweiß glänzte auf ihren grimmigen Mienen, doch der scharfe Wind, der die Wolken über den Himmel trieb, kühlte auch ihre erhitzten Gesichter.

Im gleichen Moment, da der Mondschein zurückkehrte, durchschnitt ein dutzendfaches Zischen die Nacht, ein Signal, das die Lindwürmer veranlasste, ihr Tempo weiter zu erhöhen. Donnernd holten sie hinter ihnen auf.

»Wir müssen uns trennen!«, rief Urok, als die Tiere so nahe heran waren, dass der Boden unter seinen Sohlen zu beben begann. »Lass ihre Lanzen an deinem Schild abgleiten, und zerschlag den vorbeistürmenden Lindwürmern die Vorderläufe, dann sind auch ihre Reiter hilflos.«

Rowan und er spritzten nach links und rechts auseinander und liefen jeder gut zwanzig Schritte, bevor sie sich der anstürmenden Meute stellten. Beide lachten in Vorfreude auf den bevorstehenden Kampf, obwohl sie genau wussten, wie gering ihre Chancen waren, mit heiler Haut davonzukommen.

Doch verdammt noch eins, bei Vuran und dem Blut der Erde! Sie würden dem Schlangengezücht auf den Lindwürmern einen derart blutigen Kampf liefern, dass die Kunde davon sogar bis an König Gothars Ohren drang. Die Orks würden noch an Arakias Feuern davon singen, wenn die Gebeine all jener, die zwischen Frostwall und Nebelmeer lebten, längst zu Staub zerfallen waren.

Grimmig zog Urok den rosskopfförmigen Schild an den Körper und senkte das Wellenschwert, bis dessen Spitze neben ihm die Grashalme berührte. Die dicht gedrängte Formation aus Stahl und Lindwurmmuskeln, die in rasendem Tempo auf sie zuhielt, wirkte groß und übermächtig, doch er reckte furchtlos das Kinn. Ein Blick zu den Baumstümpfen zeigte ihm, dass Torg inzwischen hinter den aufragenden Splittern kniete, sodass ihn die Schädelreiter erst im letzten Augenblick sehen würden. Da sich die Linie, wie erwartet, vor dem Hindernis teilte, erhielt das alte Moorauge tatsächlich die Möglichkeit, dem Feind in den Rücken zu fallen.

Die schnabelförmigen Lindwurmköpfe waren nur noch zwei Steinwurflängen entfernt, als Urok plötzlich ein Zittern in den

Beinen verspürte. Es war so stark, dass es nicht von den Erschütterungen stammen konnte, die die anrückenden Tiere verursachten. Einen schamvollen Moment lang dachte er schon, von ehrloser Angst übermannt zu werden, bis er ein noch stärkeres Vibrieren verspürte – und gleichzeitig sah, dass einige der Lindwürmer scheuten und sie in vollem Galopp aneinanderstießen.

Bei Vuran! Was da an seinen Sohlen kitzelte, war etwas viel Gewaltigeres als bloße Furcht, die einem Krieger die Knie weich werden ließ. Es war …

»Die Hüter vom heiligen Hort!«, rief Rowan neben ihm erschrocken. »Dabei ist es noch viel zu früh, das Blut der Erde anzurufen!«

Damit hatte er zweifellos recht, doch wer waren sie schon, dass sie die Priester anzweifeln durften? Einer plötzlichen Eingebung folgend, riss Urok beide Arme in die Höhe, hielt Schild und Schwert dabei empor, und schrie der herandonnernden Meute entgegen: »O Blut der Erde! Fege unsere Feinde vom Antlitz dieser Ebene!«

Drüben klang zischendes Gelächter auf – und erstarb umgehend, als der Boden unter ihnen von einem so gewaltigen Schlag erschüttert wurde, dass es selbst Urok von den Beinen riss. Obwohl er nach vornüberfiel, konnte er deutlich sehen, wie das Gelände unter den Lindwurmtatzen aufbrach. Reiter und Tiere wirbelten wie trockenes Laub in einer Windhose empor, während sich die Erde immer stärker in die Höhe warf. Die erdbraun und grasgrün vermengte Welle rollte regelrecht unter ihnen hinweg und jagte auf Urok und Rowan zu.

Wegen des starken Bebens war an Flucht nicht zu denken. Aufzuspringen und davonzulaufen war einfach unmöglich. Alles, was sie tun konnten, war, ausgestreckt liegen zu bleiben und ihrem Schicksal furchtlos entgegenzublicken.

Erst kurz bevor die Woge sie erreichte, ebbte sie schlagartig ab.

Triumphierend taumelten sie wieder in die Höhe und stürmten, laute Kriegsschreie ausstoßend, dem vor ihnen tobenden Chaos entgegen. Viele Lindwürmer waren auf die Seite gestürzt, andere in der unter ihnen aufgebrochenen Erde versunken. Von dem flammenden Inferno, das Urok zuerst befürchtet hatte, war zum Glück nichts zu sehen. Trotzdem drehten sich die verängstigten Tiere im Kreis oder strampelten hilflos mit den Beinen. Immer mehr von ihnen wälzten sich in die Höhe und versuchten zu fliehen. Die, die ihren Reiter verloren hatten, gingen auch tatsächlich durch, andere waren nur mühsam zu bändigen.

Auch unter den Schädelreitern herrschte wilde Panik. Dass Urok so getan hatte, als hätte er das Beben herbeigerufen, blies ihn in den Augen seiner Gegner zu einem mächtigen Schamanen auf.

Der Reiter jedoch, den er gerade mit langen Schritten ansteuerte, war so damit beschäftigt, im Sattel zu bleiben, dass er Urok nicht mal kommen sah.

Der bockende Lindwurm senkte gerade den Kopf zu Boden, um sich gegen die tief einschneidende Kandare zu stemmen. Urok nutzte die Gelegenheit, um ihm in den Nacken zu springen und über den langen Hals in die Höhe zu laufen. Der flexible Kamm, der sich bis zum Rücken zog, gab dabei unter den Sohlen des Kriegers nach. Den Schild fest gegen die Schulter gestemmt, warf sich Urok nach vorn und rammte den überraschten Schädelreiter mit seinem gesamten Körpergewicht.

Krachend zerbrach die hohe Rückenlehne des Holzsattels unter dem heftigen Ansturm. Der hagere, in schwarzes, mit angeschliffenen Nägeln gespicktes Leder gekleidete Reiter wurde einen Moment lang brutal zwischen Schild und Lehne zusammengequetscht, während das hässliche Geräusch von brechenden Knochen zu hören war, und dann nach hinten weggeschleudert.

Urok stürzte trotzdem sofort hinterher und hieb auf die am Boden liegende Gestalt ein, bis sie blutüberströmt und reglos vor ihm lag. Dann stach er in einen ungeschützten Rücken, der vor ihm auftauchte, und zog das Wellenschwert über den Oberschenkel eines weiteren Schädelreiters.

Das Gesicht hinter dem grotesken Helm, der einen eisernen Totenschädel imitierte, funkelte ihn böse an, doch angesichts der klaffenden Wunde, die bis auf den Knochen ging, blieb dem Reptilmenschen nichts weiter, als zur Seite zu fallen. Ein weiterer Hieb mit dem Wellenschwert, und sein Brustkorb brach auf.

Auch Torg und Rowan wüteten in den Reihen der verschreckten Kavalleristen. Uroks Rechter Arm benutzte dabei geschickt eine aufgehobene Lanze, um einen Reiter nach dem anderen aus dem Sattel zu heben, zu Boden zu werfen und ihn dort endgültig niederzumachen, indem er ihm die Lanze durch den Leib rammte.

Diese Taktik brachte Urok auf eine Idee. Doch statt stehend zu kämpfen wie Torg, wollte er seinen Feinden auf Augenhöhe begegnen. Rasch steckte er sein Wellenschwert in die Scheide und nahm ebenfalls eine Lanze der Schädelreiter auf. Dann suchte er ein herrenloses Tier, das sich schon einigermaßen beruhigt hatte, und schwang sich in dessen Sattel. Da er bereits Hatra, den Lindwurm seiner Schwester, mehrmals geritten hatte, wusste er, wie er die Zügel führen musste. Das gut dressierte Tier gehorchte sofort auf den Druck seiner Schenkel.

Schild und Zügel in der linken Hand, die Lanze in der rechten, hielt Urok umgehend auf eine Gruppe von Schädelreitern zu, die ihren Schock gerade überwunden hatten und dabei waren, sich neu zu formieren. Einer von ihnen erkannte die Gefahr zuerst, die aus dem Dunkel auf sie zustürmte, und ging sofort zum Gegenangriff über.

Geschickt jagte er heran, die Lanzenspitze direkt auf Uroks Herz gerichtet.

Fluchend musste sich der Ork eingestehen, dass ihm der Schädelreiter im Umgang mit Lindwurm und Lanze weit überlegen war. Während der wendige Schlangenkörper der Waffe des Orks auswich, fuhr die entgegenkommende Spitze direkt auf Uroks Harnisch zu. Alles, was er noch tun konnte, war, im letzten Moment den Schild direkt vor den Körper zu reißen. Statt die Lanze an sich abgleiten zu lassen, musste er ihre volle Aufprallwucht abfangen.

Er spürte den mächtigen Schlag, der auf seinen Arm einwirkte, noch bis in die Zehenspitzen, doch Urok war ein mächtiger Ork und kein zischelndes Schlangengezücht, und so hielt er der mörderischen Attacke stand. Zuerst bog sich die Eichenholzlanze unter den zusammenprallenden Gewalten, doch schließlich reichte auch das nicht mehr, um die aufeinander einwirkenden Kräfte auszugleichen, und der Schädelreiter wurde aus seinem Holzsattel gehoben. Erst danach brach die gestauchte Lanze splitternd auseinander. Zusammen mit ihrem Träger fiel sie zu Boden.

Achtlos ritt Urok über alles hinweg, den Blick nur auf die verbliebenen Gegner gerichtet. Von seinem überraschenden Sieg verunsichert, wusste keiner der drei, ob er fliehen oder kämpfen sollte, und während sie unentschlossen auf der Stelle verharrten, jagte Urok heran.

Da sich die Schädelreiter unter seiner Lanze zu ducken versuchten, streckte er sie einfach zur Seite hin aus. Auf diese Weise ließ sich der Reiter, den er passierte, gar nicht verfehlen. Krachend hämmerte das lange Holz unter den Schädelhelm und brach dem Schlangenmenschen das Genick.

Während dem Toten noch die lange, gespaltene Zunge aus dem erschlafften Maul rollte, ließ Urok die unhandliche Lanze fallen und griff wieder nach dem Wellenschwert.

Damit vermochte er wenigstens umzugehen!

Das verbliebene Reiterpaar verlor endgültig die Nerven.

Ängstlich zischelnd wendeten sie ihre Lindwürmer und jagten in Richtung der nachrückenden Fußtruppen davon, doch ohne an die Gefahr für sein eigenes Leben zu denken, setzte ihnen Urok nach, und bereits in Sichtweite der Infanterie holte er den Ersten ein und rasierte mit seiner Klinge von hinten über die Rückenlehne des Holzsattels hinweg.

Es gab ein hässliches Geräusch, als sie dem Schlangenmenschen, die rechte Schulter streifend, schräg in den Nacken fuhr. Die Wucht des Hiebs reichte aus, um den Knochen zu spalten, doch der Hals wurde bloß zur Hälfte durchtrennt. Der Helm klappte nur auf die Brust herab und pendelte dort umher, während das Blut fontänenartig aus den offenen Schlagadern spritzte.

Ein Stöhnen ging durch die Reihen der Barbaren, die längst in ihrem Marsch innegehalten hatten. Selbst die lautesten Kommandos ihrer Offiziere und nicht mal die schrecklichsten Strafandrohungen konnten sie noch dazu bewegen, weiter vorzurücken, während Urok dem verbliebenen Reiter nachsetzte, der sich voller Panik nach vorn geworfen hatte und sich an dem Hals seines Lindwurms festklammerte, um dem Schicksal seiner Kameraden zu entgehen.

Urok ließ den Feigling ziehen, um sich nicht die Hände an ihm zu beschmutzen. Stattdessen reckte er die Linke hoch über den Kopf und schrie: »Tod allen Feinden, die Arakia bedrohen!«

Dabei bemerkte er nicht einmal, wie hell lodernde Flammen aus seinem Handrücken schlugen. An dieser Stelle der Ebene wirkte das Blut der Erde so stark, dass es unbemerkt von ihm Besitz ergriff.

Der Anblick der brennenden Hand versetzte die Menschen in Panik. Und als er seinen Lindwurm auch noch direkt auf sie zuhielt, war es um ihre Disziplin endgültig geschehen. Statt sich ihm mit erhobenem Rundschild entgegenzustellen, stoben die Krieger auseinander. Selbst ihre Offiziere waren so verstört, dass sie sich nicht mehr gegen die Auflösungserscheinungen zu stemmen vermochten.

Es war ein unglaublicher Anblick, als sich die Reihen rasselnd und klappernd wie ein eiserner Vorhang vor Urok teilten. In vollem Galopp jagte er durch die entstandene Gasse, ohne von Speeren oder Pfeilen empfangen zu werden. Erst als er die Reihen seiner fliehenden Feinde durchquert hatte, wurde ihm bewusst, wie gefährlich es geworden wäre, hätten sie sich um ihn herum geschlossen. Zum Glück hatten die Soldaten längst andere Sorgen, denn inzwischen strömten die im Hinterhalt lauernden Orks in Scharen aus den umliegenden Hügeln herab und warfen sich den Menschen entgegen.

Zuerst verdunkelten dunkle Pfeilwolken den Himmel, dann waren die Orks auch schon heran. Stahl krachte so leidenschaftlich gegen Stahl, dass die Funken, die unter den Klingen aufblitzten, durch die Nacht leuchteten.

Urok schimpfte sich selbst einen Narren, unschlüssig darüber, ob es sein eigenes, vor Kampfeslust kochendes Blut gewesen war, das ihn derart leichtsinnig gemacht hatte, oder das Blut der Erde, das von den Priestern aufgepeitscht wurde, um das Rad des Feuers zu entfesseln. Er wusste es nicht, aber ein Blick auf seine linke Hand, die noch kurz zuvor in Flammen gestanden hatte, zeigte ihm, dass sie inzwischen wieder erloschen war.

Urok stürzte sich wieder ins Kampfgetümmel. Doch diesmal behielt er einen klaren Kopf, selbst als er gegen mehrere Gegner auf einmal focht. Vielleicht war es das, was das Blut der Erde mit dem kurzen Anflug blindwütiger Raserei hatte erreichen wollen.

Vom Rücken des Lindwurms aus sah er, was um ihn herum vor sich ging: Die Orks gewannen rasch die Oberhand, wo sie gegen die aufgelösten Reihen der Soldaten anstürmten. Im Kampf Mann gegen Mann setzten sich ihr Mut und ihre körperliche Überlegenheit durch. Doch überall dort, wo sich die Infanteristen besannen und wieder zur festen Formation zurückfanden, fiel es den Orks erheblich schwerer, sie zu bezwingen.

Urok sah ein fest geschlossenes Karree zu seiner Linken, in dem die Menschen Schild an Schild standen und sich die Orks mit langen Speeren vom Leib hielten. Auch an anderen Stellen arbeiteten sie geschickt Hand in Hand und verstanden es dabei immer wieder, einen einzelnen Krieger durch einen oder zwei Angreifer so zu binden, dass ein dritter den betreffenden Ork gefahrlos attackieren konnte.

Aufgebracht trieb Urok den Lindwurm auf das Karree zu, vor dem schon mehrere Streiter einer Madak-Schar verletzt am Boden lagen.

»Ihr müsst euch ebenfalls zusammenschließen!«, rief er, dann zwangen ihn mehrere Pfeile versprengter Heckenschützen, den Schild über den Kopf zu heben und sich seitlich aus dem Sattel zu rollen. Wütend streifte er einen Schaft ab, der in dem Schulterpanzer mit den Lindwurmhörnern, die ihn als Ersten Streiter auswiesen, stecken geblieben war. Inzwischen hatte die Morgendämmerung den Himmel so weit aufgehellt, dass er als einzig verbliebener Reiter einfach viel zu gut für den Feind auszumachen gewesen war.

Den Schild über das ungeschützte Gesicht erhoben, rannte er zu Fuß weiter, um die Madak-Schar zu unterstützen.

»Schließ eure Schilde zusammen, und geht gemeinsam in einer Schlachtreihe vor!«, rief er erneut.

Doch statt auf seine Worte zu hören, knieten sich einige verletzte Orks lieber auf den Boden, damit andere Stammesbrüder auf ihre Schultern springen und sich hoch in die Luft katapultieren konnten, um so mit großer Wucht auf die emporgehaltenen Rundschilde der inneren Reihen zu krachen. Auf diese Weise ließ sich ein Karree natürlich auch sprengen, doch nur unter erheblichen Verlusten. So laut jauchzend und lachend auch einige Madak in den Schildewall sprangen, so tief bohrte sich in manchen einer der emporgereckten Speere. Blutend blieben die Getroffenen zwischen den Menschen liegen, ohne wieder auf die Beine zu kommen. Derart hilflos, mussten sie die auf sie niederprasselnden Schläge einstecken.

Urok wurde fast rasend vor so viel Unvernunft. Andererseits – hatte er sich nicht kurz zuvor genauso gehen lassen?

»Sie hören nicht auf Worte«, ermahnte ihn Torg, der sich plötzlich neben ihm befand. »Nicht im Kampf! Glaub mir, mein Erster Streiter, auf dem Schlachtfeld kannst du Orks nur durch Taten führen!«

Statt genauer zu erklären, wie er das meinte, hob er einen erbeuteten Rundschild in die Höhe und stellte sich Schulter an Schulter neben Urok. Rowan, der sie längst entdeckt hatte, eilte herbei, um Uroks andere Seite zu decken.

Gemeinsam rückten sie gegen ein halbes Dutzend versprengter Barbaren vor, die sich – den sicheren Untergang vor Augen – bis zum Letzten gegen ebenso viele Orks verteidigten. Die wiederum behinderten sich bei ihrem Angriff gegenseitig mehr, als sich zu unterstützen.

Trotz ihrer primitiven Dreiecksformation gelang es Urok und seinen Mitstreitern auf Anhieb, in die entkräftete Phalanx einzudringen und sie zu sprengen, sodass die anderen Orks von da an leichtes Spiel hatten. Doch es war zu spät, um damit noch etwas zu beweisen.

Um sie herum hatte die geballte Ork-Übermacht längst den Sieg davongetragen. Das Heer der Menschen lag zerschlagen am Boden. Nur noch an wenigen Stellen wurde gekämpft, um den Untergang der fünf ausgerückten Kompanien endgültig zu besiegeln.

Urok fluchte bitterlich. Unter all dem vergossenen Blut, welches das von Toten und zerbrochenen Waffen übersäte Schlachtfeld tränkte, stammte eindeutig viel zu viel aus den Adern der Orks.

Während Urok in die Runde sah, fiel sein Blick auf eine Madak-Kriegerin, die inmitten eines Kreises aus toten Nordmännern stand. An manchen Stellen türmten sich zwei oder sogar drei Leichen übereinander, nur direkt vor ihr war noch ein Gegner am Leben. Doch der blonde Barbar blutete bereits aus mehreren tiefen Wunden und war gerade noch fähig, seine Hände in einer flehenden Geste zu heben.

Die Madak spie ihm dafür verächtlich ins Gesicht und schrie: »Du elende Memme lässt dich tatsächlich von einer schwachen Frau wie mir besiegen!«

Danach zog sie ihm die Klinge ihres Messers durch die Kehle und trat ihm vor die Brust, damit er den Boden und nicht sie mit dem hervorsprudelnden Blut besudelte.

»Das ist Grindel«, erklärte Vandall Eishaar, der, nur scheinbar ziellos über das Schlachtfeld streifend, auf Urok und seine Getreuen zugetreten war, »eine der begehrtesten Witwen meines Dorfes.«

Urok betrachtete den Streitfürsten aus schmalen Augen. Vandall hatte ihm schon häufiger einen Platz im Clan der Madak angeboten. Seit Urok die Feuerhand besaß, war es sogar richtig schlimm geworden, denn das Werben des Eishaars hatte schon drängende Züge angenommen.

»Grindel?«, fragte Urok. »Deren letzter Mann lieber in die Einöde des Frostwalls geflohen ist, als sich weiter von ihr schikanieren zu lassen?«

»Ach was!« Vandall winkte ärgerlich ab. »Alles Ammenmärchen, die bei euch Ranar von alten Weibern erzählt werden. Grindel ist so stark und unbeugsam, wie es sich ein Krieger nur wünschen kann, doch auf dem Felllager so anschmiegsam wie ein junger Wolf.«

»Tatsächlich?«, fragte Torg belustigt.

Vandall hustete verlegen in die Hand. »Na ja, wird zumindest von Kriegern erzählt, die es wissen müssen.«

Urok sah noch einmal zu Grindel hinüber, die sich daranmachte, die von ihr Erschlagenen zu plündern. Sie war ungefähr drei Handbreit kleiner als er, mit einem glatten, fein geschnittenen Gesicht und den richtigen Rundungen an genau den richtigen Stellen. Die geschickte Art, mit der sie die Köpfe ihrer erschlagenen Feinde abtrennte und ausbluten ließ, sprach ebenfalls für sie.

Trotzdem beschäftigten Urok derzeit ganz andere Dinge. Etwa, dass Tabor gerade einen Steinwurf entfernt Rowan beim Plündern störte und ihn lautstark zurechtwies, weil er sich von der eigenen Schar entfernt hatte.

»Du kannst meine Unterstützung gut gebrauchen«, sagte Vandall zu Urok, dem diese Szene ebenfalls nicht entging. »Es gibt immer noch viele, die schlecht auf dich zu sprechen sind.«

»Ich weiß dein großzügiges Angebot sehr zu schätzen«, antwortete Urok, um sich das Wohlwollen des Streitfürsten nicht zu verscherzen. »Und wir haben auch weiterhin dieselben Feinde. Doch das ändert nichts daran, dass ich meine eigene Schar bleiben will.«

Felsnest

Noch nie zuvor hatte sich Ursa dem Blut der Erde so nahe gefühlt wie in dem Augenblick, da es ihrem Ruf zu folgen begann. Endlich! Die Tage der Meditation und der gemeinsamen Beschwörungen trugen erste Früchte. Zuerst spürte sie nur ein angenehmes Kribbeln, das von den Zehenspitzen bis unter die Haarwurzeln reichte. Dann folgten heiße Wellen, die ihr den Schweiß auf die Stirn trieben. Plötzlich fühlte sie sich fiebrig und trunken, wie nach dem übermäßigen Genuss eines berauschenden Kräutersuds.

Keuchend warf Ursa den Kopf in den Nacken, und obwohl sich ihre Augen in den Höhlen nach oben verdrehten, bis fast nur noch das Weiße darin auszumachen war, sah sie den sternenlosen Himmel, der sich über ihr dehnte.

Neben ihr begannen auch andere Priester ekstatisch zu stöhnen.

Nur selten war das Plateau so stark bevölkert wie in diesen unruhigen Tagen, in denen Arakia die Invasion drohte. Die dreißig stärksten Priester des heiligen Hortes hatten sich dort versammelt, um das Rad des Feuers zu drehen. Drei mal zwei Handvoll, so war es Brauch, schon seit undenklichen Zeiten. Zehn Priester für jedes von Vurans drei Gesichtern, die Vergangenheit, Gegenwart und Zukunft symbolisierten.

Nur von ihren persönlichen Knappen versorgt und bewacht, bildeten die dreißig einen großen Kreis. Der wurde von blutigen Strichen durchzogen, die an brennende Speichen erinnerten.

»Das Blut der Erde!«, rief Ulke, der Hohepriester, plötzlich so laut, dass es weit über die Felsplatte hinaushallte und mit einem leisen Echo in der Nacht verklang. »Endlich erhört es unser Flehen!« Mehr brauchte er nicht zu sagen, die anderen wussten auch so, was zu tun war. Gemeinsam schlossen sie die Augen und verstärkten ihren Ruf.

Einen flüchtigen Moment lang kam Ursa in den Sinn, dass Urok gerade sein Leben bei einem Scheinangriff riskierte, doch sie schüttelte den Gedanken sofort wieder ab. Die Beschwörung war wichtiger. Jeder in dem großen Kreis musste sich völlig konzentrieren. Nur so ließ sich das Blut, das durch die glühenden Adern der Erde floss, in Wallung bringen. Damit sie es im richtigen Moment entfesseln konnten, um den Feind zu vernichten.

All die Anzeichen von Müdigkeit und Erschöpfung, unter denen Ursa noch kurz zuvor gelitten hatte, waren vollständig verschwunden. Frische Kräfte durchströmten ihren Körper. Energien, von denen sie niemals zu träumen gewagt hätte, obwohl sie die Macht des Blutes von Kindesbeinen an kannte.

Füge…

Ursa konnte sich nicht erinnern, sich ihren Brüdern und Schwestern schon einmal so nahe gefühlt zu haben. Alle knieten, allein das machte sie den anderen so ebenbürtig wie selten zuvor. Dreißig Seelen verschmolzen zu einem großen Ganzen, während sie gemeinsam das Blut anriefen. Und es baten, sich von seiner unbarmherzigen, gewalttätigen Seite zu zeigen.

Füge…

Ursa erschrak.

Füge zusammen…

Da! Schon wieder dieses geheimnisvolle Wispern, das wie aus weiter Ferne erklang! Es war bereits das dritte Mal, dass Ursa es zu hören glaubte. Verwirrt öffnete sie die Augen. Sie schien allerdings die Einzige zu sein, die es vernommen hatte. Völlig in Trance versunken, schaukelten alle anderen weiterhin mit ihren Oberkörpern vor und zurück. Bei den meisten zuckten dabei die Augäpfel hektisch unter den geschlossenen Lidern.

Alle dreißig trugen tiefrote Roben. Eine Kleidung, die sonst nur dem Hohepriester vorbehalten war. Im tanzenden Schein des kleinen Feuers, das in der Mitte ihres Kreises flackerte, sah es immer wieder so aus, als würden einzelne Falten bluten.

Nur von einer Seite durch aufsteigende Felsen geschützt, war das Plateau den kalten Nachtwinden schutzlos ausgeliefert. Das leise Wispern, das Ursa immer wieder hörte, wurde aber nicht von der scharfen Böe herangetragen, die wie mit eisigen Händen unter die Kapuzen griff, sondern entstand direkt in ihrem Kopf.

Füge zusammen, was zusammengehört!

Das musste dieselbe Stimme sein, die schon Urok gehört hatte, dachte Ursa ergriffen. Sie erinnerte sich noch ganz genau an das, was ihrem Bruder damals zugeraunt worden war:

Das Blut! Der Atem! Der Leib!

All das ist eins – und doch dreierlei!

Was damit gemeint sein mochte, hatte sich ihr bislang noch nicht erschlossen. Obwohl sie eine gute Priesterin war, gab es noch immer so viel, was sie nicht wusste. Manchmal kam sich Ursa tatsächlich wie eine Blinde vor, die nur im Dunklen umhertastete.

»Öffnet alle euren Geist, und verschmelzt zu einer einzigen Stimme«, mahnte Ulke, der die Irritation innerhalb des Kreises spürte. »Nur so sind wir außerhalb des heiligen Horts stark genug, das Blut der Erde anzurufen.«

Dass es tatsächlich möglich war, dieses mächtige Ritual durchzuführen, stand außer Frage. Die Zerstörung von Grimmstein war der beste Beweis dafür, aber auch das ausgeblichene Geröll, das ganz Knochental bedeckte. Schon manch anderes Heer, das

Arakia hatte besetzen wollen, war durch diese Kraft vernichtet worden.

Beschämt versuchte sich Ursa erneut zu sammeln, doch es gelang ihr nicht. Die seltsamen Worte, die ihr immer wieder zugeraunt wurden, beschäftigten sie einfach zu stark. Konnte es wirklich sein, dass ihr das Blut der Erde eine Botschaft sandte? Oder war dieses Wispern nur ein böser Trick des Feindes, um ihre Konzentration zu stören?

Noch während Ursa gedankenverloren vor sich hin starrte, wallte roter Nebel über dem Feuer auf, in dessen Schleiern sich Konturen formten. Zuerst glaubte sie eine gefiederte Schlange zu erkennen, die jedoch gleich darauf wieder verwehte. Stattdessen zeichneten sich Gestalten ab, die ihr nur allzu bekannt waren: zwei Ork-Krieger in rot gestreiften Waffenröcken, die sich ganz allein einer heranpreschenden Linie von Schädelreitern stellten.

Einer der beiden trug ein Wellenschwert und den Schulterpanzer eines Ersten Streiters. Das konnte nur ihr Bruder sein!

Ursa spürte ein Kratzen im Hals. Das Atmen fiel ihr plötzlich schwer, und auch sonst wurde sie von Unbehagen geschüttelt.

Obwohl es sich bei der Erscheinung nur um ein Trugbild handeln konnte, zweifelte sie keinen Moment daran, dass Urok tatsächlich in Gefahr schwebte. Das Blut der Erde wollte sie warnen, so viel stand fest. Doch was konnte sie schon von hier oben, so weit oberhalb der Schwarzen Pforte, tun?

Hilf ihm!, flehte sie das Blut der Erde im Stillen an, doch das Bild im Nebel änderte sich kaum. Die beiden Krieger verharrten weiterhin wie angewurzelt, und die Schlachtreihe rückte immer näher auf sie zu.

»Legt alles ab, was euch von eurem Glauben trennt«, forderte Ulke, der inzwischen die Augen geöffnet hatte, um nach dem Störenfried zu suchen, der die Beschwörung durch eigensüchtige Gedanken störte. Ursa konnte es erkennen, weil das Weiße in den

Augen des Hohepriesters hell unter dem Rand seiner Kapuze hervorschimmerte. Obwohl der tanzende Schein deutlich auf seinen Netzhäuten reflektierte, schien für ihn der rote Nebel nicht zu existieren. Sonst hätte er irgendwie darauf reagiert und nicht nach demjenigen Ausschau gehalten, der das Ritual hemmte.

Der prüfende Blick wanderte von einem zum anderen und war nur noch fünf Roben von Ursa entfernt. Trotzdem ließ sie sich nicht beirren.

Hilf ihm, flehte sie erneut, während ein leichtes Zittern durch ihre lahmen Beine lief, aber das mochte auch von der Sorge um ihren Bruder herrühren. *So hilf Urok doch endlich!*, forderte sie ein letztes Mal mit aller Kraft, bevor sie, einer spontanen Eingebung folgend, noch hinzufügte: *Hilf ihm, und ich werde zusammenfügen, was zusammengehört!*

Ein, zwei Herzschläge lang geschah überhaupt nichts, dann sah sie in dem Trugbild, wie ihr Bruder die mit Schwert und Schild gewappneten Hände über den Kopf hob. Noch ehe sie begriff, was Urok damit bezweckte, ertönte ein dunkles Grollen aus der Tiefe. Die Schwaden über dem Feuer verflüchtigten sich innerhalb eines Lidschlags, dafür gab es eine schwere Erschütterung in der Ebene, die selbst in den Bergen noch als leichtes Zittern zu spüren war.

Alarmiert schreckten die übrigen Priester aus ihrer Trance.

Nicht mal Ulkes scharfe Mahnungen konnten noch verhindern, dass einige von ihnen aufgeregt in die Höhe sprangen und zur freien Ostseite rannten, um zu sehen, was im Grenzgebiet zu Cabras vor sich ging.

»Das Blut!«, riefen sie vor Begeisterung aus. »Seht doch nur, Brüder und Schwestern! Das Blut der Erde hat auf unseren Ruf reagiert!«

»Aber nicht so, wie es sollte!«, schimpfte Ulke wütend. »So etwas wie gerade eben darf nicht noch einmal passieren, besonders dann nicht, wenn Hellhäuter in unser Land einfallen!«

Obwohl der Hohepriester seine Worte an die Allgemeinheit richtete, sah er Ursa scharf an, als wüsste er genau, dass einzig und allein sie es gewesen war, die ihren eigenen Gedanken gefolgt war. Die Priesterin reagierte nicht auf den stummen Vorwurf, sondern kroch, ihre gelähmten Beine nach sich ziehend, zur Westseite, wo sie ihr Knappe Moa bereits mit einem Steinkrug voll Wasser erwartete. Gierig trank sie den Krug leer, um ihren ärgsten Durst zu löschen.

Als sie das Gefäß wieder abgesetzt hatte, erzählte sie Moa mit leiser Stimme, was sie in ihrer inneren Versunkenheit gesehen hatte, und verlangte dann: »Bring mir Ragmars Zauberschrift!«

Moa eilte sofort los, um ihren Wunsch zu erfüllen. Das in Leder gebundene Buch, das der junge Hellhäuter ihrem Bruder vermacht hatte, steckte in einer von Hatras Satteltaschen. Doch der gezähmte Lindwurm, der Ursa seit kurzem die Beine ersetzte, hatte nicht oben auf der Felsplatte bleiben dürfen. Ulke hatte es verboten, angeblich, weil die Anwesenheit eines Tiers das Ritual gestört hätte.

Darum hatten sie Hatra an einem tiefer gelegenen Vorsprung angepflockt, der genügend Platz zum Stehen und Schlafen bot.

Während der Knappe den steilen Bergpfad hinabrannte, machte es sich Ursa auf einem flachen Stein bequem, auf dem sie öfter saß. Nachdenklich pflückte sie einige Geröllsplitter, die sich tief in das schützende Leder gedrückt hatten, von der langen Beinschürze. Erst danach zog sie die Kutte über die Knie herab, sodass sie wieder wie all die anderen Brüder und Schwestern aussah, die sich ebenfalls erfrischten. Das Beben in der Tiefe, das die meisten dem Blut der Erde zuschrieben, beherrschte alle Gespräche. Viele werteten es als Zeichen, dass die göttliche Kraft bereit war, ihnen gegen Arakias Feinde beizustehen – nur Ulke wirkte immer noch verdrossen, obwohl sein Gesicht weiterhin von der tief in die Stirn gezogenen Kapuze bedeckt wurde.

Ein wenig abseits von den übrigen Orks stand er mit seinen engsten Vertrauten zusammen. Ursa konnte sich nicht des Gefühls erwehren, dass dabei über sie gesprochen wurde, zumal sich immer wieder einer der fünf Hohen zu ihr umdrehte und in ihre Richtung sah. Besonders Finske und Vokard wirkten nervös.

Ursa warf ihre Kapuze zurück und setzte ein unschuldiges Lächeln auf. Das beeindruckte die Runde immerhin so weit, dass Ursa weitere auffällige Blicke erspart blieben.

Im Osten lugte bereits das obere Rund der Sonne hinter dem Forstwall hervor, als Moa mit der Zauberschrift zurückkehrte. Im Licht der aufziehenden Dämmerung brauchte Ursa nicht lange, um auf einer der mit zahllosen Zeichnungen übersäten Pergamentseiten das zu finden, was sie suchte: das Symbol einer gefiederten Schlange.

Also doch, ihre Erinnerung hatte sie nicht getrogen. Auch wenn die Darstellung nicht so plastisch wie das Trugbild war, sondern eher wie ein in Stein geritztes Zeichen aussah, so war die Ähnlichkeit doch nicht zu übersehen. Während Ursa die Abbildung näher betrachtete, überlegte sie kurz, ob sie den Hohepriester von der Erscheinung über dem Feuer erzählen sollte.

Doch wozu?

Nach Ulkes Meinung war nur er allein fähig, Vurans Willen zu erkennen. Dabei wurde Ursa das Gefühl nicht los, dass der Hohepriester und seine Getreuen ebenso blind waren wie sie, nur mit dem Unterschied, dass die fünf Hohen gerade dort absichtlich die Augen verschlossen, wo Ursa verzweifelt zu sehen versuchte.

Die gefiederte Schlange tauchte auf gleich zwei Seiten der Zauberschrift auf. Und je länger Ursa sie betrachtete, desto sicherer glaubte sie zu erkennen, dass es sich tatsächlich um Zeichnungen von verwitterten Steinen handelte, in die eine unbekannte Hand vor unendlich langer Zeit dieses seltsame Symbol eingemeißelt hatte. Doch noch ehe sie sich Gedanken darüber machen konnte, was das zu bedeuten hatte, forderten laute Rufe ihre Aufmerksamkeit.

»Was ist das?«, rief eine Stimme, die sie nicht eindeutig zuordnen konnte. Und eine andere fiel überrascht mit ein: »Seht doch nur! Dort drüben, hoch über Cabras!«

Zuerst war es nur ein einziger Arm, der in den wolkenlosen Himmel zeigte. Doch je mehr Orks das weit entfernte Massiv ausmachten, das rasch näher schwebte, desto mehr deuteten ihm entgegen. »Da! Das ist doch nicht möglich!«

Der Anblick dieses Phänomens erschütterte einige Brüder und Schwestern so sehr, dass sie beinahe die Beherrschung verloren. Dabei hatte Urok oft genug vor diesem Augenblick gewarnt, und auch Ursa musste nicht erst einen Blick in die Zauberschrift werfen, um zu erkennen, was dort nahte: die schwebende Festung des Tyrannen.

Ursa zeigte ihrem Knappen die Zeichnungen der gefiederten Schlange in der Zauberschrift und wies ihn dann an: »Rasch, bring den Lederband zu meinem Bruder, und erzähle ihm, was ich in meiner inneren Versunkenheit gesehen habe!«

Moa war längst ein guter Vertrauter, der ebenfalls an den Fähigkeiten des Hohepriesters zweifelte. Deshalb wusste sie diese delikate Aufgabe in guten Händen. Während Moa zu Hatra hinabeilte, hob Ursa ihre Kutte an und ließ sich auf die Lederschürze nieder, die ihre dürren Beine vor Verletzungen schützte, wenn sie sich auf ihren Händen empordrückte und sich auf diese Weise über den schroffen Felsboden schob. Rasch kehrte sie an ihren alten Platz zurück. Schneller als manch einer, der zwei gesunde Beine hatte. Noch ein letztes Schleifen von Leder über Stein, und sie war bereit für das große, abschließende Ritual.

Inzwischen war der Kreis, der das Rad des Feuers nachbildete, beinahe wieder vollzählig. Nur Ulke stand noch. Gemessenen Schrittes ging er auf das Feuer in ihrer Mitte zu und füllte noch ein wenig Pech aus einem Tonkrug nach, damit es so lange wie möglich brannte. Danach griff er in seine rote Robe und holte ein halbes Dutzend getrockneter Ahornblätter hervor, die er geschickt zwischen den Fingern zerrieb und in die Flammen rieseln ließ.

Ursa wusste nicht, auf welche Weise er das Laub zuvor behandelt hatte, doch die Krümel vergingen leise zischend im Feuer, aus dem umgehend eine dicke Rauchsäule emporstieg. Kerzengerade wuchs sie in den Himmel und verwehte erst mehrere Körperlängen über ihren Köpfen.

»Nun, da unser Feind aus der Luft naht, sollten wir uns vor ihm verbergen«, erklärte Ulke, während er seine gelben Zähne in einem selbstzufriedenen Grinsen entblößte. »Stellt euch die Form einer großen Halbkugel vor, und stimmt in meinen Ruf mit ein.«

Nachdem auch er sich wieder gesetzt hatte, öffneten alle ihren Geist und folgten dem Weg, den er ihnen vorgab. Auch Ursa. Und tatsächlich: Kaum, dass sie ihren murmelnden Gesang wieder aufgenommen hatten, zerflossen die schweren Schwaden über ihren Köpfen und sanken herab, dann wölbten sie sich zu einer hauchdünnen Schicht, die sich über ganz Felsnest stülpte.

Obwohl die aus dem Feuer steigende Säule längst erloschen war, blieb der Rauch erhalten. Ständig in Bewegung, bildete die eingefangene Masse mal hier und mal dort stärkere Schlieren, blieb aber insgesamt durchsichtig. Ein grauer Schleier, das war alles, was sie von ihrer Außenwelt trennte – aber von der anderen Seite, da war sich Ursa sicher, wirkte es bestimmt so, als wäre Felsnest von einer dicken Nebelbank umhüllt.

Ulke verfügte also doch über die eine oder andere Fähigkeit, die ihn über die anderen heraushob. Schade nur, dass er sie nicht dazu nutzte, das Blut der Erde wirklich zu verstehen.

ᛞ ᛉ ᚲ

»Eine gefiederte Schlange?« Torg spuckte aus. »Was hat das jetzt wieder zu bedeuten?«

»Schwer zu sagen.« Uroks Blick wanderte hinauf zur Schwebenden Festung, die seit dem Vormittag hoch über dem Grenzgebiet am Himmel thronte. Lichtbringer stiegen von dort stetig auf und gingen irgendwo im Land nieder, vermutlich, um Lageberichte für König Gothar einzuholen und neue Befehle zu verkünden.

»Ragmar hat jedenfalls nur Dinge gezeichnet, die er mit eigenen Augen gesehen hat«, fuhr er leicht abwesend fort. »Diese Symbole in den Katakomben von Rabensang und Sangor existieren also, genauso wie die Schwebende Festung, an der so viele gezweifelt haben.«

»Rabensang!« Das herabhängende Augenlid, dem Torg den wenig schmeichelhaften Beinamen Moorauge verdankte, hörte nicht mehr auf zu zucken, seit er den ersten Blick in das Buch geworfen hatte. »Was soll das denn für eine Stadt sein? So einen Namen können sich wirklich nur Furzhirne wie diese Menschen ausdenken!«

Moa sprach kein Wort mehr. Er hatte nur die Botschaft überbracht, wie Ursa es ihm aufgetragen hatte, und von da an geschwiegen. Sein junges Gesicht zeigte einen Hauch von Missbilligung, weil Torg nichts Rechtes mit den Worten der Priesterin anzufangen wusste, doch sicherlich konnte auch er sich denken, dass der alte Kämpe nur deshalb so reagierte, weil er dem Kampf entgegenfieberte, der sich immer deutlicher ankündigte.

Urok erging es nicht viel anders. Auch er dürstete danach, sein Wellenschwert wieder in die Hand zu nehmen und sich dem Feind entgegenzustürzen. Derart von Kampfeslust beherrscht, fiel es ihm ebenfalls schwer, Interesse für Ragmars Zauberschrift zu zeigen.

»Sei bedankt, dass du den langen Weg auf dich genommen hast«, wandte er sich trotzdem freundlich an den Novizen. »Nach der Schlacht werden wir gemeinsam überlegen, was die Vision meiner Schwester zu bedeuten hat. Nun kehre zu ihr zurück, und richte ihr aus, dass wir alle auf das Rad des Feuers vertrauen, das uns die Hüter des heiligen Horts zur Hilfe senden wollen. Angesichts der Übermacht unserer Feinde werden wir es brauchen.«

Rund um die drei hasteten Hunderte von Orks umher, entweder auf der Suche nach ihrer Schar, nach einem Schluck zu trinken oder nach einem handfesten Streit, um sich die Zeit bis zur Schlacht zu verkürzen. Niemand schenkte dem vierbeinigen Lindwurm große Aufmerksamkeit, in dessen Satteltasche Moa das Buch steckte, bevor er sich in den hohen Holzsattel schwang.

»Wird das Rad des Feuers bis hinauf zu dieser Festung reichen?«, fragte er unvermittelt, nachdem er die Zügel aufgenommen hatte.

»Das wüsste ich auch gern.« Urok lachte rau. »Aber da noch nicht einmal du es mir sagen kannst, obwohl du bei den Priestern im Hort lebst ...«, er zuckte mit den Schultern, » ... werden wir es wohl erst erfahren, wenn es so weit ist.«

Moa nickte verkniffen, obwohl er sicher keine andere Antwort erwartet hatte. Schweigend zog er den Lindwurm um die Zügelhand und ritt mit ihm in Richtung Felsnest davon.

»Eine echte Plauderzunge«, stichelte Torg, dann hielt er sich ein Nasenloch zu und schnäuzte durch das andere in das von zahllosen Stiefeln niedergetrampelte Gras. »Na, egal. Es wird jedenfalls Zeit, dass wir uns beim Kriegsrat blicken lassen.« Er nickte zu einer natürlichen Anhöhe, um die sich schon einige hundert Erste Streiter mit ihren Rechten Armen versammelt hatten. »Bava denkt sicher, wir würden uns noch von unserem nächtlichen Abenteuer erholen. Der soll gefälligst schön blass werden, wenn er sieht, dass auch die zweite Feuerhand anwesend ist.«

Beide lachten in Vorfreude darauf, dass sich der Erzstreiter vielleicht wirklich verunsichern ließ. Bisher war ihr oberster Kriegsherr aber noch nicht zu sehen. Stattdessen stolzierte sein Rechter Arm, Gabor Elfenfresser, auf dem Hügel umher und unterhielt die Abordnungen mit seinen rauen Späßen. Rund um die Erhebung herum, inmitten der versammelten Menge, ragten die Banner der einzelnen Stämme empor, die sonst vor dem heiligen Hort standen. Die Stangen fest in den Boden gerammt, flatterten die Fahnen in der aufkommenden Brise laut über den Köpfen der Blutorks.

Jedes einzelne Banner zeigte ein anderes Rot, das einen ganz bestimmten Clan repräsentierte. Entsprechend waren die Waffenröcke der Krieger gefärbt, die dadurch auf den ersten Blick ihrem Stamm zuzuordnen waren. Nur Urok trug einen absolut einzigartigen Ton, weil seine Streifen mit dem Blut eines Lichtbringers getränkt waren. Doch das war nicht das Einzige, was ihn unter den anderen heraushob.

Torg und er wollten gerade auf den Bannerhügel zugehen, als ihnen ein Krieger provozierend in den Weg trat. Auf den ersten Blick unterschied sich der Kerl in nichts von einem der vielen anderen Orks, die hier herumliefen. Wie die meisten trug er einen abgenutzten Lederharnisch und hielt eine scharfe Doppelaxt in der Faust. Auch sein hoher, muskulöser Wuchs, die grün schillernde Haut und das lange pechschwarze Haar, das von einem Band zu einem über den Rücken fallenden Zopf gebändigt wurde, waren nichts Außergewöhnliches, ebenso wenig der von den Schläfen bis zum Kinn reichende Wangenbart oder gar der Ledersack, aus dem es so sehr nach getrocknetem Sumpfaal stank, dass Urok und Torg beinahe das Wasser im Munde zusammenlief.

Trotzdem wussten die beiden sofort, dass irgendetwas nicht stimmte, denn es war Rowan, der sich – leicht zur Seite schauend – vor ihnen aufbaute.

Torg stieß ein schweres Seufzen aus, bevor er sich zu seiner ganz eigenen Form der Begrüßung herabließ: »Ich hoffe, du kommst nicht hier angekrochen, weil dich Tabor aus seiner Schar geworfen hat.«

Rowan zuckte kurz zusammen, bohrte seinen Blick dann aber sofort herausfordernd in die Augen des wesentlich älteren Orks. »Einen guten Krieger wie mich schließt niemand aus«, versetzte er wütend. »Ich bin selbst gegangen, weil ich Tabors Bevormundungen endgültig leid bin.«

Dass es bei dem finalen Streit um die Hilfe gegangen war, die er ihnen in der vergangenen Nacht geleistet hatte, brauchte Rowan nicht extra zu erwähnen, das war den beiden anderen sofort klar.

»Und warum kommst du dann zu uns?«, fragte Torg trotzdem.

»Wir brauchen Krieger, die unsere Schar stärken, nicht welche, die sie schwächen.«

Rowan stieß einen verächtlichen Laut aus und spuckte dem Alten so dicht vor die Stiefel, dass ein Teil des gelb durchsetzten Speichels bis auf das Leder spritzte, bevor er sich mit erwartungsvoller Miene an Urok wandte. Der hatte seinem alten Stammesbruder schon einmal angeboten, in seine Schar einzutreten, doch damals hatte Rowan noch abgelehnt.

»Hast du dir das auch gut überlegt?«, fragte er deshalb. »Wir sind nicht gerade hoch angesehen, nicht mal bei unserem eigenen Stamm. Außerdem wärst du der einzige einfache Krieger in unseren Reihen.«

»Das macht nichts!« Rowans Grinsen wurde so breit, dass es selbst die beiden langen Eckzähne vollkommen entblößte. »Mich können auch viele Ranar nicht leiden. Außerdem ist es doch gut, dass ich euer einziger Krieger bin. Dann rücke ich sofort zum Rechten Arm auf, sobald Torg vor Altersschwäche zusammenbricht.«

»Was?« Es war nicht zu erkennen, ob Torg die Fäuste nur in gespielter Wut in die Höhe riss, als er rief: »Was erlaubst du dir da eigentlich, du kleines Bittermaul?«

Statt im Reflex zurückzuzucken, reckte Rowan sogar noch das Kinn vor, bereit, jeden noch so starken Schwinger klaglos einzustecken. Das war natürlich eine Versuchung, der Torg nicht widerstehen mochte, doch Urok trat dazwischen, bevor er wirklich zuschlagen konnte.

»Lasst das«, wies er beide gleichermaßen zurecht. »Wir haben heute keine Zeit für solche Späße.« Bei diesen Worten deutete er mit einer Kopfbewegung hinüber zum Bannerhügel, auf dem inzwischen Bava Feuerhand erschienen war. Die Eisenkrone, die ihn als Erzstreiter auswies, schimmerte nur matt in der prallen Sonne, doch er wurde mit begeistertem Fußstampfen empfangen.

»Wir müssen los«, wandte sich Urok an seinen Rechten Arm. Gleichzeitig klopfte er Rowan auf die linke Schulter. »Willkommen in meiner Schar!«

Torg ließ es sich nicht nehmen, die andere Schulter mit harten Schlägen zu bearbeiten. »Ich freue mich ebenfalls«, erklärte er freudestrahlend. »Jetzt habe ich endlich jemanden, dem ich Befehle erteilen kann!«

In der Schwebenden Festung

Das scharf umrissene Kinn schwer auf die rechte Hand gestützt, verfolgte König Gothar reglos, was im Thronsaal vor sich ging. Sein starrer Blick ruhte auf vier Lichtbringern, die, nur wenige Schritte von ihm entfernt, einen lockeren Kreis bildeten. Das fließende Weiß ihrer filigranen Leiber wallte an den Säumen gerade weit genug empor, dass die Ränder einander berührten. Inmitten ihrer Beschwörungsrunde stieg Nebel auf, der von innen heraus zu leuchten schien und dessen Schwaden immer stärker durcheinanderwirbelten, ohne sich allerdings zu den Seiten hin auszubreiten oder gar zu verflüchtigen.

Gothar sah besorgt aus. Harte Linien zerfurchten sein Gesicht, und die silberne Krone mit den verschlungenen Strängen saß, gut eine Handbreit nach hinten gerutscht, nachlässig auf seinem Kopf. Trotzdem vermochte ihn nichts zu erschüttern. Selbst als sich der Nebel zwischen den Lichtbringern rot färbte, zuckte er nicht mal mit der Wimper.

Ganz im Gegensatz zu dem Maar, der an seiner Seite schwebte. Die Silbermaske, die der Oberste aller Lichtbringer trug, bedeckte zwar sein Gesicht, doch allein die Art, in der seine feinen Rückenschleier aufflatterten, bewies, wie aufgewühlt er war.

»Ah, das Rad des Feuers!« Die Maske dämpfte seine Stimme, trotzdem war das unangenehme Zischeln zu hören, das viele seiner Silben begleitete. »Diese dummen Orks glauben tatsächlich, uns damit überrumpeln zu können. Zum Glück ist ihr Wissen weiterhin verschüttet, sonst wüssten sie längst, *wer* ihnen gegenübersteht.«

In dem roten Nebel glühte plötzlich etwas Großes, Rundes auf, ein flüchtiger Schemen, der jedoch rasch die Form eines brennenden Holzrads annahm, eines Feuerrads, das sich langsam drehte.

Gothar forderte deshalb weder eine Erklärung ein, noch hob er den Kopf, um die Erscheinung genauer in Augenschein zu nehmen. Nur ein paar Schweißtropfen, die auf seiner Stirn aufperlten, zeugten davon, dass er überhaupt begriff, was um ihn herum geschah. Außerdem begann seine Linke, die bisher reglos auf der klobigen Marmorlehne gelegen hatte, unruhig mit den Fingern zu trommeln.

»Das Blut der Erde, es pocht so laut, dass ich seinen Pulsschlag bis hier oben hören kann«, erklärte der Maar ungefragt. Seine farblosen Augen, die eine uralte Intelligenz verrieten, glühten förmlich auf, als er fortfuhr: »Die Orks versuchen immer noch zu bezähmen, was letztlich unbezähmbar ist. Doch selbst, wenn sie den alten Bann brechen wollten, sie könnten es nicht. Das Wissen um das vergessene Element ist ihnen für immer genommen.«

Der Tyrann zeigte kein Interesse an diesen Ausführungen, sondern sah weiterhin stur geradeaus. Nur der Takt seiner Finger wurde schneller und schneller – bis der Maar missbilligend auf das nervöse Getrommel sah, worauf dieses abrupt abbrach.

Zufrieden schwebte der Maar auf die übrigen Lichtbringer zu, die geschickt so weit zusammenrückten, dass in ihrem Kreis eine Lücke entstand, gerade breit genug, damit der Maar sie ausfüllen konnte. Sobald er sich der Beschwörung angeschlossen hatte, stiegen alle fünf gemeinsam in die Höhe.

Plötzlich erfüllte ein leises Wispern die Luft, und etwas Neues begann sich im Nebel zu formen, diesmal in der Gestalt einer gefiederten Schlange. Flügelschlagend senkte sich das Tier herab und wand sich mit seinem langen Hinterleib so lange zwischen den brennenden Speichen hindurch, bis sich das Feuerrad immer langsamer drehte und es schließlich blockierte.

Die hölzerne Konstruktion erbebte, als wollte sie das schwarz gefiederte Reptil abwerfen, doch es gelang ihr nicht. Selbst die feurigen Lohen, die von den Speichen aufstiegen und den dunkel geschuppten Leib geradezu angriffslustig umzüngelten, vermochten das Tier nicht zu vertreiben. Zwar bäumte sich die Schlange vor Schmerz auf, aber sie hielt den Flammen stand.

Doch trotz der Schlange ruckte das Rad immer wieder ein kleines Stück weiter. Es kostete die Lichtbringer sichtlich Mühe, dem entgegenzuwirken. Ihre langen, manchmal schmal und zerfetzt wirkenden Schleier flatterten aufgeregt in die Höhe, als würden sie sich selbst unter der sengenden Hitze winden.

Nur der Maar wirkte wie ein ruhender Pol, der durch nichts zu erschüttern war. Oberhalb der Knie lag sein luftiges Gewand eng am hageren Körper. Darunter blähte es sich jedoch glockenförmig auf, um den Kontakt zu den anderen aufgebauschten Säumen beizubehalten.

»Das Blut der Erde ist stark«, zischelte er seinen Artgenossen zu. »Ebenso stark wie der Atem des Himmels oder der Leib des Meeres. Doch wir haben mit der Invasion Arakias gerade noch rechtzeitig begonnen. Der Bann des Vergessens hat die Ork-Priester blind gemacht. Darum werden sie uns auf Dauer unterliegen.«

Seine Worte beruhigten die übrigen Lichtbringer. Ihre Schleier fielen nach unten und glätteten sich. Auch die Schlange auf dem Feuerrad wand sich nicht mehr vor Schmerzen.

»So ist es recht!«, predigte der Maar weiter. »Gebt euch ganz dem Atem hin! Die Zeit ist gekommen für den endgültigen Triumph über das Blut und den Leib!« Das konturenlose Weiß hinter der Silbermaske begann bei diesen Worten zu pulsieren. Immer heller trat es zwischen den Augenschlitzen hervor, während die Stimme des Maars laut durch die Halle peitschte. »Zwingt dem Blut euren Willen auf!«, forderte er, von frommer Inbrunst geschüttelt. »In dieser Schlacht müssen wir siegreich sein, damit das Element, das alles zusammenfügt, weiterhin vergessen bleibt!«

Am Bannerhügel

Während der Rede an die Ersten Streiter hatte ihn Bava geschickt ignoriert, doch dann erhielten die Krieger das Wort, und selbstverständlich durfte auch Urok sprechen. Als er an die Reihe kam, stellten sogar die schlimmsten Plauderzungen ihr Flüstern ein. Plötzlich wurde es so still auf dem Platz, dass noch der leiseste Furz zu hören gewesen wäre, aber wie durch ein Wunder unterdrückten selbst die gefürchtetsten Blähbäuche das Grummeln in ihren Gedärmen. Alle waren viel zu gespannt, ob vielleicht neuer

Zwist zwischen den beiden Feuerhänden aufflammen würde, als dass jemand ein entscheidendes Wort wegen eines lauten Knatterns in der Hose verpassen wollte.

Urok war allerdings nicht auf Streit aus. Sosehr er Bava auch misstraute und sogar auch verachtete – angesichts der bevorstehenden Schlacht mussten alle Blutorks zusammenstehen. Davon war er fest überzeugt.

»Ich vertraue auf das Rad des Feuers wie alle anderen auch!«, begann er seine Rede mit einer Zusicherung, zu der ihm Torg Moorauge geraten hatte, um erst einmal alle Versammelten auf seine Seite zu ziehen. »Trotzdem dürfen wir Gothars Vasallen nicht unterschätzen.«

Abwertende Laute und verächtliches Schnauben klangen auf, doch Bava brachte die Menge mit einer scharfen Geste zum Schweigen. »Lasst Urok ausreden!«, forderte er laut. »Bei unserem Zweikampf hat uns das Blut der Erde klar gezeigt, dass es auch Wert auf seine Meinung legt.«

Obwohl er sich damit öffentlich auf Uroks Seite schlug, erinnerte Bava mit diesen Worten gleichzeitig daran, dass er es gewesen war, der das Duell um die Streitkrone gewonnen hatte. Urok kam nicht umhin, ihm dafür im Stillen ein gewisses Maß an Bewunderung zu zollen.

Äußerlich ungerührt fuhr er hingegen fort: »Die Hellhäuter sind schwächer und dümmer als wir, darin stimme ich mit euch allen überein. Doch ich konnte gestern Nacht beobachten, wie sie ihre Schilde zusammenschließen, um gemeinsam gegen einen Feind vorzugehen. Dabei beschäftigen mehrere von ihnen einen einzelnen Gegner, während ein weiterer den tödlichen Streich von hinten führt. Auf diese Weise können sie selbst einem Blutork gefährlich werden.«

Urok legte eine kurze Pause ein, um seine Worte wirken zu lassen. Doch das hätte er besser bleiben lassen, denn die daraufhin eintretende Stille wurde prompt von einem lauten Furzen zerrissen.

Ob einem unabwendbaren Bauchgrummeln geschuldet oder als abwertende Antwort gedacht, war nicht auszumachen, doch die Wirkung war die gleiche: Rundum brandete tosendes Gelächter auf.

Urok spürte, wie ihm das Blut so heiß in den Kopf schoss, dass er zu schwitzen begann. Sein Körper verkrampfte bis zum letzten Muskel. Am liebsten hätte er das Wellenschwert gezogen, doch er bezähmte den Wunsch, nach links und rechts auszuteilen, um das grölende Pack, das ihm direkt ins Gesicht lachte, für immer zum Schweigen zu bringen.

Mit vor Anspannung bebender Oberlippe sah er zu Tabor hinüber, der eine verdächtig unschuldige Miene zur Schau stellte. Natürlich, dieser Dreckskerl würde sogar einen unverdauten Aal mit herausdrücken, nur um Urok der Lächerlichkeit preiszugeben.

»Wozu hat uns Vuran wohl Schilde gegeben, wenn nicht, um sie auch zu nutzen?«, rief er laut, in dem hoffnungslosen Versuch, den neu aufflackernden Spott zu übertönen. »Dummheit ist kein Mut und Besonnenheit keine Feigheit! Aber gegen einen Feind zu verlieren, den wir unterschätzen, wäre eine Schmach, die sich nur schwer wieder tilgen ließe! Also schließt eure Schilde besser zusammen, statt sinnlos zu sterben!«

Seine verletzenden Worte zeigten umgehend Wirkung. Um ihn herum wurde es gefährlich ruhig. Statt hämischem Spott schlug ihm nun größtenteils blanker Hass entgegen.

»Urok hat gut gesprochen!«, pflichtete ihm Bava überraschend bei. »Also hört auf seinen Rat, und kämpft besonnen, wo es sein muss!« Dieser Mahnung folgte eine kurze Atempause, in der sich niemand erdreistete, unflätige Töne von sich zu geben. Vielleicht, weil alle ahnten, dass Bava noch mehr zu sagen hatte. Ein feines

Lächeln kräuselte die Lippen des Erzstreiters, bevor er anfügte: »Doch überall dort, wo ihr überlegen seid: Schlagt einfach so viele Köpfe ab und Schädel ein, wie ihr nur könnt!«

Das war genau die Art von Worten, die die kampflustige Menge hören wollte. Lautes Fußstampfen ließ den Bannerhügel und das ihn umgebende Gelände erzittern. Größeren Applaus als diesen hatte Bava noch nicht erhalten, seit er die Krone des Erzstreiters trug. Die geballte Rechte zufrieden in die Höhe gereckt, drehte er sich nach allen Seiten, um die Ersten Streiter und ihre Stellvertreter weiter auf sich einzuschwören.

Urok blieb hingegen nur, seine Daumen hinter den Leibgurt zu klemmen und herausfordernd in die Runde zu starren. Doch es gab kaum jemanden, der seinem Blick begegnete. Die meisten wandten ihm längst den Rücken zu.

Verdammt. Er konnte wirklich nur hoffen, dass die anstehende Schlacht besser für ihn verlief, denn das Scharmützel gerade hatte er eindeutig verloren. Der Einzige, der ihm noch offen ins Gesicht sah, war ausgerechnet der einäugige Grimpe, der ihm, aller Feindschaft zum Trotz, ein verschmitztes Lächeln schenkte.

Urok ahnte, was ihm der Alte damit sagen wollte. Er konnte sich nämlich noch gut an den letzten Raubzug erinnern, auf dem ihm Tabors Vaterbruder verraten hatte, warum er lieber ein Rechter Arm als ein Erster Streiter war: *Weil sich ohnehin niemand an das hält, was im Kriegsrat beschlossen wird*, klangen ihm Grimpes Worte noch im Ohr. Zumindest damit hatte das alte Einauge große Weisheit bewiesen.

Urok nickte ihm daher anerkennend zu, bevor er sich zu Torg umdrehte, der bloß mit den Schultern zuckte. »Was soll's?«, raunte sein Stellvertreter leise. »Du hast es zumindest versucht.«

»Und mich dabei zum Trottel gemacht«, knurrte Urok verdrossen.

Um sie herum hoben viele Orks die Arme, um Bava lautstark

zu verabschieden. Deshalb konnte Urok sicher sein, dass niemand außer Torg seine betrübte Antwort hörte.

»Na und?« Der Alte rammte seinen Schulterpanzer gegen den von Urok. »Nach der Schlacht zählen nur noch die abgeschlagenen Köpfe, die an deinem Gürtel baumeln.«

Während Bava den Hügel verließ, wurden überall die Banner aus der Erde gezogen. Ausgewählte Krieger, die persönlich für sie verantwortlich waren, trugen sie auf dem schnellsten Weg zurück an die Front, dorthin, wo die Scharen der jeweiligen Clans in Stellung gegangen waren. Auch die übrigen Ersten Streiter strömten rasch auseinander, jeder mit seinem Stellvertreter an der Seite, schließlich warteten die Kriegsscharen schon darauf, das Ergebnis der Beratung zu erfahren. Man brauchte kein Priester vom heiligen Hort zu sein, um vorauszusagen, dass man den Scharen auch von Uroks Ansprache erzählen würde und vor allem von dem lauten Furz, der alle zum Lachen gebracht hatte.

Nun ja, immerhin würde seine Mahnung dadurch in aller Munde sein. Wenn auch nicht ganz so, wie er es sich erhofft hatte. Eigentlich war er Tabor deshalb sogar ein wenig Dank schuldig, aber diesen Gedanken verdrängte er sofort wieder.

Torg Moorauge und er ließen sich ein wenig mehr Zeit als die anderen, denn es gab keinen Clan, dem ihre Schar angehörte. Also würden sie sich ganz einfach dort platzieren, wo die Aussicht auf einen guten Kampf am größten war. Bei einer so kleinen Schar wie der ihren fand sich immer eine Lücke, die sie besetzen konnten.

Es dauerte eine Weile, bis sich das allgemeine Gewimmel so weit gelichtet hatte, dass sie Rowan entdeckten. Zu ihrer Überraschung war er nicht mehr allein, sondern in der Begleitung eines jungen, noch längst nicht ausgewachsenen Orks, dessen Rüstung ebenso aus abgelegten Teilen bestand wie der mächtige, aber mehrfach geflickte Streithammer an seinem Gürtel.

»Diese verdammte Rotznase!«, schimpfte Torg, als er Narg erkannte. »Was hat der denn hier zu suchen? Ich denke, der dümpelt mit den anderen auf dem Fluss herum!«

Urok hatte den Jungen ebenfalls erkannt, obwohl er ihm bisher nur ein einziges Mal begegnet war. Vor ungefähr einem Vollmond, zusammen mit den anderen Teerfischern, an Bord von Torg Moorauges Boot, das in die Schwarze Marsch gesegelt war. Wie viele andere dieser Auslegerboote war auch Torgs auf Höhe der Schwarzen Pforte vor Anker gegangen, um einen möglichen Rückzug zu decken.

Rückzug! Allein das Wort überhaupt zu denken bereitete Urok – und wohl auch jedem anderen Krieger – körperliches Unbehagen. Trotzdem war sein Volk keineswegs zu stolz, sich auch gegen den schlimmsten aller denkbaren Fälle zu wappnen.

Narg reckte das Kinn angriffslustig vor, während ihn der alte Torg mit wüsten Flüchen und Beschimpfungen überschüttete und es dabei auch nicht versäumte, ihm eine gehörige Tracht Prügel anzudrohen. Der Halbwüchsige ließ sich davon nicht beeindrucken. Entschlossen rückte er seinen zerschrammten Lederharnisch zurecht, der allerdings sofort wieder verrutschte, weil er ihm viel zu groß war. Daraufhin klemmte er eine Hand unter die Panzerung und hielt sie in der richtigen Position, während er sein Anliegen vorbrachte.

»Ich bin schon zu alt, um mit den Kranken und Schwachen auf einem der Boote zu hocken«, erklärte er und stampfte dabei hart mit dem Stiefel auf, um seinen Worten Nachdruck zu verleihen. »Darum werde ich in dieser Schlacht mitkämpfen. Entweder zusammen mit euch oder allein zwischen den Reihen, als Erster Streiter meiner eigenen Schar.«

Angesichts dieser Ansprache blieb Torg glatt die Spucke weg. Zwei, drei Herzschläge lang sah er schweigend auf Narg hinab, dann drehte er sich zu Urok um, die Augen zu schmalen Schlitzen verkniffen. *Siehst du nun, was du mit deinen Eigenmächtig-keiten angerichtet hast?*, schien sein vorwurfsvoller Blick zu fragen.

Urok wusste nicht recht, was er darauf antworten sollte, widerstand aber immerhin der Versuchung, verlegen zu Boden zu starren.

»Nehmt ihn doch einfach auf!«, mischte sich Rowan vorlaut ein. »Dann bin ich wenigstens nicht mehr der einzige Krieger eurer Schar!«

Niemand sah die Faust kommen, am allerwenigsten Rowan selbst. Torg schlug einfach zu. Blitzschnell, ohne jeden Ansatz, aus der normalen Haltung heraus. Trotzdem saß ordentlich Dampf hinter der Geraden, die Rowan das Maul verschloss, als er gerade weiterschwätzen wollte.

Wie von einem Hammer getroffen, flog sein Kopf zurück in den Nacken. Seine Lippen zerplatzten wie überreife Früchte. Feine, wie an einer Schnur aufgereihte Blutperlen spritzten durch die Luft, während Torg brüllte: »Red gefälligst nicht dazwischen, wenn ich als Rechter Arm mit einem Krieger spreche!«

Rowan schüttelte benommen den Kopf, bevor er sich mit der Hand übers Gesicht wischte und anschließend auf das rote Nass an seinen Fingern starrte. Er konnte kaum glauben, was gerade passiert war. Statt sich zu beklagen oder sonst irgendwie aufzubegehren, zog er es jedoch vor zu schweigen. Die Wunden waren nicht allzu schlimm und würden sich bald von allein schließen, trotzdem war Torgs Botschaft angekommen. Still vor sich hin blutend, wischte Rowan die verschmierte Hand am Waffenrock ab und hielt sich aus allem Weiteren heraus.

Selbst Nargs Selbstbewusstsein hatte unter dem heftigen Hieb gelitten. Am liebsten wäre er wohl aus Torgs Reichweite geflohen, doch damit hätte er seinen Anspruch als Krieger zunichtegemacht.

Tapfer blieb er stehen und beharrte trotzig: »Aber Urok durfte doch auch seine eigene Schar sein.«

»Urok ist auch eine Feuerhand!«, antwortete Torg, sichtlich stolz, dass ihm diese Antwort eingefallen war. »Hast du auch eine Feuerhand? Dann zeig sie uns, und ich bin der Erste, der sich für deinen Beitritt in diese Schar ausspricht.«

Narg versuchte dem triumphierenden Blick des Moorauges standzuhalten, sah aber schließlich doch mit verkniffener Miene zu Boden. »Nein, hab ich nicht«, gestand er kleinlaut ein, straffte aber schon einen Atemzug später seine Haltung und sah wieder herausfordernd in die Höhe. »Und trotzdem bin ich meine eigene Schar, wenn du mich nicht bei euch mitkämpfen lässt!«

Drohend hob der Alte die Faust, um Narg auf die gleiche Weise zurechtzustutzen, wie er es zuvor mit Rowan getan hatte. »Du kehrst sofort zu den anderen Fischern zurück, wo du hingehörst!«, forderte er eindringlich.

Bevor er jedoch zulangen konnte, um seine Worte handfest zu untermauern, packte ihn jemand am Oberarm. »Lass das«, verlangte der Fremde, der unbemerkt von hinten herangekommen war. »Nimm den kleinen Furz lieber auf in deine Schar, bevor er mit seiner Idee noch andere seines Alters verrückt macht.«

Erzürnt wirbelte Torg herum, senkte aber sofort die Fäuste, als er sah, dass ihm Gabor Elfenfresser gegenüberstand. Den Rechten Arm des Erzstreiters niederzuschlagen wäre keine gute Idee gewesen, schon gar nicht wegen solch einer Kleinigkeit.

»Ist das dein Ernst?«, mischte sich Urok ein. »Soll uns Narg wirklich in die Schlacht begleiten?«

Gabors Finger gruben sich einen Moment länger in Torgs Muskeln, als nötig gewesen wäre, bevor er den Griff löste und sich ein hinterhältiges Lächeln gestattete. »Natürlich meine ich es ernst«, bekräftigte er. »Und sollten mir noch mehr Kerle von dieser Sorte über den Weg laufen, werde ich sie ebenfalls zu dir schicken.

Schließlich hat uns erst dein Eigensinn diesen Ungehorsam eingebrockt!«

Urok stieß ein verächtliches Schnauben aus. »Uns Orks hat es schon immer und zu allen Zeiten vor der Kriegerweihe in den Kampf gezogen. Weder dir noch mir ist es in Nargs Alter anders ergangen. Oder willst du mir das jetzt auch zum Vorwurf machen?«

»Nein, natürlich nicht.« Die harten Züge des Elfenfressers weichten unversehens auf. Für einen kurzen Moment sah er tatsächlich wieder so aus wie früher, als er Ramoks Rechter Arm gewesen war, über dessen Besuche sich Urok stets gefreut hatte, weil Gabor immer so spannende und lustige Geschichten zu erzählen gehabt hatte.

»Trotzdem musst du Narg bei euch aufnehmen«, erklärte Bavas Stellvertreter überraschend versöhnlich. »Sieh ihn dir doch an. Er wird nicht von allein gehen, und es ist längst zu spät, ihn noch ans Ufer des Amer zu begleiten. Die Neuigkeit macht bereits die Runde, aber ich sage sie euch auch gern persönlich: Gothars Heere marschieren bereits auf. Die Schlacht wird in Kürze beginnen.«

»Noch heute?«, fragte Urok überrascht. »Aber die Sonne hat bereits ihren Zenit überschritten!«

»Vielleicht hoffen sie darauf, bei Anbruch der Dunkelheit besser fliehen zu können.« Gabor zuckte mit den Schultern. »Wer weiß schon, was in diesen Hellhäutern vorgeht?«

Urok nickte zustimmend.

Gabor setzte an, als ob er noch etwas hinzufügen wollte, überlegte es sich aber im letzten Moment anders. »Eine gute Schlacht und viele Köpfe«, wünschte er stattdessen, bevor er sich zum Gehen wandte. »Euch allen vieren!«

Sie bedankten sich mit der gleichen Losung, selbst Narg, der nun tatsächlich zu ihnen gehörte. Torg Moorauge raufte sich deshalb das grau durchzogene Wangenhaar und schnaufte erbost:

»O Vuran, was habe ich nur verbrochen, dass du mich so strafst? Nargs Urmutter wird mir den Kopf abreißen, wenn sie davon erfährt.«

Narg grinste verstohlen, weil er selbst nicht die geringste Angst vor seiner Urmutter verspürte, presste aber sofort die Lippen zusammen, als Torg zu ihm herabsah und ihn drohend fixierte.

»Lass dir bloß nicht einfallen, in eine offene Klinge zu laufen«, warnte der Alte grollend. »Sonst werde ich dich, bei Vuran, mit eigener Hand in kleine Stücke hacken und sie in alle vier Winde zerstreuen, damit nie jemand erfährt, was aus dir geworden ist. Hast du mich verstanden?«

Narg nickte eifrig.

»Sehr gut!« Zufrieden richtete sich Torg wieder auf und boxte Rowan versöhnlich vor die Brust, bevor er, an alle gerichtet, fortfuhr: »Dann lasst uns endlich losziehen, Menschen erschlagen! So viele wie nur irgend möglich!«

In König Gothars Reihen

»Wer soll das denn sein?« Falus Stimme schwankte zwischen Spott und Ablehnung. »Deine neue Drohne?«

Morn wusste nicht, was eine Drohne war, doch er begriff durchaus, dass er gerade verhöhnt wurde. Knurrend gab er dem wilden Teil seines Erbes nach und richtete sich aus der leicht vorgebeugten Haltung auf, die er sich im Laufe seiner Jugend angewöhnt hatte. In voller Größe überragte er die meisten der Schattenelfen um zwei bis drei Kopflängen, trotzdem zeigte sich keiner von ihnen eingeschüchtert.

Am wenigstens Falu, den er aus schmalen Augen drohend ansah. Ganz im Gegenteil. Die bleiche Vogelscheuche mit dem rabenschwarzen Haar, das offen über beide Schultern fiel, grinste nur noch selbstgefälliger, weil seine bösen Worte auf so fruchtbaren Boden gefallen waren.

Morns bronzefarbene Haut, die schon unter normalen Umständen einen leichten Stich ins Olive aufwies, verdunkelte sich noch stärker, als ihm vor Wut das Blut ins Gesicht schoss.

»Komm doch!«, lockte er den unbewaffneten Elf, dessen Schwertgürtel mehrere Schritte entfernt an einem Baumstamm lehnte. »Komm einfach her, wenn du dich traust.« Dabei winkte er abwechselnd mit seinen muskelbepackten Armen, die sogar noch dicker waren als die Oberschenkel seines Widersachers.

Ja, es ließ sich einfach nicht leugnen. Sein kräftiger Wuchs verriet es ebenso wie die spitz zulaufenden Ohren und das vorspringende Gebiss, das ihm das brutale Aussehen eines gefräßigen Raubtiers verlieh.

Orkblut floss durch seine menschlichen Adern.

»Komm doch selbst!« Falu veränderte beinahe spielerisch die Haltung seiner Beine, sodass er aus dem Stand heraus auf den Halbling zuspringen konnte. »Oder hast du Angst, über deine zu großen Füße zu stolpern?«

Morn machte tatsächlich Anstalten, auf die Herausforderung einzugehen, obwohl er die tödlichen Fähigkeiten der Schattenelfen kannte.

»Schluss damit!«, fuhr Feene dazwischen. »Oder ihr bereut es alle beide!«

Falu knirschte verärgert mit den Zähnen, wagte aber nicht, dem neuen Todbringer zu widersprechen. Zufrieden baute sich Feene zwischen den beiden Streithähnen auf. Sie winkte die übrigen Legionäre ihrer Garnison näher und auch jene, die ihr aus fremden Städten überstellt worden waren. Fast fünfhundert Streiter standen unter ihrem Kommando, allesamt perfekt ausgebildet in jeder erdenklichen Form der Kriegsführung. Gothars Legion der Toten wurde in keiner offenen Feldschlacht verheizt wie die fellbehängten Barbaren aus Bersk oder die halbnackten Bogenschützen aus Sambe. Sie kämpften verdeckt, hinter den feindlichen Linien, als Kundschafter und Heckenschützen oder bei weitläufigeren Feldzügen, indem sie Höfe niederbrannten, Brunnen vergifteten oder Attentate verübten.

Ob Elf oder Elfin war dabei egal: Jeder Einzelne aus der Legion der Toten wog mehr als zwei Dutzend kampferprobter Barbaren, ihre Besten sogar noch mehr. Mit weichen Sohlen unter den Füßen und vom Atem des Himmels beflügelt, würden sie sich ebenso schnell wie leise in alle Winde verstreuen und erst wieder aus dem Gras auftauchen, wenn sie sich im Rücken des Feindes befanden.

Doch zuerst musste Feene eine kleine Ansprache halten.

»Das hier ist Morn«, stellte sie den Neuankömmling ohne lange Umschweife vor. »Wer beim ersten Vorstoß nach Arakia mit auf Arnurs Wehrhof war, wird ihn schon kennen. Allen anderen sei gesagt, dass dieser Halbling im Grenzgebiet aufgewachsen ist und hier jeden Baum und jeden Strauch persönlich beim Namen kennt.«

Feene beobachtete ganz genau, ob sich irgendein Gesicht bei dem Ausdruck »Halbling« verzog. Schließlich war sie selbst einer, wenn auch mit einem menschlichen Vater und einer Elfin als Mutter. Wegen ihres hohen Wuchses im Allgemeinen und der langen Beine im Besonderen war sie früher oft verspottet worden, doch das hatte sich mit ihrer Ernennung zum Todbringer schlagartig geändert. Selbst der vorlaute Falu, früher ein enger Freund von Benir, fürchtete ihre neu gewonnene Macht.

»Morn kennt einige gute Schleichwege, die uns an den Vorposten der Orks vorbeiführen«, fuhr sie fort. »Ich habe ihn für diese Aufgabe persönlich ausgewählt und erwarte daher, dass er von allen mit entsprechendem Respekt behandelt wird.« Sie drehte sich einmal im Kreis, damit alle an ihrem Gesicht ablesen konnten, wie ernst ihr diese Mahnung war. »Da Morn nicht über unseren Drill und unsere natürlichen Fähigkeiten verfügt, brauche ich einen äußerst fähigen Legionär, der auf seinen Tarnmantel verzichten kann.«

Sie hatte die Drehung perfekt auf ihre Worte abgestimmt. Denn im gleichen Moment, da das Frettchen aus dem Sack war, blieb ihr Blick an Falu hängen. »Du!«, sagte sie mit einem kalten Lächeln, das Freundlichkeit vortäuschte, aber tatsächlich von Triumph kündete. »Gib mir deinen Umhang, du kommst auch gut ohne ihn zurecht.«

Falus ohnehin blutleeres Gesicht wurde fast weiß. Die Zähne so fest zusammengebissen, dass seine Wangenknochen kantig hervortraten, löste er die Spange an seinem Hals und zog den tannengrünen Mantel von seinen Schultern. Jede andere Reaktion hätte ihn umgehend zu Benir in die Arena befördert, doch die Botschaft an die Umstehenden kam sicherlich auch so gut an.

Ohne den bitteren Blick zu senken, den er in Feenes Augen bohrte, reichte er ihr den Mantel, der nun, da er von niemandem mehr getragen wurde, eine schmutzig graue Färbung annahm. Feene legte ihn ohne ein Wort des Danks über ihren Arm. Anschließend wies sie alle an, sich zum Aufbruch fertig zu machen.

Nur Geuse, auf dessen Ergebenheit sie einigermaßen vertraute, hielt sie zurück. »Du kümmerst dich um Morn«, befahl sie, während sie den Umhang an den Halbling weitergab.

»Danke!«, sagte Morn ergriffen, als er den Fetzen, der seinen massigen Körper nur dürftig bedecken würde, in den Händen hielt.

»Der ist nur geliehen«, beschied sie ihn scharf. »Du musst ihn nach der Schlacht zurückgeben – vorausgesetzt, dass Falu sie überlebt.«

Erst danach wurde ihr klar, dass es dem groben Klotz um weitaus mehr als das Kleidungsstück ging. In seinen dunklen Augen lag plötzlich ein Glanz, der sie an die unterwürfige Treue eines gezähmten Hundes erinnerte.

Natürlich, wie dumm von ihr. Sie hatte gerade vor versammelter Mannschaft den Elf gedemütigt, der Morn mit Hohn und Spott hatte übergießen wollen. So etwas war dem Halbling auf Arnurs Wehrhof sicher nie widerfahren; dort hatte er seinen Platz in der Hierarchie ohne fremde Hilfe erkämpfen müssen. Für jemanden, der keinerlei Rückhalt kannte, musste ihre Tat wohl einen Sturm der Gefühle auslösen.

Dabei war es ihr nur darum gegangen, dass ihre Entscheidungen nicht in Zweifel gezogen wurden. Zukünftig würde es niemand mehr wagen, über einen ihrer Begleiter zu spotten.

Andererseits, warum sollte sie dieses Missverständnis nicht für sich nutzen?

»Mach deine Sache gut«, forderte sie mit honigsüßer Stimme, obwohl ihr eher nach schallendem Gelächter zumute war, als Morn sich den viel zu kleinen Umhang über die breiten Schultern zog. »Mach deine Sache gut«, wiederholte sie, »und dir steht ein neues Leben in Sangor bevor, wie du es dir bisher nicht mal zu erträumen gewagt hast.«

Morn nickte eifrig und zog den Umhang dabei so fest vor dem Hals zusammen, dass es auf seinem Rücken leise ratschte. Feene labte sich einen Moment lang an seiner Verlegenheit, bevor sie ihm in die Wange kniff, von nun an sicher, einen ergebenen Diener gewonnen zu haben.

⟩ ◁ ⟨

In der Schwebenden Festung

Blind oder nicht, das Blut der Erde war den Ork-Priestern untertan. Das machte sie zu starken, äußerst schwer bezwingbaren Gegnern. Doch so gut sie ihr Handwerk auch beherrschten, auf Dauer mussten sie unterliegen. Zumal wenn es dem Maar gelang, den Hort des Widerstands aufzuspüren.

Während tief unter ihnen die Truppen aufmarschierten, verschmolzen die in Trance versunkenen Lichtbringer zu einer geistigen Einheit. Gemeinsam weiteten die Fünf ihre Sinne und traten so über alle körperlichen Grenzen hinaus. Der Wechsel erfolgte völlig abrupt und war mit Schmerzen verbunden. Eben noch schien alles um sie herum völlig normal zu sein, doch schon im nächsten Moment streiften sie das Fassbare ab und tauchten in ein leuchtendes Farbenmeer ein, das ihre Sinne völlig überwältigte.

Plötzlich war der dunkle Thronsaal von roten, blauen und weißen Linien durchzogen, die sie nicht nur sehen, sondern auch riechen und schmecken konnten. Die bunte Vielfalt wirkte so stark auf sie ein, als hätten sie bisher hinter grauen Schleiern in einer grauen Welt gelebt. Zum Glück dauerte es nur einige wenige, hektische Atemzüge, bis sich alle so weit an die neue Umgebung gewöhnt hatten, dass die Farben wieder zu verblassen begannen. Farben, die für das normale Auge stets unsichtbar bleiben würden.

Unter der Führung des Maars nahmen sie sofort die Spur auf,

die das Blut der Erde in die Welt hineinwob. Ihr vereinter Geist heftete sich an eine ausgefranste Kraftlinie, die sich flammend rot durch die Luft schlängelte und unter ihren schwebenden Leibern im Boden verschwand.

Feste Stoffe stellten für ihren derzeitigen Zustand kein Hindernis dar. Rasend schnell durchdrangen sie die unteren Stockwerke der Festung, bis sie ins Freie gelangten. Draußen war das Gewirr der sich kreuzenden Kraftlinien so groß, dass die umliegenden Berge wie hinter einem dichten Netz verschwanden. Von haarfeinen Fasern bis zu armdicken, sich ständig verästelnden Strängen war alles vorhanden. Nicht nur in reinem Rot, Blau oder Weiß, sondern auch in zahllosen Schattierungen, die sich aus der Kombination dieser Farben ergaben, dort, wo sich die drei großen Mächte nicht bloß zu engen Maschen verknüpften, sondern parallel zueinander verliefen und untrennbar miteinander verschmolzen.

Unter normalen Umständen wäre es schwer gewesen, hier eine bestimmte Quelle zu erkunden, doch die Ork-Priester hatten Kräfte von ungeheurem Ausmaß in Gang gesetzt, darum war ganz Knochental mit einem leuchtend roten Schimmer überzogen.

Indem sie sich auf einen der vielen pulsierenden Stränge stürzten, die sich tentakelgleich aus dem flammenden Meer erhoben, und seinem Energiefluss bis zum Ursprung folgten, kamen sie ihrem Ziel rasch näher.

Was die Lichtbringer taten, war nicht ungefährlich. Den strömenden Kräften zu nahe zu kommen hätte sie bis ins Körperliche hinein in tausend Fetzen reißen oder doch zumindest ihren Geist bis in alle Ewigkeit verwirren können.

Doch sie waren keineswegs so tollkühn, auf dieser Ebene in den Verlauf der Kraftströme einzugreifen. Sie wollten lediglich den Platz ausfindig machen, an dem die Orks das Rad des Feuers anriefen.

Als sie an eine Nebelglocke gelangten, der mehr als ein Dutzend dicker Stränge entsprangen, wussten sie, dass sie die Kultstätte gefunden hatten. Ein Plateau direkt über dem Knochental – die Frechheit der Orks war wirklich unbeschreiblich!

Die Lichtbringer durchdrangen den Dunst gerade so weit, dass die schemenhaften Umrisse der Orks auszumachen waren, dann zogen sie sich wieder zurück, noch bevor ihre Anwesenheit von den Priestern bemerkt werden konnte.

Zurück im Thronsaal dauerte es eine Weile, bis sie sich wieder zurechtfanden. Die körperlose Reise hatte an ihren Kräften gezehrt, aber das war nicht das Einzige, was ihnen zu schaffen machte. Da gab es auch noch den Verlust der berauschenden Farben, ihrer Gerüche und der Geschmäcker, die so angenehm die Sinne berauscht hatten. Dieser überwältigenden Eindrücke beraubt, fühlten sich die Lichtbringer tatsächlich in eine Grau in Grau gehaltene Welt zurückversetzt. Sie würden noch lange nach diesem zerstörerischen Kitzel lechzen, das war der Preis, den sie für ihre Magie zahlen mussten.

Doch so hoch der Schmerz des Verlusts auch war, der zurückliegende Vorstoß hatte seinen Zweck erfüllt. In den roten Nebeln, die weiterhin zwischen ihren Körpern wallten, zeichnete sich inzwischen auch der Gebirgszug ab, auf dem die Orks das Rad des Feuers beschworen. Gleich darüber war das brennende Rad zu sehen. Obwohl die gefiederte Schlange es weiterhin blockierte, hatte es sich ein kleines Stück weitergedreht.

»Schüttelt endlich eure Benommenheit ab!«, rügte der Maar seine Lichtbringer laut. »Wir müssen dem Ritual der Orks standhalten und wieder zu Kräften kommen. Zum Glück haben es diese verdammten Priester gut mit uns gemeint. Sobald wir uns erholt haben, werden wir ihre Kultstätte unter der Schwebenden Festung zerquetschen.«

Rund um Knochental

Die stählernen Reihen, die am Fuße des Bergmassivs aufmarschierten, boten einen imposanten Anblick. Das Zentrum der Schlachtordnung bildeten große Karrees, in denen nach Stämmen und Völkern ausgewählte Männer Seite an Seite schritten. Die Krieger aus Bersk und Vandor waren dabei an ihrem hohen Wuchs zu erkennen sowie an dem langen, oft zu Zöpfen geflochtenen Haar, das unter den mit Tierhörnern verzierten Helmen hervorquoll.

Während sie auf ihre schlichten Rundschilde mit dem charakteristischen Eisenbuckel vertrauten, schworen die Schwertknechte aus Cabras und Ragon auf metallbeschlagene Dreieckschilde, die häufig Tiermotive zeigten: Aufgerissene Lindwurmmäuler, bluttriefende Bärentatzen und andere furchterregende Bemalungen – über die jeder Ork nur lachen konnte – sollten den Gegner nicht nur das Fürchten lehren, sondern auch dafür sorgen, dass sie selbst im dicksten Schlachtgetümmel stets zu ihrem Haufen fanden.

Zwischen diesen festen Formationen bewegten sich leichte Verbände mit Bogenschützen aus Sambe, deren dunkle Haut wie Bronze in der Sonne glänzte. Die Flanken wurden hingegen von schwarz gepanzerten Einheiten und berittenen Lindwürmern gebildet. Dank Urok war allgemein bekannt, dass es sich bei diesen Gegnern um keine Menschen, sondern um zischelndes Schlangengezücht und schleimige Kreaturen in Hornrüstungen handelte.

Gothars Heer bedeckte die Ebene beinahe so weit, wie die Orks sehen konnten. Die Zahl seiner Truppen war zu groß, um sie auch nur annähernd zu schätzen. Und obwohl die meisten Orkherzen vor Freude schneller schlugen, hatte selbst der Dümmste unter ihnen längst begriffen, dass die Truppen der Menschen denen von Arakia zahlenmäßig um ein Vielfaches überlegen waren.

Die Orks, die die umliegenden Hügelkämme besetzten, zählten einige tausend Krieger. Dazu kamen die waffenfähigen Weiber, die mit Pfeil und Bogen, aber auch mit blankem Stahl zur Unterstützung bereitstanden. Jede Einzelne von ihnen wog ein Dutzend Gegner auf, trotzdem drohte ihnen eine blutige und überaus verlustreiche Schlacht – wäre da nicht das Rad des Feuers gewesen.

Urok spürte einen angenehmen Schauer über seinen Rücken rieseln, als er auf die feinen Basaltkiesel herabsah, die das ansteigende Gelände zwischen den Hügeln bedeckten. Schon manches Heer hatte diese Enge zu stürmen versucht und war dabei blutig gescheitert. Doch die Knochen der Erschlagenen, die danach über Jahre und Jahrzehnte in der Sonne bleichten, waren schon längst wieder zu Staub zerfallen und mit dem Wind davongeweht. Das helle Gestein, dem das Tal seinen Namen verdankte, war dagegen geblieben.

Es war kein Zufall, dass es gerade diesen Teil der Schwarzen Pforte bedeckte, denn es handelte sich um den Schorf der Wunde, aus der das Blut der Erde schon häufiger hervorgesprudelt war. Sobald das Rad des Feuers auch die jetzt anrückenden Schildreihen zerschmettert hatte, würde es in den Nahkampf Mann gegen Mann gehen – und bei dieser Art des Kampfes konnten die Blutorks nur gewinnen.

Erwartungsvoll standen sie auf den umliegenden Hügeln, alte und junge Krieger, die sich – abgesehen vom Wellenschwert – in nichts von Urok unterschieden. Sie alle fieberten dem näher stampfenden Heer entgegen. Tausende groß gewachsener Recken, deren langes Haar im Wind flatterte, so wie die blutig roten Banner, unter denen sie versammelt waren. Die Luft war erfüllt vom Knirschen ihrer Harnische, unter denen sich mächtige Brustkörbe spannten. Dieses kampflustige Volk verabscheute es, sich den Blick auf den Gegner durch einen Helm zu verdecken.

Ein Kettenschurz unter dem Waffenrock und ein schwerer Schild waren das Äußerste, was sie an zusätzlicher Rüstung benötigten.

Ansonsten vertrauten sie auf die Kraft ihrer Arme und den Blutstahl in ihren Händen. Ob nun Schwert, Doppelaxt oder Streithammer – wo auch immer eine derart geschmiedete Waffe dreinfuhr, hinterließ sie nur Tod und Schmerz.

»Geht es bald los?«, fragte Narg, ungeduldig auf dem linken Bein wippend.

»Nur die Ruhe«, mahnte Urok, obwohl sein Schwert ebenfalls nach Blut lechzte. »Du wirst noch früh genug deinen ersten Gegner töten.«

Sie hatten einen guten Platz an der rechten Flanke gefunden, auf einer kleinen Erhebung, die ihnen ausreichend Raum bot, aber zu klein für eine normale Schar gewesen wäre. Rechts von ihnen wehte das Banner der Madak, während sich auf der Linken die Farben der Vendur erhoben.

Damit hatten sie verlässliche Streiter an ihrer Seite, die ihnen wohlgesinnt waren. Aber auch der Clan des Erzstreiters, der das hintere Ende des Hangs besetzte, befand sich in Hörweite. Obwohl das nichts heißen musste. Vermutlich war Gabors lautstarkes Organ selbst bis in die feindlichen Reihen zu vernehmen.

»Ich kann mir nicht helfen!«, gab er gerade eine seiner beliebten Lügengeschichten zum Besten. »Das Ganze hier erinnert mich an Tri-Nang, als ich drei Elfen das Rückgrat gespalten habe, bevor sie auch nur einen ihrer elenden vergifteten Pfeile auf mich abschießen konnten! Für diese Heldentat wurde mir seinerzeit der Ehrenname verliehen, den ich bis heute trage!«

Urok musste grinsen, weil Narg ganz gebannt zuhörte. Dabei gab es unzählige Geschichten, die über Elfenfressers Namen kursierten. Mit Sicherheit war diese hier genauso falsch wie die, dass es Gabor einmal in die Salzebene verschlagen hatte und er dort einige Elfen braten und verspeisen musste, um dem Verhungern zu entgehen.

»Im Ernst?«, meldete selbst Tabor lachend seine Zweifel an. »Ich dachte immer, du hättest deinen Namen für die altersschwache Elfin erhalten, der du in Bor-Dell das Federkissen ins Gesicht gedrückt hast.«

Die umliegenden Hügel erbebten vor Lachen. Selbst Gabor musste ein Grinsen unterdrücken, obwohl er natürlich bemüht war, vollkommen ernst zu bleiben.

»Freundchen«, erwiderte er schließlich, als sich alle ein wenig beruhigt hatten. »Ich habe an Hunderten von Plätzen schon Tausende von Elfen erschlagen. Und jedes Mal habe ich mich dabei so heldenhaft verhalten, dass mir der Name Elfenfresser von Neuem aufgedrängt wurde. Aber das kannst du natürlich nicht verstehen, weil dir das noch kein einziges Mal widerfahren ist.«

Erneut brandete Gelächter in den Reihen der Krieger auf, diesmal noch viel lauter und herzlicher als zuvor. Nur Tabor machte ein saures Gesicht. Denn so gern er auch Spott verteilte, so wenig gefiel es ihm, selbst im Mittelpunkt des allgemeinen Hohns zu stehen.

Auch unter anderen Bannern wurde laut gefrotzelt, um die Zeit zu vertreiben. Urok und die seinen schwiegen jedoch. Er selbst, weil er neugierig jede Bewegung des Feindes verfolgte, der auf ihre Stellungen zuwalzte. Die anderen, weil sie ihren eigenen Gedanken nachhingen.

Narg lauschte weiterhin aufgeregt, was die übrigen Krieger zum Besten gaben, während Torg mit gerunzelter Stirn in den Himmel sah. Sein hängendes Lid zuckte mehrmals, während sein Blick in weiter Ferne verweilte. Ein deutliches Zeichen, dass ihn irgendetwas innerlich aufwühlte.

»Angst?«, fragte Rowan amüsiert und stieß dem Alten dabei einen Ellenbogen in die Rippen.

Statt wie erwartet aufzubrausen, starrte Torg weiterhin in die Luft. »Ich fürchte höchstens, dass uns die Schwebende Festung auf den Kopf fällt«, erklärte er nach einer Weile, »denn dagegen ist auch der stärkste Krieger machtlos.«

Alarmiert schaute Urok ebenfalls in die Höhe, und tatsächlich, der Alte hatte recht. Die Schwebende Festung, die sich den ganzen Morgen über nicht von der Stelle gerührt hatte, hatte sich langsam in Bewegung gesetzt.

Unwillkürlich musste er an die Lichtbringer denken. Falls diese am Himmel erschienen und wieder die geheimnisvollen Blitze schleuderten, gab es nur wenige Möglichkeiten zur Gegenwehr. Doch Urok vertraute darauf, dass diese schaurigen Wesen ebenfalls dem Rad des Feuers zum Opfer fielen.

»Das Blut der Erde wird die Schwebende Festung zu einem Haufen Asche pulverisieren«, versuchte er Torg Moorauges Zweifel zu zerstreuen. »Du wirst schon sehen, die Mauern zerstieben im Wind, ohne dass eine einzige schwarze Flocke auf uns niedergeht.«

»Dein Wort in Vurans Ohr«, antwortete Torg brummig, während er nach dem Schwert an seiner Seite langte, denn die ersten menschlichen Truppen hatten inzwischen den vor ihnen liegenden Talkessel erreicht. Statt zuerst die vorderen Hügel zu attackieren, stürmten sie einfach geradeaus weiter, mitten ins Knochental hinein.

Urok schirmte seine wulstigen Brauen ab, um seine Augen gegen die pralle Sonne zu schützen, während er zu den gut fünfzig Speerwürfen entfernt liegenden Stellungen sah. Er war davon ausgegangen, dass den dort postierten Orks nun ein Angriff durch die Schädelreiter drohte, doch die hielten ihre Lindwürmer weiterhin zurück.

Warum nur?

Vielleicht, weil sie den steilen Anstieg fürchteten? Oder die in den Boden gerammten Spitzpfähle, die die vorderen Stellungen absicherten? Oder witterten sie vielmehr die Fallgruben, die ebenso auf ihrem Weg lauerten wie die schweren Steine, die auf den Hügelkuppen zu großen Haufen aufgeschichtet waren und nur darauf warteten, von starken Orkarmen in die Tiefe geschleudert zu werden?

Der schwere Tritt des anrückenden Gegners hallte immer lauter zu ihnen herauf. Sosehr sich das Gelände an dieser Stelle auch auf natürliche Weise verengte, so war es doch immer noch breit genug, um zwei bis drei Karrees nebeneinander Platz zu bieten. Gothars Feldherren begnügten sich jedoch mit einer Doppelreihe, zwischen der sich nur leicht geschürzte Bogenschützen aus Sambe in den Schutz der sie begleitenden Schilde drängten, um ab und an aus der Deckung hervorzutreten und einen schnellen Schuss auf die Hügel zu wagen.

Die hinter den männlichen Orks gruppierten Kriegerinnen antworteten mit ersten Pfeilsalven, die den Himmel verdunkelten. Allzu viel ließ sich mit diesen herabprasselnden Geschossen nicht erreichen, denn die Menschen in den Innenreihen der Karrees trugen ihre Schilde über dem Kopf, um die herabfahrenden Stahlspitzen abzuwehren.

Schon nach dem ersten Beschuss sahen die vorderen Karrees wie gespickte Schuppenpanzer aus, doch nur dort, wo kleine Lücken zwischen den einzelnen Schilden klafften, konnte ein Pfeil weiter vordringen und eine Schulter oder einen Hals durchbohren. Wo das geschah, erklangen gequälte Schreie, ohne dass sich der Vormarsch auch nur einen einzigen Herzschlag lang verlangsamte.

Für die Hellhäuter gab es keine Bruderschaft, sondern nur bedingungslose Disziplin. Wer dem Schritt des Karrees nicht mehr folgen konnte oder gar verletzt zusammenbrach, wurde von den nachfolgenden Soldaten erbarmungslos in den Staub getreten.

Unaufhaltsam rückten die Formationen näher und näher. Die ersten vier hatten sich hinter Rundschilden verschanzt, die nachrückenden Karrees trugen bemalte Dreiecksformen.

»Wir treffen auf die Nordmänner«, freute sich Rowan. »Das sind würdige Gegner.«

Urok sah vergeblich auf seine linke Hand. Nicht der geringste Funke, ja, nicht einmal ein flüchtiges Jucken kündigte an, dass sie entflammen würde. Und auch sonst lauschte er vergeblich nach einem Zeichen darauf, dass das Blut der Erde unter seinen Füßen tobte oder kurz vor dem Ausbruch stand. Weder ein Grollen war zu hören, noch ein Kitzeln an seinen Fußsohlen zu spüren. Obwohl er auf seine Schwester vertraute, überkam ihn plötzlich die Gewissheit, das Ulke versagen würde, dass sie ohne das Rad des Feuers auskommen mussten.

Von einer unnatürlichen Ruhe erfüllt, hob er seinen Schild an. Gerade noch rechtzeitig, um einen Pfeil abzufangen, der auf sein Gesicht zuraste. Mit einem lauten Knall schlug die Spitze auf, doch das von Menschen geschmiedete Metall war zu schwach, um die Lindwurmschuppen auf diese Entfernung zu durchdringen.

»Denkt daran, gemeinsam vorzugehen!«, forderte er von seiner Schar.

Die anderen drei hoben ebenfalls ihre Schilde und formierten sich so dicht an seiner Seite, dass sie bis zu ihren Nasenspitzen hinter einer massiven Wand verschwanden.

»Besonnen zu streiten ist ein guter Rat gegen solche Gegner«, lobte Torg Moorauge, »doch es gibt noch andere Regeln, die ewig Gültigkeit haben.«

»Tatsächlich?« Trotz des nahenden Feindes wandte Urok den Kopf und sah zu dem Alten hin, der zweifellos an vielen Schlachten teilgenommen und sie überlebt, aber nie sonderlich aus der Masse der Krieger herausgeragt hatte. Wie mochte wohl die Weisheit lauten, die einer wie er zu verkünden hatte?

»Nur wer bereit ist zu sterben, kann den Kampf überleben«, erklärte Torg mit großem Ernst.

Urok schnaubte verächtlich. »Ich habe vor, diese Schlacht zu gewinnen, nicht sie zu verlieren!«

Torg hielt seinem Blick stand, doch ein Hauch von Wehmut schwang in seiner Stimme mit, als er erwiderte: »Glaub mir, mein Erster Streiter, auch in meinen Worten liegt Wahrheit. Vielleicht wirst du das schon in dieser Schlacht begreifen.«

Ehe Urok genauer nachfragen konnte, forderte das ihnen am nächsten marschierende Karree all seine Aufmerksamkeit ein. Die Nordmänner waren fast bis auf ihre Höhe gelangt, als sie plötzlich auf sie zuschwenkten und das Tempo erhöhten. In den umstehenden Scharen wurden Rufe des Unmuts laut, weil das Rad des Feuers noch immer auf sich warten ließ, doch schließlich setzte sich auch dort die Erkenntnis durch, dass sie vorerst auf sich allein gestellt waren.

Pfeil um Pfeil wurde nun auf sie abgeschossen, doch wann immer sich einer der bronzehäutigen Schützen zu weit hinter der deckenden Formation hervorwagte, wurde er von den Salven der Orks niedergestreckt. Manch einer blieb in seinem Blut liegen, das sofort zwischen den Steinen versickerte, statt sich zu einer stinkenden Lache auszubreiten.

»Wartet, bis sie kurz unterhalb der Kuppe sind!«, befahl Urok. »Auf mein Zeichen hin stürmen wir gemeinsam los!«

Die anderen antworteten nicht, doch ihr Schweigen war so gut wie eine Zustimmung. Sie waren Brüder im Kampf und würden sich nicht gegenseitig im Stich lassen.

Der Boden unter ihren Füßen erzitterte inzwischen unter dem Tritt der anstürmenden Feinde. Urok spannte instinktiv alle Muskeln an, und selbst Narg spürte genau, dass der große Moment kurz bevorstand.

Je höher die Nordmänner kamen, desto weniger Geröll behinderte sie in ihrem Antritt. Als sie endlich festen Boden unter den Sohlen spürten, stießen sie ein markerschütterndes Gebrüll aus, das ihre Gegner einschüchtern sollte.

Links und rechts von ihrer Stellung sprangen die ersten Orks dem Schildwall entgegen, um zu zeigen, dass sie nicht die geringste Furcht verspürten. Urok wartete jedoch, bis er das Weiße im Auge des Feindes sehen konnte, bevor er selbst einen Kriegsschrei anstimmte, der jeden Frostbären in die Flucht geschlagen hätte.

Die anderen wussten, dass es das Zeichen zum Angriff war. Seite an Seite stürmten sie los. Brüllend. Erhitzt. Und voller Kampfeslust.

Links und rechts von ihnen erhob sich ein ebenso infernalisches Geschrei, das die Stimmen der Nordmänner gnadenlos übertönte. Wäre es nach der Lautstärke gegangen, hätten sie die Schlacht bereits für sich entschieden. Doch so ängstlich es auch in den Augen ihrer hünenhaften Gegner flackerte, ihre Reihen blieben fest geschlossen, während sich Uroks Schar schon nach wenigen Schritten voneinander löste.

Es war genau so, wie Grimpe es ihm schon vor Monden prophezeit hatte: Sobald die Schlacht begann, waren alle Taktiken und Absprachen im Kampfesrausch vergessen.

Narg, der ihnen auf seinen jungen Beinen weit voraneilte, konnte es von allen am wenigsten abwarten. Den eigenen Schild an die Seite genommen, um besser rennen zu können, eilte er mit großen Sprüngen auf den massiven Wall der Hellhäuter zu. Die Speere, die seitlich der Schildbogen hervorstachen, schreckten ihn dabei ebenso wenig wie der blanke Stahl, der hinter dem Holz aufblitzte. Er wollte es den todesmutigen Kriegern nachmachen, die sich einfach in die heranwalzende Formation stürzten und mit ihrem Gewicht alles mitrissen, was sich ihnen in den Weg stellte.

Überall dort, wo sie in die gegnerischen Reihen einbrachen,

bildeten sich tobende Strudel von ineinander verkeilten Kriegern, mit einem aufspringenden Ork als Mittelpunkt, der wie besessen um sich schlug. Wie diese Kämpfe ausgingen, blieb oft ungewiss, weil das Geschehen meist rasch von einem blutigen Wirbel aus abgeschlagenen Gliedmaßen verdeckt wurde.

Narg war bereits bis auf wenige Schritte an die anrückende Front heran, als ein Speer über die Köpfe der ersten Reihe hinweggeschleudert wurde. Erschrocken versuchte er auszuweichen, doch die Distanz war viel zu kurz, um noch zu reagieren.

Mit einem schmatzenden Laut bohrte sich die Speerspitze tief in sein rechtes Auge. Eine blutige Spur nach sich ziehend, flog sein Kopf so stark über die Schulter zurück, dass die Nackenwirbel knackten.

Brüllend vor Schmerz ließ er Streithammer und Schild fallen und langte mit den nunmehr freien Händen nach dem Speerschaft, der langsam in die Tiefe sackte, wodurch die Eisenspitze hinter dem Stirnbein emporgedrückt wurde.

Ein echter Krieger hätte diese Pein aushalten und weiterkämpfen müssen, doch Narg hatte noch nicht die nötige Reife, um wie ein erwachsener Ork zu handeln. Die brennende Qual, die seinen Körper durchzuckte, ließ seine Muskeln verkrampfen. Kreischend brach er in die Knie, immer noch verzweifelt darum bemüht, den Speer aus der blutigen Augenhöhle zu zerren.

Urok spürte schwere Schuld in sich aufsteigen, obwohl es Gabor gewesen war, der ihn gedrängt hatte, den Halbwüchsigen in seine Schar aufzunehmen. Von unbändigem Zorn erfüllt, versuchte er Narg zu Hilfe zu eilen, doch es war schon zu spät, die erste Reihe des Karrees war heran.

Einer der Nordmänner ließ den Fuß vorschnellen und trat mit seinem Stiefel genau unter den Schaft. Kreischend schoss Narg in die Höhe, als sich die Spitze tief in sein Hirn bohrte. Auf diese Weise starb er, ganz anders, als ihm Urok versprochen hatte.

Nämlich ohne auch nur einen einzigen Feind berührt, geschweige denn erschlagen zu haben.

Noch bevor Narg zu Boden schlagen konnte, waren die Menschen schon über ihm und droschen mit ihren Schwertern auf seinen erschlafften Leib ein, bis nur noch ein blutig triefender Rumpf übrig blieb.

Natürlich war es dumm von den Nordmännern, sich so lange mit der Verstümmelung eines Toten aufzuhalten. So blieb ihnen nicht mal der winzigste Moment eines Triumphs, bevor Urok, Torg und Rowan gemeinsam mit ihren Schilden gegen sie anrannten und sie zu Boden warfen. Der Zusammenprall war infernalisch. Urok spürte, wie einer der Speere nach seinen Beinen stach, doch wegen des Kettenschurzes erhielt er nur einen Kratzer an der rechten Wade, den er im Eifer des Gefechts gar nicht bemerkte.

Blind vor Zorn ließ er sein Wellenschwert kreisen. Der Kerl, der den Speer tief in Nargs Augenhöhle getreten hatte, verlor als Erster den Kopf, obwohl dieser Tod viel zu gut für ihn war. Doch Urok hatte hier und jetzt nicht die Zeit, seinem Feind zuerst alle Fußnägel auszureißen und ihn dann die eigenen Zehen fressen zu lassen.

Unbarmherzig fuhr Uroks Klinge durch weitere Armschienen, Knochen und splitternde Rippen. Warmes Blut spritzte ihm ins Gesicht.

Ihr Vorpreschen hatte eine erste Lücke gerissen, doch während sie die Nordmänner abwehrten, die sich von links und rechts auf sie warfen, bildete sich bereits der nächste Schildwall, der mit vorgestreckten Speeren gegen sie vorrückte. Urok und seinen Getreuen gelang es nur deshalb, ihn ins Wanken zu bringen, weil sie sich sofort zu dritt gegen ihn warfen, ohne dabei auf eigene Verletzungen zu achten.

Wie besessen um sich schlagend, drangen sie tiefer und tiefer in das Herz des Karrees vor. Ihre wuchtigen Schläge rasierten durch alles hindurch, was in ihre Reichweite kam. Selbst Rundschilde wurden mit einem Hieb durchtrennt, während sie selbst das Gros der auf sie einprasselnden Schläge abzufangen wussten.

Die Verzweiflung der Nordmänner wurde so groß, dass einige Urok mit bloßen Händen ansprangen und dann versuchten, sich mit ihrem ganzen Gewicht an seine Arme zu hängen. Er begrüßte diesen zusätzlichen Schutz mit höhnischen Rufen, während er die betreffenden Gegner mit sich herumschleuderte, ohne sich von weiteren Schwerthieben abhalten zu lassen. Der tobende, ineinander verklammerte Haufen, den sie um sich herum bildeten, riss ein immer größeres Loch in die Reihen der Menschen, durch das weitere Ork-Scharen brüllend hereinströmten.

Vendur und Madak formierten in Windeseile einen gewaltigen Keil, der die eiserne Walze immer weiter auseinandertrieb. Aus dem Strudel der Kämpfenden wurde schon bald ein reißender Mahlstrom, der immer mehr Krieger des Karrees erfasste.

Trotzdem sackten plötzlich einige Orks wie vom Blitz getroffen nieder. Urok bemerkte es erst, als er einen scharfen Schnitt an seinem Hinterkopf spürte. Der Schmerz glich dem Stich einer glühenden Nadel, die quer durch seinen Schädelknochen fuhr, doch als er mit der Hand nach seinem vollen Schopf langte, ertastete er einen Pfeil, der in den zusammengebundenen Haaren stecken geblieben war.

Verwirrt sah er sich um und entdeckte einen verschwommenen Schemen, der sich auf der von ihnen verlassenen Hügelkuppe erhob, einen gezielten Pfeil von der Sehne schickte und sofort wieder in dem spärlich wuchernden Gras versank. Urok war dieses Phänomen bekannt: Schattenelfen, die sich mit Tarnmänteln vor den Blicken ihrer Feinde schützten.

Verdammt, er musste die Kriegerinnen auf dieses Gezücht aufmerksam machen, damit sie das Hinterland von ihnen säuberten.

Knurrend ließ er seinen Schild durch die Halteschlaufen bis auf den Oberarm rutschen und packte einen Nordmann, der gerade neben ihm zusammensinken wollte, am Schwertgehänge. Dessen mächtigen Leib als neuen Schutz vor sich haltend, löste sich Urok aus dem Gemetzel und eilte den Hang empor. Doch statt sich ihm zu stellen, stob der Elf davon, um irgendwo anders unerkannt den Tod zu verbreiten.

Auf dem Kamm angekommen, musste Urok den Verletzten schnaufend absetzen. Auch seinen Kräften waren Grenzen gesetzt. Nur einen Hügel weiter war ein Trupp Bogenschützinnen auf die Knie gesunken und hatte einen Kreis gebildet. Zwischen ihnen klafften bereits mehrere Lücken mit am Boden liegenden Toten, deren Leibern gefiederte Schäfte entwuchsen. Doch statt sich gezielt zu wehren, schwenkten die Schützinnen nur ihre Bogen wild umher, ohne einen einzigen Pfeil abzuschießen.

Auch sie waren zum Opfer des verhüllten Schattenelfen geworden.

»Sie sind nicht unsichtbar!«, rief Urok ihnen zu. »Nur sehr gut getarnt. Schießt auf jeden Umriss, der sich vor euch erhebt!«

»So schlau sind wir auch!«, entgegnete eine der Vendur verärgert. »Wir können trotzdem nichts sehen!«

Urok versuchte kurz, den Schattenelfen selbst aufzuspüren, aber dann kam ihm eine bessere Idee. Rasch richtete er den mitgeschleppten Verletzten auf und trennte ihm mit einem gewaltigen Hieb den Kopf vom Rumpf. Noch ehe das Blut aus den offenen Schlagadern hervorpumpen konnte, riss er den frisch Enthaupteten in die Höhe. Eine riesige Blutfontäne verspritzend, wirbelte er den Leichnam von links nach rechts, bis das vor ihm liegende Areal völlig eingenebelt war.

Ein feines Husten erklang, während sich die Wolken langsam absetzten. Gleich darauf wuchs eine hagere Gestalt zwischen zwei Ginsterbüschen hervor. Der Bogen in den schlanken Händen spannte sich knarrend, doch der Sprühnebel hatte nicht nur die Nasenlöcher des Elfen, sondern auch die verschiedenfarbigen Fäden des Mantels benetzt. Überall dort, wo sie das Blut zu roten Klumpen verklebte, konnten sie sich der Umgebung nicht mehr anpassen.

Urok brauchte keine Deckung zu suchen, denn die Vendur verstanden sofort, was vor sich ging, als sie das rot gesprenkelte Nichts vor sich sahen. Noch ehe der Elf die Sehne richtig durchspannen konnte, bäumte er sich unter einem halben Dutzend Pfeilen auf, die seinen Rücken durchlöcherten. Röchelnd kippte er zur Seite, und auch seine Kumpane hatten es von nun an schwerer.

»Wirbelt Staub auf oder zündet das umliegende Gestrüpp an!«, rief Urok den Frauen zu. »Nichts fürchten diese Schleicher mehr als einen ehrlichen Kampf von Angesicht zu Angesicht!«

Die Bogenschützinnen winkten ihm begeistert und machten sich sofort daran, auch die restlichen Feinde aufzuspüren. Urok wandte sich dagegen erneut dem Schlachtfeld zu. Die Hälfte der Karrees lag zerschlagen am Boden, doch dort, wo die Nordmänner noch standen, leisteten sie verzweifelt Widerstand. Inzwischen gab es wohl keinen Ork mehr, der nicht schon aus einer oder mehreren Wunden blutete. Und je wütender sie auf die zurückweichende, aber diszipliniert Schulter an Schulter kämpfende Menge einschlugen, desto stärker öffneten sie die eigene Deckung.

Immer mehr Speere bohrten sich in ungeschützte grüne Haut. Und auch die feindlichen Schwerter hackten immer häufiger ins Fleisch der Orks und zertrümmerten Knochen und Schädel. Ihr erster Angriffsschwung war längst verpufft und die Schlacht in ein zähes Ringen übergegangen.

»Die Schilde hoch!«, schrie Urok, doch seine Mahnung verhallte ungehört im Schlachtenlärm.

Die halbnackten Schützen aus Sambe, die nur Lendentücher und Ledersandalen trugen, lagen blutig niedergestreckt am Boden. Trotzdem bohrten sich immer wieder Pfeile in den Nacken der großen Krieger.

Die verdammten Schattenelfen hielten reiche Ernte, auch unter den Frauen der Clans, die längst überall herbeieilten, um verletzte Krieger zu bergen, in Sicherheit zu bringen und zu verbinden. Mit Bogen und blankem Stahl bewaffnet, verstanden sie es, sich ihrer eigenen Haut zu wehren, doch gegen gezielte Schüsse aus dem Nichts waren auch sie machtlos.

Urok musste über einen Berg von Leichen steigen, um zu seiner Schar zurückzukehren. Der Blick seiner scharfen Augen strich dabei unablässig über das vor ihm liegende Areal. Er hatte bereits häufiger gegen Schattenelfen gekämpft und wusste daher, worauf es zu achten galt. Kurze, schemenhafte Bewegungen am Rande seines Blickfeldes, die andere als Sonnenspiegelungen abgetan hätten, wurden von ihm sofort genau ins Auge gefasst. Die schmale Gestalt, die sich hinter einem toten Vendur verbarg, war sogar noch viel leichter auszumachen, denn sie trug keinen Tarnmantel.

Sofort sprang er auf sie zu.

Obwohl sich der Schattenelf auf den im Tal tobenden Kampf konzentrierte, bemerkte er die Annäherung. Kurz bevor Urok ihn erreichte, warf er sich herum und sandte einen Pfeil von der peitschenden Sehne. Den Bogen danach fallen zu lassen und mit der unterarmlangen Klinge, die bereits in seiner Hand ruhte, einen nach unten führenden Halbkreis zu beschreiben, war für ihn eine einzige Bewegung.

Doch die bleiche Natter hatte sich getäuscht, als sie davon ausgegangen war, dass Urok seinen Schild zum Schutz emporreißen würde. Statt sich auf diese Weise selbst die Sicht zu nehmen, fing der Ork den hastig abgefeuerten Pfeil mit seiner stählernen

Schwertarmmanschette ab und ließ die scharfe Wellenklinge noch im selben Atemzug nach vorn pfeifen.

Der Streich von Schläfe zu Schläfe, der seinem Gegner das Augenlicht nahm, verhinderte, dass Urok die Schienbeine durchtrennt wurden.

Heulend fuhr der Geblendete herum und sprang über die angrenzenden Leichenberge davon, noch ehe er den Gnadenstoß empfangen konnte. Urok war deshalb nicht böse, denn ein leises Zittern, das an seinen Fußsohlen kitzelte, lenkte seine Aufmerksamkeit bereits auf etwas Neues.

Seine spontane Hoffnung, dass sich mit diesen Erschütterungen das Rad des Feuers ankündigte, verflüchtigte sich allerdings im gleichen Moment, da er die Staubwolke am westlichen Horizont sah.

Verdammt, die Schädelreiter!

Obwohl es im Knochental immer noch von aufrecht stehenden Gardisten unter Gothars Banner wimmelte, preschten sie mit ihren Lindwürmern im gestreckten Galopp auf das Schlachtfeld zu, gefolgt von dunkel glänzenden Kompanien voller Gepanzerter, die in den frei werdenden Raum nachdrängten.

Erst jetzt, da sich die Kavallerie anschickte, gleichermaßen Freund wie Feind niederzureiten, wurde Urok das ganze Ausmaß von Gothars rücksichtsloser Taktik klar. Die zerschlagenen Karrees, die sich immer weiter ins Tal zurückzogen, hatten nie eine andere Aufgabe gehabt, als die Orks von den Hügeln herabzulocken. Geschwächt und dezimiert, wie die Scharen waren, hatten sie dem anrollenden Lanzenwald und dem Gewicht der alles niederstampfenden Lindwürmer nicht mehr viel entgegenzusetzen. Und wer sich danach noch taumelnd aus dem Staub der Basaltsteine erhob, bekam es mit den Gepanzerten zu tun, die es an Größe, Kampfeslust und Widerstandskraft mit jedem Ork aufnehmen konnten.

»Wir sind verloren«, flüsterte Urok, von jähem Schrecken erfüllt. »O Vuran, womit haben dich deine Kinder so erzürnt, dass du sie so strafen willst?«

Ein Blick auf seine linke Hand zeigte ihm, dass sich das Blut der Erde, auf das sie alle so viele Hoffnungen gesetzt hatten, ruhiger denn je verhielt. Abgesehen von dem Erdstoß in der vergangenen Nacht gab es nicht das geringste Anzeichen dafür, dass das Rad des Feuers noch erscheinen würde.

Was war bloß mit den Priestern los? All ihre Beschwörungen waren bisher ungehört verklungen! Von tiefen Zweifeln geplagt, sah Urok zu Felsnest empor – direkt in einen riesigen Schatten hinein, der dort oben langsam die Sonne verdunkelte.

Urok versuchte zu schlucken, doch seine Kehle fühlte sich plötzlich an, als hätte er eine Stachelkastanie verschluckt. Verwirrt wischte er sich über die Augen, doch was er sah, wollte einfach nicht verschwinden.

Die Schwebende Festung!

Ihr Anblick, so nahe bei Felsnest, war ein Schock, der ihm das Blut in den Adern gefrieren ließ. Torgs Furcht, das riesige Gebilde könnte ihnen auf den Kopf fallen, war völlig unbegründet gewesen.

O Vuran, hätte die Bedrohung doch nur dem Schlachtfeld gegolten! Aber nein, Gothar und seine Schergen verfolgten ein ganz anderes, weitaus frevelhafteres Ziel. Sie steuerten direkt auf Felsnest zu!

Uroks gellender Schrei, mit dem er seine Schwester warnen wollte, verhallte ungehört in den felsigen Höhen, ohne auch nur annähernd bis zum Gipfel zu dringen. Obwohl jeder einzelne Muskel in ihm danach verlangte, den Berg hinaufzueilen und die Schwebende Festung mit dem blanken Wellenschwert anzugreifen, wusste sein Verstand doch ganz genau, dass dieses Vorhaben vollkommen unsinnig war. Was sich dort oben, so nahe am Himmel, abspielte, war ein Kampf zwischen Mächten, die viel zu groß für ihn waren.

Dort waren Kräfte im Spiel, der selbst seine Schwester nichts entgegenzusetzen hatte. Und er war nur ein einfacher Krieger.

Was konnte der schon angesichts einer solchen Schicksalsfügung tun?

Was, außer zu den anderen Scharen hinabzustürmen, um mit ihnen gemeinsam in der Schlacht zu sterben?

ᛞ ᛃ ᛤ

Felsnest

»Strengt euch an«, verlangte Ulke in einer grellen, fast kreischenden Stimmlage, die wie mit scharfen Messern in die Ohren schnitt. »Noch immer ist euer Ruf nicht inbrünstig genug, um das Rad des Feuers zu beschwören. Dabei müsste das Blut der Erde längst in hellem Aufruhr sein.«

Wie zur Antwort verstärkten die übrigen neunundzwanzig Priester den rauen Wechselgesang, doch so laut sie auch Vuran um Beistand anriefen, das Blut der Erde wollte einfach nicht in Wallung geraten. Irgendetwas blockierte ihr Ritual, das spürten sie alle genau, auch Ursa, die sich in ebenso tiefer Versenkung befand wie alle anderen. Das Blut der Erde, es stockte ganz einfach, anstatt zu brodeln.

Niemand wusste warum.

An ihr lag es nicht, dessen war Ursa sich gewiss. Gehorsam hatte sie ihren Geist von allen störenden Einflüssen befreit und sich mit den übrigen im Kreis zu einer festen Einheit verbunden. Die Augen fest geschlossen, stimmte sie die gleichen, tief in der Kehle entstehenden Töne an wie die restliche Priesterschar, aber das reichte nicht.

Panik keimte auf.

Zuerst irgendwo, vereinzelt in der Runde, aber dann in allen von ihnen. Selbst in Ulke, der laufend größere Kraftanstrengungen einforderte, um endlich einen Durchbruch zu erwirken. Längst floss kalter Schweiß von ihren Gesichtern, als sie plötzlich alle gleichzeitig ein heißes Sieden durchfuhr. Doch noch ehe sie frohlocken konnten, dass das Rad des Feuers beschworen war, entfernte sich die Empfindung auch wieder, und das Rad erschien ihnen danach unerreichbarer denn je. Vergeblich warteten die Orks auf ein weiteres Zeichen. Auf einen Erdstoß, der die Felsplatte erschütterte, oder wenigstens auf den Jubel ihrer Krieger, die in der tief unter ihnen klaffenden Schlucht um ihr Leben kämpften.

Höre…

Ursa hätte am liebsten vor Verärgerung geknurrt, als mit der heißen Woge, die durch ihren Körper schwappte, das wohlbekannte Wispern zurückkehrte. Wie gern hätte sie den Kopf geschüttelt, um die ferne Stimme zu vertreiben, doch damit hätte sie womöglich den gemeinsamen Rhythmus gestört, und das durfte nicht geschehen.

Nicht jetzt, nicht in diesem alles entscheidenden Moment!

»Gebt endlich eure Zurückhaltung auf, und öffnet all eure Sinne!«, befahl Ulke mit peitschender Stimme. »Nur gemeinsam sind wir stark genug, die aufgestauten Kräfte zu entfesseln!«

Ursa gehorchte dem Hohepriester ganz instinktiv, weil sie nicht mehr sie selbst, sondern Teil des gemeinsamen Bewusstseins war. Doch im gleichen Moment, da sich ihr eigener Wille völlig zurückzog, wurde sie von einer fremden Macht überwältigt, die glühend heiß über sie hereinbrach und jeden Widerstand im Keim erstickte.

Höre!, forderte erneut die ferne Stimme, der sie nun nichts mehr entgegenzusetzen hatte. *Höre und füge zusammen, wie du versprochen hast!*

Obwohl sie die Augen weiterhin geschlossen hielt, sah Ursa erneut roten Nebel aufwallen, weitaus kräftiger und schärfer umrissen als beim ersten Mal. Dadurch trat die gefiederte Schlange viel deutlicher hervor. Überrascht stellte Ursa fest, dass das furchteinflößende Reptil nicht mehr allein vor ihr schwebte, sondern seinen geschuppten Leib durch ein von züngelnden Flammen umhülltes Rad schlängelte.

Durch das Rad des Feuers!

Sieh tiefer als die anderen, Urtochter, raunte es in ihren Ohren. *Sieh hinter die Dinge!*

Ursa verstand nicht, was die Worte bedeuten sollten. Seltsamerweise war es ihr auch völlig egal. Obwohl sie weiterhin alles bei vollem Bewusstsein verfolgte, wurde ein Teil von ihr unendlich schläfrig. Dabei erschien es ihr beinahe, als würde sich ihr Verstand in einen tief verborgenen Winkel ihrer selbst zurückziehen; in ein geheimes Versteck, von dem sie nicht einmal geahnt hatte, dass es überhaupt existierte, und von dem aus sie alles wie aus weiter Ferne verfolgte, als wäre sie zwar eine interessierte, aber letztendlich doch völlig unbeteiligte Beobachterin.

Plötzlich schien sie nicht mehr in der gleichen Welt wie Ulke und die übrigen Priester zu verweilen. Alles, was sie noch hörte, war das fremde Raunen, das jede Faser ihres Körpers erbeben ließ. Ein vielfach überlagertes Flüstern, das von Vuran stammen mochte oder vom Blut der Erde selbst, das auf diese Weise zu ihr sprach.

Sieh mit deinem Herzen!

Je eindringlicher die Stimme mahnte, desto mehr kam es Ursa vor, als bewegte sie sich durch einen fremden Fiebertraum. Einerseits fühlte sie sich seltsam schläfrig, andererseits waren ihre Instinkte so wach wie noch nie zuvor in ihrem Leben. Lehren, Erinnerungen und Erfahrungen hatten plötzlich kein Gewicht mehr. Von nun an handelte sie nur noch instinktiv, ohne den Verstand zu gebrauchen. Alles, was ihr bislang die Sicht geraubt hatte, schrumpfte dadurch in sich zusammen.

Das war der Moment, in dem sie *wirklich* zu sehen begann.

Plötzlich traten die Schlange und das Rad so deutlich aus dem

Nebel hervor, dass sie nicht mehr nur ihre äußere Form erkannte, sondern auch begriff, wofür sie standen. Aber natürlich! Wie hatte sie nur so blind sein können? Diese Abbilder waren lediglich Symbole für all jene, die nicht *hinter* die Dinge zu schauen vermochten. Für all die Blinden, die zwar zu wissen glaubten, aber lediglich die äußere Form erblickten.

Irgendwo außerhalb des Kreises ertönte ein dumpfer Schrei. Ursa erkannte die Stimme eines der vielen Novizen, doch was der Halbwüchsige genau rief, drang nur stark gedämpft an ihre Ohren.

»Die Schwebende Festung bewegt sich!«, ertönte es voller Entsetzen. »Ich sehe es ganz deutlich! Und ich glaube, sie kommt direkt auf uns zu!«

Unruhe erfasste den Bannkreis, nur Ursa blieb von allem seltsam unberührt. Im Gegensatz zu den anderen verspürte sie nicht den geringsten Wunsch, aufzuspringen und zu sehen, ob der Novize die Wahrheit sprach. Das war auch nicht nötig, denn vor ihrem geistigen Auge waren das Rad und die Schlange bereits zu roten Schlieren zerfasert, aus denen sich nun ein genaues Abbild ihrer Umgebung formte: Deutlich war zu sehen, dass die Schwebende Festung tatsächlich auf Felsnest zusteuerte. Doch Ursa erblickte noch mehr.

Dinge, die ihr den Atem stocken ließen.

»Lasst euch nicht ablenken!«, mahnte Ulke mit hallender Stimme, als säße er nicht mehr neben ihr, sondern irgendwo am anderen Ende eines langen Tunnels. »Beschwört das Rad des Feuers mit aller Macht, oder unser Volk wird untergehen!«

Seine Worte stießen ins Leere, obwohl alle ihr Bestes gaben. Überall in der Runde verwandelte sich der Rhythmus der vor und zurück wiegenden Leiber unübersehbar in krampfhafte Zuckungen.

»Geht es dir gut?« Ein nasser Lappen, der über ihr Gesicht fuhr, brachte Ursa kurz die Erinnerung an den eigenen Körper zurück.

Obwohl sich ihr Fleisch weiterhin wie betäubt anfühlte, spürte sie undeutlich, wie ihr Moa zuerst die Stirn kühlte und anschließend den Schweiß von den Wangen und aus dem Nacken wischte.

Doch sosehr sie die Fürsorge ihres Knappen auch zu schätzen wusste, Ursa brachte einfach nicht die Kraft auf, ihm zu antworten. Und schon einen Herzschlag später waren der Novize und die anderen Orks wieder in unendlich weite Ferne gerückt.

Keuchend starrte Ursa auf das Abbild vor ihren geschlossenen Augen. Vor allem auf den weißblauen Wirbel, der die Schwebende Festung in Richtung Felsnest balancierte. Doch die Spirale war nicht ihre einzige Wahrnehmung.

Ramok muss sterben!

Zahllose weitere Eindrücke, darunter Stimmen und Gefühle, prasselten auf sie ein. Geballtes Wissen, das ihren Verstand zu überfluten, wenn nicht gar zu sprengen drohte.

Warum? Was hat Ramok getan?

Um nicht wahnsinnig zu werden, musste sich die Priesterin auf das Wesentliche konzentrieren.

Für Grimmsteins Zerstörung war es notwendig, das Blut der Erde zu entfesseln.

Auch wenn ihr diese beiden Stimmen bekannt vorkamen, es ging nicht anders: Sie musste all die Fragmente und Wortfetzen bis auf das Notwendigste zurückdrängen. Das gesamte Wissen hinter den Symbolen auf einmal zu erfassen hätte ihren Geist zwangsläufig erschlagen.

Ja, ich weiß. Damals gab es eine große Beschwörung!

Schon allein das Tuch des Unwissens zu lüften und nur einen kurzen Blick auf den dahinter verborgenen Ausschnitt zu werfen brachte das Blut in ihren Adern zum Brodeln.

Das Rad des Feuers zu beschwören ist ein gefährlicher Vorgang, besonders für schlichte Gemüter, die nicht genügend gefestigt sind. Ramok ist leider so ein Fall.

Obwohl sie der Name ihres Vaters wie ein Blitzschlag durchfuhr, verdrängte Ursa auch diese störenden Gefühle. Trotzdem sickerten diese und andere Worte in ihr Gedächtnis, auch ohne dass sie weiterhin bewusst zuhörte.

Das Blut der Erde hat Ramoks Geist verwirrt, statt ihn zu erhellen. Es waren Worte aus dem Labyrinth der Vergangenheit, die von dort aus verzerrt zu ihr drangen. Ursa durfte sich erst um sie kümmern, wenn die große Gefahr für das Volk der Blutorks gebannt war. *Glaub mir, Bava, ich habe versucht, ihn von seinem Wahnsinn zu heilen, aber er will einfach nicht auf mich hören, obwohl uns Vuran ein deutliches Zeichen geschickt hat – dich, die zweite Feuerhand!*

Rund um die weißblaue Spirale schälten sich weitere Linien aus dem Nebel, pulsierende Stränge, die in unterschiedlichen Farben leuchteten. Noch wusste Ursa nichts mit ihnen anzufangen, doch in einem geheimen Winkel ihres Verstandes dämmerte bereits die erste Erkenntnis.

Das Bild vor ihren Augen zeichnete sich immer deutlicher ab.

Endlich begann Ursa zu sehen.

Wirklich zu sehen!

»Gothars Schergen wissen, dass wir hier sind!« Irgendeiner aus dem Kreis hielt es nicht mehr aus, als er den Schatten der Schwebenden Festung über dem Plateau heranwachsen sah. »Seht ihr denn nicht, dass sie uns unter sich zerquetschen wollen?«

Seine Panik steckte andere an, und weitere Priester schreckten aus ihrer Versunkenheit auf, sahen die Gefahr über ihren Köpfen heranwachsen und sprangen auf die Füße. Sie wussten sehr wohl, dass sie damit die geistige Einheit zerstörten, doch es widersprach nun einmal der Natur eines jeden Orks, demütig auf das Ende zu warten. Derart in die Ecke gedrängt, schrien auch die Muskeln der Priester nach ihrem Recht. Jeder echte Ork musste bis zuletzt gegen seine Gegner streiten, oder – falls das nicht möglich war – zumindest versuchen, seinem sicheren Untergang zu entgehen.

Gegen die hoch aufragenden Festungsmauern, die immer bedrohlicher über ihnen heranwuchsen, ließ sich mit bloßen Händen nichts ausrichten. Genauso gut hätten sie versuchen können, gegen Naturgewalten wie Lawinen, Überflutungen oder Feuersbrünste anzukämpfen. Allein die beklemmende Größe weckte ihre Fluchtinstinkte, denn sobald das gigantische Bollwerk auf sie herabstürzte, würden sie unweigerlich zwischen den harten Gesteinsmassen zermalmt werden.

»Kehrt zurück auf eure Plätze!«, verlangte Ulke mit überschnappender Stimme. »Dies ist die Zeit des festen Glaubens. Nur das Rad des Feuers kann uns jetzt noch retten!«

Zu spät, niemand hörte noch auf ihn.

Zahlreiche Novizen rannten bereits mit langen Schritten davon, und die ersten Priester schlossen sich ihrer Flucht an. Dank des magischen Abbildes konnte Ursa verfolgen, dass alle zu dem rückwärtigen Pfad rannten, der ins Tal hinabführte, während Ulke verzweifelt mit den Armen ruderte, um zumindest die Priester zum Bleiben zu bewegen. Ursa konnte sogar sich selbst ausmachen, wie sie, von einem blassroten Schimmer umhüllt, noch als Einzige an ihrem Platz ausharrte.

Um sie herum liefen alle durcheinander. Nur in ihrem Rücken, außerhalb des auf den Fels gemalten Rades, saß Moa treu an ihrer Seite, obwohl auch er mit verzerrtem Gesicht zu dem riesigen Gebilde aufsah, das, nur noch zwei Speerwürfe entfernt, langsam auf Felsnest zusteuerte.

Die gewölbte Unterseite der Schwebenden Festung war bereits in allen Einzelheiten zu erkennen. Schroffes, von abgestuften Riefen durchzogenes Gestein wuchs dort immer größer über ihren Köpfen heran. Selbst das untere Halbrund war noch groß genug, um ganz Felsnest zu bedecken. Was sich dort auf sie herabzusenken drohte, hatte die Ausmaße und sicher auch das Gewicht einer leibhaftigen Gebirgsspitze.

Unter solch einem Aufprall musste das gesamte Massiv zur Rechten Knochentals bis in seine Grundfesten erbeben. Es blieb nicht mehr viel Zeit, bis die Schwebende Festung mit der Hochebene kollidieren würde, bestenfalls noch fünfzig oder sechzig Atemzüge.

Aus dem höchsten der über der Festung aufragenden Türme löste sich plötzlich etwas Helles, Kompaktes und fuhr auf Felsnest herab. Es war kein Blitz, der in die schützende Nebelkuppel einschlug, sondern eine starke Böe, ein heftiger Windstoß, wie ihn Ursa noch nie zuvor erlebt hatte.

Statt fortgeweht zu werden, gab Ulkes Tarnung überraschend elastisch nach. Zunächst dellte der Windstoß die Nebelkugel nur tief ein, aber wer geglaubt hatte, dies wäre schon alles, sah sich rasch getäuscht. Statt abzuflauen, vermengte sich die Böe mit dem künstlichen Gewölk, spaltete sich auf, raste zu allen Seiten dahin und schnitt wie mit breiten Messern durch den Dunst, der sich daraufhin auseinanderzuschieben begann.

Ein kalter Hauch strich über das Plateau, während sich die Luftkanäle immer weiter verästelten. Es dauerte nicht lange, bis die tarnende Dunstschicht in zahllose kleine Fetzen gerissen war, die sich, jeden Halts beraubt, immer weiter von Felsnest entfernten, bevor sie sich, wie auf ein Fingerschnippen hin, plötzlich gänzlich auflösten.

Die Sonne verdunkelte sich unter der anfliegenden Festung, und der erste Schattenbogen streckte sich dem Plateau entgegen. Trotzdem ignorierte Ursa die Hand, die an ihrer linken Schulter rüttelte, um sie aus der Versunkenheit zu wecken. Statt sich von Moa aufhelfen zu lassen, schob sich die Priesterin auf Händen und Knien tiefer in den aufgemalten Kreis und ließ sich mit dem Oberkörper nach vorn fallen.

Moa erschrak zunächst, erkannte dann aber zum Glück, dass sie nicht vor Erschöpfung niedersank, sondern einem tieferen Plan folgte. Darum drohte er jedem Priester mit der Faust, der auf sie zueilen und sie in die Höhe reißen wollte.

Selbst Ulke stand nun im Begriff, die Flucht zu ergreifen.

Ursa breitete hingegen die Arme zur Seite aus, bis sie eine direkte Linie von Westen nach Osten bildeten, während ihr der Länge nach ausgestreckter Leib von Norden nach Süden wies. Ihre Stirn ruhte fest auf dem kalten Fels, und obwohl ihre Lider weiterhin die Augäpfel bedeckten, sah sie doch ganz genau, was zu tun war.

Ja, Ursa sah, wo alle anderen blind umherliefen.

Zum ersten Mal in ihrem Leben sah sie *wirklich*.

Knochental

Bava traute seinen Augen nicht. Ulkes Nebelglocke löste sich tatsächlich schneller auf als ein Taugespinst im warmen Schein der aufgehenden Sonne, und die Schwebende Festung setzte gerade dazu an, Felsnest unter sich zu begraben. Innerhalb weniger Atemzüge hatte sich alles verändert.

Sein Vertrauen in Ulke war restlos zerstört.

Zuerst hatten die Kriegsscharen unter Bavas Führung nur einem menschlichen Heer gegenübergestanden. Einem Heer – mächtig genug, die Berge erzittern zu lassen, aber nicht die Herzen der Blutorks. Doch jetzt rollte eine Woge der Vernichtung auf sie zu, der sich kein noch so mächtiger Krieger entgegenzustemmen vermochte. Schon gar nicht Bava Feuerhand, der sich plötzlich klein und verloren vorkam.

Ramok muss sterben! Bava wusste selbst nicht, warum ausgerechnet jetzt in ihm die Erinnerung an Ulkes Heimtücke aufstieg. An das von ihm schon so oft verfluchte Gespräch, das ihn erst zum Verräter, dann zum Mörder und schließlich zum Erzstreiter gemacht hatte. Zu einem Erzstreiter, auf den das Blut der Erde vor Verachtung spie! Wie sonst war zu erklären, dass das Rad des Feuers weiter auf sich warten ließ, während die Kriegsscharen unter seiner Führung der größten Niederlage entgegensahen, die ihr kämpferisches Volk jemals erlitten hatte?

Die Basaltkiesel unter seinen Stiefeln kitzelten unangenehm an den Sohlen, während die berittenen Lindwürmer immer näher donnerten. Goldene Tauben stiegen über dem Schlachtfeld auf, kreisten dort eine Weile, um sich einen Überblick über das blutige Getümmel zu verschaffen, und stießen dann wieder herab, um Gardisten oder Schattenelfen mit neuen Informationen zu versorgen.

»Vorwärts!«, schrie Gabor neben ihm. »Wir reißen alles mit in den Tod, was sich uns in den Weg stellt!«

Eigentlich wäre es Bavas Aufgabe gewesen, die Krieger anzustacheln und den Angriff zu befehlen, doch seine Kehle war wie zugeschnürt. Sein Gesicht glühte vor Hitze, fiebrige Wellen jagten über seinen Rücken, und Bildfetzen überlagerten seine Sicht auf das zusammengeschmolzene Karree der Nordmänner, die genauso dem Untergang geweiht waren wie sie.

Bava? Was verschlägt dich hierher, mitten in der Nacht?

Es war die Erinnerung an die Vergangenheit, die den Erzstreiter so unverhofft quälte. Daran, dass er Ulkes Drängen nachgegeben und den Kampf in der Blutgrube vermieden hatte. Zum Wohle aller Blutorks, wie ihm immer wieder beteuert worden war.

Bah! Übelkeit wühlte in Bavas Eingeweiden. Besonders wenn er an den Schwarzbeerenwein in seinem Gepäck dachte.

Ich muss mit dir reden. Allein und unter vier Augen. Bava sah sich plötzlich selbst, wie er den Trinkschlauch freundlich grinsend in die Höhe hielt. *Es geht um Ulke und um das, was er von uns erwartet. Wegen…* Vielsagend schaute er auf seine rechte Hand hinab.

Ramok hatte ihn daraufhin in die Hütte eingelassen, den mitgebrachten Wein erhitzt, in Steinbecher gefüllt und arglos davon getrunken, während Bava seine Lippen nur an den trockenen Becherrand gesetzt hatte, weil er sich davor fürchtete, sie auch nur mit dem kleinsten Tropfen zu benetzen.

Bittere Galle quoll die Speiseröhre des Erzstreiters empor, als er an die weiteren Ereignisse dachte. Daran, wie Ramok die Hände schmerzverzerrt gegen den Leib gepresst hatte und zu seinem Schlaflager getaumelt war, wo ihn schwere Krämpfe schüttelten, bis er endlich stillgelegen hatte, um sich nie wieder zu erheben.

Das war das Schlimmste an allem gewesen. Wenn er doch wenigstens noch geflucht, vor Wut geschrien oder mit dem Schwert um sich geschlagen hätte. Einen derartigen Felltod hatte nicht mal der übelste aller Orks verdient.

Das hätte Ulke wissen müssen …

»Komm zu dir!«

Der Erzstreiter schrak aus seinen düsteren Gedanken auf, als ihn Gabor Elfenfresser wild an der Schulter rüttelte.

»Die Krieger erwarten, dass du sie durch Taten führst!«

Der unverhohlene Vorwurf, der in diesen Worten mitklang, holte Bava endgültig in die Wirklichkeit zurück. Mit raschem Blick erkannte er, was in der kurzen Zeit seiner geistigen Abwesenheit geschehen war. Über ihnen setzte gerade die Schwebende Festung zur Landung an. Die Beschwörungen waren gescheitert. Das Rad des Feuers würde nicht mehr erscheinen, und der Zusammenprall mit den Schädelreitern stand unmittelbar bevor.

Sie waren rettungslos verloren.

Die Phalanx der Schildträger hatte sich inzwischen auf die rechte Flanke verlagert. Sie hatten das Banner ausgemacht, unter dem Bavas Leibgarde kämpfte, und vielleicht hatte der eine oder andere auch den eisernen Reif erspäht, der seine Stirn zierte.

Auf ein unsichtbares Zeichen hin rückten die beiden Flügel ihres Schildwalls vor, als ob ihnen nicht die geringste Gefahr aus den eigenen Reihen drohte. Offenbar ignorierten sie völlig, dass sie ebenfalls unter den mächtigen Lindwurmtatzen enden würden. Man hatte ihnen jeden eigenen Instinkt und jedes eigene Denken in Gothars Kasernen sorgsam aberzogen, sodass sie nur noch blind auf Befehl handeln konnten.

Zum Halbkreis formiert, marschierten die Gardisten näher.

Bava Feuerhand stieß ein lautes Knurren aus. Glaubte dieses Pack denn wirklich, dass ein Erzstreiter so einfach zu ergreifen war? Wut und Scham stiegen so heiß in ihm auf, als wollten sie ihn verbrennen. Er sah auf seine Rechte hinab, ohne auch nur das kleinste Flämmchen zu entdecken.

Das Blut der Erde, es spuckte auf ihn.

Doch er wusste nun, was zu tun war.

Alles, was ihm noch blieb, war, die eigene Schuld zu vertuschen. Nur wenn er wie ein echter Krieger im Kampf fiel, in einer Schlacht, in der er zusammen mit seinem ganzen Volk unterging, würde vielleicht niemand erfahren, welche Schande er auf sich geladen hatte.

Entschlossen packte er den Schwertgriff so fest, dass seine Fingerknöchel hell aus der grünen Haut hervortraten.

»Vorwärts!«, brüllte er, die mächtige Klinge für alle Scharen weithin sichtbar erhoben. »Macht die Menschen nieder, so viele ihr nur töten könnt!«

꒷ ᛒ ꒽

Felsnest

An der Forderung des aufgewühlten Blutes gab es keinen Zweifel.

Schlag zu!, raunte es immer wieder eindringlich. *Nur so kannst du fügen, was zusammengehört.*

Ursa folgte den Worten, obwohl sie am ganzen Körper erschauerte. Ob Ramok wohl etwas Ähnliches während Grimmsteins Zerstörung gehört oder gesehen hatte? Und an dem dabei erlangten Wissen elendig zugrunde gegangen war? Ursa wusste es nicht. Tief in ihrem Inneren spürte sie jedoch ganz genau, dass das, was sie gerade in Gang setzte, nicht ohne Folgen bleiben würde.

Trotzdem, Ursa durfte den natürlichen Lauf des Blutes nicht ignorieren, so wie es ihr Vater getan hatte, denn sein Weg war der falsche gewesen. Nein, sie musste handeln. Egal, um welchen Preis – sonst würde das Volk der Blutorks untergehen.

Die Kräfte, an denen sie rührte, hatten seit Äonen brach gelegen. Kräfte, die den Verstand eines Orks weit überstiegen.

In ihren Schläfen begann es wild zu pochen.

Während sich die Priesterin weiterhin mit den Augen eines Fremden auf dem Boden liegen sah, streckte sie gleichzeitig eine unsichtbare Hand aus, die unvermutet ins Riesenhafte anwuchs. Es war ihr selbst unbegreiflich, doch sie griff plötzlich direkt hinein in den Wirbel unterhalb der Schwebenden Festung, der für alle anderen unsichtbar war und den sie erst jetzt selbst sehen konnte, und zerrte ihn mit einem harten Ruck zur Seite.

Im gleichen Moment, da sie die pulsierende Spirale berührte, fühlte sie einen brutalen Schmerz, als würden sich Tausende von winzigen Pranken in ihrem Körper verkrallen und versuchen, ihn in ebenso viele Richtungen auseinanderzureißen. Für die Dauer eines Herzschlags kam es Ursa tatsächlich so vor, als würden ihr alle Gelenke gleichzeitig ausgekugelt, doch plötzlich glühte der blasse Schimmer, der sie wie eine zweite Haut umgab, knallrot auf, und die Schmerzen ließen nach.

»Seht doch nur, die Festung!« Moa war der Einzige, der sich noch an seinem Platz befand. »Sie schwankt!«

Dutzendfache Rufe der Überraschung bestätigten seine Worte. Es war tatsächlich unübersehbar: Die Schwebende Festung kippte zur Seite und sackte dabei schlagartig in die Tiefe.

Viele der Orks, die sich an der westlichen Kante des Plateaus drängten, warfen sich flach zu Boden, weil sie fürchteten, dass das groteske, von halbrunden Kuppeln und unförmigen Auswüchsen besetzte Bollwerk direkt mit dem Gebirgsmassiv zusammenstoßen würde, auf dem sie sich befanden.

Sie sahen nicht, was Ursa sah: Die Festung sackte zur anderen Seite hin ab, direkt in die breite Schlucht, die über Knochental klaffte. Heißer Schrecken überflutete Ursas gereizte Sinne, als sie an all die Krieger dachte, die dort unten gegen einen übermächtigen Feind kämpften.

Zum Glück stabilisierte sich der tragende Wirbel wieder, bevor der Koloss steil bergab in die Tiefe stürzen konnte. Dadurch kehrte allerdings auch die Gefahr für Felsnest zurück.

Ohne lange nachzudenken, zerrte die Priesterin erneut an der weißblauen Spirale. Diesmal ganz gezielt, sodass die schwankende Festung weiter vom Gebirge abgetrieben wurde, aber doch vorsichtig genug, damit sie keinesfalls ihren tragenden Halt verlor.

So ist es recht, Urtochter!, bestärkte sie die fremde Stimme in ihren Bemühungen.

Daraufhin hieb Ursa weiter auf die westlichen Bogen der Spirale ein, die unter ihren geistigen Attacken an der Außenseite zerfaserten. Für ihr inneres Auge sah es so aus, als würde sie mit scharfen Klingen auf den Wirbel einwirken, der dadurch das Bollwerk nicht mehr aufrecht tragen konnte.

Im Inneren wurden Gothar und seine Vasallen sicherlich gerade furchtbar durchgeschüttelt. Der magische Wirbel reagierte beinahe wie ein lebendiges Wesen, das Ursas Schlägen auszuweichen versuchte. Doch sosehr sich die Spirale auch drehte und zur Seite ausbrechend um sich selber wand, Ursas unbarmherzigen Attacken konnte sie dadurch nicht entkommen.

Die Mauern, die auf dem Wirbel ruhten, erzitterten so sehr, dass sich größere und kleinere Brocken aus ihnen lösten. Senkrecht jagten sie dem Tal entgegen und markierten so die Stellen, an denen die Festung bei einem jähen Absturz zerbersten würde. Doch noch schwebte der schwere Gigant direkt über dem Schlachtfeld. Für die Orks dort unten musste es aussehen, als würde er jeden Moment auf sie niedergehen.

Um den Feind weiterhin ins Trudeln zu bringen, schlug Ursa unablässig zu. Wie eine echte Kriegerin, eine wahre Blutork.

Bei jedem weiteren Hieb, der die Flanke der Spirale zerfetzte, sackte die Festung ein Stück tiefer. Gleichzeitig driftete sie immer weiter über das Schlachtfeld hinweg.

Mach ein Ende, Urtochter!, mahnte die ferne Stimme. *Auch deine Kräfte sind begrenzt!*

Ursa spürte tatsächlich, wie ihr Geist allmählich erlahmte, doch sie war kein willenloses Instrument, sondern handelte nach eigenem Ermessen. All die Krieger, die sich in Knochental unter den roten Bannern der Stämme versammelt hatten, waren ihre Brüder und Schwestern. Lieber wollte sie sterben als zulassen, dass sie unter der Schwebenden Festung begraben wurden.

Obwohl längst jede Faser ihres Leibes vor Schmerzen brannte, attackierte sie weiterhin den Atem des Himmels, wohl wissend, dass sie nur deshalb die Oberhand hatte, weil es ihr gelungen war, ihren Feind zu überraschen. *Nur nicht nachlassen!*, feuerte sie sich selbst laufend an. *Sonst ist alles verloren!*

Gothars Schergen durften keine Gelegenheit zum Gegenschlag erhalten, das wusste sie genau. Und so zerrte, riss und fetzte sie weiter, bis Knochental überflogen und die Schwarze Pforte erreicht war. Da erst langte sie mit aller Macht zu und fegte so kräftig unter der Schwebenden Festung entlang, dass der tragende Luftstrom zertrennt wurde.

Die Unterbrechung währte nur kurz, doch bereits auf die halbe Höhe der umstehenden Berge herabgesackt, befand sich die Festung bereits viel zu tief, als dass der Sturz noch abgefangen werden konnte. Obwohl sich der Wirbel vom Boden her sofort wieder aufbaute, kippte das Bollwerk endgültig zur Seite und jagte auf die unter ihm liegende Erde zu.

Ursa stöhnte vor Erleichterung auf, als sie endlich vom Gegner ablassen konnte. Sie hatte alles getan, was in ihren Kräften stand, um eine Katastrophe zu verhindern. Auf dem Grund der Schwarzen Pforte durfte sich eigentlich kaum jemand aus den eigenen Reihen aufhalten, und falls doch, war der Verlust einiger weniger Orks leichter zu verschmerzen als der des ganzen Heers, das in Knochental ums Überleben kämpfte.

Du hast dich viel zu sehr verausgabt, zerstörte ein gewisperter Tadel ihre aufkeimende Freude. *Falls dein Gegner zurückschlägt, hast du ihm nicht mehr viel entgegenzusetzen.*

In der Schwebenden Festung
»Wie ist das nur möglich?« Die Stimme des Maars schwankte zwischen Wut und Bestürzung. »Wer wagt es, sich uns derart zu widersetzen?«

Hinter ihm wurde Gothar von seinem Marmorthron geschleudert und rutschte haltlos über den Boden. Die Schlangenkrone war ihm längst vom Kopf gefallen, nun löste sich auch das Frostbärenfell von den königlichen Schultern und flatterte davon.

Weitere Erschütterungen warfen die Festung wild umher. Gothar schrie auf, als er sich neuerlich überschlug und mit einem lauten Klatschen gegen eine der Wände prallte. Endlich gelang es ihm, sich an einem schroffen Vorsprung festzukrallen, bevor ihm noch Schlimmeres widerfahren konnte. Als ihn die wandelnde Lichtsäule schließlich einholte, war zu sehen, dass er aus der Nase und mehreren Platzwunden blutete. Außerdem klaffte an seinem rechten Hosenbein das Leder auseinander; auch das darunter liegende Knie war aufgeschlagen.

Die Levitationssäule, auf der die Festung ruhte, wurde in immer kürzeren Abständen attackiert. Sosehr sich der Atem des Himmels auch mühte, sie in der Luft zu halten, die fremde Kraft ließ einfach nicht locker. Der Maar hätte gern versucht, diesen Angriff zurückzuschlagen, doch er wagte es nicht, das Ritual zu unterbrechen, mit dem sie das Rad des Feuers bannten.

Zuerst musste er wissen, was überhaupt vor sich ging. Die fremde Kraft, die an der Levitation zerrte, war so stark, dass sie sich in dem vor ihm aufwallenden Nebel abzeichnete. Überrascht starrte er auf die Mächtige, die sie von Felsnest aus attackierte.

»Wer ist das?«, schrie er, voller Wut auf Todbringer, die Arakia und den heiligen Hort so schlecht für ihn ausgespäht hatte. Laut ihrem Bericht hatte Ulke, der Hohepriester der Blutorks, den Mantel der Vergangenheit noch nicht gelüftet, doch nun wurden sie auf eine Art und Weise bedrängt, die auf höheres Wissen schließen ließ.

Es dauerte einen Moment, bis die Gestalt in dem vor ihm schwebenden Nebel deutlich genug hervortrat, dann sah er die Verschnürung der Lederschürze, die sie unter ihrer hoch gerutschten Kutte trug.

Der Maar musste nicht lange in den Erinnerungen kramen, die er Todbringers Gedächtnis entrissen hatte. Das dort war Ursa, die Schwester der neuen Feuerhand!

Als ihm die Wahrheit endlich dämmerte, bereute er plötzlich, das Rad des Feuers blockiert zu haben. Vieles hatte der Maar bedacht, aber mit einem hatte er nicht gerechnet: damit, dass das aufgepeitschte Blut der Erde den Bann einfach umgehen und sich selbst neue Wege suchen könnte. Eigene Wege, die seit Generationen verschüttet gewesen waren und es auch für immer hatten bleiben sollen!

Irgendwo hinter ihm verließen Gothar die Kräfte. Der König verlor seinen Halt und schlitterte erneut umher. Den schwebenden Lichtbringern machte es dagegen nicht viel aus, dass sich die Wände um sie herum ständig von einer Seite auf die andere warfen. Sie schwebten zwar mehrmals auf und ab, doch ihre Position im Raum blieb die ganze Zeit über die gleiche, stets in einer geraden Linie ausgerichtet, die von der Erde in den Himmel deutete.

»Brecht die Beschwörung ab!«, befahl der Maar, inzwischen völlig sicher, dass das Blut der Erde bereits in neuen Bahnen verlief. »Wir müssen ...«

Er hatte viel zu lange gezögert.

Das wurde ihm in dem Moment klar, da der alles vernichtende Schlag unter die Festung fuhr und die Levitationssäule durchtrennte.

Abrupt kippte der Thronsaal nach vornüber. Von nun an raste die Festung so schnell herab, dass die Lichtbringer ihre eigene Höhe nicht mehr entsprechend ausgleichen konnten, und schon einen Herzschlag später klebten sie neben König Gothar an der Wandschräge, die sich als neue Decke über ihnen spannte.

Rasch schufen der Maar und seine Getreuen einen fauchenden Luftwirbel, der sich wie ein schützendes Polster um sie legte, kurz bevor die Festung in den teerdurchtränkten Marschboden schlug.

In der zerfasernden Nebelwolke war noch zu sehen, dass draußen riesige Erdfontänen aufspritzten, kurz bevor das magische Gebilde völlig ausfranste. Die Gewalt des Einschlags war so groß, dass die Festung tief im weichen Grund versank. Dennoch schüttelte sich das riesige Gebäude weiter unter den brutalen Kräften, die aufeinander einwirkten. Wände, Böden und Decken erzitterten so heftig, dass sie zu bersten drohten, und ein Ächzen und Stöhnen durchlief die langen gewundenen Gänge, als wäre die Festung ein lebendiges Wesen, das vor Schmerzen laut aufheulte.

Die Lichtbringer wirbelten wild umher, doch die sie umgebende Luftblase milderte all die Schläge und Stöße ab, als sie von einer Wand gegen die nächste prallten. Während die Festung im Boden erstarrte, drehte sich die Blase noch einige Male, bevor die Lichtbringer die Kontrolle über sich selbst zurückgewannen.

Feine Staubschleier wölkten durch den großen Saal, der sich so stark zur Seite neigte, dass der am Boden verankerte Marmorthron beinahe waagerecht stand. Hustend versuchten sich die Lichtbringer zu orientieren, und selbst der Maar brauchte einige Zeit, um seine Benommenheit abzuschütteln.

Die umherirrende Lichtsäule pendelte sich erneut ein und entriss der Dunkelheit ein blutbesudeltes und auf groteske Weise gestauchtes Bündel, das nur noch entfernte Ähnlichkeit mit einem Menschen aufwies. König Gothar hatte den Absturz denkbar schlecht überstanden.

Unter der Maske des Maars drang ein ärgerliches Zischen hervor. Dann sandte er einen geistigen Befehl aus, der nicht nur die Lichtbringer in den äußeren Quartieren erreichte, sondern auch alle goldenen Boten, die über dem Schlachtfeld kreisten.

Steigt auf, meine Brüder!, verlangte er herrisch. *Steigt auf, und tötet die mächtige Ursa, bevor sie uns noch tiefer ins Unglück stürzen kann!*

Der rasende Herzschlag presste das kalte Blut durch seine

Adern, während er spürte, dass die ersten Getreuen aufstiegen, um seinem Geheiß Folge zu leisten. Nur allmählich gewann er seine Fassung wieder. Dennoch gab es da etwas, das sich auch bei einem Erfolg seiner Lichtbringer nicht mehr abschütteln lassen würde.

Von nun an, das spürte der Maar ganz genau, würde in ihm stets die geheime Angst nisten, doch verletzlich zu sein.

Felsnest
Ursa fühlte sich erschöpft und ausgelaugt, ja, geradezu ausgeblutet. Trotzdem streckte sie ihre geistigen Fühler aus. Der Absturz der Schwebenden Festung hatte ein gewaltiges Beben ausgelöst, das bis weit hinauf in die Berge zu spüren gewesen war. Unten, auf dem Schlachtfeld, befanden sich die Reihen der Krieger in höchstem Aufruhr. Sie hatte jedoch keine Zeit, den entstandenen Schaden zu begutachten, denn eine neu heraufziehende Gefahr nahm ihre volle Aufmerksamkeit in Anspruch.

Leider war das mächtige Bollwerk ihrer Gegner nicht wie erhofft zerschellt, sondern steckte – äußerlich intakt – im Boden fest. Auch im Inneren schien weit weniger zu Bruch gegangen zu sein, als zu wünschen gewesen wäre. Aus dem aufgewirbelten Erdreich, das die Festung in dichten Wolken umhüllte, stiegen bereits drei Lichtbringer auf, die rasch an Höhe gewannen. Dem Geschehen auf dem Schlachtfeld widmeten sie nicht das geringste Interesse, sondern hielten stattdessen auf das Gebirge zu und schwebten an seiner Felsfront immer höher und höher empor.

Über ihr Ziel konnte kein Zweifel bestehen.

Sie wollten zu Felsnest hinauf, um zu vollenden, was bei dem Anflug der Schwebenden Festung misslungen war: der versammelten Priesterschaft von Arakia den Todesstoß zu versetzen.

Aber das sollte ihnen nicht gelingen. Nicht, solange noch ein

Herz in Ursas Brust schlug. Ohne einen leiblichen Muskel zu bewegen, richtete sich die Priesterin mit einem gewaltigen Ruck auf. Wie der Deckel einer Truhe klappte sie, ohne ein Gelenk zu beugen, in die Höhe.

Aufrecht stand sie da, mit gerade ausgestreckten Beinen, beide Füße beinahe bis zum Boden reichend.

Zum ersten Mal in ihrem Leben.

Am Rande des Plateaus sog das kleine Häuflein Flüchtender, das noch nicht auf den abwärtsführenden Pfad drängen konnte, vor Überraschung scharf die Luft ein.

Ihre Augen weiterhin geschlossen, fuhr Ursa zu ihnen herum und wies anklagend auf Ulke.

»Du hast meinen Vater vergiften lassen!«, schrie sie ihn an.

Der Hohepriester zuckte entsetzt zusammen. Er versuchte sich an einer empörten Antwort, brachte aber nur ein ersticktes Krächzen zustande.

Ursa beachtete ihn ohnehin nicht länger, sondern schwebte, nur eine Handbreit Luft zwischen der Felsplatte und ihren Stiefelspitzen, auf die Knochental zugewandte Abbruchkante zu.

Ulke hob beide Hände mit großer Geste, um sich vor den übrigen Priestern zu rechtfertigen, doch ein Warnruf aus tieferen Gefilden machte jeden Erklärungsversuch zunichte.

»Lichtbringer!«, brüllte Finske, einer seiner Getreuen, der bereits über den abwärtsführenden Pfad in die Tiefe stürmte. »Lichtbringer steigen zu Felsnest auf!«

Bisher hatten sie diese weiß umflossenen Wesen nur aus weiter Ferne gesehen, trotzdem löste die Warnung allgemeine Unruhe aus. Jeder von ihnen kannte die Geschichten über den Kampf, den sich Gabor Elfenfressers Schar mit einem dieser aufrecht schwebenden Krieger geliefert hatte. Damals wären die Orks zweifellos unterlegen gewesen, hätte nicht Feene, eine abtrünnige Schattenelfin, zu ihren Gunsten eingegriffen. Doch diesmal lagen die

Dinge anders. Diesmal mussten Gothars ärgste Vasallen einfach nur weit genug aufsteigen und die Orks aus sicherer Entfernung mit ihren Lichtschwertern beharken, um sie alle niederzumachen, ohne dass diese die geringste Möglichkeit der Gegenwehr hatten.

Ursa sah sich selbst und alles, was um sie herum geschah, weiterhin mit dem Blick eines über ihr postierten Beobachters. Auch die weißblauen Stränge, auf denen die Lichtgestalten zu ihr emporschwebten. Es kostete sie ein Höchstmaß an Willensanstrengung, um noch einmal geistig in die Tiefe zu greifen, zum Blut der Erde. Die Wut und die Rachsucht, die in ihr gärten, halfen ihr, auch das Letzte aus sich herauszuholen.

Während des vorherigen Kampfes hatte sich der Widerhall des Gesprächs zwischen Bava und Ulke in dem vielstimmigen Chor der auf sie einstürzenden Eindrücke verborgen. Doch im gleichen Moment, da sie von der Festung abgelassen und sich kurz entspannt hatte, war die Erinnerung daran mit aller Macht zurückgekehrt.

Heimtückisch vergiftet – eine größere Niedertracht war für Ursa kaum vorstellbar. Daran, dass das Blut der Erde die Wahrheit sprach, zweifelte sie nicht. Deshalb würde sie den Hohepriester und seinen Erzstreiter büßen lassen. Bitter büßen. Auf eine Art und Weise, die selbst den härtesten Blutork vor Qual und Pein wimmernd in die Knie gehen ließ.

Es ist nicht an dir, diese Frevler zu strafen!

Ursa wischte das ferne Raunen verärgert aus ihrem Kopf und konzentrierte sich lieber auf die drei Lichtbringer, die bereits den halben Weg zu ihr hinauf zurückgelegt hatten. Knurrend sammelte sie ihren Geist und stieß mit ihm in die Tiefe hinab. Die Wucht ihres Angriffs ließ die Lichtbringer haltlos durch die Luft wirbeln. Auch ihre aufgebauschten Seidenschleier vermochten sie nicht zu halten.

Mit einer solchen Attacke hatten sie nicht gerechnet. Wild umherstrampelnd, fielen sie in die Tiefe zurück.

Doch so wenig, wie diese filigranen Gestalten wogen, gelang es ihnen sehr viel leichter als der Schwebenden Festung, neue Luftströme aufzubauen, die sie auffingen.

Sofort stieß Ursa erneut hinab und ließ sie wieder in die Tiefe wirbeln, doch diesmal wurde ihr Angriff von einem grellen Schmerz begleitet, der unter ihrer Schädeldecke explodierte. Einen Moment lang leuchtete es blendend weiß vor ihren Augen auf, danach brach tiefe Dunkelheit über sie herein.

Stöhnend warf sie den Kopf in den Nacken. Die geheimnisvolle Macht, die sie bisher aufrecht gehalten hatte, war von einem Schlag auf den anderen verschwunden. Jäh von aller Kraft verlassen, sackte sie in sich zusammen. Von Schwindel ergriffen, spürte sie nur noch, wie sie mit den Stiefelspitzen auf die Felskante stieß und die gelähmten Beine unter ihr nachgaben.

Erst da, im Moment der größten Gefahr, riss sie die Augen auf, doch was nützte es, in den unter ihr gähnenden Abgrund zu starren, da sie nicht mal mehr die Kraft hatte, einen einzigen Muskel zu bewegen?

Doch bevor sie nach vorn gekippt wäre, wurde sie von zwei kräftigen Händen an den Schultern gepackt und zurückgerissen.

»Moa!«, stöhnte sie überrascht, als der Knappe vor ihrem Gesichtsfeld auftauchte.

Er war tatsächlich bei ihr geblieben, während selbst der Hohepriester sein Heil in der Flucht gesucht hatte.

»Lauf davon!«, forderte sie mit schwacher Stimme, während er sie zurückschleifte und vorsichtig auf den harten Boden bettete. »Ich habe nicht mehr die Kraft, sie weiter abzuwehren ...«

»Keine Sorge.« Sie konnte nicht richtig abschätzen, wie lange er verschwunden war, vermutlich aber nur für einige Herzschläge. Gerade so lange, wie er brauchte, um zurück zur Felskante zu eilen und in die Tiefe zu spähen. »Die drei haben vorläufig genug. Sie sind zur Festung zurückgekehrt und darin verschwunden.«

Sie hätte sein zufriedenes Grinsen gern erwidert, doch es bereitete ihr bereits Mühe genug, gegen die Ohnmacht anzukämpfen, die sie zu verschlingen drohte.

Du hast gut gekämpft, Urtochter, raunte es von weit her an ihre Ohren. *Doch die Schlacht ist noch nicht vorüber.*

Ursa spürte, wie sich die fremde Macht von ihr entfernte und den Kriegsscharen auf dem Schlachtfeld zuwandte. Wäre sie noch zu einer Regung fähig gewesen, hätte sie sich bestimmt aufgebäumt, als sie das ferne Echo eines durch Mark und Bein gehenden Rufes vernahm. Und obwohl ihr Blickfeld bereits zusammenschrumpfte, wurde ihr doch bewusst, dass es nicht irgendein Signal war, das sie da hörte, sondern *der* Ruf, der nur an jene erging, die vom Blut der Erde auserwählt waren.

Warum bin ich bloß so schwach?, haderte die Priesterin mit sich selbst. *Warum habe ich meine Kräfte nur nicht besser eingeteilt?*

Noch ehe sie eine Antwort auf diese Fragen ereilen konnte, wuchsen die schwarzen Ränder vor ihren Augen endgültig zusammen. Völlig entkräftet spürte sie nicht einmal mehr, wie Moa sie vorsichtig vom Boden hob, sie über seine rechte Schulter wuchtete und den steilen Pfad hinab zu Hatra trug.

Knochental

Urok war ungemein erleichtert, als er sah, wie die Schwebende Festung vor Felsnest abdrehte, denn nun wusste er seine Schwester in Sicherheit. Es störte ihn nicht, dass König Gothars Bollwerk stattdessen über dem Schlachtfeld absackte, und erst recht nicht, dass herabfallende Mauerstücke die Köpfe einiger Gardisten, die gerade auf ihn zustürmten, zum Platzen brachten.

Ihm war egal, wie er starb, solange nur ein scharfes Schwert in seiner Waffenhand ruhte.

Seine Feinde scherten sich genauso wenig um das, was über ihren Köpfen vorging. Inmitten einer Schlacht verengte sich das Blickfeld auf den am nächsten stehenden Gegner, den es zu stellen, zu überwinden und zu töten galt. Wer sich da vom Wesentlichen ablenken ließ oder versuchte, den großen Überblick zu behalten, starb schnell durch die Hand eines weniger umsichtigen Feindes.

Urok zählte mehr Rundschilde, als er Finger an beiden Händen hatte, trotzdem ließ er die eigene Deckung sinken, sprang auf einen Berg übereinandergesunkener Leichen und stieß einen wilden Kampfschrei aus. Das Maul weit aufgerissen wie ein Raubtier kurz vor dem Zuschnappen, den Harnisch aus Lindwurmschuppen ebenso blutbesudelt wie das Wellenschwert und den rechten Unterarmschutz, bot er für das menschliche Auge zweifellos einen furchteinflößenden Anblick.

Wie erwartet geriet die vor ihm anrückende Linie in Unordnung. Einige der Schwertknechte stolperten, andere ließen gar ihre Schilde sinken und deuteten voller Entsetzen in seine Richtung.

Urok spannte bereits die Muskeln, um die entstandenen Lücken zu einem raschen Vorstoß zu nutzen, als die gegnerische Reihe gänzlich zum Stehen kam. Nur sieben Schwertlängen von ihm entfernt begannen plötzlich alle zu kreischen und starrten mit angstverzerrter Miene auf eine Stelle, die weit hinter seinem Rücken lag. Falls das ein Trick war, um ihn zu täuschen…

Es war keiner, denn schon im nächsten Moment warfen sich die Hellhäuter auf den steinigen Boden und zogen die Schilde schützend über die Köpfe.

Der Ork war versucht, einen prüfenden Blick über die Schulter zu werfen, doch das infernalische Krachen, das seine Trommelfelle gleich darauf zum Klingeln brachte, machte ihm auch so klar, was geschehen war.

Die Schwebende Festung! Natürlich! Sie war tatsächlich abgestürzt!

Urok spürte das gewaltige Beben, das das gesamte Tal erschütterte, noch ehe er mitsamt den Leichen, auf denen er stand, in die Luft geschleudert wurde. Um ihn herum brach ein Toben und Brüllen los, als wäre ein schwerer Sturm über sie hereingebrochen. Augenblicke dehnten sich plötzlich zur Ewigkeit.

Wie von einer unsichtbaren Welle getragen, wirbelte er mehrmals um die eigene Körperachse herum. Trotz des Schwindels, der ihn dabei erfasste, nahm er kurze Bildfetzen wahr, die einem Gestalt gewordenen Alptraum zu entstammen schienen.

Die Konturen der umliegenden Berge begannen unter der Gewalt der Erschütterung zu flirren. In der Schwarzen Pforte wurde das verdrängte Erdreich so hoch aufgeschleudert, dass sich die Sonne verdunkelte, handbreite Risse spalteten den Boden, während das scharfkantige Gestein, das ganz Knochental bedeckte, auf einen Schlag in die Höhe schoss. Eingehüllt in diese knie- bis hüfthohe Steinflut, riss es Freund wie Feind gleichermaßen von den Beinen, doch während sich die meisten nur schmerzhafte Blessuren holten, traf es die im gestreckten Galopp befindlichen Schädelreiter mit aller Härte: Jedes festen Untergrundes beraubt, knickten die Lindwürmer auf breiter Front in den Vorderläufen ein, überschlugen sich und begruben dabei die nagelgespickten Reiter unter ihren schweren Leibern. Das Krachen und Splittern der Holzsättel mischte sich mit dem grausigen Bersten von Wirbeln und Knochen, bevor die Schreie der Gemarterten jeden anderen Laut überlagerten.

Die angewinkelten Beine an den Leib gezogen, das Gesicht mit dem festen Schild aus Lindwurmschuppen geschützt, prallte Urok inmitten der umherwirbelnden Steine hart auf. Sein robuster Körper und die gute Panzerung aus Harnisch und Waffenrock widerstanden den scharfen Basaltkanten weitaus besser als die Rüstungen der Hellhäuter um ihn herum.

Doch auch Urok mühte sich vergeblich, wieder auf die Beine zu gelangen. Weitere Nachbeben durchliefen das Tal. Solange die Erde schwankte, konnten sich alle nur so gut wie möglich festkrallen und auf das Beste hoffen.

Als er sich endlich wieder in die Höhe kämpfte, herrschte immer noch unbeschreiblicher Tumult. Lindwürmer wälzten sich hilflos am Boden und stießen klagende, beinahe seltsam menschlich anmutende Schmerzenslaute aus. Die Gepanzerten, die hinter der berittenen Attacke hatten nachstoßen wollen, hatten ebenfalls große Mühe, sich wieder aufzurappeln. Was hinter ihnen vor sich ging, war nicht zu erkennen, denn dichte Schleier aus aufgewirbelten Stein- und Sandkörnern beeinträchtigten die Sicht.

Die in den Himmel geschleuderte Erde aus der Schwarzen Pforte prasselte dagegen bereits in dicken teerdurchtränkten Brocken auf sie nieder. Fluchend bemerkte Urok, dass eines der beiden Lindwurmhörner auf seinem Schulterpanzer abgebrochen war. Wilder Zorn flammte in ihm auf. Ein Schwertknecht, der nur zwei Schritte entfernt in die Höhe taumelte, bekam seine Wut als Erster zu spüren.

Urok hieb das Wellenschwert mit solcher Wucht ins gegnerische Schlüsselbein, dass er das rechte Schulterblatt mitsamt dem wild umherzuckenden Waffenarm abrasierte. Gothars Scherge starrte völlig überrascht auf den roten Krater an seiner Seite, bevor er lautlos in die Knie sackte, direkt in die bereits am Boden glänzende Blutlache hinein.

Knurrend sah sich der Krieger nach seinem nächsten Gegner um, doch die Schlacht ruhte, wohin er auch sah. Nach dem gewaltigen Getöse, mit dem die Festung aufgeprallt war, klang die nun einsetzende Ruhe beinahe unangenehm leise in den Ohren. Nur noch das Wimmern und Wehklagen der Verwundeten und das Prasseln der aufschlagenden Erdklumpen erfüllte die Luft.

Überall herrschte heillose Verwirrung.

Besonders Gothars Truppen konnten kaum glauben, was sie da sahen – nämlich dass ihr Herrscher mitsamt dem größten Symbol seiner schier unbegrenzten Macht abgestürzt war!

Diesen Schock auszunutzen wäre die Pflicht eines jeden umsichtigen Feldherrn gewesen – doch Bava glotze genauso überrascht auf die im Boden versunkene Feste wie alle anderen auch.

Urok konnte es einfach nicht glauben. Wütend reckte er das bluttriefende Wellenschwert in den Himmel und brüllte so laut, dass es über das ganze Schlachtfeld hallte: »Vorwärts, ihr elenden Scharen! Eure Klingen dürsten immer noch nach dem Blut all jener, die euch zu unterjochen trachten!«

Um seine Worte zu unterstreichen, stürzte er auf den nächstbesten Schwertknecht zu und versenkte seine gewellte Klinge so tief im gegnerischen Bauch, dass die Spitze die Wirbelsäule durchtrennte und am Rücken wieder hervortrat. Das Jaulen des Getroffenen war vermutlich bis Sangor zu hören, auf jeden Fall aber laut genug, um die übrigen Orks aus ihrer Erstarrung zu wecken.

Von einem Herzschlag auf den anderen erklang ein blutrünstiges Kriegsgeschrei, wie es das Grenzland noch nie zuvor gehört hatte. Die Stammesbanner hoch erhoben, stürmten die Scharen durch die sich allmählich absenkenden Staubschleier, um den wie gelähmt wirkenden Feind niederzumachen.

Selbst die Ranar, die als Bavas Leibgarde dienten, folgten Uroks Befehl. Ohne sich noch einmal mit ihrem Erzstreiter zu verständigen, gingen sie auf einen versprengten Haufen Nordmänner los, die ihnen noch kurz zuvor den Garaus hatten machen wollen.

»Gut gesprochen, zweite Feuerhand!«, lobte Torg Moorauge, der plötzlich Uroks rechte Seite deckte. »Und durch das eigene Vorbild geführt, wie es sich für einen Blutork geziemt.«

Rowan, der inzwischen zur Linken herangeeilt war, lachte nur so vor Vergnügen, während er auf einige Schwertknechte eindrosch, die nicht schnell genug zurückweichen konnten, dem einen den Arm abhackte, dem anderen den Schädel spaltete und dem dritten das Bein direkt unterm Knie durchtrennte.

Urok nutzte die Unterstützung für einen kurzen Blick in die Höhe, zu Felsnest hinauf. Eigentlich hatte er nur sicherstellen wollen, dass dort oben alles in Ordnung war, stattdessen entdeckte er eine Gestalt im Priestergewand, die am Rand der ihm zugewandten Plateaukante aufragte. Zuerst mochte er nicht glauben, dass es sich um seine Schwester handelte, doch die unter der verrutschten Kutte hervorlugende Lederschürze ließ keinen anderen Schluss zu. Das dort oben war tatsächlich Ursa, die trotz ihrer gelähmten Beine aufrecht stand.

Urok fühlte sich einen Moment lang wie betäubt, als er die drei Lichtbringer sah, die zu Felsnest emporzuschweben versuchten, dabei jedoch ein ums andere Mal zurückgeschlagen wurden, sodass sie heillos durcheinanderwirbelten, bis sie die Flucht ergriffen und zu der abgestürzten Festung zurückkehrten. Doch der Stolz, der sich in Urok breitmachen wollte, wurde von jähem Schrecken vertrieben, als er sah, was keinen anderem auf diese Entfernung auffiel, weil niemand seine Schwester so gut kannte wie er.

Ursa schwankte vor Entkräftung.

Zum Glück wurde sie von irgendjemandem gepackt und zurück auf die Felsplatte gezogen, bevor sie in die Tiefe stürzen konnte. Urok atmete auf. Ob das Ulke war, der sich um sie kümmerte, wie es seine Pflicht als Hohepriester war? Nein, sicher nicht. Ihr Retter hatte eine schwarze Kutte getragen, das Gewand eines Novizen. Also Moa, ihr persönlicher Knappe?

Urok konnte diesen Schattengänger nicht besonders gut leiden, aber treu war der Kerl, das konnte ihm niemand absprechen. Trotzdem quälte Urok von nun an die Sorge um seine Schwester. Selbst das neu entbrannte Schlachtgetümmel, das ihn und seine kleine Schar mit offenen Armen empfing wie eine alte Geliebte, vermochte die Frage, was gerade auf Felsnest geschah, nicht völlig zu vertreiben.

Trotzdem bahnte sich Uroks unermüdlicher Arm einen Weg durch die gegnerischen Reihen, bis sie den Wall aus niedergeworfenen und zappelnden Lindwürmern erreichten, die in ihrem Schmerz wild um sich schnappten, ohne großartig zwischen abgeworfenen Schädelreitern und anstürmenden Orks zu unterscheiden.

Doch während es den Orks zumeist gelang, den Lindwurmmäulern auszuweichen oder sie mit dem Schild abzuwehren, wurde so manchem Schädelreiter ein Arm, wenn nicht gar beide, abgebissen oder sogar der Kopf. Warmes Blut lag wie feiner Sprühregen in der Luft.

Aber so hoch der Blutzoll auch war, den Gothars gefürchtete Kavallerie zahlen musste, noch ehe er den ersten Reptilienleib der

Länge nach aufschlitzte, sah Urok bereits, dass dieser Tag kein gutes Ende für die Orks nehmen konnte. Denn hinter dem zappelnden Lindwurmwall nahten nicht nur unzählige Gepanzerte, sondern auch menschliche Truppen aller Waffengattungen. Das Heer der Bogenschützen, Gardisten und Schwertknechte bedeckte das gesamte Grenzgebiet, so weit das Auge reichte.

Solch einer Übermacht, die todesmutig weitermarschierte, auch wenn sich ihre vorderen Reihen schon zu blutig zerhackten Wällen auftürmten, vermochten auch die vereinten Scharen von Arakia auf Dauer nichts entgegenzusetzen.

Zusammen mit dieser Erkenntnis durchzuckte Urok ein lautloses Signal, das eine bisher unbekannte Saite in ihm zum Schwingen brachte. Es war ein *Ruf*, der nicht nur ihn, sondern alle Orks erreichte. Der eine *Ruf*, mit dem das Blut der Erde alle Krieger in zwei Gruppen teilte: in jene Mehrheit, in der plötzlich ein Gefühl erwachte, das sie eigentlich von Kindesbeinen an zu verachten gelernt hatten und dem sie sich nun trotzdem nicht widersetzen konnten; und in die Schar der Auserwählten, in denen genau derselbe *Ruf* exakt das Gegenteil auslöste.

Abrupt wandte sich Urok zu Torg Moorauge um und sah seine schlimmsten Befürchtungen bestätigt. Vor Schreck vergaß er den Fluch, der ihm eigentlich auf der Zunge lag. Der Alte hatte bereits den Kopf in den Nacken geworfen und rhythmisch zu atmen begonnen. Obwohl seine Haut schon dampfte, öffnete er noch einmal die Augen und sah Urok mit einem bitteren Lächeln an.

»Es ist gut so«, behauptete er, während eine kleine Flamme an seinem rechten Ohr emporzuckte. »So musste es kommen. Ich habe längst damit gerechnet!«

Oberhalb der versunkenen Festung

Schweigend schwebte der Maar über einem der vielen Ecktürme, die das herrschaftliche Banner mit den vier weiß geschwungenen

Linien und der Silhouette der Schwebenden Festung trugen. Je stärker das Motiv unter einer auffrischenden Böe zu flattern begann, desto mehr schien es ihn zu verhöhnen. Seine Hoffnung, mit der Festung sofort wieder in den Himmel aufzusteigen, hatte sich längst zerschlagen.

Der harte Aufprall hatte sie stark in Mitleidenschaft gezogen. Noch immer rumorte es in ihrem Inneren, als würde sie vor Schmerzen stöhnen. Wände und Gänge arbeiteten knarrend daran, die erlittenen Stauchungen und Verschiebungen zu entspannen. Selbst durch das äußere Mauerwerk zogen sich zahllose, zum Rand hin immer stärker verästelnde Risse, die wie frisch geschlagene Wunden trieften. Ob haarfeine Brüche oder fingerdicke Spalten, überall quoll bernsteinfarbene Flüssigkeit hervor, die rasch zu stocken begann, bis sie zu fest über den Öffnungen verlaufenden Wülsten erstarrte. Es würde Tage, wenn nicht gar eine ganze Mondphase dauern, bis wieder alles ausgeheilt war. Bis dahin musste die Festung an Ort und Stelle ruhen, oder es bestand die Gefahr, dass sie vollständig auseinanderbrach.

Die drei Lichtbringer, die er ausgesandt hatte, die Mächtige zu töten, kehrten mit gesenkten Häuptern zurück. Es war nicht ihre Schuld, dass sie versagt hatten, das wussten sie, trotzdem fürchteten sie seinen Zorn.

Der Maar bedeutete ihnen nur mit einer müden Geste, dass sie sich einen Platz auf der stark geneigten Außenmauer suchen sollten, um die Festung gegen mögliche Angriffe abzusichern. Zwar konnte er die Gegenwart der Mächtigen nicht mehr spüren, aber sie hatte ihn schon einmal überrascht; das sollte ihr kein zweites Mal gelingen.

Zu neunt schwebten sie über oder neben dem schräg eingesunkenen Koloss – nicht mal ein Dutzend aufrechter, weiß umflorter Gestalten, die dem Chaos zwischen Frostwall und Nebelmeer die Stirn boten.

In diesem Moment reute den Maar ihre geringe Zahl, doch wie hätte er stärker auftreten sollen? Es gab nur noch wenige ihrer Art, und die anderen mussten als Statthalter in Sangor, Leru oder anderen Metropolen dafür sorgen, dass keine Aufstände im Hinterland aufflackerten, während er den letzten großen Unruheherd, Arakia, für immer zu befrieden versuchte.

Das Böse war mächtig, zu diesen und zu allen Zeiten, doch der Maar wusste, wie er es in Schach halten konnte. Rückschläge wie dieser bedeuteten für ihn nur eine vorübergehende Episode in seinem schon seit Generationen währenden Feldzug. Darum verspürte er auch keine Angst zu unterliegen, obwohl ihn der Verlust der in Knochental sterbenden Schädelreiter außerordentlich schmerzte.

Diese Schlacht würde nicht die erhoffte Entscheidung bringen. Leider. Aber die Reserven, aus denen er schöpfen konnte, waren schier grenzenlos und die Niederlage der Orks daher nur eine Frage der Zeit. Nun galt es vor allem, die Verluste so gering wie möglich zu halten.

Gut, er hatte sich auf den falschen Priester konzentriert, das musste er eingestehen. Etwas von dem, das eigentlich schlafen sollte, war dadurch in Fluss geraten. Die drei großen Kräfte waren allgegenwärtig, doch es brauchte Mächtige wie diese Ursa, um sie zu leiten. Vor allem das war die Gefahr, die es zu bezwingen galt.

Doch was konnte eine einzelne Priesterin schon allein bewirken? Gegen ihn, dem ganze Heerscharen zur Verfügung standen?

Zufrieden mit seiner kühlen Analyse, presste er beide Handinnenflächen gegeneinander, bis seine Finger einen feinen Lichtstrahl in den Himmel sandten, der erst weit über ihren Köpfen zu einem hellen Glutball anwuchs. Auf dieses Zeichen hin kehrte das Gros der Boten zurück, die er ausgesandt hatte, die Truppen zu unterstützen. Ihr goldenes Gefieder war mit teerdurchtränkten Erdbrocken und feinem Staub bedeckt, trotzdem fanden sich die Tauben gehorsam über dem Maar ein und lauschten seinen Befehlen.

»Findet die Priesterin mit den schwachen Beinen«, forderte er. »Sie muss so schnell wie möglich sterben. Doch zuvor brauchen wir Gefangene für einen Triumphzug. In Sangor und den übrigen Reichen darf niemand von diesem Desaster erfahren, denn Gothars Macht währt nur so lange, wie er als Tyrann gefürchtet wird.«

Bei diesen Worten musste er erneut an das blutige Bündel im Thronsaal denken, doch der tote Herrscher war im Augenblick sein geringstes Problem. Den bekam ohnehin kaum jemand persönlich zu Gesicht, sie brauchten also nur die Eingänge zu verschließen, um allzu Neugierige, wie den neuen Todbringer, fernzuhalten. Angesichts ihrer starken Präsenz sollte das problemlos möglich sein.

Der Maar wusste, dass er richtig gehandelt hatte, als einer der Lichtbringer auf ihn zuschwebte und wortlos auf das Schlachtfeld deutete. Der Höchste ihrer Art nickte nur, denn er hatte die hellen Lichtpunkte, die überall in den Staubschleiern aufflammten, schon selbst gesehen.

꒞ 𝕏 ꒞

In Bavas Reihen

»Nein!«, brüllte Tabor in einer Mischung aus ohnmächtiger Wut und Verzweiflung. »Bleib hier! Wie soll ich denn die Schar ohne deine Hilfe führen?«

Tränen brannten in seinen Augen, doch er war Ork genug, sie nicht fließen zu lassen. Es war ihm völlig egal, ob ihm die umstehenden Krieger zuhörten oder nicht. Die meisten waren ohnehin damit beschäftigt, gegen den ungewohnten Fluchtimpuls anzukämpfen, der durch ihre Beine zuckte. Niemand würde später wagen, ihn wegen seiner schmachvollen Worte zu verhöhnen, denn in diesem Moment wurden *alle* von Gefühlen übermannt, die eines Blutorks unwürdig waren.

»Es steht uns nicht zu, Vurans Entscheidungen anzuzweifeln«, antwortete Grimpe ruhig, während seine Augenbrauen allmählich verschmorten. Er war keineswegs der Einzige, bei dem sich ein Blutrausch ankündigte. Überall in ihren Reihen stieg der Geruch von brennendem Fleisch auf. Immer wieder züngelten Flammen über Grimpes Wangen hinweg, während seine Augen längst in wilder Mordlust flackerten.

Im Gegensatz zu vielen anderen, die sich bereits zum Rückzug sammelten, sträubte sich Tabor weiterhin gegen die Wellen der Furcht, die seinen Körper traktierten. Erst jetzt, da der unwiderrufliche Abschied nahte, ging ihm auf, wie wertvoll ihm der Vaterbruder doch war. Ohne Grimpes Beistand, das wusste er genau, war seine Stellung als Erster Streiter nicht lange zu halten.

Aber das war nicht alles, Tabors Verlustängste saßen viel tiefer. In diesem Moment hätte er den gehörnten Schulterpanzer sofort an einen anderen aus der Schar abgegeben, wenn ihm dadurch Grimpe nur geblieben wäre. Grimpe, der stets eine schützende Hand über ihn gehalten hatte, auch dann, wenn der eigene Vater ihm mit Hohn und Spott begegnet war.

Vielleicht lag es wirklich daran, dass in Grimpes Schopf die gleichen kastanienbraunen Strähnen glänzten wie in seinen Haaren.

Um das Zittern in seinen Knien zu unterdrücken, spannte Tabor alle Muskeln an und schnaufte wild. Doch es half nichts, der Blutrausch übermannte einen Krieger nur, wenn er im Kampf in die Ecke gedrängt wurde oder wenn es ihm der *Ruf* befahl. Abgesehen von Urok, diesem speichelleckenden Menschenfreund, war es noch keinem anderen gelungen, sich nach Belieben in einen Blutrausch hinein- und vor allem auch wieder hinauszuversetzen.

»Lass das!«, blaffte Grimpe, längst am ganzen Körper lodernd. »Du bist noch viel zu jung, um diesen Weg zu beschreiten. Unser Volk muss überleben, und nur Vuran hat das Recht zu entscheiden, wer dafür sterben muss.«

Wütend stieß ihm der alte Kämpe vor die Brust. Und als das nicht reichte, weil Tabor einfach stehen blieb und weiter rhythmisch schnaufte, trat er ihm auch noch die Beine unter dem Körper weg.

Danach machte Grimpe auf dem Absatz kehrt und rannte den Reihen der sich gerade neu formierenden Lindwürmer entgegen. Schon nach wenigen Schritten zu einem lodernden Bündel entflammt, brüllte er mit der ganzen Wut eines todgeweihten Berserkers, längst bereit, alles um sich herum mit in den Tod zu reißen.

Nahe des Lindwurmwalls

»Etwas Schöneres hätte ich mir gar nicht wünschen können«, versicherte Torg, während Urok und Rowan zum Abschied mit ihren vorstehenden Stirnwülsten gegen die seinen stießen, auch wenn ihnen dabei das eine oder andere Haar ihrer Augenbrauen wegglomm. »Ich hatte schon mit einem Felltod gerechnet, doch dank euch kann ich wie ein Krieger sterben.«

Obwohl sich die Haut bereits vor Hitze von seinen Wangen pellte, hätten die beiden Jüngeren in diesem Moment alles dafür gegeben, an seiner Seite streiten zu dürfen. Doch das Blut der Erde hatte anders entschieden. So sahen sich alle drei nur noch einmal kurz in die Augen, schweigend, weil es nichts mehr zu sagen gab.

Nur wer bereit ist zu sterben, kann den Kampf überleben. Plötzlich hallte die Weisheit, die ihm Torg mit auf den Weg gegeben hatte, in Uroks Ohren nach. Ob der Alte dabei schon an den Blutrausch gedacht hatte, der ihn persönlich zwar das Leben kosten, dafür aber die Stämme retten würde?

Leider war es zu spät, ihn noch zu fragen. Torgs faltiges Gesicht brannte längst lichterloh, und sein ergrauter Haarschopf schrumpfte unter der Hitze zusammen, doch er schien nicht den geringsten Schmerz zu empfinden. Nur das Flirren in seinen Augen wies auf beginnenden Wahnsinn hin. Von einem weiteren Flammenschub geschüttelt, reckte er das Schwert gen Himmel und schrie: »Die Alten nach vorn, dem letzten Gefecht entgegen!«

Der Ruf wurde von anderen Veteranen aufgenommen und weitergetragen, bis alle beschwörend wiederholten: »Die Alten nach vorn! Dem letzten Gefecht entgegen!«

Unter diesem Schlachtruf stürmten sie los, tödliche Hitze verbreitend.

Die Lindwürmer waren die Ersten, die instinktiv die nahende Gefahr spürten. Selbst jene mit den gebrochenen Vorderläufen versuchten sich in die Höhe zu stemmen, während alle, die noch konnten, in blinder Panik durchgingen.

Schon wenige Herzschläge später stürzten die ersten wandelnden Flammensäulen heran und schlugen und brannten alles nieder, was ihnen in den Weg kam. Menschen oder Elfen wären bereits unter der feurigen Hitze zusammengebrochen, doch vom Blut der Erde erfüllt, kämpften die Orks verbissen weiter, während ihnen die Kleidung in verkohlten Stücken vom Leib bröckelte.

Die Hitze, die sie verströmten, war so groß, dass sie selbst die Leichen zu ihren Füßen versengte. Unerträglicher Gestank stieg über dem Schlachtfeld auf und legte sich schwer auf alle Lungen. Selbst die bissigen Lindwürmer hatten dieser Feuerwalze, die über sie hinwegrollte, nichts entgegenzusetzen.

Einige Schädelreiter, die lieber kämpften, statt zu fliehen, verglühten, als sie ihre Unterarmklingen in die anstürmenden Leiber stießen, weil es ihnen nicht gelang, sie danach schnell genug wieder hervorzuziehen. Eine prasselnde und aufleuchtende Brunst hinter sich lassend, schlugen die Veteranen immer tiefere Breschen in die gegnerischen Reihen. Wabernde Hitze breitete sich aus, vor der sogar die Lindwürmer mit den gebrochenen Läufen davonstürmten. Selbst rot und weiß aufflammend, durchbrachen sie die Linien der Gepanzerten, die unverdrossen weiterstapften, während die hinter ihnen formierten Einheiten allmählich Nerven zeigten und vor Schreck schließlich ganz zum Stillstand kamen.

Die Gepanzerten waren seelenlose Gegner, das machte sie besonders gefährlich. Unfähig, irgendwelche Angst zu spüren, verließen sie sich voll und ganz auf den Schutz ihrer Rüstung. Doch obwohl die Hornschalen, die ihre Körper vollständig umgaben, nur ankohlten, statt zu verbrennen, waren sie der glühenden Hitze ungeschützt ausgeliefert. Rasch begann ihr gallertartiges

Innenleben zu kochen. Urok ballte triumphierend die Fäuste, als es aus einigen Augenschlitzen weiß hervorschäumte und mehrere Helme unter hohem Druck in die Höhe flogen – mitsamt dessen, was einmal der Kopf dieser Kreaturen gewesen sein mochte. Schon bald türmten sich zuckende Hornrüstungen übereinander.

Doch auch die lodernden Feuersäulen mussten schwere Streiche hinnehmen. Manch ein dem Blutrausch Verfallener ging bald stückchenweise zu Boden, während andere, die sich besser zu wehren wussten, langsam, aber sicher von den Flammen aufgezehrt wurden. Aber in ihrer blinden Raserei rissen Krieger wie Grimpe, Torg, Kyre und wie sie alle hießen, weitaus mehr Feinde ins Verderben, als die fliehenden Kriegsscharen je zu töten imstande gewesen wären.

Aus Verbundenheit zu Torg widerstanden Urok und Rowan dem eigenen Fluchtinstinkt solange sie konnten. Während das Gros der Orks die abgestürzte Festung bereits in weitem Abstand passierte, um der langen Reichweite der Lichtschwerter zu entgehen, verfolgten beide noch, wie der Vormarsch von Gothars Heerscharen zum Stillstand kam.

Erst der plötzlich aufflackernde Gedanke an seine Schwester ließ Uroks Willen einknicken. Rasch erzählte er, was er am Rande des Plateaus beobachtet hatte. Die Sorge um Ursa steckte auch seinen Scharbruder an.

»Wenn sie fähig ist, den Lichtbringern zu schaden, schwebt sie in größter Gefahr«, erkannte selbst Rowan und ließ dabei seinen Blick zu der abgestürzten Festung wandern. Beiden Orks dämmerte in diesem Augenblick, warum die schwebenden Schleierbestien lieber Gothars Bastion bewachten, statt den Rückzug ihrer Kriegsscharen aufzuhalten. Der Maar und seine Getreuen wussten noch nicht, dass ihnen keine Attacken mehr aus der Priesterschaft drohten. Doch angesichts der ganzen goldenen Tauben und Schattenelfen mochte sich das jeden Moment ändern.

Einige durchgehende Lindwürmer, die in Richtung der Schwarzen Pforte stürmten, brachten Urok auf eine Idee. »Wir machen es so wie gestern«, schlug er Rowan vor, schließlich hatten sie schon einige Erfahrung mit dem Fangen und Reiten der geschuppten Kolosse.

Rasch steckten sie die Waffen weg und sahen sich nach geeigneten Tieren um. Rowan wandte sich einem zu, das am ganzen Leib zitternd in der Nähe verharrte, während sich Urok einem anderen entgegenstellte, das über die steinige Ebene auf ihn zugaloppierte. Wütend versuchte der grün Geschuppte nach ihm zu beißen, scheiterte aber an dem wuchtigen Schild, den ihm Urok gegen die empfindlichen Nüstern schlug.

Noch ehe der flache Kopf wieder in die Höhe schnellen konnte, hatte sich der Krieger mit seinem ganzen Gewicht nach vorn, auf die abgeflachte Stirn geworfen. Seine Arme schnappten zusammen wie die stählernen Bogen eines Fangeisens. Alle Muskeln bis aufs Äußerste angespannt, umklammerte er Ober- und Unterkiefer und presste sie fest zusammen.

Unter anderen Umständen hätte dies ein langes Ringen werden können, doch das erschöpfte und völlig entnervte Reittier hatte der wilden Attacke nicht mehr viel entgegenzusetzen. Rasch stellte es den Widerstand ein und ließ seinen Kopf auf die Erde sinken.

»So ist es gut«, raunte Urok in beruhigendem Ton und langte nach den herabhängenden Lederzügeln. Der vertraute Druck der Kandare machte den gezähmten Lindwurm endgültig gefügig.

Während Urok sich in den Holzsattel mit der geborstenen Rückenlehne schwang, lenkte Rowan bereits seine Beute näher an ihn heran.

»Wohin jetzt?«, fragte er ungeduldig.

Urok konnte ihn gut verstehen. Auch in ihm tobte der wachgerufene Fluchtinstinkt immer stärker. Den Schild auf dem Rücken befestigt, deutete er mit ausgestrecktem Arm zu dem südlichen Ausläufer der Schwarzen Pforte.

»Dorthin!«, befahl er. »Moa wird meine Schwester auf Hatra über die Bergpfade in die Tiefe schaffen. Wir müssen versuchen sie abzufangen, bevor die beiden in den Weiten von Arakia untertauchen.«

Rasch machten sie sich auf, das Knochental zu verlassen. Sie waren spät dran, doch auch andere versprengte Krieger eilten erst jetzt vom Schlachtfeld. Urok glaubte Tabor unter ihnen auszumachen, doch der Rivale war viel zu weit entfernt, um ihn von hinten richtig erkennen zu können.

Außerdem hatte Urok keine Zeit, über diesen Dummkopf nachzudenken. Weit im Westen wurden die ersten Fackeln entzündet. Die Teerfischer machten sich schon an den Ufern bereit, den Amer zu entzünden. Sicher waren sie bereits hektisch damit beschäftigt, stromaufwärts große Fässer mit Pech zu entleeren, damit es auf der Oberfläche herabtrieb und sich an einer Kette von quer über den Fluss gespannten Baumstämmen sammelte. Sobald der Rückzug abgeschlossen war, genügte schon ein Funke, um eine unüberwindliche Flammenbarriere für ihre Verfolger zu schaffen.

»Wir werden es schaffen!«, rief Rowan zufrieden, während sie über einige der Hügel preschten, die das Knochental säumten. Er meinte damit wohl ihr Volk als Ganzes und nicht die Krieger, die sie zurücklassen mussten, denn er fügte hinzu: »Dank der Veteranen, die für uns im Blutrausch streiten.«

Urok hätte gern zugestimmt, doch ein wohlbekanntes Flimmern am Rande seines Blickfelds löste ein nervöses Kribbeln unter seiner Schädeldecke aus.

»Vorsicht!«, rief er alarmiert und deutete auf einen Tarnmantel, der eine viel zu große Gestalt, die in einer flachen Sandmulde lag, kaum zu bedecken vermochte. »Elfengezücht!«

Rowan verstand sofort, was gemeint war. Rasch warf er sich nach vorn, umklammerte den Hals seines Tieres und rutschte an dessen rechter Seite herab, bis nur noch der Arm und das obere Bein über den Schuppenpanzer hinwegragten.

Seine schnelle Reaktion rettete ihn vor zwei sirrenden Schatten, die sich ansonsten knapp unterhalb des Ohrs in seinen Hals gebohrt hätten.

Urok, der seine Zeit mit der Warnung verschwendet hatte, war das Glück weniger hold. Irgendetwas Kleines, unendlich Dünnes biss wie ein bösartiges Insekt in seinen Nacken. Als er mit der Hand danach schlug, ertastete er einen feinen Metalldorn, dem feine Flaumfedern entwuchsen. Ein Blasrohrgeschoss. Wellen der Übelkeit, die in ihm aufstiegen, machten die Frage überflüssig, ob es vergiftet war.

»Weiter!«, befahl er mit herrischer Stimme, das eigene Tier bereits um die linke Hand nehmend. »Du musst Ursas Leben schützen, als wäre es dein eigenes!«

Ohne aufzusehen oder ein Zeichen des Verständnisses abzugeben, jagte Rowan in unverminderter Geschwindigkeit davon. Vermutlich weil er wusste, dass seine Aufgabe wichtiger war als ein sinnloser Kampf. Oder weil er sich dem drängenden Fluchtinstinkt einfach nicht länger widersetzen konnte.

Urok riss hingegen sein Reittier herum und ließ es über einige Schattenelfen stampfen, die plötzlich wie aus dem Boden geschossen vor ihm standen. Weitere Metalldornen prallten von seinem umgehängten Schild ab. Urok griff nach dem Schwert an seinem Gürtel, doch ehe er es ziehen konnte, sprang ihm schon etwas Großes, Hartes mit solcher Wucht in den Rücken, dass er vornüber aus dem Sattel stürzte.

Das Gift, das sich in seinem Kreislauf ausbreitete, lähmte bereits seine Reaktionen, trotzdem gelang es ihm noch, die Arme schützend vors Gesicht zu reißen und sich über die Schulter abzurollen.

Knurrend wollte er sofort wieder in die Höhe springen, doch seine Beine knickten unter ihm ein. Schlaff sackte er auf den Rücken zurück, gerade noch in der Lage, dem davontrabenden Lindwurm nachzusehen. Die Welt um ihn herum begann zu flimmern. Er musste mehrmals zwinkern, um den Blick einigermaßen zu klären.

Heiße Hitzewallungen durchliefen ihn vom Scheitel bis zur Sohle. Unter anderen Umständen hätte er die Wirkung des Gifts vielleicht zurückzudrängen vermocht, doch durch den Fluchtinstinkt geschwächt, hatte er der einlullenden Wirkung nicht genügend entgegenzusetzen.

Was für ein Ende!

»Immer noch besser als der Felltod«, lallte er mit schwerer Zunge, während er sich aufzusetzen versuchte.

Ein harter Tritt federte von seinem mächtigen Brustkorb zurück. Das fleischige, bronzefarbene Gesicht, das kurz danach vor ihm auftauchte, kam ihm seltsam bekannt vor.

Einen Halbling wie diesen hatte er erst einmal im Leben gesehen. Damals, auf Arnurs Wehrhof. Da hatte er allerdings noch keinen viel zu kleinen Tarnmantel getragen, der ihn wie einen vertrottelten Zwerg aussehen ließ. Als sich der Halbling umdrehte, wurde ein tiefer Riss sichtbar, der von der Kapuze an fast über den ganzen Mantel hinabklaffte.

Das ließ ihn auch nicht gerade intelligenter aussehen.

Morn. Genau. So hieß dieser Wehrbauer, der es offenbar gewagt hatte, einem Schattenelfen die Kleidung zu stehlen.

»Bist du auf meiner Seite?«, wollte Urok wider alle Vernunft wissen.

Ein weiterer Tritt, diesmal mitten ins Gesicht, beantwortete die Frage auf eindeutige Weise.

Tiefe Dunkelheit verschluckte die vor ihm stehende Gestalt.

Urok schmeckte Blut auf seinen Lippen und hörte eine Stimme, die ihm wohlvertraut vorkam. »Gut gemacht«, lobte sie.

Als das Sonnenlicht endlich wieder zurückkehrte, sah er seine Vermutung bestätigt. »Feene!«

Der überraschte Ausruf klang erfreuter als eigentlich beabsichtigt. Beinahe hätte er noch gefragt, ob es ihr gutginge, doch da war sie schon an ihn heran und zog den unter seinem stählernen Armschutz verborgenen Dolch hervor.

»Mit diesem hier müsst ihr ganz besonders vorsichtig sein!«, rief sie den Elfen an ihrer Seite triumphierend zu. »Er ist etwas schlauer als die übrigen, das macht ihn doppelt gefährlich!«

»Oheim Orgurs alter Trick!«, fluchte Morn im Hintergrund, mit großen Augen auf den Runddolch starrend. »Den hast du Sohn eines Trolls also auch umgebracht.«

Urok verstand nicht, warum ihm Feene mit so viel Häme begegnete, doch er dachte auch nicht weiter darüber nach. Sie war nun mal eine von Gothars Vasallen, mehr brauchte er nicht zu wissen. Dass sie ihm zwischendurch die Abtrünnige vorgespielt hatte, war eben doch nur eine List gewesen.

Tiefe Müdigkeit machte seine Lider schwer wie Blei. Womit auch immer sie den Metalldorn bestrichen hatten, es konnte sich um kein vernünftiges Gift handeln, dazu wirkte es viel zu langsam.

Vermutlich haben sie dich nur betäubt!, jubelte eine leise Stimme in den Tiefen seines Bewusstseins. *Sobald du wieder bei klarem Verstand bist, machst du sie alle nieder!*

Feene sah das allerdings ganz anders. Mit einem kalten Funkeln in den Augen beugte sie sich herab und prophezeite ihm: »Du wirst dir noch wünschen, in der Schlacht gefallen zu sein.«

»Das wünsche ich mir jetzt schon.« In einem letzten Aufbäumen seines freien Willens bohrte er den Blick seiner dunklen Augen in die ihren. »Aber es ist nun einmal Vurans Wunsch, dass ich dich sterben sehe.«

Eiskalte Schattenelfin oder nicht, er konnte deutlich sehen, dass seine Worte mitten ins Ziel trafen.

Doch schon einen Herzschlag später sank er endgültig betäubt zurück…

Als Urok wieder erwachte, war die Nacht längst über das Grenzland hereingebrochen. Ein Feuer, das in der Nähe brannte, schälte knapp zwei Dutzend weitere Gefangene aus der kalten Dunkelheit. Rowan war zum Glück nicht dabei.

Den Harnisch und seine Waffen hatten sie ihm abgenommen, nur die stählerne Manschette umschloss weiterhin den rechten Unterarm. An ihrem komplizierten Mechanismus waren schon ganz andere gescheitert. Statt seiner Rüstung trug er nun einen schweren Halsring und Schellen um seine Handgelenke, alles mit dicken Ketten miteinander verbunden. Die Fußschellen zwängten nicht nur seine Knöchel dicht aneinander, sondern fesselten ihn auch an die Gefangenen zu seinen Seiten, so wie es auch bei den anderen Orks der Fall war.

Urok langte sofort nach einem der Kettenglieder und versuchte es mit bloßen Händen zu zerbrechen. Vergeblich. Auch die Schmiede der Menschen verstanden etwas von ihrem Handwerk. Außerdem schwächte ihn weiterhin das Gift, das ihn betäubt hatte.

»Sie wollen uns nach Sangor verschleppen«, flüsterte ihm eine überraschend helle Stimme zu, die einer Kriegerin gehören musste. Sein Blick war noch getrübt, doch er glaubte, Grindel zu erkennen.

Urok würgte einen Schleimbrocken hervor und spuckte ihn neben sich in den körnigen Sand. Mit allem hatte er vor dieser Schlacht gerechnet, aber nicht mit seiner eigenen Gefangenschaft.

Sangor. Also dorthin sollte die Reise gehen. Uroks brennender Wunsch, einmal die Welt außerhalb von Arakia kennenzulernen, würde sich damit endlich erfüllen. Allerdings ganz anders, als er es sich immer ausgemalt hatte.

DIE ARENA

In dem aus schweren Steinquadern gemauerten Gewölbe war es Tag und Nacht gleichermaßen kühl wie trocken, aber das war auch schon das Beste, das sich über den Kerker der Gladiatoren sagen ließ. Hier unten lebten und schliefen zu viele Männer auf zu engem Raum, darum roch es penetrant nach Blut, Schweiß, Fieber und Exkrementen. Selbst tagsüber, wenn die meisten im Freien trainierten, verschafften die wenigen schmalen Luftschächte, die in der hohen Decke klafften, Benirs empfindlicher Nase kaum Linderung. Der laue Durchzug reichte einfach nicht aus, um den längst in allen Wänden festsitzenden Gestank zu vertreiben.

Nachts, wenn sich die Angeketteten dicht an dicht im Stroh oder auf dem nackten Boden drängen, war es natürlich noch viel schlimmer. Bis zum Wecken gab es keine Möglichkeit mehr, den Abtritt aufzusuchen, und da viele zu undiszipliniert waren, um den eigenen Körper entsprechend unter Kontrolle zu halten, füllten sich allenthalben offene Schüsseln und Krüge mit übel riechenden Inhalten. Manchmal, wenn einer an den Anstrengungen oder Verletzungen des Tages verstarb, mischte sich noch der Hauch des Todes unter die Ausdünstungen. Die lautstarken Blähungen, die unter den Felldecken der Schlafenden erklangen, fielen da kaum noch ins Gewicht.

In den Nächten vor den Kämpfen fanden viele Gladiatoren allerdings gar keinen Schlaf. Dann klirrten ihre durch eiserne Wandringe führenden Ketten, weil sie sich unruhig von einer Seite auf die andere warfen.

Auch sonst wurde es niemals richtig leise. Eigentlich gab es immer ein paar Unentwegte, die in irgendeiner Ecke des verwinkelten Gewölbes miteinander flüsterten oder lachten, und wenn doch endlich alle in bleiernen Schlaf verfielen, war da immer noch das niemals versiegende Ächzen und Stöhnen, das viele beharrlich durch die Nacht begleitete, so wie andere dauerhaft schnarchten oder leise vor sich hin wimmerten.

All das störte Benir in seiner Konzentration, aber am meisten zerrten die Schmähungen an seinen Nerven, die immer wieder auf ihn einprasselten.

»He, Einohr!«, rief Kappok, der es besonders auf ihn abgesehen hatte, leise zu ihm herüber. »Alle wollen dich morgen Mittag sterben sehen!«

Benir saß, weitab von allen anderen, ganz allein in einem rundum abgeschlossenen Käfig, inmitten des Hauptgewölbes. Das Stroh zu seinen Füßen war in der nun schon dreiundzwanzig Tage währenden Gefangenschaft kein einziges Mal gewechselt worden. Die widerwärtigen Speisen, die die anderen mit großem Appetit in sich hineinschlangen, rührte er nur selten an. Auch das abgestandene Wasser, das sie ihm in Tonkrügen hinstellten, trank er nur widerwillig, denn es schmeckte, als hätten die Wachen zuvor hineinuriniert. Aber was blieb ihm anderes übrig? Auch ein Schattenelf konnte seinen Durst nicht unbegrenzt bezwingen, und er musste unbedingt bei Kräften bleiben und alle Martern ertragen, die sie ihm auferlegten. Wenn nicht um seiner selbst, dann doch um Nerks willen. Nerk, das war der Name, den er seinem kleinen Sohn in Erinnerung an dessen Mutter Nera gegeben hatte.

»Sie kommen mit Schiffen aus Leru und Nokbok«, stichelte Kappok weiter. »Sogar zu Fuß aus Vandor, Bersk und Pathan. Nur um mit eigenen Augen zu sehen, wie einer aus der Legion der Toten in Stücke gehauen wird. Sie wollen dich bluten sehen, hörst du? Sie wollen sehen, wie du vor ihnen im Staub verreckst.«

Nach außen hin zeigte sich Benir völlig ungerührt. Mit gekreuzten Beinen saß er reglos da, beide Hände locker auf den Knien abgelegt und den Rücken aufrecht durchgedrückt. Doch sosehr er sich auch von allen äußeren Einflüssen abzuschotten versuchte, die quäkende Stimme des ragonischen Diebes drang immer wieder in sein Bewusstsein vor. Langsam, aber sicher half auch keine Meditation mehr – dieser Kerl raubte ihm wirklich den letzten Nerv.

Natürlich wurde Benir von allen Gefangenen gehasst, die das Gewölbe mit ihm teilten, das war ihm bewusst. Die meisten hätten sicher auch ohne zu zögern Alarm geschlagen, falls er einen Fluchtversuch wagte.

Die ersten beiden Tage war Benir von allen Seiten beschimpft und mit halbvollem Essgeschirr beworfen worden. An den stählernen Streben klebten immer noch getrocknete Reste der Wassergrütze, die bis in seinen Käfig gespritzt war und an der sich immer noch Fliegenschwärme gütlich taten.

Wegen der Ketten, die sie an die Wände fesselten, konnten ihm die Gladiatoren allerdings nie richtig gefährlich werden, und irgendwann hatte selbst der Dümmste von ihnen begriffen, dass er sich nur selbst schadete, wenn er in Richtung des Stahlkäfigs urinierte, weil er damit den Gestank in dem Verlies, den er selbst ertragen musste, nur verschlimmerte. Dass Benir auf keine Provokation reagierte, hatte auch bald allen die Lust genommen, sich weiter die Kehle aus dem Leib zu schreien. Inzwischen hatten sich die meisten sogar an seine stille Anwesenheit gewöhnt. Es scherte sie ganz einfach nicht mehr, ob er da war oder nicht. Nur Kappok brachte es noch immer zur Weißglut, dass der Elf alle Schmähungen von sich abprallen ließ.

»Sieh mich gefälligst an, wenn ich mit dir rede!«, schrie er unbeherrscht und zerrte dabei wild an der Kette, die in dem fest in der Wand verankerten Eisenring rasselte. »Ich steche dir morgen die Augen aus und werfe sie dir ins Gesicht, hörst du? Dann können alle darüber lachen, wie du blind umherstolperst und um Gnade winselst!«

Seine Worte hallten so laut von der Deckenwölbung wider, dass einige Männer aus ihrem leichten Schlaf erwachten.

»Mach, was du willst, aber halt endlich die Fresse!«, erklang es, von beifälligem Gemurmel unterstützt, aus irgendeiner Ecke.

»Bei allen Frostriesen!«, knurrte ein anderer. »Gegen euch geschwätzige Ragoner ist selbst der Schattenelf eine angenehme Gesellschaft!«

Kappok ließ sich davon nicht beirren, sondern malte weiterhin lautstark aus, auf welche Weise er seinen verhassten Gegner verstümmeln wollte, um den tosenden Applaus des Publikums zu erringen.

Benir beobachtete ihn aus den Augenwinkeln, ohne den Kopf zu wenden.

Die unflätigen Beschimpfungen verstummten erst, als einige Wachen heranmarschierten, die schwere Kerkertür entriegelten und zu ihnen eintraten. Sie hatten es auf einen kräftigen Nordmann abgesehen, der bereits seelenruhig vor sich hin schnarchte. Nachdem sie ihn unsanft geweckt und eine Weile mit ihm geflüstert hatten, ließ er sich bereitwillig die Ketten lösen und hinausführen.

Anzügliche Bemerkungen begleiteten seinen Weg, denn es war offensichtlich, dass er in den rückwärtigen Trakt geschafft wurde. Dorthin, wo sich des Öfteren Damen der obersten Schicht einfanden. Denen verschaffte es eine ganz besondere Form der Erregung, sich einem Mann hinzugeben, den bereits der Hauch des Todes umwehte. Es war ein teures Vergnügen, denn man musste über die nötigen finanziellen Mittel zur Bestechung verfügen, und nicht nur die Wachen wollten an diesem Geschäft verdienen, auch Herzog Garske, der in Abwesenheit des Königs über ganz Sangor herrschte.

Eine angenehme, aber viel zu kurze Zeitspanne lang war nur das Knurren und Bellen der Wachhunde zu hören, die nachts in den Kerkergängen frei umherliefen. Dann meldete sich wieder Kappoks heisere Stimme.

»Derjenige, der dir morgen den Todesstoß versetzt, erhält dafür die Freiheit«, verkündete er mit großem Pathos, als gäbe er damit ein wohlbehütetes Geheimnis preis. »Deshalb kannst du dir sicher sein, dass mein Grinsen das Letzte sein wird, was du vor deiner Reise in die Schattenwelt zu sehen bekommst.«

Der schmalbrüstige Dieb, der kaum einen Kopf größer war als Benir, redete sich schon wieder in Rage. Unter lautem Kettenrasseln sprang er in die Höhe, sodass sein hassverzerrtes Gesicht von einer der wenigen Pechfackeln beleuchtet wurde, die hier unten brannten, damit die Wachen auf ihren Kontrollgängen sehen konnten, ob noch alle an ihrem Platz lagen.

»Und weißt du auch, warum ich und niemand sonst über dich triumphieren werde?«, wollte er wissen. Ohne eine Reaktion abzuwarten, fügte er die Antwort selbst hinzu: »Weil ich endlich nach Hause will, um mein Kind zu sehen, das mir meine Frau inzwischen geboren hat!«

»Ein Junge oder ein Mädchen?« Die Frage ließ alle Geräusche im Kerker schlagartig verstummen. Sogar die Schlafenden schienen zu spüren, dass etwas Besonderes im Gange war, denn sie stellten ihr Schnarchen ein. Fassungslos starrten alle, die noch wach waren, auf den Käfig in ihrer Mitte.

Der verdammte Schattenelf, der schon so lange unter ihnen weilte, hatte gerade seine ersten Worte gesprochen.

Den Atem des Himmels zu einem blitzartigen Sprung nutzend, war Benir direkt ans Gitter geschnellt. Sein Gesicht fest gegen die stabilen Stäbe gepresst, die selbst für ihn zu stark waren, um sie mit bloßen Händen zu sprengen, stand er einfach nur da und starrte zu Kappok hinüber, für den es im Halbdunkel wirken musste, als hätte er durch Zauberkraft seinen Platz gewechselt.

»Hat dir dein Weib einen Jungen oder ein Mädchen geboren?«, wiederholte Benir, weil ihn der Dieb nur mit weit aufgerissenen Augen anglotzte.

Die folgende Stille dehnte sich zu einer halben Ewigkeit.

»Ein … ein Mädchen«, würgte der Angesprochene hervor.

»Tatsächlich?« Unbewusst langte Benir nach der pochenden Wunde an seinem Kopf, dorthin, wo einmal sein linkes Ohr gewesen war; man hatte es ihm ebenso geraubt wie den eigenen Sohn. »Dann tut es mir doppelt leid für deine Kleine, dass sie dich niemals zu sehen bekommt. Aber du verstehst sicherlich, dass mir mein eigener Sohn weitaus mehr am Herzen liegt als das Familienglück eines verschissenen Großmauls wie dir!«

Mit der gleichen Leichtigkeit, mit der er aufgesprungen war, kehrte Benir in seine sitzende Position zurück.

Kappok stand dagegen noch eine Weile mit offenem Mund da, unfähig, die plötzlich im Raum lastende Stille durch weitere Schmähungen zu vertreiben. Einige Male versuchte er noch etwas zu sagen, brachte aber nur ein unartikuliertes Krächzen über die bebenden Lippen. Endlich gab er die Bemühungen auf und ließ sich mit steifen Bewegungen auf seinem Platz nieder, um den Rest der Nacht in dumpfem Brüten zu verbringen.

Arakia

Moa gelang es nur mühsam, ein Zittern zu unterdrücken, während er seiner bewusstlosen Herrin das fiebrig glänzende Gesicht mit einem nassen Lappen kühlte. Ob das irgendwie half, ihren Zustand zu verbessern, wusste er nicht. Woher auch? Schließlich war er bloß ein junger Novize, der noch der priesterlichen Anleitung bedurfte. Von allen anderen abgeschnitten, war er jedoch gezwungen, vollkommen selbstständig zu handeln.

»Wach auf«, bat er in einem Anflug tief sitzender Hilflosigkeit. »Wach auf und sag mir, was ich tun kann, damit es dir wieder besser geht.«

Doch Ursa antwortete nicht. Nur ein leises Stöhnen drang über ihre fleischigen Lippen. Die gewaltige Anstrengung, mit der sie die Schwebende Festung und die Lichtbringer zum Absturz gebracht hatte, zehrte immer noch an ihren Kräften.

Sie war auf eine Weise geschwächt, die Moas Verstand überstieg, deshalb konnte er nur hoffen, dass sie sich mit der Zeit von allein erholte. Um überhaupt etwas zu tun, hatte er ein paar stärkende Heilkräuter gesucht, die er über einem kleinen Feuer zu einem Sud aufzukochen versuchte. Die Eisenschale, die er dazu benutzte, hatte er in Hatras Satteltaschen gefunden, doch ohne einen passenden Deckel zog einfach zu viel Hitze ab. Auf diese Weise würde er das Wasser nie zum Kochen bringen, selbst wenn er die Flammen höher lodern ließ, was er nicht wagte, weil niemand wusste, wer in diesen Zeiten durch die Wälder strich.

Von einer geordneten Front oder einer sonst wie gearteten Verteidigung konnte keine Rede mehr sein. Unter dem unwiderstehlichen Drang des wachgerufenen Fluchtinstinkts hatte sich das Heer der Blutorks in alle Winde zerstreut. Wie immer, wenn bei ihrem Volk die Triebe über den Verstand siegten, dachten alle nur noch in Sippen oder Stämmen, aber nicht mehr in übergeordneten Strukturen. Selbst die Priesterschar war nach dem Abstieg auseinandergestoben.

Dank des vierbeinigen Lindwurms hatte Moa rasch alle überholt, die von Felsnest herabgeflohen waren, es danach aber verpasst, sich einem der erfahrenen Hüter anzuschließen. Bei Einbruch der Nacht war ihm daher nichts anderes übrig geblieben, als ein einigermaßen geschütztes Nachtlager zu suchen.

Leise seufzend raffte er noch ein wenig trockenes Laub zusammen, das er so unter Ursas Hinterkopf zurechtschob, dass sie ein wenig bequemer lag. Zufrieden betrachtete er sein Werk. Ein besseres Waldlager als das ihre ließ sich aus Fellen, Zweigen und Blättern nicht bereiten. Wenn er es noch schaffte, den Sud zum Kochen zu bringen, hatte er eigentlich alles getan, was in seiner Situation möglich war. Vielleicht fand er am Bach sogar einen flachen Stein oder ein großes Stück Baumrinde, das sich zum Abdecken der Schale eignete?

Alleine diese Idee hellte seine Stimmung ein wenig auf.

Von frischem Mut durchflossen, langte er nach dem großen Knüppel, den er hinter einem umgestürzten Baumstamm gefunden und sich solange zurechtgeschnitzt hatte, bis er ihm gut in der Hand lag. Neben dem langen Messer, das er am Gürtel trug, war er die einzige Waffe, die ihm zur Verfügung stand. Auch das war so eine Sache, die er schleunigst ändern musste.

Der niedrige, durch aufgeschichtete Steine abgeschirmte Feuerschein reichte nur wenige Schritte weit, doch mit seinen scharfen Orkaugen fand sich Moa auch im Dunkeln zurecht. Der schmale Bachlauf, der sich nicht weit entfernt durch den Wald schlängelte, war einer der Gründe dafür, warum er diesen Platz als Nachtlager ausgesucht hatte. So hatte er ausreichend Wasser, um Hatra zu tränken und Ursas Fieber zu dämpfen.

Auch Moa verspürte Durst und streckte den Arm aus, um mit der bloßen Hand aus dem Bach zu schöpfen.

Über ihm strich ein kalter Nachtwind durch die Bäume, doch er war zu gut mit den Geräuschen des Waldes vertraut, um sich wegen eines Rauschens der Blätter und Zweige zu sorgen. Als Hatra laut aufschnaufte, fuhr er hingegen alarmiert in die Höhe. Er vertraute auf die gute Witterung des Tiers, nahm aber, als er selbst die Nasenflügel blähte, weiterhin nur den aufdringlichen Geruch von verbranntem Pech wahr, der sich, durchsetzt von dem Gestank der in Knochental verkohlten Leiber, über das ganze Land ausbreitete.

Der allgegenwärtige Pesthauch überdeckte leider alle anderen Ausdünstungen, trotzdem fasste er den dicken Knüppel in seiner Hand fester und eilte zu Ursa zurück, um sich schützend vor sie zu stellen.

Er war noch keine drei Schritte weit gekommen, als sich plötzlich ein klar umrissener Schatten aus der eben noch formlosen Dunkelheit schälte. Etwas Hartes, Spitzes, das gegen seinen Oberkörper prallte, stoppte ihn mitten in der Bewegung. Die scharfe Klingenspitze, die zielgenau in die schmale Kuhle seines Brustbeins fuhr, war das Erste, das sich deutlich sichtbar im Mondlicht abzeichnete, der schlanke Elf, der die auf ihn gerichtete Waffe führte, das Nächste.

»Ganz ruhig«, mahnte die schlanke Kapuzengestalt, die gerade so viel Druck auf Moas Hals ausübte, dass seine grüne Haut unter der scharfen Schneide auseinandersprang. »Sag mir nur, ob das dahinten die Mächtige ist. Mehr will ich nicht wissen.«

»Hä?«, entfuhr es Moa verständnislos, denn er wusste wirklich nichts mit dem Begriff *Mächtige* anzufangen. Gleichzeitig wurde ihm klar, dass er nur noch lebte, weil der andere unbedingt genau wissen wollte, wen er gleich töten würde. »Wovon sprichst du?«, fügte er deshalb sofort hinzu, zumal er sehen konnte, wie der Schattenelf die Armmuskeln zum Stoß anspannte. »Es gibt in meinem Volk niemanden, der *Mächtige* heißt.«

Moa spürte, wie sich die Klinge ein Stück tiefer in seinen Hals bohrte. Ein warmer Blutstrom rann ihm über die Brust und verklebte mit dem nach innen gekehrten Fell, das er auf der Haut trug. Er versuchte vor dem tödlichen Druck zurückzuweichen, doch der scharfe Stahl folgte ihm unbarmherzig im gleichen Maße, wie er den Rücken durchbog.

»Ich suche die Priesterin in der Lederschürze«, klärte ihn der Vermummte auf. »Die Bewusstlose, die du dort versorgst, ist das die Schwester der zweiten Feuerhand?«

»Die *was*?« Moa schämte sich für sein Gestammel, doch ihm fiel einfach nichts Besseres ein, als den Dummen zu spielen. Als Ork kam man damit durchaus bei vielen Hellhäutern durch. »Redest du etwa von Ursa, der Priesterin? Nein, nein, das da ist eine verwundete Kriegerin, die ich unterwegs aufgelesen habe. Sie trägt auch keine Lederschürze. Sieh selbst nach!«

Seine aus der Verzweiflung geborene Hoffnung, dass der Elf dieser Aufforderung tatsächlich nachkam und er ihn dann von hinten mit dem Knüppel niederschlagen konnte, erfüllte sich nicht.

»Du hast ihr wohl die Schürze schon ausgezogen, um uns zu täuschen?«, fuhr ihn der Elf scharf an.

Moa war völlig verdattert. Wie konnte nur jemand so kompliziert wie dieses stets am Rande des Hungertodes lavierende Volk denken und trotzdem Schlachten und ganze Kriege gewinnen? »Nein, hab ich nicht«, antwortete er mit ehrlicher Empörung. »Aber ich kann dir vielleicht helfen, die echte Ursa zu finden. Ich habe nämlich eine Ahnung, wo sie stecken könnte.«

Bei diesen Worten ließ er den Holzknüppel fallen, um den anderen von seiner Harmlosigkeit zu überzeugen. Gleichzeitig langte er nach dem Messer in seinem Gürtel.

Obwohl ihm der Elf direkt ins Gesicht starrte, bemerkte er die Bewegung. In den von der Kapuze bedeckten Augen blitzte es gefährlich auf.

»Du bist völlig nutzlos für mich«, zischte Gothars Vasall, während er den Arm zum tödlichen Stoß durchdrückte.

Moa glaubte schon zu spüren, wie der scharfe Stahl durch seinen Hals fuhr, stattdessen ließ der Druck der Klingenspitze schlagartig nach. Dort, wo eben noch der Kopf des Elfen gesessen hatte, war plötzlich nur noch ein blutiger Halsstumpf. Und das, was er für ein Aufblitzen der Augen gehalten hatte, war in Wirklichkeit eine kurze Reflexion auf dem scharfen Stahl gewesen, der den Elfen mitsamt seiner ins Gesicht gezogenen Kapuze enthauptet hatte.

Hinter dem kräftigen Blutstrahl, der rhythmisch aus den zitternden Schlagadern hervorspritzte, ragte Rowans kantiges Gesicht hervor.

»Das war ja nicht mehr mit anzusehen, wie du dich diesem Kerl angedient hast«, stichelte er breit grinsend. »Bloß gut, dass ein echter Krieger wie ich in der Nähe war.«

Moa starrte zuerst ungerührt auf den enthaupteten Elf, der blutspritzend vor ihm in die Knie brach, dann auf seinen Retter, der triumphierend auf seiner vom roten Lebenssaft besudelten Axt lehnte. Diese Zeit genügte ihm, um allen Schrecken zu verdauen.

»Ich verstehe gar nicht, was du willst?«, fragte er hart. »Ich hab diesen Kerl doch bestens abgelenkt, während du von hinten herangetrampelt bist.«

»Ach ja? Du hast mich also tatsächlich gehört, obwohl ich so leise war, dass ich sogar einen aus der Legion der Toten überraschen konnte?«

»Allerdings«, antwortete Moa ungehalten. »Was glaubst du, warum ich so viel reden musste, wenn nicht, um deine tapsigen Schritte zu übertönen? Das wird ein schönes Gelächter geben, wenn ich davon an fremden Feuern erzähle.«

Rowan schwieg verblüfft, während Moa hoch erhobenen Hauptes an ihm vorbeiging, um nachzusehen, wie es um Ursa stand. Erst als er sich überzeugt hatte, dass ihr Zustand unverändert war, holte er ein wenig Wundkraut aus den Satteltaschen, um die Blutung an seinem Hals zu stillen.

»Hat dir nie jemand gesagt, dass du in Kriegszeiten besser auf ein Feuer im Freien verzichten solltest?«, fragte Rowan, der ihn aus der Dunkelheit heraus beobachtete.

Moa warf dem unverschämten Kerl einen bösen Blick zu, bis ihm aufging, dass die Frage ehrlich gemeint war. »Ich habe es nicht entzündet, um meine kalten Füße zu wärmen«, schnappte er daraufhin zurück, »sondern weil Ursas Leben wichtiger ist als das von uns allen. Ohne sie wäre heute unser ganzes Volk vernichtet worden.«

»Ich weiß«, antwortete Rowan überraschend ernst. Und erzählte dann, was auf dem Schlachtfeld geschehen und dass er von Urok ausgesandt worden war, um dessen Schwester vor Gothars Rache zu schützen.

Zu Recht, wie sie der kopflose Tote zu ihren Füßen lehrte.

Nachdem sich seine Halswunde geschlossen hatte, nahm Moa den Waffengurt des Elfen an sich und schnallte ihn sich um. Dann pellte er dessen abgetrennten Kopf aus der bluttriefenden Kapuze hervor. Ihn an den langen, weißblonden Haaren haltend, betrachtete er sorgfältig den Schädeldurchmesser. »Ich glaube, ich habe endlich etwas gefunden, das sich als Abdeckung für die Sudschale eignet«, sagte er und bat Rowan um dessen Streitaxt.

Mit ihr und dem Kopf ging er zu dem umgestürzten Baumstamm. Er musste die Haare des Toten um einen Zweig wickeln, damit dessen Haupt nicht hinabrollte.

Dann hob er die Axt an und ließ sie in einem wohl gezielten Hieb so niederfahren, dass die gewölbte Schädeldecke oberhalb der Augenhöhlen abgespalten wurde. Er zog die Kopfhaut ab, entfernte die innen klebenden Hirnreste und wusch den Knochen anschließend im Bach sauber.

Sein gutes Auge und seine sichere Hand wurden belohnt, als er die Wölbung danach wie einen Deckel auf die Sudschale setzte. Beides passte perfekt, als wäre es füreinander geschaffen. Von nun an konnte die Hitze nicht mehr in die Höhe entweichen, und die Kräuter würden rasch zerkochen.

Selbst Rowan, der inzwischen die Axt von allen Blut- und Gehirnspritzern gereinigt hatte, nickte anerkennend. »Ich denke, wir geben zwei gute Leibwächter für die neue Hohepriesterin ab.«

»Hohepriesterin?« Moa sah überrascht auf. »Sei vorsichtig mit deinen Worten. Selbst wenn du nur spottest, wird es Ulke nicht gefallen, was du sagst!«

»Ulkes Tage sind gezählt«, schnaubte Rowan verächtlich. »Glaub mir, kleiner Knappe. Jeder, der Ursa während der Schlacht aufrecht stehen gesehen hat, wird dem alten Scharlatan nicht mehr folgen.«

ᛞ 10 ᛖ

In der Schwarzen Marsch
Selten hatte es wohl einen einsameren Erzstreiter gegeben als
Bava Feuerhand am Morgen nach der großen Niederlage. Von
allen gemieden, wanderte er durch die Reihen der Geschlagenen.
Ließ er sich doch einmal in der Nähe einer Gruppe nieder, die
sich die Wunden leckte, standen die betreffenden Ranar rasch auf,
um sich einen anderen, möglichst weit von ihm entfernten Platz
zu suchen. Die vorwurfsvollen Blicke, die er dabei von allen Seiten erhielt, spürte er selbst im Rücken.

Der Erzstreiter wand sich unter der allgemeinen Verachtung,
bis er es nicht mehr aushielt.

»Hätte ich den Ruf vernommen, wäre ich ihm doch sofort gefolgt!«, rief er so verzweifelt, dass seine Worte als wimmerndes
Echo von den Bäumen widerhallten. »Doch ich habe nichts gehört! Und als Erzstreiter steht es mir nicht zu, mich gegen den
Willen des Blutes aufzulehnen!«

Verächtliches Schnauben, das hier und dort unter den Orks
aufklang, war die einzige Antwort, die man für ihn übrighatte.
Bava sog schon Luft in seine Lungen, um die Spötter niederzu-
brüllen, ließ den einbehaltenen Atem aber doch lieber in einem
leisen Seufzer entweichen. Er wusste nur zu gut, dass es keinen
Zweck hatte, sich zu verteidigen. Orks glaubten nur an Taten, die
sie sahen, und nicht an Erklärungen oder schöne Worte.

Niedergeschlagen wandte er sich den Stachelbeeren zu, die er
an einem nahen Strauch gepflückt hatte. Noch ehe er eine von den

dornigen Früchten in den Mund schieben konnte, erklang neben ihm eine Stimme, die alle aufhorchen ließ.

»Der Erzstreiter hat recht! Unser Volk durchlebt eine schwere Zeit der Prüfungen, doch ein jeder muss die Bürde so akzeptieren, wie sie uns das Blut der Erde auferlegt, ob nun als Lebender oder als Toter!« Es war Ulke, der mit fester Stimme zu den geschlagenen Orks sprach.

Obwohl auch sein eigenes Ansehen stark gelitten hatte, machten die Worte des Hohepriesters viele nachdenklich. In seinem Gesicht glomm deshalb die Andeutung eines Lächelns auf, als er auf einige abseits gelegene Baumstümpfe zeigte, die eine gute Sitzgelegenheit boten.

»Komm«, sagte er zu Bava, »wir müssen miteinander reden.«

Um sie herum kroch allmählich ein grauer Tag herauf. Der Himmel war immer noch mit Rauch verhangen, von all den Schwaden, die aus der Schwarzen Pforte herüberzogen. Hier, auf den kleinen Inseln in den Marschen, umgeben von unwegsamen Sümpfen, die nur Eingeweihte zu durchqueren wussten, hatten sie vorläufig Ruhe gefunden, doch es war nur eine Frage der Zeit, bis sie tiefer in das Gebiet der wilden Lindwürmer vordringen oder sich wieder mit den anderen Stämmen vereinigen mussten. Wenn es denn noch etwas zu vereinen gab. Allein das, was ihm in der eigenen Sippe zu Ohren kam, ließ Bavas Mut ins Bodenlose sinken.

Sein Ansehen hatte großen Schaden genommen. Doch auch über Ulke gab es viele abfällige Bemerkungen.

Habt ihr von Ursa gehört?, fragte ein Krieger den anderen. *Sie hat aufrecht gestanden, zum ersten Mal in ihrem Leben.*

Besonders die Bogenschützen und die Weiber aus dem rückwärtigen Tross hatten beobachtet, was vielen auf dem Schlachtfeld entgangen war: *Ich hab's doch mit eigenen Augen gesehen*, berichteten sie. *Sie war von einem roten Schimmer umgeben, als sie die Lichtbringer in die Flucht geschlagen hat.*

Ulke? Der war doch schon längst von Felsnest geflohen. Glaub mir, ich hab es selbst von einem der Novizen gehört.

Die abgestürzte Festung? Mit der hatte der Hohepriester nichts zu tun.

Ja, natürlich, ohne die Schwester der zweiten Feuerhand wären wir alle vernichtet worden.

Am schlimmsten trafen ihn jedoch Sätze wie: *Na, du hast doch sicherlich auch gehört, was man sich über den Kampf in der Blutgrube erzählt, bei dem Bava die Streitkrone verliehen wurde?*

Noch wollten nicht alle glauben, was da kursierte. Doch selbst in Anwesenheit ihres geistigen Oberhaupts machte sich niemand mehr die Mühe, die Stimme zu dämpfen. Selbst als Ulke einige wütende Blicke in Richtung der miteinander Tuschelnden warf, wurde es nur kurz ruhiger, bevor es wieder mit unverminderter Lautstärke weiterging.

Der allgemeine Unmut war einfach zu groß, um ihn zu unterdrücken.

»Danke für deine Unterstützung«, sagte Bava, als sich Ulke und er gegenübersaßen.

»Schon gut. Ich meine wirklich, was ich sage. Es muss einen Grund dafür geben, dass dich das Blut der Erde verschont hat.« Ulke zögerte einen Moment, bevor er, die Stimme zu einem leisen Flüstern herabgedämpft, fragte: »Du hast ihn doch wirklich nicht gehört, oder? Den Ruf, meine ich.«

Bava hätte dem Priester am liebsten ins Gesicht geschlagen, doch er durfte nicht auch noch die letzte Person vergraulen, die überhaupt noch mit ihm sprach. So beließ er es bei einem stummen Blick voll brennendem Grimm, den er seinem Gegenüber entgegenschleuderte.

»Jetzt reg dich nicht auf«, versuchte ihn Ulke zu beruhigen. »Ich musste dich das fragen, um wirklich sicherzugehen. Im Moment fällt es selbst mir schwer, den Willen des Blutes richtig zu deuten. Doch es will, dass wir unser Volk wieder vereinen und gegen den mächtigen Feind führen, dessen bin ich gewiss.«

So fleckig und von Falten zerklüftet das Gesicht des Hohepriesters auch war, die Augen unter seinen hohen Stirnwülsten leuchteten wie die eines jungen Kriegers, während er von der kommenden Schlacht träumte. Wie er so dasaß und die Tatsache der um sie herum deutlich sichtbaren Niederlage ignorierte, umwehte ihn beinahe wieder ein Hauch alter Größe. Es war vor allem die beinahe hypnotische Wirkung seiner funkelnden Augen, die ihn zum Höchsten Hüter des heiligen Hortes gemacht hatte. Doch Bava hatte schon zu oft in sie hineingesehen, um sich noch von ihnen beeindrucken zu lassen.

Schweigend kaute er auf der ungenießbaren Schale der Stachelbeere herum, bevor er Ulke den speicheldurchsetzten Plocken vor die Füße setzte. »Hast du früher nicht immer behauptet, das Blut der Erde müsste von euch bezähmt werden?«, fragte er lauernd.

»Natürlich muss es das!«, schnappte der Alte, verärgert über einige Speicheltropfen, die seine Stiefel benetzten. »Du siehst doch, was passiert, wenn es seinen eigenen Weg nimmt. Was glaubst du, wie viele Schlachten sich mit einem Blutrausch gewinnen lassen? Drei? Oder sogar vier? Spätestens beim fünften hat sich unser Volk ganz von selbst ausgelöscht!«

»Aber eurem Bannkreis ist es nun einmal nicht gelungen, das Rad des Feuers zu beschwören!«, setzte Bava nach.

»Weil wir unseren Gegner unterschätzt haben«, gab Ulke zu. »Aber auch Gothar hat sich zu sicher gefühlt. Immerhin haben wir es geschafft, seine Festung zum Absturz zu bringen.«

»Ihr?« Bava lachte freudlos. »Deine eigenen Priester erzählen überall herum, dass es einzig und allein Ursa war, die den entscheidenden Schlag geführt hat!«

»Die Verkrüppelte?«, fuhr Ulke so laut auf, dass sich zahlreiche Köpfe zu ihnen umwandten. »Warum sollte sie etwas damit zu tun haben? Jeder, der wirklich dabei war, kann bestätigen, dass sie zu diesem Zeitpunkt hilflos am Boden gelegen hat. Es war einzig und alleine mein Wunsch, der dazu geführt hat, dass …«

»Sie war vom Blut der Erde erfüllt«, unterbrach Bava ihn grob. »Vom gleichen Blut der Erde, das ihr erzählt hat, was wirklich mit ihrem Vater geschehen ist.«

»Geschwätz!« Ulke fuhr mit der Hand durch die Luft, als wollte er die Wahrheit fortwischen. »Ihre Sinne waren verwirrt oder durch einen Zauber des Gegners vergiftet. Nichts von dem, was sie behauptet, lässt sich beweisen.« Der Hohepriester hielt kurz inne, als ihm bewusst wurde, dass um sie herum längst alle neugierig zuhörten. Beide Hände ineinander verschränkt, um seine Gefühle zu bezwingen, fuhr er flüsternd fort: »Hör zu, wir müssen so schnell wie möglich von hier aufbrechen, um Finske, Vokard und einige andere Getreue in ihren Verstecken aufzuspüren. Wenn wir uns gemeinsam einig sind, können wir die Dinge noch richtigstellen. Danach werden uns alle wieder folgen.«

So eindringlich und beschwörend, wie er daherredete, schien er die eigenen Lügen zu glauben. Früher hätte Bava sicherlich darüber geschwiegen, dass zumindest der Vorwurf, Ursas Vater sei vergiftet worden, berechtigt war. Unter dem Eindruck der vernichtenden Niederlage drängte es ihn jedoch, sein Schweigen zu brechen.

Aber noch ehe er dazu ansetzen konnte, Ulke mit der bitteren Wahrheit zu konfrontieren, erklang hinter ihnen lautes Gebrüll.

»Sterbt endlich, ihr elenden Bittermäuler«, schrie Bornus, ein groß gewachsener Ranar, der auf der Flucht durch den brennenden Amer sämtliches Haupthaar eingebüßt hatte. »Nur ohne euch kann unser Volk zu alter Größe auferstehen.«

Das rußverklebte Schwert, das er bei diesen Worten über den Kopf schwang, bestand aus bestem Blutstahl, der noch nichts von seiner doppelseitig geschliffenen Schärfe verloren hatte. Nur noch wenige Schritte trennten ihn von Ulke und Bava, denen er seine Verachtung immer wieder aufs Neue entgegenschleuderte.

Der Erzstreiter schob eine neue Stachelbeere in den Mund und begann zu kauen, ansonsten regte er keinen Muskel. Vollkommen ruhig beobachtete er, wie die Klinge näher kam. Wenn das Blut der Erde entschieden hatte, dass er in diesem Augenblick sterben musste, sollte es ihm recht sein. Wahrscheinlich war das ohnehin die einzige Möglichkeit, sich aus Ulkes Lügengespinsten zu befreien.

Der Hohepriester selbst starrte Bornus völlig verblüfft entgegen. Ein Angriff auf ihn, den Höchsten aller Hüter, wirbelte sein ganzes Weltbild durcheinander. Vor Schreck wie erstarrt, brachte er nur eine schützende Abwehrbewegung zustande.

Doch im gleichen Augenblick, da er die rechte Hand in die Höhe riss, brach Bornus wie vom Blitz getroffen zusammen.

Die rundum versammelten Orks keuchten so überrascht auf, dass es den dumpfen Laut übertönte, mit dem der Krieger zu Boden prallte. Ein Zucken lief durch all seine Glieder. Schaum trat ihm über die Lippen, doch seine Krämpfe dauerten nicht lange an. Schon wenige Herzschläge später erstarrte Bornus mitten in der Bewegung.

»Seht die Strafe für euer frevelhaftes Geschwätz!«, geiferte Ulke der Menge entgegen, nachdem er alle Überraschung abgeschüttelt hatte. »Dies ist ein Zeichen Vurans, dass er fest zu mir und eurem Erzstreiter steht!«

Bava konnte kaum glauben, was der Alte gerade von sich gab. Schließlich war der mit bunt gefärbten Flaumfedern versehene Stahlstift, der Bornus in die Kehle getroffen hatte, von ihrem Platz aus nicht zu übersehen. Nicht umsonst trat Ulke rasch auf den Toten zu, drückte ihm die weit aufgerissenen Lider über die Augäpfel und ließ dabei unauffällig den Bolzen im Ärmel seiner weiten Kutte verschwinden.

»Ich hege keinen persönlichen Groll gegen diesen Krieger«,

verkündete er dabei mit salbungsvollen Worten. »Doch ihr müsst alle wissen, dass das Blut der Erde keine Angriffe auf jene duldet, die seinen Willen verkünden.«

Während der Hohepriester weiter beschwörend auf die übrigen Ranar einredete, kniete Bava hinter seinem Baumstumpf nieder und beobachtete die von Nebelschwaden umwaberte Birkengruppe, aus der das Geschoss herübergeflogen sein musste. Ulke schien nicht die geringste Angst davor zu haben, dass auch ihn der Blasrohrschütze als Nächsten anvisieren könnte. Entweder, weil er selber an das göttliche Zeichen glaubte, von dem er gerade daherschwadronierte, oder weil er sofort erkannt hatte, was Bava erst ganz allmählich dämmerte.

Dass der verdammte Schattenelf, der sich dort drüben verbarg, Bornus keineswegs aus Versehen getötet hatte, sondern einzig und allein, um Ulke und ihn vor dem sicheren Tod zu retten. Und das konnte nur eins bedeuten: dass sie das Volk der Blutorks so erbärmlich schlecht anführten, dass es Gothar, dem Tyrannen, geradewegs in die Hände spielte.

An der versunkenen Festung

Die fünf Winde waren den Lichtbringern untertan, das wussten sie für sich zu nutzen. Doch obwohl eine beständige Brise allen Rauch nach Arakia trieb, schmeckte die Luft ölig und verbrannt. Diesem Gestank zum Trotz flackerten zwischen der Festung und den Ufern des Amers zahllose Lagerfeuer, die wie glühende Punkte auf dunklem Samt hervorstachen. Überlebende der Schlacht, aber auch frische Truppen hatten sich, in kleine Einheiten aufgeteilt, weit verstreut in den Boden eingegraben, jederzeit bereit, einem Gegenangriff zu begegnen.

Aus den umliegenden Bergen ertönte das stete Klopfen harter Axtschläge. Überall wurden Bäume gefällt, um Brücken zu schlagen. Der weitere Vorstoß ins Landesinnere war nur noch eine Frage der Zeit. Doch von nun an würde es schwerer werden, die Orks zu bezwingen. Arakia war groß, und je tiefer die Truppen in das zerklüftete Land einmarschierten, desto stärker mussten sie sich zerstreuen. Das erleichterte es dem Feind, ihnen Hinterhalte zu legen und sie in kleinen Scharmützeln Mann für Mann aufzureiben.

Äußerlich unbeeindruckt schwebten der Maar und seine Getreuen noch genauso über der Festung wie am Abend zuvor. Goldene Tauben flogen unablässig heran, berichteten über die Lage entlang der weitläufigen Front und verschwanden sofort wieder im bleigrauen Morgendunst.

Feene wäre lieber an der Seite der Späher gewesen, die jenseits des Flusses im Rücken des Feindes operierten, doch als Todbringer war es nun mal ihre Aufgabe, die Vorstöße der Legion zu koordinieren. Am allerliebsten wäre sie jedoch mit nach Sangor aufgebrochen, um endlich wieder ihr Kind in den Armen zu halten.

Jenes noch namenlose Kind, das einzig und allein ihr gehörte.

Und sonst niemandem.

»Gibt es etwas Neues?«, fragte der Maar unwirsch, als sie sich der Festung näherte.

Als er dabei auch noch seinen Platz verließ, um ihr entgegenzuschweben, wurde Feene von Unruhe ergriffen. Irgendwie wurde sie das Gefühl nicht los, dass alle Welt von der Festung ferngehalten werden sollte.

Selbst sie, der Todbringer.

»Noch immer keine Spur von der Mächtigen«, antwortete sie, mit demütig zu Boden gerichtetem Blick. »Ursa scheint sich versteckt zu halten.«

Falls sich der Maar über diese Meldung ärgerte, war es ihm nicht anzumerken. Unter seinen sanft aufwallenden Schleiern zeichnete sich nicht die geringste Bewegung ab. Auch die farblosen Augen hinter der Silbermaske leuchteten weiter still vor sich hin.

Bedeutete das etwa, dass der Maar mit nichts anderem gerechnet hatte? Oder stand er in Wirklichkeit kurz vor einem fürchterlichen Wutausbruch, und bedurfte es bloß noch einer einzigen schlechten Meldung, damit er sie mit dem Lichtschwert niederstreckte?

Feene wusste es nicht.

»Es gibt auch ein paar gute Neuigkeiten«, erklärte sie rasch, um die Stimmung zu heben. »Das gegnerische Heer ist stark zersplittert. Viele Clans haben sich bis in ihre Stammesgebiete zurückgezogen. Außerdem haben wir Ulke und Bava in den Schwarzen Marschen aufgespürt. Ihre Stellung ist stark geschwächt, doch bisher werden sie noch als Hohepriester und Erzstreiter geduldet.«

Sie wusste, dass das Gothars Plänen entgegenkam, trotzdem behielt sie lieber für sich, dass Geuse durch sein Eingreifen Ulkes gesunkene Akzeptanz beflügelt hatte. Sie durchschaute einfach zu wenig, was in dem Maar vor sich ging, um wirklich abschätzen zu können, ob er das Vorgehen ihres Legionärs wirklich gutheißen würde.

»Ist das alles?«, wollte der Maar wissen. »Oder gibt es da noch etwas, das du mir bisher verschweigst?«

Feene fühlte sich unwillkürlich ertappt. So abgebrüht sie auch war, zuckte sie dennoch leicht zusammen.

»Nun ja…« Sie zierte sich, um ein wenig Zeit zu gewinnen. »Es ist wegen dem Gerede unter den einfachen Truppen. Es ist nicht zu überhören, dass sich viele um den König sorgen. Es sind alles treue Untertanen, die zu ihrem Eid stehen, versteh mich bitte nicht falsch. Aber manch einer scheint zu befürchten, dass Gothar etwas bei dem Absturz zugestoßen sein könnte. Gerade die Veteranen glauben, dass er sonst schon vor ihre Reihen getreten wäre, um eine Ansprache zu halten.«

Einige bange Herzschläge lang sah der Maar nur schweigend auf sie herab, ohne den geringsten Laut von sich zu geben. »Dem Herrscher geht es gut«, erklärte er dann, ein wenig stärker zischelnd als gewöhnlich. »Er befindet sich in bester Verfassung.

Diese Festung wurde nur dazu geschaffen, ihm zu dienen und ihn zu beschützen. Sie wäre eher beim Aufschlag zu Staub zerfallen, als dass ihm auch nur ein Haar gekrümmt worden wäre!«

»Natürlich«, dienerte Feene eilfertig, »ich konnte mir auch nicht vorstellen, dass es irgendwie anders ist.« Das war natürlich gelogen, aber darauf kam es dem Maar sicherlich nicht an. »Es ist nur…« Die Elfin wusste selbst nicht, warum sie das Thema, das sie nur zur Ablenkung aufgebracht hatte, nicht sofort wieder ruhen ließ. »Es nähme diesen bösen Gerüchten jede Nahrung, würde der König ein paar ermutigende Worte an die Männer richten.«

Hinter den silbernen Sehschlitzen leuchtete das schimmernde Weiß unheilvoll auf. Feene fürchtete ernsthaft, den Bogen überspannt zu haben, widerstand jedoch der Versuchung, den Blick erneut zu senken.

»König Gothar hat Wichtigeres zu tun, als eine Ansprache zu halten«, antwortete der Maar, sichtlich verstimmt. »Aber ich will deine Sorge um die Moral der Truppe gern ernst nehmen. Darum trage ich dir hiermit auf, überall zu verbreiten, dass du den König bei bester Gesundheit angetroffen hast. Von dir zu hören, dass es ihm gutgeht, wird die einfachen Soldaten ebenso überzeugen, als hätten sie Gothar selbst gesehen. Ich hoffe, du bist dir bewusst, welch große Wertschätzung mit dieser Aufgabe verbunden ist.«

»Danke für die große Ehre«, gab Feene so honigsüß zurück, wie sie nur vermochte. »Ich werde alles daransetzen, mich ihrer würdig zu erweisen.«

Ihr triefender Spott kam zu spät, um noch jemanden zu treffen. Der Maar hatte sich bereits abgewandt und schwebte wieder an seinen alten Platz zurück.

In der Schwarzen Marsch
Während Ulke weiter seine Reden hielt, stapfte Bava verdrossen durch den Morast, um sich die Birkengruppe genauer anzusehen.

Jeder seiner Schritte wurde von schmatzenden Lauten begleitet, aber nicht nur der Grund zu seinen Füßen, auch die Luft triefte vor Nässe. Obwohl die Nebelschwaden, durch die er sich kämpfte, allmählich im Tageslicht zerfaserten, bedeckten sie noch weite Teile der Marschlandschaft.

Bavas Blick konzentrierte sich auf einen bis zur Hälfte gespaltenen Stamm, der schon vor langer Zeit von einem Blitz getroffen worden war. Hinter diesem schwarz verkohlten Stumpf war kurz nach der Blasrohrattacke eine goldene Taube in den Himmel gestiegen. Einer dieser verdammten geflügelten Boten, die König Gothars Vasallen mittels irgendeines Zaubers kontrollierten.

Der Schattenelf, der dort mit seiner Waffe gelauert hatte, war natürlich längst verschwunden. Bava war dessen sicher, denn gegen seine empfindliche Nase half auch kein feindlicher Tarnmantel. Die Abdrücke in dem feuchten Moos, in dem der Attentäter gekniet hatte, waren noch deutlich auszumachen. So tief, wie sie sich abzeichneten, musste er hier schon lange vor Ulkes Eintreffen gelauert haben. Statt den Erzstreiter und den Hohepriester zu töten, hatte er es jedoch vorgezogen, sie vor einem Angriff aus den eigenen Reihen zu schützen.

Bava spürte, wie ihm bittere Galle die Speiseröhre emporstieg.

Seine erste Ahnung hatte ihn also nicht getrogen. Lebend waren sie für den Feind weitaus wertvoller als tot. Kopfschüttelnd sah er auf den Boden hinab. Erst ein leises Zischen weckte ihn aus seiner Lethargie.

Der schwarze Schatten, der sich nur wenige Fußbreit entfernt vor einem Dornbusch ringelte, versuchte sich gerade in die Höhe zu richten, als sein schwerer Stiefel schon nach vorn zuckte. Von Kindesbeinen an mit dem Leben im Wald vertraut, erwischte Bava die Schattennatter direkt hinter dem Kopf und nagelte sie mit der Sohle am Boden fest. Vergeblich bog sie das Maul herum und zeigte ihre langen, leicht nach innen gebogenen Giftzähne. So biegsam sie auch war, ihrem Kopf fehlte der nötige Spielraum, um nach vorn zu zucken.

Außerdem hätte Bavas fester Stiefel dem Biss ohnehin standgehalten.

Geschickt packte er das schwarze Reptil am Schwanz und riss es blitzschnell in die Höhe. Das Tier wand sich wie eine lebende Peitsche, doch indem er es rasch über den Kopf schwang, hatte es keine Möglichkeit, sich nach hinten zu krümmen. Schon als Kind hatte er Hunderte solcher und anderer Giftschlangen getötet, indem er sie so lange gegen einen Baum geschlagen hatte, bis sich ihr Kopf in eine blutige Masse verwandelt hatte.

Diesmal begnügte sich Bava damit, das Tier zu betäuben.

Dreimal hieb er es gegen einen der Birkenstämme, dann griff er direkt in dessen Nacken. Die harten Treffer sorgten dafür, dass die Natter nur noch langsam reagierte, trotzdem entblößte sie ihre feucht tropfenden Zähne.

Bava stand kurz davor, sich den Schlangenkopf in den Mund zu schieben. Ein Biss in den Schlund oder die Zunge würde ihn binnen kürzester Zeit töten.

War dies nicht die gerechte Strafe für das, was sie Ramok angetan hatten?

Das Gift, das aus den hohlen Zähnen hervortropfte, roch unangenehm säuerlich. Das sich windende Reptil lag bereits an seinen Lippen, als ihm ein anderer Gedanke kam. Was, wenn Vuran wirklich eine schützende Hand über ihn hielt, weil es noch eine Aufgabe für ihn gab?

Eine, für die ihm diese Natter gesandt worden war?

Der Erzstreiter spürte ein heißes Prickeln zwischen den Schulterblättern, als er den Gedanken weiterspann. Aber natürlich! Er durfte noch nicht sterben! Vorher gab es noch etwas zu tun.

Etwas, das außer ihm kein anderer tun konnte.

❥ 11 ❧

Knochental

Statt weiter abzuflauen, hatte Uroks Lethargie erneut zugenommen. Vermutlich lag das an dem brackig schmeckenden Wasser, das ihnen die Wachen bei Tagesanbruch zu trinken gegeben hatten. Wahrscheinlich hatte man den Saft betäubender Kräuter hineingemischt.

Wie ehrlos König Gothars Vasallen doch waren! Und wie unendlich feige …

Sich noch vor einer Schar in Ketten gelegter Gefangener zu fürchten zeugte von allem anderem als großem Mut. Andererseits bewies es auch, dass nicht alles verloren war. Falls es ihnen gelang, ihre Bewacher in einem geeigneten Augenblick zu überwältigen, konnten Urok und die anderen doch noch ein anständiges Blutbad unter der Besatzung des Forts anrichten, in das man sie vergangene Nacht geschafft hatte. Danach war es vielleicht sogar noch möglich, in die umliegenden Berge und von dort aus nach Arakia zu fliehen.

»Eure Freiheit ist für immer verloren«, verkündete dagegen Morn, der den viel zu kleinen Tarnmantel mittlerweile gegen ein paar neue Stiefel, Lederhosen und einen perfekt sitzenden Brustharnisch eingetauscht hatte. Außerdem trug er, zu Uroks großem Verdruss, das Wellenschwert an seinem Gürtel. »Ihr seid nun Sklaven im Dienste König Gothars, der von jetzt an über euch verfügen kann, wie es ihm gefällt.«

Für einen wie diesen Halbling, der zeit seines Lebens abgelegte

Sachen anderer auftragen musste, war es sicherlich ein erhabenes Gefühl gewesen, sich in der Kleiderkammer frisch ausstaffieren zu dürfen. Beide Hände auf den Rücken verschränkt, stolzierte er vor den aneinandergefesselten Orks umher, als wäre er inzwischen zum Rechten Arm des Tyrannen aufgestiegen. In Wirklichkeit machten sich einige vor einer Holzbaracke herumlungernde Gardisten heimlich über ihn lustig.

Morn sah nicht, was sich hinter seinem Rücken abspielte, oder er ignorierte es ganz einfach. Ihn interessierte vielmehr der korrekte Sitz seiner Ausrüstung und ob seine Stiefel nicht zu verstaubt aussahen. Auf einem Fuß balancierend, rieb er die Spitzen immer wieder an den Hosenbeinen blank.

»Komm doch ein Stück näher«, lockte Grindel, während sich Morn wieder einmal im glänzenden Leder zu spiegeln versuchte. »Dann zeige ich dir, dass ich auch über dich verfügen kann, wie es mir gefällt.«

Der Halbling sah überrascht in die Höhe, als fast alle Gefangenen in Gelächter ausbrachen. Nur Tabor starrte weiterhin schweigend in unbekannte Ferne. An der dämpfenden Wirkung der Kräuter konnte es nicht liegen, er hatte die Holzschüssel mit der Wasserration nicht einmal angerührt. Genau genommen schwieg er schon, seit er erwacht war. Kein einziger Fluch, ja, nicht einmal die kleinste Frotzelei in Uroks Richtung war bisher über seine Lippen gedrungen. Sprachen ihn andere Orks an, reagierte Tabor ebenso wenig. Und wurde er deshalb von ihnen aufgezogen, schüttelte er bloß unwillig den Kopf.

Das passte überhaupt nicht zu dem streitsüchtigen Kerl. Obwohl Urok eigentlich auf sein Geschwätz verzichten konnte, wäre es ihm lieber gewesen, ein paar dumme Bemerkungen aus Tabors Munde zu hören. In Zeiten wie diesen mussten alle Orks zusammenstehen, egal, ob sie einander schätzten oder nicht.

Ob es wohl an der Kopfverletzung lag, dass Tabor so in sich

gekehrt war? Irgendetwas Scharfes hatte ihn oberhalb des linken Ohrs getroffen. Vielleicht eine Klinge, vermutlich aber eher eine Pfeilspitze, denn der Wundkanal verlief nicht allzu tief. Nichts Gravierendes, dem ein Ork normalerweise Beachtung schenkte, trotzdem hatte ein menschlicher Feldscher die Zeit seiner Betäubung dazu genutzt, das rundum befindliche Haar abzurasieren und die auseinanderklaffenden Hautlappen zusammenzunähen.

Warum nur so viel Sorge um das Wohlergehen eines Gefangenen?

Was hatten Gothars Vasallen mit ihnen vor?

Der Gardist mit dem kammgeschmückten Helm, der inzwischen auf sie zugetreten war, mochte es vielleicht wissen. Der an die Rückenflosse eines Raubfisches erinnernde Lederkamm hatte in der Schlacht gelitten, trotzdem wies er den Soldaten als niederen Offiziersrang aus. Obwohl Hellhäuter für viele Orks nur schwer voneinander zu unterscheiden waren, kam Urok der Mann auf Anhieb bekannt vor. Allerdings hatte der Kerl bei ihrem ersten Aufeinandertreffen ein Wolfsfell über den Schultern getragen. Ja, genau! Das war einer der falschen Wolfshäuter, denen Urok auf Grimmstein begegnet war.

»Gut gemacht, Morn«, bedankte sich der Offizier mit unüberhörbarem Spott. »Ab jetzt übernehme ich die Ansprache an die Gefangenen.«

»Die Sklaven«, verbesserte Morn und machte dabei nicht die geringsten Anstalten, sich zurückzuziehen. Ganz im Gegenteil. Die Daumen links und rechts der Gürtelschnalle hinter den Leibgurt geschoben, baute er sich vor den Blutorks auf, als ob sie ihm zukünftig persönlich untertan wären.

Angesichts dieser Unverfrorenheit verfinsterte sich die Miene des Offiziers. »Zurück ins Glied, Halbling!«, fuhr er Morn an. »Oder du bekommst noch vor Aufbruch unserer Reise die Flammenpeitsche zu spüren!«

Bei dem Gedanken an die fünf mit eingedrehten Eisenstücken versehenen Stränge aus dem Leder der Feuernatter zuckte Morn sichtlich zusammen. Doch sein Schrecken währte nur kurz. Knurrend reckte er das massige Kinn nach vorn, ganz wie ein Ork, der sich einer Herausforderung stellte.

»Vorsicht, Großgardist Thannos«, warnte er. »Ich bin keiner deiner Mannen, sondern persönlicher Legionär des Todbringers. Mich auszupeitschen hieße, auch sie zu demütigen.«

Großgardist. Soviel Urok wusste, entsprach das einem Ersten Streiter, der über eine Schar gebot. Darüber folgten in Gothars Garden noch die Ränge des Hauptgardisten, des Unterhauptmanns und des Hauptmanns. Erst danach kamen die Marschälle, bis hinauf zum Feldmarschall.

Auf jeden Fall war es diesmal der Offizier, der deutlich schluckte. Allein Feenes Erwähnung jagte ihm Angst ein, doch auch er hatte sich schnell wieder in der Gewalt. »Dann benimm dich gefälligst auch wie ihr persönlicher Lakai«, drohte er so leise, dass es nur empfindliche Orkohren hören konnten. »Verschwinde von hier, und halte dich zukünftig von den Gefangenen fern. Ich führe hier das Kommando, sonst niemand. Kommst du mir noch einmal in die Quere, lasse ich dich unterwegs einfach verschwinden und behaupte, du wärst desertiert.«

Morn wich während dieser Worte keine Handbreit zurück. Als Halbling war er Drohungen und Spott gewohnt. Doch wenn es etwas gab, das er auf Arnurs Wehrhof gelernt hatte, dann, mit einem Teilsieg zufrieden zu sein. »Hab ohnehin noch was Besseres vor«, beschied er dem Offizier, bevor er sich umdrehte und mit gekränkter Miene davonstapfte. Die Gardisten vor der Mannschaftsbaracke, die sich zuvor über ihn lustig gemacht hatten, vermieden es lieber, in seine Richtung zu sehen.

»Und nun zu uns!«, wandte sich Großgardist Thannos an die Orks. »Ihr fügt euch besser eurem Schicksal, sonst kann ich ausgesprochen ungemütlich werden. Wisst ihr überhaupt, warum man mir dieses Kommando übertragen hat?« Neugierig sah er auf die Gefangenen herab, erhielt aber keine Antwort. »Weil ich schon einmal mit Gesindel wie euch zu tun hatte! Auf Grimmstein bin ich einem ganz Üblen eurer Sorte begegnet!«

Suchend ließ er den Blick über die am Boden hockenden Gestalten wandern, zeigte aber nicht die geringste Spur des Erkennens, als er dabei auch Urok kurz ansah. Hellhäuter waren für Orks nur schwer voneinander zu unterscheiden, und dies schien auch umgekehrt zu gelten. Oder dieser Thannos stellte sich absichtlich selten dämlich an. Jedenfalls machte er einige Schritte nach vorn und blieb ausgerechnet vor Grindel stehen, der einzigen Kriegerin unter den Gefangenen.

»Du da!«, herrschte er das Weib an. »Dein Gesicht kommt mir sehr vertraut vor! Warst du das etwa? Bin ich vielleicht dir auf Grimmstein begegnet?«

Urok versuchte etwas zu sagen, doch es misslang. So gern er Thannos auch wegen der Verbrennungen aufgezogen hätte, die sich der falsche Wolfshäuter bei ihrem Kampf zugezogen hatte, es dauerte einfach zu lange, das feine Seidengespinst zu durchdringen, das jeden seiner Gedanken verklebte.

»Wenn wir uns auf Grimmstein getroffen hätten«, kam ihm Grindel zuvor, »ständest du jetzt nicht vor uns. Dann hätte ich dich nämlich so stark zwischen meine Schenkel genommen, dass aller Saft aus dir herausgeflossen wäre.«

Bei diesen Worten griff sie in das weite Fellwams, das ihre schweren Brüste verbarg, und hob beide so heftig an, dass sie der Offizier nicht mehr übersehen konnte.

Erneut wurde die Lethargie der Orks durch brüllendes Gelächter erschüttert. Nur Tabor verzog wieder keine Miene. Die Schläge, die ihnen Thannos daraufhin verordnete, bekam er trotzdem genauso wie alle anderen zu spüren.

Gleich drei Wachen liefen herbei, um den Befehl auszuführen. Rasch zogen sie die fünfschwänzigen Flammenpeitschen hervor, die zusammengerollt in ihren Gürteln steckten, und schlugen blindlings auf die Angeketteten ein. Obwohl die mit kleinen dornigen Widerhaken übersäten Schlangenhäute schmerzende Striemen hinterließen, hoben die Orks nur schützend die Arme vors Gesicht und steckten jeden Hieb klaglos ein. Um ein so robustes und an Entbehrungen gewöhntes Volk wie das ihre zu brechen, brauchte es schon etwas mehr als kantige Stahlgewichte, die ihnen die Haut vom Fleisch rissen.

»Genug«, ordnete Thannos an, als er sah, dass sich die Gefangenen eher totschlagen ließen, als dass sie zu jammern anfingen. »Die sind alle so berauscht vom Schwarzen Mohn, dass sie nichts mehr spüren. Wir lassen sie lieber ein ordentliches Stück laufen, um ihnen die Aufsässigkeit zu nehmen.«

Unter starker Bewachung durch zwei Dutzend Gardisten nahmen ihnen die Wächter daraufhin die Fußketten ab. Schwerfällig stemmten sich die Orks in die Höhe und reckten ausgiebig die Glieder, um die Blutzirkulation wieder in Gang zu bringen. Als man sie daraufhin mit spitzen Lanzen in Richtung des offenen Tors zu treiben versuchte, reagierten sie mit mürrischem Knurren und regten sich kaum von der Stelle, selbst als ihnen blutige Stichwunden zugefügt wurden.

Es war keineswegs der Rausch des Schwarzen Mohns, der sie so träge machte, sondern einzig und allein der Wunsch, sich dem Feind gegenüber so störrisch wie nur möglich zu zeigen. Thannos erkannte das sehr schnell.

»Seid ihr etwa zu stolz, um euch dem Sieger zu beugen?«, fragte er aufgebracht. »Das lässt sich rasch ändern.«

Auf seinen Wink hin rannte ein Gardist herbei, der zwei unförmige, durch Leib- und Schultergurte gehaltene Metallgestelle an beiden Hüften seiner Taille trug. Vor ihnen angekommen, langte er mit seinen Händen zu der linken der beiden sich nach unten hin verjüngenden Spiralen. Sie beherbergten zwei spitz zulaufende Kristallgefäße, die in Farbe und Form an große Eiszapfen erinnerten. Eine jeweils über den oberen Spiralöffnungen angebrachte Lederklappe verhinderte jedes unbeabsichtigte Herausrutschen.

Im gleichen Moment, da er die Verschnürung der linken Klappe löste, glühten in dem entsprechenden Behälter winzige Punkte auf, die rasch in Zahl und Größe anwuchsen. Als der Kristallzapfen in die Höhe gedrückt wurde, wirbelten sie zudem hektisch durcheinander.

»Flugsamen«, erklärte Thannos, als auch der letzte der Orks auf das gleichförmige Pulsieren in dem Behälter starrte. »Aus den Blüten einer großen Pasek entnommen. Eine der wenigen Pflanzen, die noch in den unfruchtbaren Weiten der Salzebene gedeihen.«

Der Ork, der ihm am nächsten stand, spie ihm dafür ins Gesicht und schnauzte: »Das ist für dich, du Schwächling, weil du uns mit einer Blume Angst einzujagen versuchst.«

Urok beneidete den Krieger der Njorm darum, dass er eine Möglichkeit gefunden hatte, dem Hellhäuter seine Verachtung entgegenzuschleudern. Zunächst schien es auch, als wäre Pienat, so hieß der Krieger, damit äußerst erfolgreich gewesen. Denn der Großgardist regte lange Zeit keinen einzigen Muskel, bis er sich mit der Hand durchs Gesicht fuhr, kurz auf den Speichel starrte, der nun an seinen Fingerspitzen klebte, und dann sagte: »Danke! Jetzt brauche ich wenigstens nicht lange zu überlegen, wer von euch schreckliche Qualen leiden soll, damit die anderen wissen, was ihnen zukünftig bei Ungehorsam droht!«

Danach trat er mehrere Schritte zurück und wischte sich sein Gesicht sorgsam mit einem eilig herangereichten Tuch ab, das er mit einem ärgerlichen Wink fortschaffen ließ, bevor er dem Gardisten, der den leuchtenden Kristall in der Hand hielt, das Signal zum Fortfahren gab.

Selbst Pienat, der ihn angespuckt hatte, reckte neugierig den Kopf, um zu sehen, was als Nächstes passieren würde. Der Gardist legte inzwischen beide Hände um das spitz zulaufende Ende des Zapfens. Niemand unter den Orks vermochte zu sagen, ob es an der von ihnen ausgehenden Körperwärme lag, doch die milchig anmutende Wandung wurde daraufhin von unten her langsam transparent. Knisternd schob sich die Trennlinie zwischen klarem und weißlich durchzogenem Bereich immer höher. Dadurch wurde der Blick auf unzählige Flocken frei, denen jeweils gleichmäßige Kränze aus faserigen, sich gemeinsam öffnenden und schließenden Strünken entwuchsen.

Ein durchaus grotesker, aber keineswegs bedrohlich wirkender Anblick.

Bis die Trennlinie ganz nach oben gewandert war und ein zwei Fingerbreit durchmessender Deckel in die Höhe sprang. Augenblicklich schwebten die leuchtenden Flocken empor und breiteten sich zu einer dichten Wolke aus, die von dem Gardisten in die Richtung des Njorm gepustet wurde.

»Was wird das?«, rief Pienat lachend. »Soll ich von dem Flaum zu Tode gekitzelt werden?«

Zwei, drei Herzschläge lang tanzten die Flocken wie aufgewirbelte Getreidekörner in der Luft umher, bevor sie ihre faserigen Stränge nach hinten warfen und sich schlagartig auf den Njorm zukatapultierten. Wie ein plötzlich einsetzender Hagelschauer prasselten sie ihm ins Gesicht. Überall dort, wo sie auf nackte Haut klatschten, klebten sie sofort mit ihrem weichen Mittelleib fest und ließen ihre rückwärts gewandten Stränge schlagartig nach vorn schnappen.

In weniger als einem Atemzug verschwand das Grün von Pienats Haut komplett unter einer wimmelnden, nach außen hin ausfransenden Faserschicht. Selbst die Augen wurden nicht verschont. Geblendet bäumte sich der Ork auf. Seine Hände zuckten in dem verzweifelten Versuch empor, sich die Flugsamen vom Gesicht zu kratzen, erstarrten jedoch auf halbem Weg dorthin.

Einige der umstehenden Gardisten keuchten vor Entsetzen, als sie sahen, wie die Flocken auf der Haut explosionsartig anschwollen. Immer stärker und stärker blähten sie sich auf, bis sie zunächst die Größe einer Faust erlangten. Schließlich wuchsen sie sogar bis auf den Umfang eines menschlichen Hauptes an, während die Armmuskulatur des Njorm im gleichen Maße zu schrumpfen begann.

Pienats Lippen sprangen auseinander.

Selbst für einen Ork wie ihn waren die Schmerzen unerträglich. Doch noch ehe er einen Ton hervorbringen konnte, drangen fingerdick angewachsene Tentakel tief in seinen Mund und verstopften ihm die Kehle. Unter den immer stärker umherschwingenden Flugsamen wurde sichtbar, dass seine Wangen blitzartig vertrockneten und dabei nach innen einfielen.

Alle Lebenskraft wurde aus ihm herausgesaugt. Auch Pienats Beine und der Oberkörper begannen einzufallen, bis sein Leib einer eingetrockneten Mumie ähnelte.

Alles ging rasend schnell und endete erst, als Thannos eine kleine Rohrpfeife an seine Lippen setzte und einen grellen Pfiff ausstieß, der sich an der oberen Grenze des Hörbaren bewegte. Die vollgesogenen Flugsamen, längst glatt, grün und fleischig geworden, ließen daraufhin von Pienat ab und stiegen steil in die Luft empor. Mühelos setzten sie über die nahe Palisade hinweg und gewannen so lange an Höhe, bis sie auf eine Luftströmung stießen, die sie nach Südosten, zur Salzebene, trug.

Dem Gardisten mit den beiden Gestellen wurde inzwischen ein neuer mit Flugsamen gefüllter Kristallzapfen gereicht, den er vorsichtig in der freigewordenen Spirale deponierte.

»Diese Raubsamen fliegen oft viele Tage, Wochen oder Monate durch die Luft, bis sie auf ein Opfer treffen«, erklärte Thannos mit einem zufriedenen Grinsen. »Sie könnten jeden Einzelnen von euch bis auf den letzten Tropfen Körperflüssigkeit aussaugen und hätten immer noch nicht genug. Erst ein helles Pfeifen, das dem Windzug durch die Blüten der Pasek ähnelt, treibt sie zurück zur Stammpflanze. Wenn ihr also nicht ihre Wurzeln wässern wollt, gehorcht ihr zukünftig besser aufs Wort. Auch jede Flucht ist sinnlos, weil euch die Flugsamen über viele Tagesmärsche hinweg aufspüren können. Dank König Gothars Zaubermacht ernähren sie sich nur von grünen Ungetümen wie euch.«

Keiner der Orks hörte ihm zu. Alle schauten nur auf den völlig erschlafften Pienat, der langsam ins Schwanken geriet. Sogar die Augen in den nun leeren Höhlen waren auf Korinthengröße zusammengeschrumpft. Und die durchscheinend gewordene Haut, unter der die Umrisse seines wuchtigen Schädels deutlich hervorschimmerten, hatte die Beschaffenheit von brüchigem Pergament angenommen.

Die zu bloßen Knoten verkommenen Muskeln konnten ihn nicht mehr halten. Ein Windstoß reichte, um ihn aus dem Gleichgewicht zu bringen. Haltlos fiel er um. Die zu erwartende Erschütterung auf dem festgestampften Platz blieb allerdings aus. Der Aufprall wurde nur von einem leisen Knirschen begleitet.

Mit einem Geräusch, das an das Zerplatzen morschen Holzes erinnerte, brach Pienat vollständig auseinander. Staub wölkte unter seiner Kleidung auf und zog in dichten Schleiern über den freien Platz. Alles, was noch von ihm übrig blieb, ähnelte stark verkohlten Scheiten in einem Aschehaufen.

Kein einziger seiner Knochen war heil geblieben. Selbst sein Kopf lag zertrümmert auf dem Boden, und das war das Schlimmste von allem. Einige Njorm, aber auch Orks anderer Stämme, keuchten vor Entsetzen auf, denn damit war Pienat jeder Möglichkeit beraubt, einmal seine letzte Ruhe auf dem Schädelfeld zu finden.

Mit dem Kopf in fremden Gefilden bestattet zu werden war schon schlimm genug, aber noch zu ertragen. Doch die Vorstellung, gänzlich körperlos ins Blut der Erde zurückzukehren, versetzte alle in tiefen Schrecken.

Noch regelrecht benommen von dem, was sie gerade gesehen hatten, wichen die Krieger zurück, als sie erneut mit blanken Speerspitzen in Richtung des Tors gedrängt wurden. Draußen warteten schon drei Dutzend Lindwürmer auf sie. Doch statt die Gefangenen auf die für sie freigehaltenen Tiere aufsitzen zu lassen, wurden sie hinter ihnen angebunden, um sie zu zwingen, zu Fuß dem vorgegebenen Tempo zu folgen, oder die Lindwürmer würden sie über das scharfe Gras, die Steine und die Unebenheiten der vor ihnen liegenden Steppe schleifen.

Sie waren gerade alle angekettet, als Morn mit einem Schattenelfen an seiner Seite erschien. Warum der Legionär mit nach Sangor zurückkehrte, war auf den ersten Blick zu erkennen: Ein Schwertstreich über das Gesicht hatte ihm das Augenlicht geraubt. Trotz der mit heilenden Kräutern unterfütterten und am Hinterkopf zusammengeknoteten Binde, die er trug, erkannte Urok das Gesicht sofort wieder.

Das war der Elf ohne Tarnmantel, den er auf dem Schlachtfeld geblendet hatte. Inzwischen trug Feenes Lakai wieder einen dieser schillernden Umhänge über den Schultern, doch als er Urok den Rücken zuwandte, wurde sichtbar, dass in ihm ein langer Riss klaffte, von der Kapuze an bis fast hinunter zum Saum. Es handelte sich also zweifellos um den Tarnmantel, den Morn zuvor getragen hatte.

Trotzdem – oder gerade deshalb – schienen der Halbling und der Elf nicht sonderlich innig miteinander verbunden zu sein, denn als Morn dem Blinden in den Holzsattel helfen wollte, stieß dieser ihn ärgerlich weg und quälte sich lieber allein auf den Rücken des Lindwurms. Nach einigem Umhertasten fand er sich auch tatsächlich ohne Hilfe zurecht.

Doch als er sich dann gegen die hohe Rückenlehne zurücksinken lassen wollte, erstarrte er mitten in der Bewegung, und sein Kopf ruckte herum. Ein triumphierendes Grinsen spaltete seine Lippen, während er, trotz der Augenbinde, zu den Orks hinübersah.

Falls er auch nur annähernd über Feenes Geruchssinn verfügte, konnte das nur eines bedeuten: Er hatte die Witterung des Kriegers aufgenommen, der ihn geblendet hatte.

Resigniert schüttelte Urok den Kopf.

Da bahnte sich tatsächlich eine sehr unangenehme Reise an.

ᛞ 12 ᛧ

In der Arena

Der hektische Rhythmus der halbnackten Trommler aus Sambe schürte die Spannung des Publikums bis ins Unerträgliche, dann setzten die in Felle gehüllten Vandorier ihre Lippen an die mannshohen Berghörner aus Mammutstoßzähnen, und als ihre dunklen Fanfaren erklangen, wurde das Fallgitter hochgezogen, hinter dem Gonga aufgeregt mit seinen Pranken scharrte.

Die Schwingungen der Hornstöße waren bis tief in die Magengrube zu spüren, und Herzog Garske rieselten zugleich wohlige Schauer über den Rücken in Vorfreude auf das bevorstehende Spektakel. Den Menschen auf den ausverkauften Rängen erging es nicht viel anders. Sie hatten sehr viel Geld bezahlt, um in der Arena so viele Diebe, Mörder und Gladiatoren wie nur möglich sterben zu sehen.

»Hoffentlich hat auch Skork irgendwo einen Platz gefunden«, feixte Garske. »Damit er weiß, was ihm blüht, sobald ihn die Stadtwachen aufstöbern.«

Die beiden jungen Frauen, die ihn auf der steinernen Empore flankierten, lachten pflichtschuldig. Der Lichtbringer, der einige Schritte von ihnen entfernt im Schatten einer breiten Säule stand, zuckte dagegen nicht mal mit der kleinsten Spitze seiner schleierförmigen Auswüchse.

Garske hätte gern auf die Gesellschaft dieses unheimlichen Wesens verzichtet, doch angesichts der Hauptattraktion brauchte er einen mächtigen Leibwächter, um gegen alles gewappnet zu sein.

So ein Schattenelf wie dieser Benir, das wusste er, konnte auch die mehr als drei Mannslängen hohe Mauer, die das Oval der Arena fugenlos umschloss, mit Leichtigkeit überwinden.

»Sind das wirklich alles Skorks Männer?«, fragte ihn Inome. »Viele der Verurteilten sehen so unschuldig aus.« Dabei streckte sie den schlanken, alabasterfarbenen Arm aus und deutete auf die säuberlich nebeneinander aufgereihten Köpfe, die inmitten der Arena aus dem Boden wuchsen.

Nur eine Spatenlänge hinter ihnen häufte sich die überschüssige Erde aus den Löchern auf, in denen die Delinquenten feststeckten. Aufrecht stehend und bis über beide Schultern im Boden eingegraben, gab es für sie nicht die geringste Möglichkeit, sich aus eigener Kraft zu befreien, während sich Gonga mit tief gesenktem Haupt durch das für ihn zu niedrige Einlasstor zwängte. Vom Hals an abwärts zur Reglosigkeit verdammt, starrten sie ihrem unbarmherzigen Henker entgegen.

Gonga gehörte zu der größten Lindwurmgattung, die zwischen Frostwall und Nebelmeer zu finden war. Seine schweren Beine ließen den Boden erzittern, als er in die Arena stampfte. Er war hier eine Art Veteran und wusste genau, was von ihm verlangt wurde. Längst genoss er den Applaus der Menge.

Flammend rote und grünblau schillernde Schuppen bedeckten seinen mächtigen, von Narben und Verbrennungen übersäten Körper. In seiner rechten Flanke steckte der angerostete Schaft einer Speerspitze, die sich nicht so ohne Weiteres herausschneiden ließ. Gonga trug ihn schon seit Jahren klaglos mit sich herum.

Obwohl die eingegrabenen Männer längst wussten, was sie erwartete, schrien sie erst auf, als der wandelnde Koloss langsam auf sie zuwalzte.

Inome, die Blonde der beiden Liebesdienerinnen, die auf die Delinquenten gedeutet hatte, senkte den zitternden Arm und verbarg das Gesicht an Garskes linker Schulter. Der Herzog lächelte zufrieden. Er hatte im Tempel der Liebe ausdrücklich auf zwei Novizinnen bestanden, die das grausige Schauspiel der Arena noch nicht mit eigenen Augen gesehen hatten.

»Wenn es ihnen ans Leder geht, sehen alle unschuldig aus«, erklärte er gelassen und zog die bebende junge Frau näher an sich heran und spürte ihre weichen Rundungen. Ihre Brustwarzen versteiften und drückten mit sanfter Härte durch den dünnen Stoff seiner Toga. Erregt ließ er den Blick über Inomes weiche Schenkel gleiten, die unter einem kurzen Schleiersaum hervorwuchsen. Das nur aus einigen schneeweißen Lagen bestehende Nichts, das sie trug, vermochte keine ihrer Körperlinien richtig zu verhüllen. Hätte sie ihre Beine nicht angewinkelt, um sie mit auf die steinerne Sitzfläche zu ziehen, hätte sogar der blonde Flaum ihrer Scham durch die Falten geschimmert.

Namihl, die Liebesdienerin zu seiner Rechten, erkannte, dass sie ins Hintertreffen zu geraten drohte, und hängte sich deshalb rasch an seinen freien Arm. War schon Inomes Haut ungewöhnlich hell und der Sonne entwöhnt, so wirkte die des Rotschopfs beinahe so weiß wie frisch vergossene Milch. In einer heißen Küstenstadt wie Sangor machte sie das zu einer begehrten Attraktion. Um ihre natürlichen Vorzüge noch stärker zu betonen, war ihr schulterlang wallendes Haar so tiefrot gefärbt wie ihre Lippen.

In Anmut und Geschmeidigkeit waren sich die beiden Frauen ebenbürtig. Namihl war jedoch gut einen Kopf größer, das ließ sie nicht nur hagerer, sondern sogar ein wenig knochig erscheinen, während Inome kleiner und runder, aber keineswegs zu üppig war.

Diese körperlichen Unterschiede fielen aber nicht weiter ins Gewicht, denn mit ihren fein geschnittenen Gesichtern genügten beide gleichermaßen den höchsten gesellschaftlichen Ansprüchen. Was Garske allerdings an Namihl deutlich missfiel, war die professionelle Kälte, mit der sie agierte. Er würde sie daher nur für den Nachmittag bezahlen, den er gern zu dritt verbringen wollte, doch anschließend durfte sie gehen.

Ja, er hatte sich längst entschieden. Es war Inome, die er für längere Zeit behalten würde. Natürlich machte er sich keine Illusionen darüber, dass auch sie in ihm nur einen zahlungskräftigen Kunden sah, aber immerhin verstand sie es, echte Leidenschaft vorzuheucheln. Das war ein unschätzbares Talent, das Garske an einer guten Liebesdienerin zu würdigen wusste.

Unter dem Ansturm der beiden Frauen, die sich nun eifrig an ihn schmiegten, perlten ihm auf der Stirn dicke Schweißtropfen auf. Zwei Sklaven mit großen Federwedeln nahmen das sofort zum Anlass, ihnen Luft zuzufächern. Verärgert wehrte Garske Namihls Hände ab, die fordernd unter seine Tunika krochen. Noch gelüstete ihn nach anderem Vergnügen.

Unten in der Arena hatte Gonga den ersten der Eingegrabenen erreicht.

Die Berghörner verstummten abrupt, und auch die Trommelwirbel rissen ab. Gellende Schreie durchschnitten die plötzlich einsetzende Stille, als der Lindwurm zuerst die messerscharfen Zähne bleckte und dann Ober- und Unterkiefer mit einem lauten Brüllen auseinanderriss. Schäumender Geifer spritzte aus den Tiefen seines Rachens hervor.

Ein kollektives Stöhnen ging durch die Reihen der Zuschauer, doch niemand sah zur Seite, als Gonga den langen Hals streckte und sein Schädel hinabzuckte. Auch Inome und Namihl verfolgten gebannt, wie sich das Maul gänzlich über das Haupt des Todgeweihten stülpte.

Krachend fuhren die Zähne zusammen.

Eine rote Fontäne schoss aus dem Boden. Gonga schüttelte zufrieden das bluttriefende Maul, bevor er das abgebissene Haupt in einer verächtlich anmutenden Bewegung zur Seite schleuderte.

An der gegenüberliegenden Rundmauer wurde der kurze Flug knapp unterhalb der Tribüne gestoppt. Mit einem fürchterlichen Knall zerplatzte der Schädel an den glatten Quadern, blieb dort einen Herzschlag lang inmitten eines hässlichen Fleckes kleben, bevor er, rotgraue Schlieren nach sich ziehend, langsam die Wand herabrutschte.

Unter dem tosenden Applaus des Publikums trampelten Gongas Vorderläufe bereits auf dem zweiten Mann herum, bis dessen Kopf gänzlich eingeebnet war. Zwischen Schrecken und Vergnügen schwankend, kreischten die Menschen auf den Rängen wie von Sinnen.

Doch Garske konnte in diesem Moment nur daran denken, wie gern er über ein Mammut aus den kalten Schneewüsten Eisholms verfügt hätte, um die Köpfe der Verurteilten unter dessen säulenförmigen Füßen zerbersten zu sehen. Bisher waren leider alle Versuche gescheitert, eines dieser riesigen Tiere lebend herbeizuschaffen.

Inome und Namihl klammerten sich immer stärker an ihm fest, während der Lindwurm auch die übrigen Köpfe vom Boden der Arena pflückte. Zufrieden drehte das Tier anschließend seine Ehrenrunde und ließ sich mit Blumen und rohen Fleischstücken bewerfen. Auf den Rängen standen längst Jung und Alt auf den Beinen, um Gonga zuzujubeln.

Nur in unmittelbarer Nähe der Empore hielt es eine verhärmt wirkende Frau auf ihrem Platz. In ihren Armen hielt sie einen Säugling, der angesichts des tosenden Lärms selbst zu schreien begonnen hatte. Es handelte sich um Inea, die Amme des neuen Todbringers, die den Befehl erhalten hatte, mit dem halbverwaisten Kind dem letzten Gang seines Vaters beizuwohnen.

Während Gonga seinen geschuppten Schädel triumphierend in die Höhe reckte, drangen neue Fanfaren aus den Berghörnern. Unter metallischem Rasseln glitt das Fallgitter abermals in die

Höhe, doch diesmal waren es Menschen, die durch das Tor in die Arena stolperten. Weitere Delinquenten, die von den Stadtwachen wegen Diebstahls, Aufruhrs und Zechprellerei aufgegriffen worden waren.

Schrille Laute der Bestürzung klangen unter einigen Zuschauern auf, vereinzelt wurden sogar Namen gerufen, offenbar von Angehörigen, die den Fehler begingen, einen letzten Blick auf ihre Liebsten werfen zu wollen. Denn es wäre sicherlich besser gewesen, sie so in Erinnerung zu behalten, wie sie sie kannten.

Acht Männer und drei Frauen waren es, die völlig verängstigt hinaus auf den ummauerten Sandplatz stolperten. Einige mussten mit blanker Klinge herausgetrieben werden und wiesen entsprechende Stichverletzungen auf. Andere hoben die Hände vor die Augen, um sich, nach Tagen oder Wochen der Kerkerhaft, vor dem grellen Sonnenlicht zu schützen.

Kurz bevor das Gitter wieder herabfuhr, wurde ihnen noch ein halbes Dutzend schartiger Säbel in den Sand geworfen.

Zuerst wagte es niemand, nach den Waffen zu greifen.

Garske konnte gut die Gefühle nachvollziehen, die die Verurteilten gerade durchlitten. Wenn man dort unten stand und auf die hohen Mauern starrte, die sich ringsum erhoben, und dann noch die vollbesetzten Ränge sah, die sich darüber stufenförmig auftürmten, kam sich ein Mann oder eine Frau sehr klein und verletzlich vor. Besonders, wenn auch noch ein Lindwurm im Blutrausch geradewegs auf sie zustürmte.

Unter wilden Buh-Rufen spritzten die meisten der Todgeweihten in blinder Furcht davon, während zwei abgezehrt wirkende Männer und eine der Frauen zu den am Boden liegenden Waffen griffen. Unter dem Applaus der Menge stellten sich die drei zum Kampf – und wurden dafür als Erste in Stücke gerissen.

Alle Trainings- und Strafgeräte, die sonst auf dem Sandplatz standen, waren für die Vorstellung abgebaut worden. So gab es nicht das kleinste Versteck, hinter dem sich ein Flüchtender verbergen konnte, höchstens die gemauerte Rampe, die direkt in die Gewölbe der Gladiatoren führte. Aber auch dieser Weg endete vor einer stählernen Barriere, an der niemand vorbeikam. Und so landeten früher oder später alle zwischen den scharfen Zähnen des Lindwurms, zum Teil sogar in seinem Magen.

Blutige Nebel schwebten über dem Staub des Stadions, als auch der Letzte, der noch vergeblich versucht hatte, sich durch die handbreiten Quadrate des Fallgitters zu zwängen, endlich in Stücke gerissen und in den Boden gestampft worden war. Gonga war längst so gesättigt, dass er sich nur noch an den herausgerissenen Gedärmen gütlich tat.

Beim nächsten Mal nicht mehr als acht Verurteilte!, entschied der Herzog in Gedanken. *Sonst wird es langweilig.*

Der Geruch von frischem Blut und geöffneten Leibern schwängerte die Luft, während Gongas Trainer hereingelaufen kam und den Lindwurm mit genau in den Kniekehlen platzierten Stockstößen nach draußen dirigierte.

Inea hatte längst ihren Platz verlassen, um Benirs Sohn irgendwo, weitab von der Menge, zu beruhigen. Garske sollte das nur recht sein. Das Geplärre des Säuglings zerrte an seinen Nerven, und ob der neue Todbringer seinen Willen erhielt oder nicht, war ihm herzlich egal.

Aber auch andere Zuschauer hatten sich in die rückwärtigen Hallen begeben, um dem aufwallenden Gestank zu entgehen, der aus dem blutdurchtränkten Oval in die Höhe stieg, oder einfach, um ein paar Erfrischungen zu sich zu nehmen.

Während Leichenknechte schwere Handkarren in die Arena schoben, um die Toten zu bergen und die eine oder andere Schaufel voll Sand auf die Blutpfützen zu werfen, beschäftigte sich Garske lieber weiter mit den Frauen an seiner Seite. Ihre Lippen, von denen er abwechselnd kostete, schmeckten gleichermaßen süß, doch auch hier kam ihm Inome wesentlich wärmer und leidenschaftlicher vor.

Ja, seine Entscheidung war richtig.

Erneut wehrte er Namihls Hand ab, die schon wieder an den Innenseiten seiner Oberschenkel emporkrabbeln wollte. Auch wenn er sich als Statthalter alles erlauben durfte, gab es doch Dinge, die nicht für die Öffentlichkeit bestimmt waren. Lieber vergrub er sein Gesicht zwischen ihren kleinen, aber festen Brüsten und labte sich an ihrem erregten Keuchen, auch wenn es nur vorgetäuscht war.

Aus den Tiefen der unterirdischen Gewölbe ertönte das erfreute Kläffen der Wachhunde, die mit den zerfetzten Überresten der von Gonga Gerichteten gefüttert wurden. Ausgehungert wie sie waren, stürzten sie sich so begierig auf die abgekippten Leichen, dass das Brechen der Knochen und das Reißen der Sehnen und Muskeln bis hinauf ins Freie drangen. Die Laute hallten so grausig von den Mauern und Tribünen wider, dass selbst die Lust der Liebesdienerinnen erlahmte.

Garske gab ein stummes Zeichen in Richtung des Sklaven, der das Signalfeuer bediente. Als der Sklave einen Löffel voll lehmbraunen Pulvers in die offene Flamme streute, stieg, von leisem Zischen begleitet, eine schwefelgelbe Schwadensäule senkrecht in die Höhe. Im steinernen Baldachin der Empore klaffte extra eine Aussparung, die einen freien Rauchabzug ermöglichte, doch das Signal verflüchtigte sich lange, bevor es unter die Marmordecke stoßen konnte.

Das genügte den am hinteren Oval platzierten Berghornbläsern. Neuerliche Fanfarenstöße, die den Einzug der Gladiatoren ankündigten, überdeckten den abstoßenden Lärm der Hundefütterung. Ein Dutzend Männer aus allen Teilen des Reiches marschierte die gemauerte Rampe hinauf.

Im Vergleich zu Gonga empfing sie nur mäßiger Applaus, denn

große Teile der Tribünen waren noch verwaist, und auch mehrere Trommelwirbel vermochten die Zuschauer nicht vorzeitig von den Wein- und Dünnbierständen zurückzulocken. Die Menschen wussten, dass die wahre Attraktion erst im letzten Durchgang folgte. Und so schlugen und stachen die Kämpfer aufeinander ein, ohne dass man ihnen besonderes Interesse entgegenbrachte.

Selbst der Herzog ließ sich lieber mit Weintrauben und Zungenküssen verwöhnen, als den Gladiatoren beim Sterben zuzusehen. Unter anderen Umständen hätte er die Veranstaltung längst verlassen, doch ihn hielt es aus dem gleichen Grund auf der Empore, aus dem auch alle anderen Zuschauer nach und nach auf ihre Plätze zurückkehrten.

Sie alle wollten die Niederlage des Schattenelfen sehen.

⸱ 13 ⸱

Arakia

Der Anblick der ruhelos unter den geschlossenen Lidern umherrollenden Augäpfel war Moa schon so zur Gewohnheit geworden, dass er überrascht zusammenfuhr, als er Ursa unverhofft mit offenen Augen in die Höhe sehen sah.

»Du bist erwacht!«, rief er erfreut und fragte sich gleichzeitig, wie lange sie schon so daliegen mochte.

Ursa starrte ins Leere, als hätte sie etwas Ungewöhnliches in der über ihnen lastenden Dunkelheit entdeckt. Dabei drang ein leises Stöhnen über ihre Lippen. Die ersten Worte, die dem folgten, waren zuerst kaum mehr als ein undeutliches Murmeln, dann aber war bei genauerem Hinhören doch zu verstehen, was sie sagte.

»Lichtbringer …«, stieß sie hervor. Immer wieder, warnend und kampfbereit zugleich. »Lichtbringer …«

»Du hast sie in die Flucht geschlagen«, beruhigte Moa die Priesterin. »Und ihnen dabei einen derartigen Schrecken versetzt, dass sie lieber die abgestürzte Festung bewachen, als Arakia mit ihren Lichtschwertern heimzusuchen.«

Eine Zeitlang schien Ursas Geist noch im Gespinst der Vergangenheit verfangen, doch als er ihre glühend heiße Stirn mit einem kalten Tuch kühlte, fand sie endgültig in die Gegenwart zurück.

»Moa?«, fragte sie, scheinbar überrascht, ihn an ihrer Seite vorzufinden. Vielleicht hörte sie aber auch nur seine Stimme und wollte sicherstellen, dass sie den richtigen Ork erkannt hatte.

Es war schon verdammt dunkel in dieser Höhle, und Ursa litt immer noch unter hohem Fieber. Wegen all der Schattenelfen, die durch die Wälder streiften, wagte es der Knappe nicht mehr, ein Feuer zu entzünden.

Ursa versuchte sich aufzurichten, scheiterte aber bereits daran, den linken Arm zu heben. Keuchend wandte sie ihm das Gesicht zu, mehr war ihr nicht möglich. »Wo sind wir?«, fragte sie nach einer Weile.

»Tief in den Wäldern«, antwortete Moa vage. »Ich weiß selbst nicht genau wo. Wir mussten rasch den Standort wechseln und unsere Spuren so gut wie möglich verwischen.«

Der traurige Glanz ihrer Augen zeigte, dass sie verstand, was das zu bedeuten hatte. »Die Schlacht?«, fragte sie mit undeutlicher Stimme, die beinahe so klang, als würde sie gleich wieder in ferne Traumwelten abgleiten.

Hastig langte er nach der knöchernen Schale, die er aus dem Elfenschädel gefertigt hatte. Ursa musste unbedingt von dem kalten Marderfleisch essen, das er darin für sie aufbewahrte.

»Die Schlacht ging verloren«, antwortete Moa, während er die Stücke in kleine Fetzen riss und zwischen ihre Lippen drückte. »Aber dank dir musste auch König Gothar Federn lassen. Unser Heer hat sich zerstreut, die Krieger sich in die Wälder zurückgezogen. Nun warten wir darauf, dass der wahre Krieg beginnt.«

Ursa drehte den Kopf unwillig zur Seite und spuckte die Fleischbrocken wieder aus.

»Du musst essen, um zu Kräften zu kommen«, drängte Moa. »Sonst ist unser Volk verloren. Nur du allein bist fähig, der Magie des Tyrannen zu widerstehen.«

Sein Tonfall musste sehr überzeugend gewesen sein, denn Ursa ließ sich daraufhin tatsächlich mit dem kalten Fleisch füttern und trank sogar ein wenig von dem Kräutersud, der noch in der Eisenschüssel schwappte.

»Sind wir allein?«, wollte sie wissen, nachdem er ihre Lippen mit dem frisch gegerbten Marderfell abgetupft hatte.

Moa spürte Unbehagen in sich aufsteigen. Einerseits fürchtete er, dass ihn Ursa tadeln könnte, weil sie nicht bei den anderen Priestern waren. Andererseits wollte er lieber verschweigen, dass sie sich absichtlich vor Ulke versteckten. Nach allem, was auf Felsnest geschehen war, traute er dem Hohepriester nicht mehr über den Weg. Und Ursa war einfach noch zu schwach, um sich einer neuen Auseinandersetzung stellen zu können.

»Rowan ist bei uns«, antwortete er zögernd. »Er ist gerade auf der Jagd und sucht die Gegend nach feindlichen Spähern ab.«

»Rowan?« Er hörte am Tonfall ihrer Stimme, dass er den Krieger besser nicht erwähnt hätte. Zwar konnte Ursa noch nicht ahnen, dass Rowan inzwischen zur Schar ihres Bruders gehörte, aber allein das Wissen, dass sich ein Teilnehmer der Schlacht zu ihnen durchgekämpft hatte, führte zwangsläufig zur nächsten Frage.

»Was ist mit Urok?« Aufgewühlt wollte sie neuerlich in die Höhe fahren, handelte sich damit aber nur heftige Schmerzen ein, die ihr Gesicht verzerrten. »Ist mein Bruder noch am Leben?«

»Es geht ihm gut«, log Moa eilig, um sie zu beruhigen.

»Tatsächlich?« Ursa lächelte erleichtert. »Woher weißt du das? Hast du mit ihm gesprochen?«

Der Novize biss sich verärgert auf die Lippen. Noch während er fieberhaft überlegte, wie er den gerade begangenen Fehler wieder ausmerzen konnte, verdunkelte sich der Höhleneingang.

»Wir wissen nicht genau, wo Urok sich derzeit aufhält«, sagte die große Gestalt, die das einfallende Licht blockierte. »Aber es ging ihm noch sehr gut, als ich ihn das letzte Mal sah. Knochental lag beinahe schon hinter ihm. Er hat mich vorausgeschickt, damit sich jemand um dich und deinen Knappen kümmert.«

Moa ärgerte sich über den wohl platzierten Seitenhieb, mit dem Rowan gerade angedeutet hatte, dass auch *er* Hilfe nötig habe, gleichzeitig war er froh, dass ihm der großmäulige Kerl so geschickt aus der Zwickmühle geholfen hatte.

Doch Ursa wurde bereits von neuen Zweifeln geplagt.

»Ihr beide wisst also gar nicht, ob mein Bruder noch lebt?«, stellte sie aufgeregt fest.

»Natürlich lebt er noch«, widersprach Rowan, während er sich zwischen ihr und Moa niederließ. »Einen Krieger wie Urok bringt so schnell nichts um. Er ist schließlich eine Feuerhand.«

Von neuen Fieberattacken geschüttelt, warf sich Ursa unruhig umher. »Das Blut der Erde kann nicht bei allen gleichzeitig sein«, stieß sie atemlos hervor. »Es hat auch mich verlassen, als meine Kräfte schwanden. Es hat mich verlassen, um ...«

... um die Alten in den Blutrausch zu stürzen!, hatte sie sagen wollen, brachte es aber vor Scham nicht über die Lippen.

»Dein Bruder ist nicht mit Torg und den anderen in den Tod gegangen«, beruhigte sie Rowan. »Das weiß ich genau.«

»Was ist dann mit ihm passiert?«, fragte Ursa ungeduldig. »Ich höre doch, dass dir etwas schwer auf der Zunge liegt.« Als Rowan darauf nicht antwortete, stieg eine dunkle Ahnung in ihr auf. »Wurde er etwa gefangen genommen?«, fragte sie flüsternd. »O Vuran, nur das nicht! Wäre er doch lieber im Kampf gefallen! Welch böses Schicksal mag ihn jetzt nur erwarten?«

☽ 14 ☾

In der Arena

Die Gladiatoren hatten sich längst mit ihrem Schicksal abgefunden, darum durften sie frei von allen Fesseln ins Stadion einmarschieren. Nur der in Ungnade gefallene Schattenelf, der ihnen mit einigem Abstand folgte, trug ein schweres Brustgeschirr, das seinen Halsring und die breiten Armschellen fest miteinander verband.

Selbst seine Füße lagen in Ketten.

Aber reichte das aus, um jemanden zu halten, der den Atem des Himmels beherrschte?

Um ganz sicherzugehen, waren links und rechts des eisernen Halsrings noch zwei lange, in Metallbeschlägen endende Rundhölzer eingehakt. Die glatt geschliffenen und gut geölten Stangen fest umklammert, schoben zwei kräftige Wachen Benir grob über die Rampe hinaus. Ohne sich darum zu kümmern, dass das schartige Eisen seinen Hals aufscheuerte, trieben sie ihn vor sich her oder rissen ihn zurück, wie es ihnen gefiel.

Zuerst ging es durch das Spalier seiner Gegner, von denen jeder Einzelne auf eine Gelegenheit zum Todesstoß hoffte, danach wurde er im Kreis herumgeführt, um ihn der Menge zu präsentieren.

Die Menschen, die Gothars Legionäre ebenso sehr fürchteten wie hassten, ließen ihren normalerweise unterdrückten Gefühlen freien Lauf. Die Flut an Beschimpfungen schwoll so stark an, dass der Lärm schmerzhaft auf die Trommelfelle schlug.

»Einohr! Einohr!«, riefen sie immer wieder höhnisch, wegen der Wunde an seinem Kopf. »Hoffentlich hat dir das Drecksweib noch viel mehr abgeschnitten!«

Sich gegenseitig aufputschend, gebärdete sich der Pöbel wie von Sinnen. Wo Benir auch entlangging, wurde er mit Brotresten und angebissenem Obst beworfen. Auch Auswurf und Speichelstränge regneten auf ihn herab. Manch einer der Speienden, der weiter hinten saß, traf jedoch nur den Hinterkopf des Vordermanns, was rasch zu handfesten Tumulten führte. Vielfach mussten erst mit Knüppeln und blankem Stahl bewaffnete Stadtwachen anrücken, bevor wieder Ordnung einkehrte.

Äußerlich völlig ungerührt, ließ Benir allen Unflat über sich ergehen. Erst als die Runde vor der überdachten Loge des Herzogs endete, zuckte er kurz zusammen.

Seine scharfen Augen hatten inmitten des tobenden Mobs den einzig stillen Punkt entdeckt: Inea und den Säugling, der in ihren Armen schlief.

Unter der reglosen Aufsicht des Lichtbringers machten sich die Wachen endlich daran, die Stangen abzuhaken und sein Kettengeschirr zu lösen. Bis zum Schluss, da seine Fußfesseln rasselnd in den Staub fielen, würdigte er die beiden Männer keines Blickes. Seine ganze Aufmerksamkeit galt nur noch dem in kostbare Stoffe eingehüllten Kind, das die bebende Amme fest an ihre Brust drückte, als ob sie sich hinter dem kleinen Winzling zu verstecken suchte.

Das Gesicht des Elfen zuckte, so sehr wühlten die Gefühle in ihm.

Rund um die herzogliche Empore hob das Geschrei der Menge erneut an, weil alle dachten, dass Benir doch noch von Angst übermannt worden wäre. Nur Eingeweihte wie Herzog Garske oder die Amme verstanden, was wirklich in ihm vorging. Sie vermieden es aber ebenso wie er, durch unbedachte Worte oder Gesten auf seinen Sohn aufmerksam zu machen. Die bloße Anwesenheit des Kindes barg so manches Risiko.

Inea wusste das. Nicht umsonst hielt sie den spärlich bewachsenen Kopf sorgsam verhüllt. Schon ein kurzer Blick auf die spitz zulaufenden Ohren hätte genügt, um seine Herkunft zu verraten. Angesichts des Hasses, der auf den Tribünen kochte, waren dem aufgestachelten Mob selbst Gräueltaten gegenüber diesem ganz und gar hilflosen Wesen zuzutrauen.

»Was ist plötzlich mit dem Elfen los?«, fragte Inome verwundert.

»Dem zittern die Knie!«, log Garske, bevor er mit einer ärgerlichen Geste das Signal zum Beginn des Kampfes gab.

Es wurde höchste Zeit, die Erwartungen der Menschen zu erfüllen, bevor sich die Gewalt noch an anderer Stelle Bahn brach. Nicht, das ihm das Elfenbalg irgendwie am Herzen gelegen hätte, doch wer wollte sich schon den Zorn eines Todbringers zuziehen?

Schwefelgelber Rauch stieg von der Signalpfanne auf.

Danach sorgte der dunkle Ton der Berghörner endlich für Ruhe.

Gespannt richteten sich alle Blicke in die Tiefe, zu dem unbewaffneten Elfen, der allmählich von seinen Gegnern eingekreist wurde. Nur Inome spähte über Garskes Schulter hinweg zu der alten Frau mit dem Säugling, die der königliche Statthalter wohl einmal zu oft fixiert hatte. Grob fasste er sie mit Daumen und Zeigefinger am Kinn und drehte ihren Kopf nach vorn.

»*Da* fließt gleich das Blut«, erklärte er der Dirne, als sie mit einer Mischung aus Schmerz und Verwunderung reagierte.

Da er für ihre Gesellschaft zahlte, fügte sich Inome seinem Willen mit einem Lächeln, das ihr zum ersten Mal nur mühsam gelang. Garske störte das nicht, da ihn das Geschehen im großen Oval der Arena längst fesselte.

Trotz ihrer zahlenmäßigen Überlegenheit, gingen die Gladiatoren sehr vorsichtig vor. Weit auseinandergefächert, versuchten sie den unbewaffneten Elfen von allen Seiten zu umzingeln: zwei groß gewachsene Nordmänner, der eine mit einem Schwert, der andere mit einem Morgenstern bewaffnet; ein Bogenschütze aus Sambe, der nur seine Waffen und einen Lendenschurz trug; und drei mit Visierhelm, Kurzschwert und kantiger Unterarmmanschette ausgerüstete Ragoner, die nur einen bis anderthalb Köpfe größer als Benir waren. Bei allen sechs glitzerte dichter Schweiß auf der nackten Haut, vor allem im Gesicht und auf den Armen, aber auch – soweit sie nur spärliche Kleidung trugen – auf den Beinen oder dem nackten Oberkörper.

Die Sonne am klaren Himmel prallte beinahe senkrecht nach unten. Noch ehe die blasse Haut des Elfen davon Schaden nehmen konnte, verdunkelte er sie, bis sie dem Farbton des sambischen Bogenschützen ähnelte. Gleichzeitig hellte Benir seine Haare auf, und sie wurden schneeweiß.

Obwohl diese Fähigkeit kein Geheimnis war, rief sie unter vielen Zuschauer, die sie zum ersten Mal mit eigenen Augen sahen, großes Erstaunen hervor. Entsprechend lautes Gemurmel erhob sich von den Rängen.

Die Gladiatoren ließen sich weit weniger beeindrucken. Und doch lenkte es auch sie stark genug ab, dass keiner von ihnen den leichten Wind bemerkte, der sich aus dem Nichts heraus erhob.

Ungehindert fegte die Böe über den mit feinem Sand bestreuten Boden.

Der Bogenschütze, der sich gebückt in Benirs Rücken zu schleichen versuchte, bleckte kurz die angeschliffenen Zähne und schoss den ersten Pfeil ab. Noch während die Spitze zielsicher auf Benirs Nacken zusauste, lag bereits der zweite Pfeil auf.

Wer allerdings geglaubt hatte, dass der Sambier damit sehr geschickt vorgegangen war, sah sich noch im gleichen Moment getäuscht.

Äußerst geschmeidig, ja, beinahe schlangengleich, wich Benir mit dem Oberkörper zur Seite, ohne die Füße auch nur einen Fingerbreit anzuheben. Der Pfeil passierte seine Halsbeuge, ohne sie anzuritzen, doch immerhin dicht genug, dass die Befiederung an der Haut entlangstreifte.

Nach hinten hin ausbrechend, geriet der Schaft ins Schlingern, bevor er sich vorzeitig mit der Spitze voran in den Boden bohrte.

Inzwischen raste schon der zweite Pfeil heran. Benir fuhr auf dem Absatz herum und riss die flach ausgestreckte Hand empor. Von der Körpermitte ausgehend, jagte sie nach rechts oben. Für den unbedarften Zuschauer sah es so aus, als schlüge er den Pfeil mit dem bloßen Handrücken zur Seite, in Wirklichkeit war der Schaft schon vorher von seiner Flugbahn abgewichen.

Benir nutzte längst den Atem des Himmels, um sich zu schützen.

Und ging zum Angriff über.

Noch ehe der Sambier ein drittes Geschoss aus dem Köcher zaubern konnte, wirbelte der Sand vor seinen Füßen auf. Feine Körner stoben ihm ins Gesicht, drangen ihm in Mund und Nase und stachen wie Nadeln in seine Augen.

Vor Schmerz und Überraschung aufheulend, sprang er zurück, denn er spürte instinktiv, dass der Schattenelf den Moment der Verwirrung zu einem Gegenangriff nutzen wollte. Den Umgang mit seiner Waffe beherrschte der Sambier aber auch blind. Geschickt fingerte er den Pfeil über die den Bogengriff umklammernde Faust und führte die Sehne in die Einkerbung.

Doch so rasch er auch handelte, der Elf war schneller.

Mit unnatürlich großen Sätzen schnellte Benir dem Feind entgegen und katapultierte sich, gerade da der andere den Bogen hob, über ihn hinweg. Seine Beine lagen schon senkrecht in der Luft, als das Geschoss unter ihm hindurchrauschte. Den Bogen zu packen und sich über die Schulter des Schützen hinwegzurollen war eine einzige geschmeidige Bewegung. Noch ehe irgendjemand im Stadion richtig begriff, was er eigentlich plante, stand er schon hinter dem entwaffneten Gegner, brach dessen Bogen mit einem kurzen Ruck entzwei und schlang ihm dessen Sehne zweimal um den Hals.

Keuchend versuchte der Sambier einige Finger zwischen den gedrehten Tierdarm und die gefährdete Kehle zu schieben. Zu spät! Die hauchdünne Schlinge schnitt bereits tief in seine dunkle Haut.

Benir setzte das linke Knie in den Rücken des Gegners, um rasch zum Ende zu kommen, doch zum Erdrosseln fehlte die Zeit. Längst waren zwei der Ragoner heran, um ihn mit ihren Kurzschwertern aufzuschlitzen. So blieb dem Schattenelfen nichts anderes übrig, als das Bein wieder abzusetzen und sein zappelndes Opfer von den Füßen zu reißen.

Trotz seiner zierlichen Statur verfügte Benir über ungeheure Kräfte. Scheinbar mühelos schleuderte er den röchelnden Sambier im Kreis herum und warf ihn dem nächsten seiner beiden Angreifer entgegen. Dessen vorgestrecktes Kurzschwert bohrte sich prompt in den anfliegenden Leib, drang unterhalb des Schulterblatts ein, durchstieß seinen Lungenflügel und brach blutbeschmiert wieder aus dem Brustkorb hervor, wobei es schmerzhaft über eine Rippe schabte.

Wegen des abgeschnürten Halses brachte der Verletzte nur ein Röcheln zustande. Der Ragoner, dessen Waffe blockiert wurde, fluchte dafür umso lauter.

Benir nutzte die Zeit, um sich den zweiten der anstürmenden Helmträger vorzunehmen. Plötzlich schoss vor dessen Füßen eine sandfarbene Fontäne in die Luft und spritzte dem Visierhelm entgegen. Die prasselnden Laute, mit denen die Körner gegen das gewölbte Metall schlugen, waren bis in die oberste Reihe der Stufentribüne zu hören. Derart geschützt, wurden dem Angreifer zwar nicht die Augen gespickt, doch die Sicht lange genug geraubt, dass Benir im Schutze des Sandschleiers vorrücken konnte.

»Kannst du nichts gegen dieses Sandgeschmeiße unternehmen?«, fragte der Herzog verärgert. »Die Leute wollen etwas sehen für ihr Geld.«

Der Lichtbringer antwortete nicht darauf, doch der scharfe Wind, der durch die Arena fegte, flaute umgehend ab.

Für den ragonischen Helmträger kam die Hilfe zu spät.

Benir entging dem blindlings umherfuchtelnden Schwert, indem er sich dem Kerl von der Seite her näherte und mit solcher Wucht gegen dessen Kniescheibe trat, dass es hässlich knackte. Da er das Standbein getroffen hatte, knickte der Gladiator sofort ein, fiel Benir hilflos mit den Armen rudernd entgegen.

Direkt in dessen über Kreuz gehaltene Hände, die sofort das Visier packten und den Helm mit solcher Heftigkeit herumrissen, dass das Genick laut knallend zersprang, noch ehe das Splittern der Kniescheibe gänzlich verhallt war.

Das Gesicht auf den Rücken gedreht, prallte der Gladiator zu Boden.

Benir hielt bereits das Kurzschwert in Händen und sprang auf die beiden vorherigen Gegner zu.

Der Ragoner, der gerade seine bluttriefende Waffe befreit hatte, stolperte verängstigt zurück.

Der verletzte Sambier versuchte, die tief in seine Haut einschneidende Bogensehne aus der umlaufenden Wunde zu pulen, während ihm der Lebenssaft hell aus der Wunde in seiner Brust schäumte. Auch wenn er es schaffte, die Sehne zu lösen, würde er an seinem eigenen Blut ersticken.

Benir beendete die Leiden des Schwarzen, indem er ihn von hinten ins Herz stach.

Die Masse der Zuschauer seufzte enttäuscht. Jubelte aber sofort wieder auf, als vor dem zurückweichenden Ragoner nur einige kleinere Sandschleier aufwirbelten, von denen keiner höher als bis zu den Fußknöcheln wölkte.

Benir sah über die Schulter hinweg wütend zu dem Lichtbringer auf, dann fasste er seinen Schwertgriff fester, um sich den vier verbliebenen Gladiatoren zu stellen, die inzwischen gefährlich nahe an ihn herangerückt waren.

Die beiden Nordmänner, die sich bisher zurückgehalten und seinen Kampfstil studiert hatten, waren beide groß und breitschultrig. Wären die Bewegungen, mit denen sie gemeinsam auf ihn zumarschierten, nicht von so federnder Leichtigkeit gewesen, man hätte sie für grobschlächtig halten können.

Trotz der Hitze trugen beide mit Innenpelz besetzte Westen.

Der Schwarzhaarige von ihnen, der seinen mit spitzen Dornen besetzten Morgenstern unablässig an der Kette schwang, trug einen sorgfältig ausrasierten Kinnbart, der in einem breiten Streifen von einer Schläfe zur anderen führte. Der Krieger an seiner rechten Seite, der wie sein älterer Bruder wirkte, stellte hingegen einen sichelförmig herabwuchernden Schnauzbart zur Schau, dessen schmal auslaufende Spitzen über die haarlose Kinnlinie hinwegragten.

Benir warf den beiden Riesen, die ihn glatt um zwei Köpfe überragten, nur einen kurzen Blick zu, dann setzte er dem Helmträger nach, der versehentlich den Sambier aufgespießt hatte. Dem war inzwischen aufgegangen, dass er nicht fliehen durfte, wenn er sich die Freiheit erkämpfen wollte. Daher schlug er mit seiner Waffe mehrere sich ineinander verschlingende Kreisbahnen in die Luft.

Benir stach mit dem eigenen Schwert dazwischen und band die fremde Klinge geschickt an die eigene, indem er sie hart in die Tiefe drückte. Von einem Gleichgewichtssinn beseelt, der seinesgleichen suchte, beugte er den Oberkörper dabei tief nach hinten. Gleichzeitig winkelte er das rechte Bein an und ließ es sofort wieder nach vorn schnellen, schräg nach oben, mit der Stiefelsohle direkt in den ragonischen Helm hinein.

Dem metallischen Scheppern, mit dem das Visier eindellte, folgte ein gequälter Aufschrei. Wie von einer Axt gefällt, kippte der überraschte Gladiator nach hinten. Statt ihm dabei zuzusehen, wirbelte Benir zur anderen Seite herum, dem Letzten der Ragoner entgegen, der ihn gerade von hinten anspringen wollte.

Benirs Arm flog auf den Kerl zu. Was zuerst wie ein Schlag ins Leere wirkte, wurde zu einer tödlichen Attacke, als sich der Schwertgriff aus seinen Fingern löste. Ein silbriges Flirren durchschnitt die Luft. Der dritte Helmträger ging zu Boden. Aus seinem schmalen Visier ragte plötzlich doppelseitig geschliffener Stahl hervor.

Die beiden Nordmänner keuchten überrascht, vermochten ihren Ansturm aber nicht mehr abzubremsen. Es wäre auch sinnlos gewesen, denn Benir rannte ihnen bereits entgegen. Kurz bevor alle drei aufeinanderprallten, warf er sich quer vor die Füße des Schwarzhaarigen, rollte auf ihn zu, und sein rotierender Leib senste dem Riesen die Füße unter den Beinen weg.

Bereit, alles zu zertrümmern, was in seine Bahn geriet, kreiste der Morgenstern weiter durch die Luft. Sein Gewicht erschwerte es dem Nordmann zusätzlich, das Gleichgewicht zu halten. Als er vornüber in den Sand krachte, bohrte sich die Kugel mit einem brutalen Schmatzen in seine rechte Schulter.

Benir federte sofort wieder hoch und trat dem zweiten Barbaren von hinten in die Kniekehlen. Auch der geriet ins Straucheln, schaffte es aber, seinen Aufprall mit beiden Händen abzufangen.

Da hatte der Schattenelf aber schon den Griff des Morgensterns an sich gerissen und kehrte zu ihm zurück.

Krachend fuhr die Kugel in das von strohblonden Strähnen umrahmte Gesicht und zerschlug Knochen und Zähne.

Das Geschrei des Nordmanns war vermutlich bis hinab zum

Hafen zu hören, doch es erstarb ebenso abrupt wie er selbst, als die Dornenkugel, erneut an der Kette herumfahrend, auf seinem Hinterkopf landete.

Einen rotgrau schmatzenden Krater hinterlassend, beschrieb die furchtbare Waffe einen weiteren Bogen, doch ehe sie zu ihrem ursprünglichen Besitzer zurückwirbeln konnte, schoss der Schwarzbärtige in die Höhe und stürzte auf Benir zu.

Beide Arme weit vorgestreckt, langte er mit seinen großen, kräftigen Armen nach dem hölzernen Waffengriff. Bereitwillig steckte er einen zweiten Rückentreffer ein, nur um Benir unter Einsatz seines vollen Körpergewichts niederzuwerfen. Sand stob zu beiden Seiten in die Höhe, als sie gemeinsam zu Boden gingen.

Hinter ihnen entledigte sich der verbliebene Ragoner seines verbeulten Helmes. Das unscheinbare Dutzendgesicht, das darunter zum Vorschein kam, passte zu der schmächtigen Gestalt des Gladiators. Trotzdem gab es eine Frau auf den Rängen, die beim Anblick der schweißverklebten, wirr vom Kopf stehenden Haare erleichtert aufschrie.

»Kappok!«, feuerte sie ihn sofort an. »Schlag die bleiche Sau endlich tot, und komm wieder nach Hause!«

Trotz seines bisher eher erbärmlichen Auftritts flogen dem Ragoner die Sympathien des Publikums zu. Ein Gladiator, der sich seine Freiheit für die Dame seines Herzens zurückerkämpfen wollte – das gefiel den Zuschauern. Das war der Stoff, aus dem Barden gefühlsduslige Lieder dichteten. Außerdem hatte sich die Schar der Konkurrenten, die um die Gunst der Menge buhlten, stark gelichtet. Außer Kappok blieb nur noch der Nordmann übrig, der weiterhin mit Benir um den Morgenstern rang.

Im waffenlosen Nahkampf waren Schattenelfen besonders gut geschult. Stehend und auf halbe Distanz streitend, hätte Benir längst gesiegt. Doch ineinander verkeilt am Boden liegend, setzte sich die bloße Muskelkraft des Barbaren immer mehr durch.

Da es keinem von beiden gelang, das armlange Rundholz aus den Händen des anderen zu winden, packte es der Nordmann an beiden Enden und wuchtete es auf den schlanken Hals des Gegners zu. Benir versuchte verzweifelt, sich unter dem auf ihm lastenden Leib hervorzuwinden, doch das schwere Gewicht nagelte ihn im Sand fest. Auch den starken Armen, die das quer zu seinem Hals liegende Holz herabdrückten, hatte er immer weniger entgegenzusetzen.

Als der Stab seinen Kehlkopf berührte, schrie er verzweifelt auf.

Die Menge raste vor Begeisterung, als sie ihn so deutlich leiden sah.

»Nordmann! Nordmann!«, schrien die Ersten, die den Untergang des Schattenelfen schon für besiegelt hielten.

Als Benir gleich darauf vollständig erbleichte und auch die Haare wieder ihren ursprünglichen Farbton annahmen, schwollen die Anfeuerungsrufe noch mehr an. Die Stimmung, gerade noch dem getrennten Liebespaar zugetan, kippte nun zugunsten eines der sonst so ungeliebten Nordmänner.

Vom Jubel der Menge aufgepeitscht, drückte der Barbar beide Arme durch und stemmte sich in die Höhe. Über seine Lippen drang triumphierendes Geheul – das abrupt in einen schmerzerfüllten Klagelaut überging, als ihm Kappoks Kurzschwert tief zwischen die Schulterblätter fuhr.

Der Barbar versteifte sich unter dem Einstich, der bis in seinen Brustkorb hinabdrang. Noch ehe er richtig begriff, was ihm gerade widerfahren war, klemmte die blutbesudelte Klinge schon unter seinem Kinn und schlitzte ihm den Hals von einem Ohrläppchen zum anderen auf.

Röchelnd kippte der so hinterrücks Gemeuchelte zur Seite, den Griff des Morgensterns weiterhin fest umklammert. Das Kurzschwert wie einen Dolch zum Stich gepackt, sprang Kappok über den Sterbenden hinweg, um sich auch des Schattenelfen zu entledigen.

Der Todesstoß – er musste von eigener Hand geführt werden, um die Freiheit zu erlangen. Die Arena belohnte keine untätigen Feiglinge, die anderen beim Kämpfen zusahen.

Doch im selben Moment, da er sich in die Tiefe stürzen und zustechen wollte, krallte der eben noch völlig reglose Elf die neben seinen Hüften ruhenden Finger in den Sand und stemmte sich, auf Armen und Schulterblättern aufgestützt, schlagartig in die Höhe. Wie die Planke einer Wippe, so schwangen seine steif ausgestreckten Beine empor. Ganz exakt in dem Winkel, der nötig war, um die durchgedrückten Stiefelspitzen in Kappoks Magen zu rammen.

Zischend wich die Luft aus den Lungen des mitten im Sprung gestoppten Gegners. Nur wie durch ein Wunder gelang es Kappok, sich auf den Beinen zu halten. Die freie Hand auf den schmerzenden Bauch gepresst, stolperte er zur Seite, den Oberkörper weit vornübergebeugt, als wäre er in der Mitte durchgebrochen.

Unter dem Stöhnen des Publikums sprang Benir neben ihm auf die Füße. Einfach so, aus dem Liegen heraus, indem er den Rücken wölbte und sich schlagartig in die Höhe schnellen ließ. Mit leeren Händen trat er an Kappok heran, der immer noch das Kurzschwert in der Rechten hielt, aber weder die Kraft noch die Übersicht hatte, um damit einen gezielten Streich auszuführen.

Er hätte auch nicht mehr die Gelegenheit dafür erhalten.

Benir krümmte bereits die rechte Hand und wischte mit der so geformten Kralle über Kappoks Nasenwurzel hinweg.

Im ersten Moment schien das ohne Auswirkung zu bleiben. Es wirkte beinahe, als hätte Benir danebengeschlagen. Erst, als das Kurzschwert in den Sand fiel und Kappok beide Hände schreiend vors Gesicht schlug, wurde klar, dass er doch getroffen hatte.

Mit sich wild aufbäumendem Oberkörper taumelte Kappok davon. Dunkles Blut quoll zwischen seinen Fingern hervor, während er die Hände fest auf die leeren Augenhöhlen presste.

Benir hob das Kurzschwert aus dem zerwühlten Sand und zog es dem Blinden von hinten zweimal so über den Rücken, dass er die Wirbelsäule in drei unterschiedlich große Teile spaltete.

Stille senkte sich über die Arena, in der nur noch eine einzige Gestalt aufrecht stand.

Benir, der Schattenelf.

Die Menschen auf den Rängen waren gekommen, um ihn gedemütigt im Dreck liegen zu sehen, stattdessen waren sie Zeuge eines überragenden Triumphes geworden. Noch hingen überall blutige Schwaden in der Luft, so schnell hintereinander waren seine Gegner gestorben.

Achtlos warf der Schattenelf das Schwert zur Seite und drehte sich der Loge des Herzogs zu. Sein Blick suchte nach der Frau mit den harten, wie aus Holz geschnitzten Gesichtszügen, die seinen Sohn in den Armen hielt. Viele Zuschauer dachten dagegen, er wolle die Freiheit beanspruchen, die dem siegreichen Kämpfer versprochen worden war.

»Tod! Tod!«, riefen die Ersten und hoben dabei den Arm, um mit nach unten gerecktem Daumen seine Hinrichtung zu verlangen. Sofort schlossen sich weitere Schreihälse an, bis im ganzen Stadion nur noch eine einzige Forderung erklang: »Tod ... Tod ... Tod dem Schattenelfen!«

Obwohl das Echo von allen Seiten widerhallte, schien Benir keinerlei Notiz von dem zu nehmen, was um ihn herum geschah. Wie benommen stand er da. Starrte einfach leer vor sich hin, als würde er einen weit außerhalb des Stadions liegenden Punkt fixieren. In Wirklichkeit betrachtete er heimlich das Einzige, das ihm noch etwas im Leben bedeutete: seinen Sohn.

»Tod durch das Lichtschwert?«, vergewisserte sich der Lichtbringer, die flachen Handflächen schon fest aneinandergepresst.

»Nur keine Eile.« Einer spontanen Eingebung folgend, hielt ihn Garske zurück. »Sieh dir bloß die tobenden Zuschauer an. Solche Kämpfe wie gerade eben gibt es nicht alle Tage. Die kommen nur zu gern wieder, um den Schattenelfen ein zweites Mal leiden zu sehen.«

Ein Lächeln huschte über seine Lippen, als er an all die Silbermünzen dachte, die ihm ein weiteres solches Spektakel vor vollbesetzten Rängen einbringen würde. Theatralisch sprang er auf und reckte beide Arme weithin sichtbar in die Höhe, bis die Menschen allmählich verstummten und voller Spannung zur herzoglichen Loge heraufblickten.

»Seht ihn euch an, diesen räudigen Hund!«, schrie Garske so laut, dass es von den umliegenden Tribünen widerhallte. Die ausgeklügelte Akustik kam ihm auch weiterhin entgegen, als er fortfuhr: »Diesen kalten Mörder, der mit bloßen Händen einen Menschen nach dem anderen tötet. Ein schnelles Ende wäre viel zu gut für ihn, deshalb wird er in zwei Wochen gegen den schlimmsten aller Krieger antreten, der in Sangor zu finden ist!« Der Herzog machte eine kurze Pause, um die Spannung zu schüren. Das ganze Stadion hing an seinen Lippen, als er endlich verkündete: »In zehn Tagen soll er gegen Gonga kämpfen!«

Es dauerte einen Moment, bis das Publikum die volle Tragweite seiner Ankündigung erfasste. Danach brach unbeschreiblicher Jubel aus.

Herzog Garske senkte zufrieden die Arme. Der Kampf zwischen Benir und dem Lindwurm würde seine Schatzkammer füllen, so viel stand fest. Selbst wenn er die Eintrittspreise erhöhte, würden sich alle, die am heutigen Tag mitgefiebert hatten, wieder vor den Kassen drängen.

Und sicher noch viele weitere mehr.

Ꝫ 15 ꞓ

rakia
Auch jenseits der Schlachtfelder verstanden es König Gothars Truppen, durch Disziplin und Arbeitseifer zu glänzen. Unablässig schafften sie frisch gefällte Baumstämme heran, um Palisaden oder Brücken zu errichten.

Konnten ihnen bei diesen Transporten noch Lindwürmer helfen, die das schwere Holz an Ketten hinter sich herschleiften, waren die Soldaten beim Ausheben der Gräben ebenso auf eigene Muskelkraft angewiesen wie beim Aufschütten der Wälle. Überall floss der Schweiß in Strömen, auch bei den Handwerkern, die im Schutz der allmählich anwachsenden Forts große Kriegsmaschinen wie Katapulte und Pfeilschleudern anfertigten.

Bisher konzentrierte sich die gesamte Bautätigkeit auf das Sibu zugewandte Ufer. *Auf das östliche Ufer*, wie es viele unterworfene Völker immer noch insgeheim nannten, statt sich der Namen der fünf göttlichen Winde zu bedienen.

Zunächst einmal galt es, einen Brückenkopf im Rücken des trutzigen Gebirges einzurichten, damit die im Grenzgebiet liegende Verstärkung durch die Schwarze Pforte nachrücken konnte. Eine Woche hatten sie Zeit, um sich dort zu sammeln und sich vorzubereiten, dann würde es über die Ufer des Amers hinausgehen, tiefer nach Arakia hinein. Eine Woche, das waren fünf zusammenhängende Tage, die auf die Namen der vier Winde Ito, Gisa, Sibu und Opar hörten, sowie auf den des großen Wirbels Styr.

Viele der einfachen Soldaten, die bei diesen Bezeichnungen rasch mit den gleichlautenden Windrichtungen durcheinandergerieten, benannten die wiederkehrenden Tage allerdings lieber nach den fünf Fingern einer Hand, wobei Styr für den Daumen stand.

Welcher Symbole sich der Einzelne genau bediente, war jedoch gleich. Wirklich wichtig war nur eins: In fünf Tagen, am Tage des Daumens oder des großen Wirbels, würden viele der frisch errichteten Forts wieder verwaisen und durch neue, weiter im Landesinneren entstehende Bastionen ersetzt werden. Aber was machte das schon? Die Mühsal des Einzelnen scherte den König nicht, für ihn zählten nur die großen Zusammenhänge. Hätte es der Invasion genützt, hätte er ohne zu zögern ganz Arakia abholzen lassen.

Ab und an glitt einer seiner Lichtbringer über die wie Ameisen umherlaufenden Menschen hinweg, um den reibungslosen Ablauf der Arbeiten zu überwachen. Dabei blieben die Schleierwesen stets in Sichtweite der versunkenen Festung, über der die Mehrheit von ihnen weiterhin reglos schwebte.

Feene hegte die Vermutung, dass die Festung beim Absturz starken Schaden genommen hatte. Wahrscheinlich würde sie sogar auseinanderfallen, sollten die Lichtbringer in dem nachlassen, was sie gerade trieben.

Was auch immer das genau sein mochte.

Auf die Schattenelfin wirkte es wie ein Heilzauber, bei dem der Maar und seine Getreuen gemeinsam den Atem des Himmels schöpften, um ihn gebündelt in die Tiefe zu leiten. Das Ziel, das sie damit verfolgten, war klar – aber ließ sich zerrüttetes Gestein auf diese Weise wirklich wieder zu festem Mauerwerk zusammenfügen?

Musste etwas, damit es sich *heilen* ließ, überhaupt erst einmal *leben*?

Allein diese Vorstellung trieb Feene Schauer über den Rücken.

Zum Glück fehlte ihr die Muße, den Gedanken weiterzuverfolgen, denn drüben, bei der versunkenen Festung, die sie ständig aus den Augenwinkeln im Blick behielt, ging gerade etwas vor. Rasch hob sie eine Hand, um das Gesicht zu beschatten. Raams Tagauge stand bereits tief im Rücken der zu zwei Dritteln versunkenen Bastion, doch auch gegen die grell einfallenden Strahlen konnte sie genau erkennen, dass gerade zwei Lichtbringer im Inneren des bizarren Gebäudes verschwanden. Erstmals, seit sie es nach dem Aufprall überstürzt verlassen hatten.

Seitdem hatte die Elfin auch keine einzige goldene Taube hinein- oder herausfliegen sehen, obwohl Gothar angeblich ständig Befehle an den Maar übermittelte. Ob der König wohl endlich herauskam, um sich selbst von dem Fortschritt der Arbeiten zu überzeugen oder um sich seinen Truppen zu zeigen?

Feene bezweifelte es, sie wusste selbst nicht warum. Es war einfach ein tief in ihr ruhender Instinkt, der ihr sagte, dass mit König Gothar irgendetwas nicht stimmte.

Am Rande der Schwarzen Marsch

Gabor Elfenfresser sah aus wie der wandelnde Tod. Nicht nur sein Harnisch und der Waffenrock, auch das Gesicht, die zurückgebundenen Haare und seine Hände waren über und über mit Blut verkrustet. Mit fremdem Blut, aber auch dem eigenen. Die Schritte, mit denen er sich vorwärtsbewegte, waren die eines Greises. Seine rot geränderten Augen wirkten wie ausgebrannt, doch hinter seiner gewölbten Stirn kreisten immer wieder dieselben Gedanken.

Gedanken, die so heftig miteinander stritten, dass er einfach nicht zur Ruhe kam. *Ketzer!*, schmähten ihn die einen. *Du hättest mit den anderen Veteranen brennen müssen, um dein Volk zu retten!*

Rache!, forderten die anderen. *Du hast Rache geschworen, und dieser Schwur wiegt weitaus stärker als der Ruf. Nur deshalb konntest du ihm widerstehen!*

An einer etwas abseits der übrigen Bäume stehenden Buche hielt er an. Eine scharfe Axt hatte mehrere ihrer Äste gekürzt und scheinbar willkürlich handtellergroße Rindenstücke aus dem zerklüfteten Stamm geschlagen. Was für einen flüchtigen Betrachter nach sinnloser Zerstörungswut eines gelangweilten Holzsammlers aussehen mochte, folgte in Wirklichkeit einem genau festgelegten Muster. Es war die Schrift der Orks, die sich Gabor Elfenfresser ebenso deutlich entschlüsselte wie einem Menschen die seltsam anmutenden Bogen und Striche, die er mit Federkiel oder Kohlestift auf Pergament zeichnete, wenn er einem anderen Hellhäuter etwas mitteilen wollte.

Während Gabor die Botschaft las, flaute der Sturm in seinem Kopf ab. Dafür kehrte die Erinnerung an das Schlachtfeld zurück, an den Augenblick unaussprechlichen Grauens, kurz bevor der *Ruf* über sie hereingebrochen war. Als die Schädelreiter auf sie zugeprescht waren und Bava mit schuldbewusster Miene neben ihm gestanden hatte, statt den Befehl zum Angriff zu geben.

»Vorwärts!«, hatte Gabor in Vertretung des verstummten Erzstreiters gebrüllt. »Wir reißen alles mit in den Tod, was sich uns in den Weg stellt!«

Noch während die Worte in der Luft nachklangen, hatten ihn plötzlich seltsam anmutende Visionen überfallen. Fiebrige Traumbilder eines Zusammentreffens zwischen Bava und Ramok, von dem er nicht wusste, ob es wirklich stattgefunden hatte. Ausgerechnet in jener verhängnisvollen Nacht, in der sein alter Freund den Felltod gestorben war!

Gabor hatte noch nie von diesem nächtlichen Besuch gehört, nicht mal gerüchteweise.

Der Elfenfresser war kein Träumer und war es nie gewesen.

Trotzdem standen ihm die Bilder plötzlich so deutlich vor Augen, als hätte er bei dem Gespräch der beiden Feuerhände mit am Tisch gesessen. Als hätte er mit eigenen Augen beobachtet, wie Bava seinen ärgsten Rivalen mit einem Becher Schwarzbeerenwein …

Allein die aufflammende Erinnerung ließ Gabor gepeinigt aufschreien. Blanker Hass strömte durch seine Adern bei dem Gedanken, dass es wirklich wahr sein könnte: dass der Erste Streiter, dem er in den letzten Sommern und Wintern treu als Rechter Arm zur Seite gestanden hatte, tatsächlich ein heimtückischer Giftmischer war!

Die Hände des Orks krallten sich tief in die Halsaussparung seines Harnischs und zerrten wie wild daran herum, während er haltlos umhertaumelte. Am liebsten hätte er sich alle Sachen vom Leib gerissen und wäre nackt in den Sumpf gestürzt, um sich selbst am eigenen Schopf zu ertränken.

Er wollte einfach nicht wahrhaben, was ihm die Visionen immer wieder vorgaukelten. Das konnte doch nur eine böse List ihrer Feinde sein, die seine Gedanken zu vergiften versuchten! Das hatte er jedenfalls während der Schlacht gedacht und den Spuk kurz entschlossen aus seinem Kopf verbannt.

»Komm zu dir!«, hatte er danach den immer noch völlig gelähmten Bava angebrüllt. »Die Krieger erwarten, dass du sie durch Taten führst!«

Erst später, als der *Ruf* die Alten ereilt hatte und Bava seinem Fluchtreflex sofort nachgegeben hatte, ohne auch nur ein Wort des Abschieds oder Bedauerns auszusprechen, waren Gabor echte Zweifel gekommen.

Was ist, wenn mir diese Vision von Vuran gesandt wurde?, fragte er sich, von nagender Ungewissheit gequält. So aufgewühlt, wie das von den Priestern beschworene Blut in der Erde tobte, lag das durchaus im Bereich des Möglichen.

Erst einmal ins Grübeln geraten, erinnerte sich Gabor auch an den Schwur, den er in Uroks und Ursas Beisein geleistet hatte: Sollte er je erfahren, dass Bava für den Tod ihres Vaters verantwortlich war, würde er es sein, der den Streitfürsten zur Rechenschaft zog! Das hatte er ihnen erst vor kurzem feierlich verkündet. Wie konnte ein aufrechter Ork unbefleckt im Blut der Erde aufgehen, wenn es noch solche Ehrenschulden zu begleichen galt?

Alles Ausflüchte!, zischte eine böse Stimme in seinem Kopf. *Du warst nur zu feige, den Weg des Kriegers zu gehen!*

»Nein!«, antwortete er laut und vernehmlich und hielt in seinem Taumel inne. »Ich bin nicht feige! Wenn ich feststelle, dass ich mich irre – das schwöre ich! –, dann pilgere ich auf Händen und Knien zum heiligen Hort und stürze mich in den glühenden See der Blutkammer, um mich Vurans Urteil zu stellen!«

Dieser Entschluss half ihm, das innere Gleichgewicht so weit zurückzugewinnen, dass er seinen Weg fortsetzen konnte. Mit hängenden Schultern steuerte er den geheimen Platz an, der durch die Zeichen an der Buche beschrieben wurde. Doch mit dem gleichmütigen Trott, den er anschlug, kehrten auch die peinigenden Erinnerungen zurück.

An all die Veteranen, die dem *Ruf* gefolgt waren und dadurch das Volk der Blutorks gerettet hatten.

An die aufsteigende Hitze, die ihn von innen heraus zum Dampfen gebracht hatte, bis seine Haut überall am Körper aufgeplatzt war. Die Hitze, die er, wie vor Schüttellähmung zitternd, zurückgedrängt hatte, weil er hatte leben wollen.

Leben, um zu töten.

Bava oder sich selbst.

Immer wieder von Schwindel übermannt, kämpfte er sich weiter voran. Seine Kehle brannte vor Durst, doch er hatte nicht verdient zu trinken. So schöpfte er nicht einmal ein wenig Wasser, als sich ein klarer Bachlauf direkt zu seinen Füßen schlängelte. Die

Welt um ihn herum verschwamm immer mehr, doch er stapfte weiter und weiter, bis in den grauen Nebeln, die seinen Blick verschleierten, ein vertrautes Rot aufleuchtete.

Die Farben seines Clans!

Endlich! Er hatte sein Ziel erreicht. Stolpernd hielt er auf das Banner zu, unter dem sich die Ranar zusammenscharten.

»Der Elfenfresser!«, rief jemand wie aus weiter Ferne.

Doch er konnte keine Gesichter zuordnen. Er sah nur dunkle Schemen, die auf ihn zustürzten, ihn unter den Armen packten und zu einem umgestürzten Baum schleppten, auf dessen Stamm sie ihn absetzten. Eine Schüssel voll Wasser wurde gereicht, doch Gabor weigerte sich, davon zu trinken. Da packten sie zu mehreren seinen Kopf und zwangen ihn, das kühle, schmackhafte Nass über die zersprungenen Lippen fließen zu lassen.

Sobald er die Schüssel geleert hatte, fühlte er sich besser.

Endlich füllten sich die Umrisse vor seinen Augen mit bekannten Gestalten. Mit Weibern und Männern, die er seit seiner Kindheit kannte und von denen er schon nicht mehr geglaubt hatte, sie jemals lebend wiederzusehen. Doch sosehr er sich über die ihn umringenden Gesichter auch freute, so sehr vermisste er jene, die fehlten.

Nicht einer aus Bavas Leibgarde war unter ihnen. Vermutlich, weil sie alle tot auf dem Schlachtfeld lagen.

Am liebsten hätte er den Blick gesenkt, doch das hätte womöglich Argwohn geweckt.

»Wie ist es dir ergangen?«, wurde er auch schon mit der Frage bedrängt, die er am meisten fürchtete.

Natürlich hatte er sich eine Antwort zurechtgelegt. Eine Lüge, für die er sich zutiefst schämte, die aber notwendig war, um seinen Schwur zu erfüllen.

»Irgendetwas hat mich von hinten schwer erwischt«, behauptete er und rieb sich demonstrativ den Nacken. »Als ich wieder zu mir kam, war es bereits dunkel, und Gothars Schergen krochen überall herum, um unsere Krieger auszuplündern. Es hat mich mehr als nur eine List gekostet, ihren Fängen zu entkommen.«

Keiner der Umstehenden runzelte die Stirn, was er insgeheim befürchtet hatte. Doch was war mit denen, die weiter hinten standen oder verletzt am Boden lagen? Vielleicht argwöhnte ja einer von ihnen, warum er den *Ruf* ignoriert hatte …

»Vuran hat seine schützende Hand über dich gehalten«, erklärte Riike, die ihm zu trinken gegeben hatte, mit tief ergriffenem Ernst. »In Zeiten wie diesen hat unser Volk einen grimmigen Streiter wie dich bitter nötig.«

Zustimmendes Gemurmel wurde laut. O Vuran, wie schlimm musste es bloß um sein Volk bestellt sein, wenn es seine Hoffnung schon auf Feiglinge wie ihn setzte?

»Was ist mit Bava und Ulke?«, fragte er schnell, um von sich abzulenken.

Die Erwähnung dieser Namen löste Unmut aus.

»Sie waren hier«, erklärte Riike mit erhobener Stimme, weil alle anderen plötzlich durcheinandersprachen. »Aber sie sind noch im Laufe der Nacht verschwunden, angeblich, um nach Vokard, Finske und den anderen Hohen zu suchen.«

Ihre Stimme troff nur so vor Bitterkeit.

Noch ehe er fragen konnte, was es damit auf sich hatte, erzählte sie schon von Ursa, die Gothars Schwebende Festung zerschmettert und drei Lichtbringer abgewehrt hatte. Und von den schweren Vorwürfen, die gegen Ulke erhoben wurden.

Gabor hatte große Mühe, seine Erleichterung zu verbergen.

Die Visionen, die ihn plagten, waren also kein Hirngespinst gewesen, sondern tatsächlich eine Botschaft des Blutes. Eigentlich für Ursa bestimmt, hatte sie wohl auch ihn erreicht. Vielleicht wegen seines Schwurs. Oder einfach nur, weil er in Bavas Nähe gestanden hatte. Denn der Streitfürst musste seinem erstarrten

Gesicht auf dem Schlachtfeld nach zumindest auch gespürt haben, was das Blut der Erde über ihn zu berichten hatte.

Was auch immer wirklich dahintersteckte, er hatte richtig gehandelt.

Unwillkürlich atmete er auf, als wäre ihm gerade ein Mühlstein von der Brust gerollt. Auf einen Schlag kehrte sein Lebenswille zurück. Er war gar kein Feigling, wie er befürchtet hatte.

Ganz im Gegenteil!

Er war ein Krieger mit einer heiligen Mission.

»Wer so versagt hat wie Ulke und Bava, darf kein Volk mehr führen!«, ließ Riike ihrem Ärger freien Lauf. »Als Rechter Arm des Streitfürsten ist es daher deine Pflicht ...«

»Nein!«, wehrte Gabor erschrocken ab, als ihm dämmerte, worauf sie hinauswollte. »Dieses Amt steht nur einem Ersten Streiter zu!«

»Richtig«, mischte sich ein Krieger aus dem Hintergrund ein. »Außerdem sollten wir nichts überstürzen. In Zeiten wie diesen blühen Gerüchte schneller auf, als Unkraut zu wuchern imstande ist. Wer von uns weiß denn schon mit Sicherheit, ob Ursas Anschuldigungen wirklich gerechtfertigt sind? Dagegen haben wir alle mit eigenen Augen gesehen, dass Vuran weiterhin Ulke und Bava beschützt. Solch ein Zeichen ist doch ein viel stärkerer Beweis, als ...«

»Ein Zeichen?«, brauste Riike auf. »Vuran hat ein Zeichen gesetzt, indem er meinen Bornus töten ließ?« Verächtlich spuckte sie dem Betreffenden vor die Füße. »Das kann nicht derselbe Gott sein, an den ich glaube.«

Ihr Zorn stieß auf allgemeines Verständnis, immerhin war Bornus ihr Gefährte gewesen.

»Der Elfenfresser muss die Streitkrone tragen!«, stimmten ihr noch andere Stammesmitglieder zu, doch Gabor wiegelte weiter standhaft ab.

Ausgerechnet diese Bescheidenheit schien allerdings vielen der Beweis, dass derzeit niemand besser zum Streitfürsten taugte als er. Selbst von jenseits des aufgepflanzten Banners, wo sich die ersten wilden Lindwürmer tummelten, die unter lästigen Sumpfzecken litten, ließen Orks ihre glühenden Zangen sinken oder kamen gar angelaufen, um zu sehen, was eigentlich vor sich ging.

Kurz bevor Gabor das immer lauter anschwellende Stimmengewirr zu viel werden konnte, scheuchte Riike alle davon.

»Fort mit euch, aber schnell!«, fuhr sie Jung und Alt gleichermaßen schroff an. »Gabor hat sich mit Mühe und Not vom Schlachtfeld hierher zu uns geschleppt, und ihr lasst ihm nicht mal genügend Luft zum Atmen!«

Nachdem sich alle auf ihre Plätze getrollt hatten, schöpfte sie frisches Trinkwasser in Gabors Schüssel. Diesmal nahm er es dankbar entgegen und schlürfte es in einem Zug. Nun, da sein Lebensmut zurückgekehrt war, brannte der Durst so schlimm in ihm, dass er einen ganzen Brunnen hätte leeren können.

Riikes dunkle Augen ruhten auf ihm, als er das Gefäß wieder absetzte.

»Was ist mit dir?«, fragte sie so leise, dass es außer ihm niemand hören konnte. »Es muss doch einen vernünftigen Grund dafür geben, dass du dich so gegen die Ehre der Streitkrone sträubst.«

Was sollte er ihr darauf antworten? Dass einer wie er – Schwur hin oder her – die Krone der Erzstreiters nur beschmutzt hätte? Gabor zehrte immer noch von dem hohen Ansehen, das er bei allen genoss, während die Blutkrusten auf seiner Haut all die Brandwunden, die ihm der *Ruf* zugefügt hatte, überdeckten. Niemand hatte bisher angezweifelt, dass er der Stimme des Blutes hatte folgen wollen, aber nicht gekonnt hatte.

Und so sollte es auch bleiben.

»Ramok war nicht nur mein Erster Streiter, sondern auch der beste Scharbruder, den ich je hatte«, begann er vorsichtig, während er einige Wassertropfen, die seine aufgesprungenen Lippen benetzten, mit dem Daumen fortwischte. »Ich werde Bava und Ulke suchen und sie fragen, was von Ursas Vorwürfen zu halten ist. Und erst danach entscheiden, was mit ihnen geschieht.«

Riikes Mundwinkel hoben sich, zum ersten Mal, seit sie miteinander sprachen. Bava erwiderte ihr Lächeln.

Grimmig und voller Tatendrang.

⟩ 16 ⟨

An der Schwarzen Pforte
Feene hatte schon zwei Tage lang nicht mehr geschlafen, trotzdem hielt es sie auch des Nachts in der Nähe der Schwebenden Festung. Mochten ihre in langen Wimpern auslaufenden Lider auch immer wieder bleischwer in die Tiefe sinken, auf ihre Instinkte war weiterhin Verlass. Im gleichen Moment, da die beiden Lichtbringer aus einem der großen Portale aufstiegen, schlug sie die Augen auf.

Eine Wolkenbank zog den Himmel entlang, doch obwohl sie Raams Nachtauge verdeckte, drang noch genügend Licht hindurch, um die beiden Schleierwesen und das weiße Bündel, das zu ihren Füßen schwebte, aus der Dunkelheit zu schälen. Nur durch den Atem des Himmels an sie gebunden, schleppten es die Lichtbringer in Richtung Knochental. Dazu stiegen sie nicht hoch in die Luft wie sonst, sondern hielten sich so tief, wie es das unebene Gelände zuließ, ohne dass die Fracht Gefahr lief, den Boden zu berühren.

Die Lichtbringer versuchten sich so unauffällig wie möglich zu bewegen. Für Feene wurde es dadurch leichter, ihnen zu folgen. Sie mieden dabei die glühenden Punkte der Wachfeuer, die überall das dunkle Tuch der Nacht durchstachen. Das ermöglichte es ihr, so weit aufzuschließen, dass sie das unförmige weiße Bündel genauer in Augenschein nehmen konnte.

Wie erwartet handelte es sich um ein fest verschnürtes Frostbärenfell, das einige dunkle Flecken aufwies und etwas umschloss, das in etwa die Größe eines Tierkadavers besaß. Oder eines sehr respektlos zusammengeschnürten Menschen.

Ihre langen Sprünge, die ihr der Atem des Himmels ermöglichte, kosteten viel Kraft. Zum Glück musste sie den Lichtbringern nur bis zu einem der großen Leichenhaufen folgen, die am nächsten Morgen entzündet werden sollten, sobald sich Opar zu einer kräftigen Brise erhob, die in Richtung Sibus Heim blasen würde. Schließlich sollte der Gestank der verbrennenden Körper nicht die Soldaten einhüllen, die von früh bis spät an Brücken, Steinschleudern und Palisaden zimmerten.

Feene verbarg sich zwischen hohem Gras, während die Lichtbringer ihre Last abluden und auswickelten, ohne sie ein einziges Mal zu berühren. Selbst die Lücke inmitten des Totenhügels, in die sie das nur noch entfernt menschenähnliche Bündel stopften, schufen sie allein mithilfe der Macht der fünf Winde. Das blutbefleckte Bärenfell brachten sie zu einem anderen Haufen, um es dort tief unter den aufgeschichteten Leichen zu verbergen.

Feene rührte sich die ganze Zeit über nicht einen Fingerbreit von der Stelle. Erst, als die beiden Lichtbringer wieder mit der Dunkelheit verschmolzen waren, wagte sie es, in die trockenen Halme zurückzusinken und die Augen zu schließen. Obwohl es der Elfin schwerfiel, ihre Neugier zu bezähmen, nickte sie für einige Zeit ein. Sie war darin geübt, ihren Körper in kurze, aber erholsame Schlafphasen zu zwingen.

Als sie wieder erwachte, stand die Morgendämmerung unmittelbar bevor. Die lichtlose Schwärze der Nacht ging bereits in ein dunkles Blau über. Dies war die ideale Zeit für einen Elfen, um selbst unerkannt mit dem Gelände zu verschmelzen und dabei die Umgebung weitläufig im Auge zu behalten. Erfrischt machte sie sich auf den Weg zum Totenhügel.

Feene hatte sich die Stelle genau gemerkt, an der die Lichtbringer ihre Last abgeladen hatten. Natürlich ahnte sie bereits, was sie dort vorfinden würde, doch ihr Verdacht war so ungeheuerlich, dass sie einfach Gewissheit brauchte.

Dichte Wolken aus Fliegen und anderem Geschmeiß stiegen in die Höhe, als sie näher kam. Sie musste nur ein paar stinkende Köpfe anheben, bis sie fand, was sie suchte.

Für einen der unbedarften Leichenknechte, die nach Tagesanbruch mit Fackeln und Pechkrügen erscheinen würden, war das bis zur Unkenntlichkeit zerschlagene Gesicht, das sich völlig in das Meer der Toten einfügte, sicher keines zweiten Blickes wert.

Feene streckte dagegen die Hand aus, um eine der langen, blonden Strähnen zwischen die Finger zu nehmen.

Also doch.

Sie hatte es die ganze Zeit über geahnt!

Doch noch ehe sie sich über die Konsequenzen ihrer Entdeckung Gedanken machen konnte, traf sie ein unsichtbarer Schlag an der Schulter. Die Wucht, mit der sie zur Seite geschmettert wurde, war so groß, dass sie nicht mal mehr dazu kam, die Hand zu öffnen, und so riss sie Gothars Leichnam das Haarbüschel aus.

Erschrocken versuchte sie sich abzurollen. Doch die unsichtbaren Kräfte, die auf sie einwirkten, hoben sie bereits wieder in die Lüfte und schleuderten sie noch viel weiter ins Gras hinaus. Diesmal schlug sie der Länge nach hin. Und zwar so hart, dass es sich anfühlte, als würde sie am ganzen Leib durchgeprügelt.

Sie zwang sich, den flammenden Schmerz, der sie von allen Seiten durchzuckte, zu ignorieren, und federte sofort wieder in die Höhe – und erhielt dafür einen so brutalen Stoß vor die Brust, dass ihr die Luft aus den Lungen getrieben wurde.

Röchelnd sank sie ins Gras zurück. Tränen des Schmerzes schossen ihr in die Augen. Als Feene sie endlich weggeblinzelt hatte, sah sie direkt auf den Schleiersaum des Maars, der nur eine Körperlänge von ihr entfernt knapp über dem Boden schwebte.

Der Schlag einer unsichtbaren Faust, der ihr das Kinn zur Seite fegte, sorgte dafür, dass sie erst gar nicht dazukam, an Gegenwehr zu denken. Der Maar brauchte nicht einmal die Hände zu einer Geste zu heben, um den Atem des Himmels so zu verdichten, dass er mit der Gewalt von Vorschlaghämmern auf Feene niederfuhr.

»Zu neugierig«, belehrte er sie in mitleidlosem Tonfall. »Die zügellose Gier ist deinem Volk einfach angeboren. So wie euch einst der Leib nicht mehr reichte und ihr auch nach der gefiederten Schlange gegriffen habt, so vermagst *du* einfach nicht deine Neugier zu bezähmen. Dabei habe ich dich erst vor kurzem noch gewarnt.«

Feene verstand nur die Hälfte von dem, was er da sagte. Doch eins, das spürte sie ganz genau: dass ihr Leben gerade an einem seidenen Faden hing.

»Gothars Tod ändert nichts an meiner Treue«, versicherte sie eilig. »Es ist mir vollkommen egal, wem ich diene, solange ich nur weiß, *wem* ich diene!«

Der Maar schüttelte den Kopf, als wäre er traurig. Doch einer wie er, der nie Gefühle zeigte, benutzte diese Gebärde nur, um mit einem hilflosen Opfer zu spielen. »Ich brauche keinen Todbringer, der wissen muss, wem er dient«, antwortete er zischelnd. »Nur einen, der Befehle ausführen kann.«

»Das ist nicht wahr, und das weißt du!« Feene wusste selbst nicht, was sie dazu trieb, so aufsässig zu antworten.

Erschrocken fiel sie nach vorn ins Gras, Arme und Beine weit von ihrem Körper abgespreizt. Mit Ähren besetzte Halme und Erdkrumen drangen ihr in den Mund, als sie dem Maar in dieser demutsvollen Haltung versicherte: »Ihr braucht einen Todbringer, der selbstständig denken und handeln kann, darum habt Ihr mich für diese Stellung auserwählt. Und nun, da ich weiß, dass ich nur den Lichtbringern Gehorsam schulde, kann ich Euch viel besser dienen als jeder andere im Reich. Ich bin genau der Todbringer, den Ihr braucht. Jetzt, da ich Euer Geheimnis teile, mehr denn je.«

Die Zeit, in der sie der Maar auf eine Antwort warten ließ, dehnte sich beinahe bis ins Unendliche.

Feene war durch eine harte Schule gegangen.

Sie konnte mehr ertragen, als menschliche Soldaten oder Krieger je zu leiden imstande gewesen wären. Sie war auch die zäheste aller Schattenelfen, vermutlich sogar zäher als die meisten Blutorks in Arakia. Doch in diesem endlos langen Moment, in dem sie bei jedem Atemzug damit rechnete, dass ihr unsichtbare Kräfte jeden Knochen einzeln im Leib zerbrachen, stand selbst sie kurz davor, die Nerven zu verlieren.

»Du hast beinahe in allem recht, das muss ich dir lassen«, bestätigte der Maar, als sie kaum noch an sich halten konnte. »Aber ich kann dich nur gebrauchen, wenn du mir von heute an bedingungslos gehorchst.«

»Das werde ich«, versicherte sie schnell. »Bedingungslos.«

»Tatsächlich?« In seiner sonst so emotionslosen Stimme schwang plötzlich etwas Unheilvolles. »Du solltest dich daran halten. Ich würde es sonst zuerst dein Kind büßen lassen.«

Mit diesen Worten drehte er sich langsam in der Luft herum und schwebte davon.

Feene wartete, bis er am Horizont verschwunden war, dann erhob sie sich.

Ich kenne nun Euer Geheimnis, dachte sie. *Und das macht mich mächtiger denn je zuvor…*

ᛞ ᛝᛝ ᛤ

rakia

Nach drei Tagen hielt es Ursa nicht mehr in der Höhle aus. Zwar fühlte sie sich immer noch matt und ausgelaugt, doch frische Heilkräuter und zahlreiche Wild- und Fischmahlzeiten hatten sie so weit gestärkt, dass sie wieder aus eigener Kraft ins Freie kriechen konnte.

Rowan und Moa hätten gern noch einen Tag länger gewartet, um sicherzugehen, dass sie sich nicht zu viel zumutete, fügten sich aber ihrem Wunsch, so schnell wie möglich zum heiligen Hort zurückzukehren. So halfen sie Ursa, in den hölzernen Sattel zu steigen, und brachen gemeinsam mit ihr auf.

Während Moa und sie auf Hatra ritten, schlug sich Rowan in die Büsche und begleitete sie, abwechselnd links und rechts durch die Wälder streifend, mit einigem Abstand, um feindliche Späher, die möglicherweise am Wegesrand lauerten, aufzuspüren und niederzumachen. Natürlich wählten sie verschlungene Pfade, die ein wenig abseits der üblichen Routen verliefen, trotzdem waren sie überrascht, wie mühelos sie vorankamen. Weder Schattenelfen noch goldene Tauben kreuzten ihre Wege. Und wenn sie doch einmal Spuren von feindlichen Spähern fanden, waren diese schon mehrere Tage alt.

Entweder hatten Gothars Vasallen das Gebiet, das sie auskundschaften sollten, stark erweitert oder sich wieder in die Nähe der eigenen Stellungen zurückgezogen. Letzteres hätte für einen kurz bevorstehenden Vormarsch der regulären Truppen gesprochen.

Am frühen Nachmittag zog sich der Himmel zu, und Sonne und Regen wechselten einander unablässig ab. Doch die Reiter blieben halbwegs trocken, denn die zur Erde prasselnden Schauer wurden zum Großteil von dem dichten Blätterwerk abgefangen, das ihren Weg wie ein grün durchflutetes Gewölbe überspannte.

Rowan war das Jagdglück hold. Ein erlegtes Reh auf den Schultern, trat er irgendwann aus dem Unterholz hervor. Er ließ die zusammengebundenen Läufe einfach über die hohe Rückenlehne gleiten, sodass die Beute sicher hinter dem Holzsattel lag. Danach verschwand er wieder zwischen den Bäumen, ohne ein einziges Wort zu sagen.

Als ihre Mägen zu knurren begannen, machten sie unter einer großen Eiche Rast, an der sich zwei schmale Pfade kreuzten. Frische Kerben in den Ästen und handtellergroße Rindenabschnitte berichteten von einzelnen Orkschicksalen und davon, dass sich die feindlichen Truppen von den Ausläufern der Schwarzen Marsch bis an die Ufer des Arkors festgesetzt hatten.

Ursa besah sich die Zeichen und suchte vergeblich nach Hinweisen auf ihren Bruder, während Moa ihre eigenen Namen hinzufügte und dass sie bei guter Gesundheit waren.

Jede Kreisform hatte ihre eigene Bedeutung, ebenso die Stelle, an der sie saß und die Zahl der strahlenförmig von ihr ausgehenden Kerben, aber auch, wie dicht diese Strahlen beieinander verliefen und auf welche Weise sie sich untereinander verästelten.

Ein Feuer zu entzünden hätte zu lange gedauert und womöglich Schattenelfen angelockt. Deshalb verschlangen sie die erlegte Ricke einfach roh, wie sie war. Danach häuteten sie das Tier und schnitten große Fleischstücke aus den Keulen, die sie in die frisch abgezogene Haut einwickelten. So hatten sie noch einen guten Vorrat für die Nacht und den nächsten Morgen.

Den Rest des Kadavers ließen sie zurück, für all die anderen Bewohner des Waldes, die Arakia friedlich mit ihnen teilten.

Ameisen und Käfer krabbelten bereits eilig heran, um sich ihren Anteil einzuverleiben. Die größeren Aasfresser würden sich erst näher wagen, wenn die Orks das Lager geräumt hatten.

Die Zeit der Untätigkeit fiel Ursa schwer. Unruhig rutschte sie auf ihrem Platz herum.

»Morgen werden wir den Hort erreichen«, versuchte Moa sie aufzuheitern. »Dort werden wir erfahren, wie es um Urok und die anderen bestellt ist.«

»Hatra findet den Weg auch nachts«, knurrte sie ungehalten. »Dadurch könnten wir ...«

»Zu gefährlich«, unterbrach Rowan mit schläfriger Stimme. Mit dem breiten Rücken an den mächtigen Eichenstamm gelehnt, döste er vor sich hin, erfasste aber trotzdem alles, was um ihn herum geschah. Ursa schnitt ihm eine Grimasse, die jeden Menschen in die Flucht geschlagen hätte, aber da Rowan die Augen geschlossen hielt, sah er sie nicht.

»Du darfst dir nicht zu viel zumuten«, mahnte Moa von der anderen Seite. »Noch vor ein paar Tagen hast du mit dem Tode gerungen, und jetzt willst du schon wieder ganze Nächte durchreiten. Wenn du zurück in den Dämmerschlaf fällst, ist damit niemandem gedient, weder dir noch Urok.«

Natürlich hatte er vollkommen recht, aber das milderte nicht ihre Unrast.

»Hör sich einer diesen Knappen an!«, schimpfte sie, wenn auch nur im Scherz. Dabei packte sie ihn am Ohr und drehte es herum, bis er vor Schmerz den Kopf beugen musste. »*Ich* bin die Priesterin von uns beiden! Ich erteile *dir* Anweisungen und nicht umgekehrt!«

»Nur solange du dich auch so weise wie eine Priesterin verhältst«, protestierte Moa. »Gefährdest du dich selbst, ist es meine Pflicht, dich vor deiner eigenen Dummheit zu schützen.«

Ursa bedachte ihn mit einem warmherzigen Blick, bevor sie

von ihm abließ. »Wie recht du doch hast«, gestand sie ein, während er sich grollend das schmerzende Ohr rieb. »Aber manchmal ist es für eine Priesterin ebenso schwer, weise zu sein, wie für einen Krieger.«

Rowan sah das anders. »Gerede«, brummte er undeutlich. »Ihr Hüter des Blutes seid doch alle nur Schwätzer.«

Zur Strafe drängte Ursa zum Aufbruch. Es war längst höchste Zeit. Hatra hatte bereits die gesamte Umgebung abgegrast und sich ebenfalls auf allen vieren niedergelassen.

Trotz des langen Weges, der schon hinter ihm lag, war Rowan sofort hellwach. Die Erschöpfung würde ihn erst am Abend übermannen. Aber das war egal. Es stand ohnehin schon fest, dass Moa und Ursa in der kommenden Nacht, die sie unter freiem Himmel verbringen mussten, Wache hielten.

So machten sie sich wieder auf den Weg …

Sangor

Auch an diesem Morgen wurden die Gladiatoren zum Training in die Arena getrieben. Nur Tarren blieb an seinem Platz im Kellergewölbe, denn er klagte über Magenkrämpfe. Wegen der glühend heißen Stirn und seinen starken Schweißausbrüchen ließen ihn die Wachen liegen und schickten nach einem der Wundärzte.

Dessen Kräuterwickel vollbrachten scheinbar wahre Wunder, denn während von draußen der ewig gleiche Übungslärm durch die schmalen Luftschächte hereindrang, setzte sich der Nordmann plötzlich auf und starrte zu Benir hinüber.

Auch der war im Kellergewölbe geblieben. Allerdings blieb er dort jeden Tag. Man ließ ihn nicht an den Übungen teilnehmen, denn er war auch schon ohne regelmäßiges Training seinen Gegnern weit überlegen.

Volles Haar von der Farbe nassen Sandes fiel dem Nordmann über die Schultern herab. Im Gegensatz zu vielen anderen seines

Volkes trug er keinen Bart. Nicht einmal ein paar Stoppeln durchsetzten sein glattes Gesicht. Er musste zu einem dieser Stämme gehören, die sich jedes Haar unterhalb der Nasenspitze einzeln ausrissen, sobald es zu sprießen begann.

Wenigstens eine unangenehme Sache, die dem von Natur aus bartlosen Benir in seinem an Entbehrungen reichen Leben erspart geblieben war.

Der kräftige und hoch aufgeschossene Barbar spielte mit den Ketten, die ihn an die Wand fesselten, um die Aufmerksamkeit des Schattenelfen zu erregen. Rasselnd ließ er die Glieder von einer Hand in die andere gleiten.

Er trug lange Wildlederhosen, wie sie für sein Volk typisch waren, dazu wadenhohe Außenfellstiefel, die hier unten, im kühlen Gewölbe, durchaus ihren Zweck erfüllten, aber oben in der Mittagshitze mörderisch warm sein mussten.

An seinem Hals hing ein ledernes Band mit fünf Bärenklauen, das ihm die Wachen seltsamerweise gelassen hatten. Vermutlich stammten sie von einem Tier, das er selbst erlegt hatte. Etwas anderes ließ die primitive Ehre solcher Barbarenvölker für gewöhnlich nicht zu.

Nur sein ärmelloses Leinenhemd, das vor Schmutz starrte, wies darauf hin, dass er sich im zivilisierten Sangor aufhielt.

»Benir, richtig?« Tarren war es wohl selbst leid geworden, mit der Kette rumzuspielen. Den Rücken fest gegen die Mauer gedrückt, saß er auf seinem mit schimmligem Stroh ausgestreuten Platz, ein Bein quer zu sich herangezogen, das andere so angewinkelt, dass er seinen rechten Arm darauf ablegen konnte. Sein Gesicht wirkte furchtlos, doch sein auf und ab wippender Fuß verriet, wie nervös er in Wirklichkeit war.

»Stimmt es, dass du mal etwas mit dem neuen Todbringer hattest?«, begann er erneut.

Benir rührte nicht den kleinsten Muskel. Es überraschte ihn

zwar, was der Barbar alles über ihn wusste, doch er hatte damit gerechnet, dass der Kerl etwas von ihm wollte, und zwar schon, seit er das Stück Siebenwurz gesehen hatte, auf dem Tarren am Morgen heimlich herumgekaut hatte. Die Wundärzte des Stadions waren gute Chirurgen, die sich auf das Nähen von Wunden und das Schienen von Knochenbrüchen verstanden, aber ansonsten taugten sie nicht viel. Jede Kräuterfrau hätte den Grund für Tarrens Beschwerden sofort am Schweißgeruch erkannt und ihn mit einem Tritt in den Hintern nach draußen befördert.

»Wenn du auf Dauer in der Arena überleben willst, musst du das Publikum begeistern«, versuchte der Barbar erneut ein Gespräch anzufangen. »Ihr Urteil entscheidet über Leben und Tod – wenn nicht gerade so ein Verrückter wie du durch die Reihen seiner Feinde stürmt und alle in Windeseile niedermacht.«

Was wollte der Kerl von ihm?

Um sein Leben betteln?

»Du bist nicht der Einzige, der in Ungnade gefallen ist«, fuhr der Barbar ein wenig lauter fort. »Hörst du? Du bist nichts Besonderes! Viele von uns wurden in Gothars Heere gepresst. Ich war Hauptgardist bei den Nordmännern, und ich habe an vielen Strafexpeditionen teilgenommen. Doch als wir eines Tages eine Scheune anzünden sollten, in der zuvor Frauen und Kinder zusammengetrieben worden waren, ist es mir zu viel geworden.«

Weil sie aus deinem Tal stammten, dachte Benir, dem das Schicksal des degradierten Hauptgardisten längst bekannt war. *Weil dein eigen Fleisch und Blut unter ihnen war. In dem Feldzug davor, in dem es gegen Sambe ging, hattest du weniger Skrupel. Deshalb haben sie dich zum Hauptgardisten gemacht.*

»Ordon, unser Ausbilder, war sogar Hauptmann, bevor er alle Rechte verlor«, redete der Barbar einfach weiter. »Aber er hat sich als bewährter Gladiator die Freiheit zurückerkämpft. Nun hat er eine neue Profession gefunden, aber im Herzen ist er immer noch einer von uns. Denn alle, die in der Arena um ihr Leben kämpfen, sind wie Brüder. Uns verbindet ein unsichtbares Band, verstehst du? Uns verbindet der Wunsch, hier wieder rauszukommen. Hinaus in die Freiheit.«

Es gab zweifellos dümmere Barbaren als Tarren, doch von einem großen Redner war er weit entfernt. Aber um in Bersk Häuptling zu werden, brauchte man vermutlich nicht mehr zu tun, als dem zweitstärksten Kerl im Dorf das Maul einzuschlagen.

»In einem Kerker denken alle nur an Flucht, das ist vollkommen normal.« In die Stimme des Barbaren schlich sich ein lauernder Unterton. »Aber hier unten liegen wir stets in Ketten, und in der Arena sind die Wände zu glatt und zu hoch, um sie ohne Seil zu überwinden. Und so ein Seil anzubringen ist nicht möglich. Es sei denn, es gäbe jemanden, der zuvor mit dem Atem des Himmels die Wände emporgestiegen ist.«

Benir hätte beinahe aufgelacht. Darum ging es also.

Weiterhin stur an Tarren vorbeistarrend, legte er die Hände vor der Brust zusammen, presste sie flach aneinander und dachte an einen glühenden Ball, der langsam vor seinen Augen anwuchs, um die Stimme des Schwätzers zu verdrängen.

»Tu bloß nicht so, als ob du mich nicht hörst«, knurrte Tarren entnervt. »Ich weiß, dass du hier genauso hinauswillst wie jeder andere. Sogar noch mehr, denn dir läuft die Zeit davon. Du musst deinen Sohn zurückholen, bevor der Todbringer aus Arakia heimkehrt.«

Der glühende Ball zerplatzte.

Benirs Aufmerksamkeit war erregt, aber anders, als es sich der Barbar erhofft hatte. »Lass mein Kind aus dem Spiel«, zischte er ihn an. »Erwähne Nerk nie wieder, auch keinem anderen gegenüber. Oder ich töte jeden, den du liebst.«

Tarren erbleichte unter der sonnengebräunten Haut.

»Da wirst du lange suchen müssen«, log er hastig. »Gladiatoren sind Einzelgänger. Sie haben niemanden mehr, den sie lieben können.«

Diesmal gestattete sich Benir ein Lächeln, und er ließ es so höhnisch ausfallen, wie er nur konnte. »Kein anderer wird des Nachts so oft herausgerufen wie du«, antwortete er langsam, damit ihn auch der Dümmste verstand. »Und du weißt Dinge über mich, über die man noch nicht einmal in der Legion der Toten zu flüstern wagt. Wer auch immer diese Frau ist, die dich so häufig besucht, sie wagt sehr viel, um solche Dinge für dich in Erfahrung zu bringen. Ich bin sicher, du wärst sehr traurig, wenn du sie eines Tages an einem der Tore angenagelt fändest.«

Tarrens Gesichtszüge hatten sich inzwischen so weit verhärtet, dass an ihnen kein Gefühl mehr abzulesen war. Ein verächtlicher Laut drang über seine Lippen. »Du bist genauso krank wie die anderen Elfen! Und ich dachte, du wärst auch einer, der sich nach der Freiheit sehnt, so wie wir.«

Unter lautem Kettenrasseln streckte er sich auf dem Boden aus und drehte sich mit dem Gesicht zur Wand. »Gonga ist auf dem linken Auge blind!«, war das Letzte, was er noch von sich gab. »Das ist eigentlich alles, was ich dir sagen wollte. Sieh zu, was du daraus machst.«

﹥ 18 ﹤

R abensang

Die Stadt sah aus, als wäre sie auf einem heiligen Hort erbaut worden. Allein dafür gehörten ihre Mauern niedergerissen. Außerdem hielten Rabensangs Wachen die Eingangstore vor ihnen verschlossen. Das war wenig gastfreundlich, hatte den menschlichen Gardisten aber wesentlich mehr ausgemacht als den Orks, die es gewohnt waren, im Freien und auf hartem Boden zu schlafen.

Ihr Tross brach gerade die Zelte ab, als sich alles veränderte.

Aus Rabensang näherte sich plötzlich ein Lichtbringer, und in dessen Windschatten schwebte ein Mann, der offensichtlich nicht gewohnt war, auf diese Weise zu reisen. Sanft setzten die beiden in der Nähe der angepflockten Lindwürmer auf.

Während der mit einer protzigen Silberkette behängte Kahlkopf ein wenig unsicher zur Seite wankte und sich dann einfach ins Gras plumpsen ließ, rannte Thannos als kommandierender Offizier eilig auf den Lichtbringer zu.

Urok schaute neugierig zu ihnen hinüber.

Die letzten Tage waren sehr eintönig verlaufen, da kam jede Abwechslung recht. Von früh bis spät im Sattel zu sitzen, stets umgeben von den immer gleichen cabrasischen Wiesen, Wäldern und kleinen Dörfern, war auf die Dauer geradezu nervtötend.

Anfangs hatten sie noch hinter den Lindwürmern herrennen müssen, doch am zweiten Tag hatte Thannos ihnen befohlen, in die Sättel zu steigen, weil es so viel schneller voranging.

»In Linie zu einem Glied angetreten«, befahl der Großgardist nun, nachdem er, eifrig nickend, einige Instruktionen des Lichtbringers entgegengenommen hatte.

Mehrere Wachen rannten sofort auf den Offizier zu, um sich genau sieben Schritte vor ihm, Schulter an Schulter stehend, nebeneinander aufzureihen. Andere entrollten ihre fünfschwänzigen Peitschen, um die aneinandergeketteten Orks mit einigen Schlägen dazu anzutreiben, dem Beispiel der Kameraden zu folgen.

Urok ließ sich genauso viel Zeit wie die anderen Blutorks, denn nichts brachte die Soldaten stärker in Rage, als wenn sie sich diesem morgendlichen Ritual verweigerten. Sich laut räuspernd und in den Staub spuckend, fanden sie sich schließlich, in kleinen Grüppchen beieinanderstehend, neben der angetretenen Linie ein.

Thannos ließ es ihnen durchgehen, denn er wusste, dass die Peitsche ihren Widerstand nur noch verstärkte. Morn und Falu, der blinde Schattenelf, nahmen ebenso Aufstellung wie Meusel, der Gardist, der die gefährlichen Raubsamen in den zapfenförmigen Kristallen mit sich herumschleppte.

Nach so vielen Tagen der gemeinsamen Reise wusste Urok auch, wie die übrigen Schwertknechte hießen, auch wenn sie es eigentlich nicht wert waren, dass er sich ihre Namen merkte. Meusel hätte er allerdings gern mit bloßen Händen das Gesicht auf den Rücken gedreht, auch wenn das natürlich nichts half, weil jeder der Hellhäuter die verfluchten Kristalle tragen konnte.

»Wie ich gerade gehört habe«, hob Thannos mit lauter Stimme an, »werden in dieser Stadt ein paar starke Muskeln gebraucht, für eine Arbeit, die nichts im Kopf erfordert! Es freut euch sicher zu hören, dass Herzog Rabensang dabei sofort an euch gedacht hat!«

Einige Gardisten grunzten pflichtschuldig, aber niemand schüttete sich so laut über die letzte Bemerkung aus wie Morn, der

Halbling. Selbst Thannos, der stets um Aufmerksamkeit heischte, war sein bellendes Gelächter peinlich.

»Eisvogt«, wandte er sich schnarrend an den korpulenten Mann, der sich gerade wieder auf die Füße quälte. »Suchen Sie sich aus, wer Ihnen von unseren Sklaven als am besten geeignet erscheint.«

Erst bei näherem Hinsehen fiel Urok auf, dass der Mann gar keine Glatze hatte, sondern eine lehmfarbene Filzkappe trug, die, abgesehen von zwei Aussparungen für die Ohren, bis weit auf den Hals und in den Nacken hinabreichte. Dazu trug er gefütterte Stiefel, feste Wollhosen, ein im Ausschnitt geschnürtes Leinenhemd sowie eine braune Weste aus Bärenfell.

Insgesamt ein recht schmuckloser Aufzug für einen Mann seines Rangs, wäre da nicht die funkelnde Halskette gewesen, die er trug. Die fingerdicken silbernen Kettenglieder stellten seinen Reichtum zur Schau, und das goldumrandete ovale Siegel, das in Bauchhöhe baumelte, symbolisierte offenbar die wichtige Stellung, die er in der Stadt einnahm.

»Ähm ... tja ...« Der Dicke räusperte sich verlegen. »Es geht um das ewige Eis in unseren tiefen Grüften. Wir nutzen es seit Menschengedenken, um Vorräte für die Stadt einzulagern. Dort hält sich frisch eingefrorener Fisch über Jahre hinweg, aber auch Wildbret, Früchte, Beeren und Getreide. Eigentlich alles, was sich nur denken lässt ...«

Je länger er redete, desto näher wagte er sich an die Orks heran, wenn auch nur vorsichtig, Schritt für Schritt und stets bereit, mit einem großen Sprung zurückzuweichen, wohl wissend, dass sie trotz der schweren Ketten, die sie trugen, einen Mann packen und mit bloßen Händen töten konnten, wenn sie es wirklich wollten. Nur der Lichtbringer in seinem Rücken verlieh ihm genügend Mut, ihre Reihe abzuschreiten.

Im Vergleich zu ihren massigen Körpern erschien er wie ein

zerbrechlicher Winzling. Und so sah er sie die ganze Zeit über aus weit aufgerissenen Augen an, als wären sie Schneedämonen aus den kalten Wüsten jenseits des Frostwalls oder noch Schlimmeres.

»Seit einigen Tagen steigen die Temperaturen an«, brabbelte der Eisvogt aufgeregt weiter, obwohl sein Gerede auf wenig Interesse stieß. »Alles taut, und wir wissen nicht warum.«

Seit einigen Tagen sind wir Sklaven!, dachte Urok verbittert. *Wessen Schicksal ist wohl mehr zu beklagen?*

»Ich habe natürlich Eisknechte in die Tiefe geschickt, um nach dem Rechten zu sehen, doch wie es scheint, sind Teile des Gewölbes unter dem Dauerfrost brüchig geworden. Auf jeden Fall hat es einen Einsturz gegeben, und die Männer wurden verschüttet, und ich finde niemanden, der bereit wäre, sie zu bergen.«

Was wieder einmal für die Feigheit und Ehrlosigkeit der Menschen sprach. Doch statt dem Kerl die ihm gebührende Verachtung entgegenzuschleudern, fuhr Urok erstaunt zusammen, als der Eisvogt näher trat. Denn erst jetzt, aus kurzer Distanz, war die Prägung des Siegels zu erkennen, die sich goldglänzend vor einem hellblauen Untergrund abhob.

Urok konnte einfach nicht glauben, was er da sah. Eine gefiederte Schlange, die über einem hölzernen Rad schwebte! Einem Wasserrad, auf dessen oberer Rundwölbung sich einige kleinere Flammen erhoben.

Ein Rad des Feuers!

Die gefiederte Schlange sah zudem genauso aus wie die in Ragmars Zauberschrift. Und die wiederum ähnelte exakt Ursas Vision auf Felsnest.

Völlig verblüfft wollte Urok nach dem Siegel greifen, doch das Klirren der eisernen Fesseln ließ den Eisvogt erschrocken zurückweichen. Von hinten gingen sofort Peitschenhiebe auf den Ork nieder. Knurrend bäumte sich Urok auf, als die Riemen in seine Haut schnitten.

»Diese Bilder, was haben sie zu bedeuten?«, wollte er wissen, obwohl ihm das weitere knallende Schläge einbrachte.

Hastig ergriff der Eisvogt das Siegel mit beiden Händen und presste es schützend an seine Brust. »Das ist das Zeichen des Eiskellers«, rief er aus. »Aber was geht dich das an?«

»Schluss jetzt«, fuhr Thannos dazwischen. »Wir wählen jetzt ein Dutzend Sklaven aus, die den eingestürzten Stollen freiräumen. Je eher ihr fertig seid, desto schneller können wir wieder Richtung Sangor aufbrechen.«

»Ein Dutzend?«, echote der Eisvogt erschrocken. Allein der Gedanke, mit einer so hohen Anzahl von Orks auf engstem Raum zusammen zu sein, flößte ihm eine Heidenangst ein, das war ihm deutlich anzusehen. »So viele dieser Monstren … äh, so viele mutige Helfer werden nicht nötig sein. In den Eisgewölben ist es sehr beengt, da würden sich mehr als drei oder vier von ihnen nur unnötig auf die Füße treten.«

»Kein Einziger von uns wird euch widerlichem Menschenpack zu Diensten sein!«

Nicht nur sämtliche Gardisten fuhren überrascht herum, als sie dies hörten, auch die Orks starrten beinahe ungläubig auf den Sprecher aus ihren Reihen. Denn es handelte sich ausgerechnet um Tabor, der seit seiner Gefangennahme noch kein einziges Wort von sich gegeben hatte.

Nun aber war er einen Schritt vorgetreten und starrte Thannos feindselig an. Mit seiner abrasierten Kopfhälfte, auf der sich die blutverkrustete Wunde schlängelte, sah er besonders furchterregend aus.

»Zurück mit dir, du tollwütiger Hund!«, verlangte der Offizier aufgebracht. »Oder ich lasse euch alle von den Samen der Pasek kosten!«

Tabor dachte nicht daran, der Aufforderung nachzukommen. Hoch erhobenen Hauptes stand er einfach nur da, mit Todessehnsucht im Blick, und forderte knurrend: »Nur zu! Stolze Orks sterben lieber, als die Befehle eines so elenden Hellhäuters wie dir entgegenzunehmen. Unsere Veteranen, die im Blutrausch starben, werden uns für immer ein Vorbild sein!«

Hinter ihm rasselten einige Orks ungehalten mit den Ketten, denn es missfiel ihnen, wie Tabor über ihre Köpfe hinweg auch für sie entschied. Die Listigen unter ihnen – und von denen gab es nicht wenige – wollten nämlich nicht sinnlos sterben, sondern lieber einen günstigen Augenblick abwarten, in dem sie sich ihrer Bewacher entledigen und fliehen konnten. Doch indem Tabor derart den Stolz der Blutorks beschwor, machte er es ihnen praktisch unmöglich, offen zu widersprechen.

»Euren Hochmut werde ich gleich brechen!« Längst bis unter die Haarspitzen rot im Gesicht angelaufen, verlangte Thannos nach Meusel, der sofort an die Seite des Großgardisten eilte und einen der Kristalle aus der Halterung zog. Der Lichtbringer im Hintergrund machte keine Anstalten, sich in diesen Zwist einzumischen, ganz so, als wäre ihm die Angelegenheit viel zu profan.

»Nur zu!«, provozierte Tabor weiter. »Ich fürchte den Tod nicht, und mag er noch so schmerzhaft sein!«

»Gut zu wissen.« Thannos grinste hämisch. »Dann wirst du der Letzte sein, den wir den Raubsamen zum Fraß vorwerfen. Du darfst vorher dabei zusehen, wie andere für dein großes Maul sterben müssen.«

Sodann wies er Meusel an, die Samen zuerst auf Grindel zu hetzen, der er es immer noch übel nahm, dass sie ihn einmal vor versammelter Mannschaft lächerlich gemacht hatte.

Mit diesem Befehl hatte Tabor nicht gerechnet. Verblüfft starrte er auf den Hellhäuter hinab. Und wusste plötzlich ebenso wenig zu sagen wie Grindel, die zwar unbehaglich mit den Schultern rollte, aber kein Wort der Klage verlauten ließ. Sie war ebenso bereit, den Mut und den Stolz ihres Volkes unter Beweis zu stellen wie alle anderen, auch wenn dieses Opfer vollkommen sinnlos war.

Uroks Blick pendelte zwischen ihr und dem Kristallzapfen hin und her. Gleich würde Meusel den Deckel aufspringen lassen und die gefräßigen Flugsamen ins Freie entlassen.

Und dann? Würde Grindels Tod irgendwie dabei helfen, das Geheimnis der gefiederten Schlange zu lüften? Sicherlich nicht!

Ohne einen weiteren Gedanken zu verschwenden, trat Urok vor und verkündete laut und deutlich: »Ich komme freiwillig mit ins Eisgewölbe!«

Entzürnt fuhr Tabor zu ihm herum. »Menschenfreund!«, schimpfte er aufgebracht. »Von Trollen gezeugte Missgeburt, die sich als Wechselbalg in unser Volk geschlichen hat!« Er ließ noch weiteren Unflat folgen, indem er Grimpes Mut pries und Urok schmähte, bis sein begrenzter Wortschatz erschöpft war.

Und auch Grindel schien empört. »Willst du mir auf diese Weise das Leben retten?«, fuhr sie Urok böse an. »Glaubst wohl, dann wäre ich dir auf ewig zu Dank verpflichtet, was? Pah, ich komm einfach mit dir, dann bin ich dir 'nen feuchten Furz schuldig!«

Damit nahm sie neben Urok Aufstellung und meldete sich ebenfalls freiwillig für das Eisgewölbe. Mit ihrer List hatte sie ihren persönlichen Stolz über den von Tabor beschworenen Gemeinschaftssinn gestellt und damit ihr Gesicht gewahrt. Nicht nur viele der Orks, sondern auch Thannos musste über diesen Trick schmunzeln. Auf seinen Wink hin ließ Meusel den Kristall wieder in der Halterung verschwinden.

»Da hätten wir ja schon zwei willige Helfer, vor denen sich der Eisvogt nicht zu fürchten braucht«, sagte der Großgardist zufrieden. »Da werden sich doch wohl noch zwei weitere finden.«

»Legionär Morn und ich kommen ebenfalls mit«, bot der blinde Falu an. »Der Halbling ist so stark wie ein Ork und schwere

Arbeit gewöhnt. Außerdem können wir dabei helfen, die grünhäutigen Dämonen im Zaum zu halten.«

Morn wirkte mehr als nur überrascht, und Urok hätte auf diese Begleitung gut verzichten können. Doch der Schattenelf, der ihm Angst einjagte, musste erst noch geboren werden.

Tabor, der ihn wieder mal für einen Feigling hielt, funkelte ihn noch eine Weile böse an, bis sie losgekettet und zu drei Lindwürmern geführt wurden, die sie nach Rabensang bringen sollten.

Der Lichtbringer, der die Probleme des Eisvogts als gelöst ansah, schwebte hingegen durch die Luft davon, um seinen angestammten Platz im höchsten Turm der Stadt einzunehmen.

⇒ 19 ⇐

Am heiligen Hort

Arakias Boden stöhnte bereits unter dem Marschtritt der feindlichen Truppen, als Ursa und ihre Getreuen den heiligen Hort erreichten, trotzdem wurden sie von einer geradezu schmerzlichen Stille empfangen.

Ursa vermisste das laute Flattern der aufgepflanzten Banner, die normalerweise rund um das große Eingangsportal aus den Felsen ragten. Kein einziger Clan hatte sich bis hierher durchgeschlagen. Alle verbargen sich lieber in den Wäldern, den Sümpfen oder ihren heimischen Gründen.

Der kahle Anblick bedrückte Ursa stärker als erwartet, doch nach einem leisen Seufzen gewann die Priesterin in ihr wieder die Oberhand. Rasch drängte sie die Schwermut beiseite, die von ihr Besitz ergreifen wollte, und kündigte sich durch laute Rufe an, wie es das Ritual erforderte.

Daraufhin trat aus dem Schatten des Durchgangs eine Gestalt im roten Gewand hervor, das Gesicht unter der tief herabgezogenen Kapuze verborgen. Ursa erkannte den Ork trotzdem an seiner Körperhaltung.

Es war Finske, einer von Ulkes engsten Vertrauten.

War ihr der Hohepriester etwa zuvorgekommen? Und wenn schon! Kam es zum Streit, hatte er sicher mehr zu fürchten als sie.

Entschlossen trieb sie Hatra an, die stufenförmig ansteigende Felsterrasse zu erklimmen. Die unmittelbare Gegenwart des Horts stärkte Ursas ermattete Kräfte. Mit jeder Lindwurmlänge, die sie ihm näher kam, blühte sie weiter auf, frische Energien durchströmten ihre Glieder.

Erst an der natürlich geformten Mauer, die den Eingangstunnel umgab, hielt sie an. Die steilen Stufen, die zu diesem Vorsprung führten, wäre der Lindwurm vielleicht noch hinaufgekommen, aber spätestens oben angelangt, wäre es für ihn eng geworden.

Ursa blieb nichts anderes übrig, als abzusteigen und von nun an auf ihren Knien weiterzukriechen. Verlegen strich sie sich über das kupferfarbene Haar. Sich auf diese Weise fortzubewegen gehörte von klein auf zu ihrem Leben. Es hatte ihr nie etwas ausgemacht, doch in diesem Moment empfand sie ein unbestimmtes Gefühl der Erniedrigung, sich vor einem der Hohen so weit herabzulassen.

Moa, der ihr Zögern bemerkte, sprang rasch in die Tiefe und bot ihr seinen Rücken an. »Lass mich dich tragen«, bat er, »so wie Urok dich schon tragen durfte.«

Was für ein treuer Knappe er doch war.

»Du sorgst wirklich fast so gut für mich wie ein richtiger Bruder«, sagte sie und schüttelte doch den Kopf. »Aber eine Priesterin muss ihren Weg aus eigener Kraft zurücklegen.«

Und so raffte sie ihre rote Kutte, die in den letzten Tagen beträchtlich gelitten hatte, so weit in die Höhe, dass die Lederschürze bis zu den Oberschenkeln freilag. Danach ließ sie sich an Hatras schuppigem Leib herab in die Tiefe rutschen. Sie war darin geübt, trotzdem dauerte es länger als gewöhnlich. Während sie auf den Moment wartete, da die verkümmerten Waden unter ihrem Gewicht einknickten, blitzte in ihr plötzlich die Erinnerung an Felsnest auf, an den Moment, in dem sie aufrecht auf den Steilhang zugeschwebt war, um die Lichtbringer zu bekämpfen.

Instinktiv hielt sie das Gefühl fest, das sie dort oben durchströmt hatte – und bemerkte im gleichen Moment, dass sie nicht mehr tiefer rutschte, weil das Blut der Erde sie stützte. Es trug sie auf eine Weise, wie es nicht mal ihr Bruder oder ihr treuer

Knappe vermocht hätten: aufrecht und die schlaff herabhängenden und ein wenig nach innen gedrehten Stiefelspitzen zwei Fingerbreit über dem Boden schwebend.

Finske stieß einen überraschten Laut aus, als sie sich von Hatra löste, ohne zusammenzubrechen. Ergriffen kniete er nieder, schlug die Kapuze zurück und beugte demütig das Haupt. Da wurden die silbernen Fäden sichtbar, die sein einst pechschwarzes Haar durchzogen. Die Ereignisse auf Felsnest und die anschließende Flucht hatten ihren Tribut gefordert.

Sichtlich gealtert und ergraut sah er zu ihr auf. »Gelobt sei Vuran.« Unvergossene Tränen brannten in seinen rot geränderten Augen. »Die vom Blut der Erde Auserwählte lebt und ist in den heiligen Hort zurückgekehrt.«

Ursa glitt die Stufen empor, ohne darüber nachzudenken, wie sie das vermochte. Sie folgte einfach einem natürlichen Reflex, ganz so, als ob sie sich nie im Leben anders bewegt hätte. Ein angenehmes Prickeln durchlief ihren Körper. Das Blut der Erde hieß sie auf seine eigene Weise im Hort willkommen.

Bei Finske angelangt, fasste sie ihn am Oberarm und zog ihn zu sich in die Höhe. »Steh auf«, bat sie. »In Zeiten wie diesen ist selbst der Stärkste allein nichts wert. Wir müssen zusammenstehen, gleichgültig, was einmal war.«

Der Hohe atmete erfreut auf.

Das war gut.

Finske war ein Mitläufer, natürlich. Doch zumindest glaubte er an die, denen er folgte. Und jetzt glaubte er an Ursa, das war ihm deutlich anzusehen.

»Wo sind Ulke und die anderen?«, fragte sie.

Finskes Miene verdunkelte sich augenblicklich wieder. »Ulke hat sich noch nicht wieder hierhergewagt. Wahrscheinlich, weil er Vurans Urteil fürchtet. Doch er streift durch die umliegenden Wälder und versucht die Hohen auf seine Seite zu ziehen.« Auf einmal sah er ihr fest in die Augen. »Aber ich habe mich geweigert, seinem Ruf zu folgen. Soll er doch kommen, wenn er sich traut. Er hat stets versucht, das Blut der Erde zu bezähmen und nach seinem Willen zu lenken. Das erschien mir lange richtig, doch diesmal hätte es fast all unsere Krieger das Leben gekostet.«

Ursa nickte bestätigend, konnte Finskes Fragen, wie es von nun an weitergehen sollte, aber nicht beantworten.

»Ruf alle zusammen, die noch da sind«, bat sie ihn. »Sie sollen sich hier vor dem Hort versammeln. Ich werde inzwischen in die Blutkammer gehen, um mehr zu erfahren.«

Sie machte sich zusammen mit Moa auf den Weg ins Innere des Horts, während Rowan ihren Lindwurm an den Zügeln nahm und ihn zu einem Futterplatz in den Wäldern brachte.

Rabensang

Vor langer Zeit einmal musste die ganze Stadt dem Erdboden gleichgemacht worden sein. Selbst Urok, der in einer strohgedeckten Rundhütte aufgewachsen war, fiel auf, dass die Fundamente, auf denen die Häuser ruhten, wesentlich älter als der Rest der Stadt waren. Auch ihre Bauweise war eine komplett andere. Die Mauern, die sich überall erhoben, bestanden vornehmlich aus ebenmäßigen Sandsteinquadern, manche auch aus gebrannten Ziegeln, die so abgenutzt wirkten, als wären sie zuvor aus einer halb zerfallenen Ruine herausgebrochen worden.

Die Fundamente hingegen schienen dort, wo sie eine Handbreit aus dem Boden ragten, aus einem Stück gegossen zu sein. Und nicht nur das: Auch ihre raue Oberfläche ähnelte verdächtig dem geronnenen Blut, aus dem der heilige Hort bestand.

»Rabensang wurde tatsächlich auf einem erloschenen Vulkan erbaut«, erklärte der Eisvogt mit einigem Erstaunen auf seine entsprechende Frage. »Ihr werdet es gleich sehen, wenn wir die Frostgewölbe erreichen.«

Uroks augenscheinliche Neugier schien dem Hellhäuter ein wenig von der Angst zu nehmen, die er bisher gezeigt hatte. Vielleicht halfen dabei aber auch die vielen bewundernden Blicke, die er von den Einwohnern der Stadt erhielt. Ehrfürchtig wichen sie vor den drei Lindwürmern zurück, auf denen nicht nur zwei der allseits gefürchteten Orks, sondern auch ein Halbling und ein Schattenelf mit Augenbinde ritten. Da Urok und Grindel immer noch ihr Kettengeschirr trugen, mochte es für viele Passanten so wirken, als hätte der Eisvogt sie persönlich gefangen genommen.

Sichtlich entspannt, drehte er sich zu Urok um und sagte: »Aus der Nähe betrachtet, wirkt ihr gar nicht so schrecklich, wie man sich immer von euch erzählt.« Als Grindel daraufhin böse knurrte, kehrte die gerade erst verlorene Furcht sofort in seine Miene zurück. »Abgesehen von euren Weibern natürlich«, schob er hastig nach.

Urok reagierte nicht auf dieses Gerede, denn am Ende der Gasse, in die sie gerade einbogen, entdeckte er etwas, das seine Aufmerksamkeit völlig in Anspruch nahm. Konnte das wirklich sein? Zeichnete sich dort, im Hintergrund des gemauerten Torbogens, der die Straße überspannte, tatsächlich etwas ab, das er aus Ragmars Zauberbuch kannte?

Was er zu sehen bekam, als sie das Portal passierten, ließ ihn innerlich jubilieren. Er hatte also gut daran getan, dem Eisvogt seine Muskelkraft anzubieten.

Die Lindwürmer scheuten kurz, weil vor ihnen plötzlich ein Abgrund klaffte: eine nahezu kreisrunde Felsgrube, deren umlaufende Steilwand gut fünf Orklängen hoch aufragte. In der Mitte des natürlichen Trichters erhob sich eine von Riefen und natürlichen Spalten durchzogene Kuppel, die in den gleichen dunklen Braun- und Rottönen schimmerte wie der umliegende Basalt.

»Ein Hort«, raunte Grindel ergriffen. »Ein wirklicher Hort.«

Über eine steinerne Rampe ritten sie mit den Lindwürmern in

die Tiefe. Unten lungerte bereits ein Fähnlein der Stadtwache herum, das auf sie zu warten schien. Ihre einheitliche Uniform bestand aus einer langen schwarzen Hose, einem roten Wams mit weiß unterfütterten Schlitzärmeln und einem einfachen roten Überwurf; dieser bestand nur aus Brust- und Rückentuch, die jeweils von dem Schattenriss eines Raben mit geöffnetem Schnabel geziert wurden.

Einige der Männer hatten sich im Schatten der Kuppel niedergehockt und vertrieben sich die Zeit mit einem Würfelspiel. Andere hielten sich an ihren Mondspornen fest, mannshohen Stoßwaffen, deren scharfe Spitzen von zwei halbmondförmig gebogenen Klingen links und rechts des Schafts umrahmt wurden. Damit ließ sich nicht nur jemand aus sicherer Entfernung erstechen, sondern beim Zurückziehen auch mancher Arm oder Oberschenkel bis auf den Knochen durchtrennen.

Schon auf der Rampe saugte sich Uroks Blick an dem Symbol fest, das auf der Felskuppel prangte. Die gefiederte Schlange, genau so, wie Ragmar sie abgezeichnet hatte. Der Grenzländer hatte also mit seinem Vaterbruder in Rabensang Rast gemacht, als sie mit dem Tross des Magisters nach Arakia gereist waren. Konnte das Zufall sein? Oder hatte das Blut der Erde auch Ragmars Schritte geleitet, obwohl er ein Hellhäuter gewesen war?

Ein Kribbeln in der linken Hand hinderte Urok daran, diesen frevelhaft anmutenden Gedanken weiterzuverfolgen. Ein zufriedenes Grinsen entblößte seine mächtigen Zähne. Seine Feuerhand meldete sich endlich zurück. Nun war er sicher, vor einem verlassenen Hort zu stehen, in dem Vuran einstmals angebetet worden war.

Unten im Trichter angekommen, glitt der Ork sofort aus dem Sattel und eilte auf die Felskuppel zu.

»He, nicht so eilig!«, riefen einige Wachen und hoben drohend ihre Mondsporne. Zwar brachte keiner von ihnen den Mut auf, sich einem Ork in den Weg zu stellen. Doch als Urok an ihnen vorbei war, wollten sie ihn von hinten niederstechen.

»Lasst ihn in Ruhe!«, fuhr der Eisvogt sie an. Eine Spur von Stolz schwang in seiner Stimme mit, als er mit gönnerhafter Geste erklärte: »Dieser Ork ist schon die ganze Zeit über fasziniert von meinem Siegel!«

Urok stakste tatsächlich auf die bogenförmige Öffnung zu, über der die gefiederte Schlange in den Fels graviert war. Dabei bewegte er sich absichtlich ein wenig tapsig, um die allzu nervösen Wachen in Sicherheit zu wiegen.

Andächtig fuhr er mit den Fingerkuppen über die Vertiefungen, aus der sich die seltsam anmutende Figur zusammensetzte. Erst aus unmittelbarer Nähe entdeckte er, dass die Rillen in einen unnatürlich glatten Untergrund gegraben waren, einem quer liegenden Oval, ganz wie bei dem Siegel, das der Eisvogt vor der Brust trug.

Und ebenso wie auf dem Siegel prangte auch hier ein Rad des Feuers auf dem Oval, nur wesentlich flacher, sodass es von Weitem nicht so gut zu erkennen war, als hätten Wind und Regen diese Stellen stärker ausgewaschen oder als wäre eine andere Kraft darübergewischt.

»Ein Rad des Feuers«, raunte Grindel, die Urok gefolgt war. »Also deshalb wolltest du unbedingt hierher.«

»Still«, raunte er, ohne die Lippen zu bewegen. »Und listig sein, wie nur wir Orks es können.« Dann drehte er sich herum, um zu sehen, wie der Eisvogt durch die Reihen der Wachen hindurch näher trat.

»Dein Siegel strahlt wirklich große Macht aus«, verkündete Urok in vorgespielter Ergriffenheit und neigte tief das Haupt vor dem Dicken. »Darum stelle ich dir meine Kraft gern zur Verfügung und werde alles tun, um die Verschütteten zu retten.«

Angesichts dieser Ehrenbezeugung wuchs der Eisvogt glatt einige Fingerbreit in die Höhe und schob die Brust heraus. »Das vernehme ich selbstverständlich mit Freuden«, erklärte er geziert. »Öhem … Tritt einfach in die Kuppel ein, und folge dem Tunnel, der führt direkt zur Einsturzstelle.«

Von leisem Rasseln begleitet, hob Urok die Hände an. »Befreie mich zuvor von den Eisen«, verlangte er. »Gefesselt kann ich dir keine guten Dienste leisten.«

Der Eisvogt erbleichte. Damit hatte er nicht gerechnet.

Während er noch mit zusammengepressten Lippen nach einer Antwort suchte, rief Falu, der blinde Schattenelf, in scharfem Tonfall: »Es reicht, dir die Ketten vor Ort abzunehmen, Ork! Und sobald du fertig bist, werden sie dir gleich wieder angelegt!«

Urok zog eine Grimasse, wollte sich jedoch nicht auf einen Streit einlassen. Er drehte sich um und schritt als Erster durch den bogenförmigen Eingang der Felskuppel. Grindel und ihre Bewacher folgten ihm ohne Zögern.

Wie erwartet, gelangte er auf eine abschüssige Rampe, wie er sie vom heiligen Hort in Arakia her kannte. Unten, an der Felswand entlang, verlief sogar noch die Glutrinne, die einst den Gang beleuchtet hatte.

Statt flüssigen Bluts spendeten nun brennende Fackeln Licht. In regelmäßigen Abständen steckten sie in eisernen, in die Wand eingelassenen Halterungen, allerdings so weit auseinander, dass sie von weiten Abschnitten tiefer Dunkelheit getrennte Lichtinseln schufen. Dort, wo sie stärker blakten, zogen rußgeschwängerte Schwaden durch die Luft.

Wie primitiv sich die Menschen doch behelfen mussten, weil sie nicht im Einklang mit dem Blut der Erde lebten.

Die Decke über ihren Köpfen war so hoch, dass der flackernde Schein nicht bis dorthin reichte. Tiefe Finsternis lastete über ihnen, doch das machte Urok nichts aus. Im Gegenteil. Er fühlte sich beinahe heimisch, obwohl es in diesem Hort wesentlich kühler und feuchter als in dem von Arakia war.

Urok schritt weiter voran, während Grindel, der Eisvogt und dessen Truppe ihm folgten. Auf der nächsttieferen Ebene wurde er bereits von zwei Stadtwachen erwartet, die ihn nach links dirigierten. Von da an waren es nur noch fünfzig Schritte bis zu einer Stelle, an der es über eine weitere Rampe noch tiefer ging.

Der Felsbogen, durch den er diesmal trat, gefolgt von den anderen, war mit einem von Menschenhand eingebauten Gitter versehen, das allerdings offen stand. Unten angelangt, warteten diesmal keine Wachen auf ihn, trotzdem wusste er, dass er wieder nach links musste, denn der Einsturz war bereits im tanzenden Schein einiger Fackeln zu sehen.

Aus irgendeinem Grunde hatte die Decke an dieser Stelle nachgegeben. Ungewöhnlich große Stücke waren aus ihr herausgebrochen und in die Tiefe gekracht. Den ganzen Tunnel ausfüllend, stapelten sie sich auf- und gegeneinander. Menschliche Hände waren nicht einmal in der Lage, die Bruchkanten der Platten zu umfassen, geschweige denn sie anzuheben. Mit den Spaten und Schaufeln, die überall an den Wänden lehnten, gab es da kein Weiterkommen. Die Eisknechte hätten schon mit riesigen Hämmern anrücken müssen, um die Platten in handliche Stücke zu zerschlagen. Aber sie fürchteten wohl, dass die damit verbundenen Erschütterungen weitere Einstürze nach sich ziehen würden.

Während Urok und Grindel zweifelnd auf das Desaster starrten, trat der Eisvogt zu ihnen heran. Mit traurigem Blick strich er über die feuchte Tunnelwand.

»Bis vor wenigen Tagen war hier noch alles mit Raureif überzogen«, sagte er schwermütig, bevor er Morn heranwinkte, der den beiden Orks die Fesseln abnehmen sollte.

Nachdem die Eisen gelöst waren, rieben sich Urok und Grindel die schmerzenden Handgelenke. Obwohl endlich befreit, war an Flucht nicht zu denken. Auf der einen Seite war der Weg blockiert, auf der anderen starrten sie in einen unheilvoll glänzenden

Wall aus Mondspornen, die sich schon bei der geringsten falschen Bewegung in ihre ungeschützten Körper bohren würden.

Außerdem wollte Urok gar nicht fliehen, sondern mehr über diesen verlassenen Hort erfahren, der gleichermaßen das Zeichen der gefiederten Schlange als auch des Rads des Feuers trug. Selbst Grindel schien deshalb inzwischen neugierig zu sein. Sie packte sofort mit an und mühte sich mit ihm, die oberste der aufliegenden Platten zur Seite zu wuchten.

Eine Wolke aus Staub und Steinschutt rutschte in die Tiefe, und ein dunkles Rumoren lief durch den brüchigen Fels, der sie umgab. Der Eisvogt und die Wachen wichen erschrocken zurück und beobachteten die beiden Orks von nun an lieber aus sicherer Entfernung. Urok verspürte hingegen nicht die geringste Furcht.

»Vuran wird nicht zulassen, dass zwei Orks von einem Hort verschlungen werden«, sagte er voller Überzeugung.

Mit dieser Einschätzung sollte er recht behalten. Von weiteren Ächz- und Knarrlauten abgesehen, blieben sie von nun an von unangenehmen Zwischenfällen verschont. Zwar gerieten selbst die beiden kräftigen Orks ins Schwitzen, doch nach und nach gelang es ihnen, die schweren Trümmer zur Seite zu zerren und zu schleppen, ohne dass sich aus dem über ihren Köpfen klaffenden Loch weitere Felsplatten lösten.

Verschüttete kamen unter dem Gestein nicht zum Vorschein, dafür aber eine gusseiserne Tür in einem geschmiedeten Rahmen, die den Zugang zur nächst tieferen Ebene verschloss.

Als Urok eine der Fackeln aus den umliegenden Halterungen nahm und über einige noch am Boden liegende Trümmer stieg, schrie der Eisvogt hinter ihm leise auf, und auch einige der Wachen gaben Laute des Entsetzens von sich, als sie die armlange Wölbung sahen, die sich auf dem Türblatt abzeichnete. Irgendetwas schien von der anderen Seite mit großer Kraft dagegengeschlagen zu sein, vielleicht Trümmer eines weiteren Einsturzes.

Überraschend behände kletterte der Eisvogt dem Ork hinterher. Er schien tatsächlich in Sorge um seine vermissten Knechte.

Urok packte den Eisenring, mit dem die Tür auf- und zugemacht wurde, doch der Rahmen musste sich stärker verzogen haben, als es zunächst den Anschein hatte. Er bekam die Tür einfach nicht auf.

»Warte«, sagte der Eisvogt. »Sie ist abgesperrt. Das ist Vorschrift.« Hastig holte er einen großen Schlüssel hervor, den er bisher unter seinem Hemd verborgen hatte, und sah Urok mit gewichtiger Miene an, bevor er anfügte: »Du ahnst ja gar nicht, wer hier sonst alles eindringen und die Vorräte stehlen würde.«

Das konnte Urok durchaus nachvollziehen. Auch die gemeinschaftlichen Speicher in den Orkdörfern wurden verriegelt, damit sich fremde Clans nicht des Nachts heimlich daran bedienten. Was das menschliche Wort *Vorschrift* bedeutete, war ihm hingegen ein Rätsel, dafür gab es in der Sprache der Orks keine Entsprechung.

Knirschend drehte sich der Schlüssel herum. Nachdem die Verriegelung dreimal laut geklackt hatte, zog ihn der Eisvogt wieder ab und trat ein Stück zurück. »Jetzt müsste es gehen«, sagte er hoffnungsvoll.

Urok zog erneut an dem eisernen Ring, doch die schwere Tür klemmte immer noch. Erst als er seinen linken Fuß gegen den Rahmen stemmte und die Muskeln beider Arme voll anspannte, gelang es ihm, sie laut knarrend, Stück für Stück aufzuzerren.

Die Trümmer, die er dahinter befürchtet hatte, fielen ihm glücklicherweise nicht entgegen. Selbst als er die blakende Fackel ins Dunkle hielt, war nicht die geringste Spur eines Einsturzes auszumachen. Dafür wurde im unsteten Schein etwas anderes sichtbar.

Etwas, das den Eisvogt entsetzt aufschreien ließ.

Eine abgerissene Hand, deren blutleere Finger sich immer noch um den Eisenring an der Innenseite klammerten.

> 20 <

rakia

In der Blutkammer angekommen, entledigte sich Ursa ihrer roten Kutte. Danach half Moa ihr dabei, die Lederschürze abzubinden. Ohne das vertraute Hilfsmittel kam sie sich fast ein wenig nackt vor, doch das Gefühl der Freiheit, das sie durchströmte, verdrängte rasch die Macht der Gewohnheit.

Langsam schwebte sie über das Gestein hinweg, das sie vom Ufer des Blutsees trennte. Dann war es endlich so weit: Zum ersten Mal in ihrem Leben stand sie der wabernden Glutdecke aufrecht gegenüber.

Willkommen, Urtochter!, raunte ihr die mittlerweile vertraute Stimme ins Ohr. *Es ist gut, dass du überlebt hast und wieder bei Kräften bist!*

»Das habe ich nur dem Blut der Erde zu verdanken«, rief sie ergriffen.

Nein, das hast du nur dir selbst und deinen Freunden zu verdanken, Urtochter. Die natürliche Ordnung ist blind und taub gegenüber dem Schicksal des Einzelnen. Das Blut der Erde vermag Kraft zu spenden, doch das Schicksal derer, die auf Erden wandeln, liegt in ihren eigenen Händen. Darum ist das Blut schon so oft daran gescheitert, in die alten Bahnen zurückzukehren. Und es könnte erneut scheitern!

Diese Offenbarung erschreckte Ursa zutiefst. War denn das Blut der Erde nicht eine unbezwingbare Kraft, die allem Bösen zu widerstehen vermochte?

Jede der natürlichen Gewalten ist nur so stark wie die Erden-wandler, die ihr dienen, antwortete die Stimme auf ihre unausge-sprochene Frage. *Und du, Urtochter, auf der die größten Hoffnun-gen ruhen, bist leider immer noch sehr geschwächt, weil du schon so Gewaltiges geleistet hast. Für eine allein ist die Last einfach zu groß. Zum Glück gibt es noch andere Schultern, auf die sie sich verteilen lässt. Das Blut der Erde hat sich in der Schlacht ganz auf dich kon-zentriert, doch nun ist es an der Zeit, dass auch die beiden Feuer-hände ihren Teil beitragen.*

Die *beiden* Feuerhände? Ursa spürte Bitterkeit in sich aufstei-gen.

»Aus Bavas Taten soll noch etwas Gutes erwachsen?«, zürnte sie laut. »Ulke und er hätten ebenso den *Ruf* vernehmen müssen wie all die tapferen Krieger, die ihr Leben im Blutrausch opferten.«

Ulke nützt dir lebend viel mehr als tot. Vielleicht wirst du das eines Tages begreifen. Es gibt kein Ende der Dinge, nur …

»Trollgeschwätz!«, fluchte sie erbost. »Ulke hat schon viel zu viel Leid über unser Volk gebracht. Ohne ihn wären wir alle bes-ser dran.«

Du bist noch nicht bereit für die Wahrheit, Urtochter. Zum ers-ten Mal glaubte sie dem Raunen einen traurigen Unterton zu ent-nehmen. *Aber das macht nichts. Tage und Monde sind nur kurze Lidschläge im ewigen Fluss der Zeit. Du wirst bald wieder zu Kräf-ten kommen und lernen, und dann wirst du mehr verstehen …*

Die Stimme wurde plötzlich leiser, als würde sie sich entfernen.

»Nein!«, rief Ursa erschrocken. »Wir können nicht länger war-ten. Gothars Truppen marschieren bereits in Arakia ein. Das Blut der Erde muss *jetzt* handeln. Sofort. Ich bin längst wieder stark genug, die Kräfte zu bündeln.«

Das bist du nicht.

»Doch, das bin ich!«, begehrte sie auf. »Und ich bin bereit, alles für den Sieg zu opfern. Dafür gäbe ich sogar die Kraft meiner

Beine wieder her!« Sie erschrak über die eigenen Worte, noch ehe sie richtig ausgesprochen waren. Denn tief im Inneren mochte sie die gerade gewonnene Freiheit um nichts auf der Welt wieder einbüßen. Trotzdem fuhr sie fort: »Ich bin sogar bereit, mein Leben zu opfern. Im Blutrausch, in der inneren Versunkenheit – wie immer es auch nötig ist.«

Bist du auch bereit, deinen Bruder zu opfern?

»Nein!!« Die Antwort erfolgte aus der Tiefe ihres Herzens und schneller, als sie überhaupt über die Frage nachdenken konnte.

Die Stille, die sich daraufhin in ihrem Kopf ausbreitete, kam ihr wie eine Strafe vor. Doch die Stimme zürnte nicht, sie hatte nur schon alles gesagt, was es zu sagen gab.

Für eine allein ist die Last zu groß, wiederholte sie. *Sie muss auf mehrere Schultern verteilt werden. Gräme dich deshalb nicht.*

Immerhin, sie sprach noch mit ihr.

»Lebt Urok noch?«, fragte Ursa leise, weil sie nicht wollte, dass Moa, der immer noch an der Eingangstreppe stand, sie hörte.

Ja, er lebt, wisperte die Stimme, diesmal wirklich wie aus weiter Ferne. *Und er handelt mit dem Instinkt einer echten Feuerhand. Das Blut der Erde, es ist noch zu stark eingeschnürt. Es liegt nun an ihm, eine weitere Fessel zu lösen.*

Ursa atmete erleichtert auf. Nur um gleich darauf festzustellen, dass auch die Stimme, mit der sie sprach, blind und taub für Gefühle war.

Urok lebt noch, drang es so leise an ihr Ohr, als würden die Worte mit dem Wind verwehen. *Aber die Feinde, die ihm nach dem Leben trachten, sind zahlreich und stark …*

Im Frostgewölbe

»Diese Hand gehört Isleif, einem meiner besten Eisknechte«, heulte der Eisvogt entsetzt. »Ich erkenne es an dem Kupferreif, den er am Daumen trägt.«

Tatsächlich schlängelte sich eine rotbraune Spirale um das mittlere Daumenglied. Urok interessierte sich allerdings viel mehr für den glatten Schnitt knapp unterhalb des Handgelenks. Nicht mal ein wohl gezielter Schwerthieb vermochte einen Arm so sauber zu durchtrennen. Die Wunde verlief absolut ebenmäßig. Selbst der Knochen wies keine Absplitterung auf.

Neugierig trat er in den dunklen Gang. Neben ihm klaffte ein Loch in der Wand. Der eiserne Fackelhalter, der eigentlich dort hingehörte, lag verbogen in der vor Feuchtigkeit glänzenden Glutrinne, die Pechfackel, die einmal darin gesteckt hatte, in Stücke gebrochen daneben. Auch die übrigen Fackeln, die den Gang beleuchtet hatten, waren erloschen.

Eisige Kälte stieg aus der Finsternis empor.

Unter Uroks Sohlen knirschte es. Er senkte die eigene Fackel, bis er klein geschlagenes Gestein entdeckte, das überall auf dem Boden verstreut lag. Die Dunkelheit in diesem abwärts führenden Gewölbe gebärdete sich wie ein übel gelauntes Raubtier, das mit seinen schwarzen Fängen nach der flackernden Flamme schlug und sie bedrängte, bis diese sich unter den Attacken zu ducken begann.

»Wo kommt nur dieser Schutt her?«, fragte der Eisvogt, der sich überraschend nahe an Urok dränge. Was auch immer in der vor ihnen liegenden Finsternis lauern mochte, schien dem Mann inzwischen mehr Angst einzujagen als die Gegenwart eines ungefesselten Orks.

Urok hob die Fackel über den Kopf und beleuchtete die Decke, in der mehrere kegelförmige Löcher klafften. Als er den fest umrissenen Lichtkreis weiterwandern ließ, entdeckten sie über der Tür das gleiche Bild: Auch dort hatte sich etwas spitz Zulaufendes mit großer Wucht in den Stein gebohrt. Und ebenso in die Tür, die neben der großen Delle, die auch von außen sichtbar war, mehrere kleinere Kerben aufwies.

»Darum der Einsturz auf der anderen Seite«, sinnierte der Eisvogt. »Hier muss etwas mit großer Kraft gegen die Wand gehämmert haben. Etwas, das zudem alle Fackeln gelöscht und meine Knechte überfallen hat.«

Nagende Furcht beherrschte seine verzerrten Gesichtszüge, trotzdem wandte er sich der Finsternis zu und rief laut in sie hinein: »Isleif! Hörst du mich?«

Der Ruf hallte höhnisch von dem unter ihnen liegenden Gewölbe wider, bevor er allmählich verklang. Nicht einmal ein leises Stöhnen ertönte zur Antwort. Angesichts der abgetrennten Hand, die noch immer am eisernen Türring hing, wäre das auch einem mittleren Wunder gleichgekommen.

»Gib mir ein Schwert«, verlangte Urok, »und ich sehe für dich nach, was aus deinen Eisknechten geworden ist.«

Die Miene des Eisvogts hellte sich auf, als hielte er das für eine gute Idee, doch ehe er einen entsprechenden Befehl geben konnte, kam ihm Falu, der Schattenelf, zuvor.

»Und ob du uns allen vorausgehen wirst, Ork«, zischte er von Hass erfüllt. »Aber waffenlos, als lebender Köder.« Und an den Eisvogt gewandt, sagte er: »Deine Wachen bibbern dort draußen zum Steinerweichen. Befiehl sie gefälligst herein, damit wir endlich in Erfahrung bringen können, was hier vor sich geht.«

Obwohl blind, bewegte sich Falu mit der Sicherheit eines Sehenden. Allein die Art, wie er sein gezogenes Schwert hielt, bewies, dass er genau wusste, wo Urok stand und wohin er notfalls stechen musste, um ihn sofort zu Fall zu bringen. Außerdem war da noch Morn, der ihn unterstützen würde.

So mächtig der Eisvogt in Rabensang auch war, den Anweisungen eines Schattenelfen wagte er nicht zu widersprechen. Hastig lief er durch die Tür hinaus und befahl einige Bewaffnete herbei, die sie begleiten sollten.

In der kurzen Zeitspanne, in der sie allein standen, rang Falu sichtlich um Fassung. »Ich würde deinen elenden Gestank unter Tausenden deiner Art erkennen«, sagte er leise zu Urok, nachdem das Zucken in seinem Gesicht abgeebbt war. »Dich werde ich noch lehren, was es bedeutet, sich einen Legionär zum Todfeind zu machen.«

⇒ 21 ⇐

Auch die zwei Dutzend Fackeln, mit denen sie die Rampe hinabschritten, vermochten die allumfassende Finsternis nur notdürftig aufzuhellen.

Urok und Grindel, die den Trupp mit leeren Händen anführten, sahen jedoch mehr, als es die hinter ihnen folgenden Menschen vermochten, denn die Augen eines Orks konnten auch dort sehen, wo Hellhäuter nur in undurchdringliche Schwärze starrten.

Schon auf der Hälfte des abschüssigen Weges öffnete sich an der Seite ein Gewölbe, von dem weitere Tunnel abzweigten. Ein Gewirr aus Treppen, Rampen und umlaufenden Terrassen kreuzte einander. Das Ganze erinnerte Urok an einen Knotenpunkt, wie er ihn aus dem heiligen Hort von Arakia her kannte, an jene Höhle, in der sich eine glühende Quelle in ein wabenförmiges Becken ergoss. Die schemenhaften Umrisse einiger Säulen, die er an der rückwärtigen Wand entdeckte, bestätigten seinen Verdacht.

Auch in diesem Hort musste es eine Blutkammer geben. Durch das offene Portal, das nur zwei Steinwürfe entfernt lag, würden sie die Kammer erreichen.

Unwillkürlich beschleunigte Urok das Tempo, fuhr aber schon drei Schritte später fluchend zurück, als er bis zu den Knien in kaltem Wasser versank. Heißer Teer und Elfenrotz! Die Frostschollen auf dieser Ebene waren komplett abgeschmolzen.

Der Eisvogt begann laut zu klagen, weil hier ein wichtiger Notvorrat eingelagert war. Holzkisten voller Feigen, Schwarzbeeren, Zitronen und Granatäpfel dümpelten in den trüben Fluten, Säcke voller Dinkel und Hafer waren nass geworden und drohten zu verfaulen, und Eisblöcke mit eingefrorenem Zander, Hecht und Barsch schwammen auf der Oberfläche.

»Das Wasser reicht hier höchstens bis zur Hüfte«, rief Urok über die Schulter hinweg, »an den meisten Stellen sogar nur bis zu den Knien. Wir müssen uns verteilen und alles ausleuchten, um zu sehen, ob hier eine Spur von den verschwundenen Knechten zu finden ist.«

Er ging mit gutem Beispiel voran und kämpfte sich zu einer quer vor ihm verlaufenden Rampe durch. Kalte Fluten umschlossen ihn wie zäher Treibsand. Sein eisendurchwirkter Waffenrock saugte sich mit Wasser voll und behinderte seine Schritte. Unter lautem Schmatzen stapfte er die Rampe empor, bis er eine trockene Stelle erreichte.

Die nasse Kleidung klebte ihm wie ein Mantel aus Eis auf der Haut.

Grindel folgte seinem Beispiel und nahm ein Stück von ihm entfernt Aufstellung. Rabensangs Stadtwache verspürte hingegen wenig Lust, im Wasser herumzuwaten. Die Männer froren schon jetzt erbärmlich, und immer wieder rieben sie sich über Arme und Beine, um die Kälte wenigstens ansatzweise zu vertreiben. Der einzige Mensch, der genügend warme Kleidung trug, war der Eisvogt. Doch so gutmütig er sonst auch war, jetzt zeigte er sich von seiner herrischen Seite.

»Verteilt euch gleichmäßig, wie der Ork gesagt hat!«, fuhr er die Gardisten an, die sich daraufhin murrend in Bewegung setzten.

Selbst Morn, Falu und der Eisvogt suchten sich je eine Ecke, die noch unbeleuchtet war. Verbittert starrte Urok auf das Wellenschwert, das der Halbling in der Rechten hielt. Die Waffe war extra für ihn geschmiedet worden, und er wollte sie unbedingt wiederhaben. Doch im Moment wäre er froh gewesen, überhaupt irgendetwas zu haben, das irgendwie zur Verteidigung taugte.

»Du weißt, was zu tun ist, wenn es gefährlich wird?«, raunte er Grindel zu.

Die Madak spuckte in seine Richtung, um klarzustellen, dass sie keine Belehrungen brauchte.

Inzwischen waren die Lichtpunkte so gleichmäßig verteilt, dass das Ausmaß der Katastrophe in vollem Umfang sichtbar wurde. Die hier unten eingelagerten Vorräte waren nicht mehr zu retten. Schlimmer als diese Erkenntnis traf sie jedoch der Anblick der bleichen Gliedmaßen, die überall zwischen Früchten und toten Fischen umhertrieben, einzelne Finger, Arme und Beine. Sie alle hatten eins gemeinsam: die glatten Schnitte, mit denen sie vom Rest des Körpers abgetrennt worden waren.

Traurig sah der Eisvogt auf einen Kopf hinab, der zu seinen Füßen trieb. In der linken Wange klaffte ein kreisrundes Loch, trotzdem erkannte der Eisvogt, wem der Kopf gehört hatte. »Isleif«, klagte er, leise seufzend.

Auch wenn er kein Krieger war, reagierte er doch wie ein Erster Streiter, der um seine verlorene Schar trauerte, erkannte Urok erstaunt.

Natürlich fragten sich alle, was den Knechten zugestoßen sein mochte. Vorsichtig leuchteten sie jeden Winkel aus, ohne allerdings eine Gefahr zu entdecken. Und doch spürten sie, dass in den Schatten um sie herum etwas lauerte, das den Eisknechten zum Verhängnis geworden war. Etwas Scharfes, Schnelles, das die Männer in Windeseile zerteilen konnte.

Angst durchzog die Herzen der Menschen. Selbst Urok spürte ein gewisses Unbehagen – gleichzeitig aber auch großen Hunger. Ein ölig schillernder Barsch, der auf Höhe des Wabenbrunnens an der Oberfläche dümpelte, ließ ihm das Wasser im Munde zusammenlaufen. Er überlegte schon, wie er das Tier aus den Fluten angeln sollte, als er einen langen schwarzen Schatten darunter entlanggleiten sah.

Im ersten Moment glaubte er, einer Täuschung erlegen zu sein, dann fuhr erneut etwas durch das Wasser, armdick, aber viel, viel länger. Kein Aal konnte solche Ausmaße annehmen.

Gleichzeitig bemerkte Urok, dass oberhalb des Wasserspiegels Ähnliches geschah. Überall dort, wo die Dunkelheit noch tief genug nistete, schien sie schlängelnd und gleitend in Bewegung zu geraten.

Immer enger zog sich die Falle zusammen, immer mehr der langen, sich windenden und um sich selber tanzenden Schattenstränge wuchsen hinter den Wachen empor. Keiner von ihnen bemerkte die Gefahr, weil sie nach zweibeinigen oder tierischen Gestalten Ausschau hielten, nicht nach dem biegsamen Gewimmel, das sie allmählich einzukreisen begann.

Urok wollte gerade eine Warnung ausstoßen, als hinter ihm ein unterdrückter Schrei erklang. Sofort wirbelte er herum – und entdeckte Morn und Falu, die zwischen den Säulen des Portals standen.

Fassungslos deutete der Halbling in die vor ihm liegende Tiefe. Seine Lippen bewegten sich, doch er bekam kein einziges Wort heraus. Was auch immer er in der ehemaligen Blutkammer erblickte, musste so grauenvoll sein, dass es ihm die Stimme raubte.

Mit drei großen Sprüngen war Urok bei den beiden. Beinahe wäre er ausgeglitten, denn unter dem Wasser, das auf dem Absatz stand, verbarg sich eine feste Eisdecke, und auch die Stufen, die von hier aus in die Tiefe führten, waren mit einer dicken Eisschicht überzogen.

Das war es natürlich nicht, was Morn erschreckt hatte, sondern das monströse Wesen auf dem Grund der Blutkammer. Dort, wo sich einmal der Glutsee befunden hatte, hockte es im geborstenen

Eis, ein unförmig aufgeblähter Leib, dessen unteres Drittel noch in dem gefrorenen See feststeckte. Feucht glänzende Augen, fünf an der Zahl, funkelten voller Bosheit zu ihnen herauf.

Über Generationen unter einer massiven Eisdecke begraben, hatte es Ewigkeiten geruht, aber trotzdem überlebt. Frisch erwacht, stillte es nun seinen nagenden Hunger. Blanke Knochen, die sich vor seinem schmalen, jedoch mit rasiermesserscharfen Zähnen besetzten Schlund auftürmten, zeigten deutlich, wo die vermissten Knechte abgeblieben waren. Mit den zahllosen Auswüchsen unterschiedlichen Umfangs, die seinem Körper entsprangen, zog es seine bedauernswerten Opfer offenbar zu sich heran.

Was ist das nur?, fragte sich Urok, während er einen strengen Geruch nach Fisch wahrnahm, den das ölig glänzende Untier ausströmte.

Ein Raubkrake, raunte ihm eine ferne Stimme zu. *Ein unersättliches Geschöpf aus den Tiefen der Meere, das durch Raams Frevel hierher verschlagen wurde.*

Überrascht wandte sich der Ork um, konnte aber niemanden ausmachen, der zu ihm gesprochen hatte. Falu war es nicht. Der ließ sich gerade von Morn stockend erklären, was unter ihnen zu sehen war.

Seltsam. War das vielleicht die gleiche Stimme, die er seinerzeit auf Felsnest gehört hatte? Aber das war im rituellen Rausch, unter dem Einfluss des Kräutersuds gewesen. Allerdings auch an einem heiligen Ort, in dem das Blut der Erde wirkte.

Ein Raubkrake! Urok waren solche Wesen ebenso unbekannt wie dieser Raam, von dem er nur wusste, dass alle Menschen in Gothars Machtbereich die Sonne als Raams Tages- und den Mond als Raams Nachtauge bezeichneten. Aber es war ohnehin zu spät, sich über die Stimme und all die Dinge, die sie gesagt hatte, Gedanken zu machen.

Denn in Uroks Rücken ertönte ein gellender Schrei.

Alarmiert wirbelte er herum. Gerade noch rechtzeitig, um zu sehen, wie einer der Gardisten auf seine linke Schulter starrte. Oder besser auf das, was von ihr übrig war. Denn dort, wo sie eben noch gesessen hatte, klaffte plötzlich ein kreisrundes Loch. Muskeln und Gelenkknochen waren wie durch Zauberhand verschwunden, und nur noch ein dünner Fleischfetzen rund um die Achselhöhle verband den wild umherzuckenden Arm mit dem restlichen Körper.

Dunkelrotes Blut schoss aus der Wunde.

Während der Gardist vor Entsetzen wie erstarrt dastand, erhob sich hinter ihm ein dunkler Schatten, schnellte blitzschnell nach vorn und schlug in seinen Rücken. Die Schulterblätter des Mannes flogen zurück, gleichzeitig wurde er von einer fremden Kraft in die Höhe gerissen. Mit einem lauten Schmatzen fuhr etwas durch ihn hindurch und brach in einer blutigen Woge aus seinem Brustkorb hervor, eine spitz zulaufende Hornkralle von der Größe einer zusammengedrückten Menschenhand.

Mit ungeheurer Kraft hob sie den Gardisten, der nur noch zu einem feuchten Gurgeln fähig war, bis fast unter die Decke und riss ihn danach schlagartig wieder zurück, direkt hinein in ein dichtes Schlangennest umherwimmelnder Stränge, die sofort begierig über ihm zusammenschlugen, ihn umwickelten und erdrückten.

Und das war noch längst nicht alles. Auch überall sonst brachen sie hervor, die widernatürlich langen Glieder des Raubkraken.

Unzählige pechschwarze Extremitäten, kaum dicker als Schlangenleiber, die blind umhertasteten und alles Lebendige umfingen, das sie berührten. Sobald eine von ihnen lohnende Beute ausgemacht hatte, wussten offenbar auch die anderen, wo sich das Opfer befand, und ebenso das halbe Dutzend der wesentlich dickeren Fangarme, die in scharfen Hornkrallen endeten. An ihren Innenseiten befanden sich handtellergroße Saugnäpfe, deren Ränder von Doppelreihen winziger, aber messerscharfer Zähne gesäumt waren. Wenn sie wie gefräßige Mäuler zusammenschnappten, verursachte dies die kreisrunden Verletzungen.

Aus dem dunklen Pfuhl, der zu Füßen der Wachen schwappte, schossen die ölig glänzenden Gliedmaßen hervor, aber auch hinter Kisten und Säcken oder einfach nur aus der Dunkelheit, die die Menschen weiterhin von allen Seiten bedrängte.

Der Überfall erfolgte so plötzlich, dass sich alle nur an ihren Waffen festhielten, anstatt sie zu benutzen. Einzig Grindel explodierte in kräftigen Bewegungen. Mit einem mächtigen Satz sprang sie zu dem am nächsten stehenden Gardisten, riss ihm den Mondsporn aus den Händen und stach damit nach einem Fangarm, der sich gerade drohend aus dem Wasser erhob.

Bis zu den sichelförmigen Seitenklingen drang der Spieß ein, und ungeheuer dunkles, beinahe schwarzes Blut sprudelte aus der Wunde hervor. Aus den Tiefen der Blutkammer erklang zugleich ein protestierender Laut. Raubkrake und Fangarme gehörten also tatsächlich zusammen.

Er hat seine Tentakeln durch den Fels gebohrt, Ursohn, und bereits vorhandene Spalten erweitert. Das ist seine natürliche Art zu jagen: blind und aus dem Verborgenen heraus.

Urok hätte eigentlich sofort wie Grindel reagieren müssen. Dass Falu in diesem Moment die Hand von Morns Schulter nahm und einen Schritt zurücktrat, lenkte ihn jedoch ab. Blitzschnell winkelte der Schattenelf das rechte Bein an. Morn spürte das ihm drohende Verhängnis erst, als sich Falus Stiefel bereits in seinen Rücken bohrte.

Die Wucht der Attacke war so groß, dass es Morn zischend die Luft aus den Lungen trieb. Völlig überrascht, stolperte er zwei Schritte nach vorn. Sein linker Fuß trat zuerst ins Leere, sackte dann ein Stück in die Tiefe und landete auf einer der vereisten Stufen, die nicht den geringsten Halt boten. Aufkreischend stürzte er vornüber die Treppe hinab.

Das Wellenschwert wurde ihm gleich beim ersten Aufschlag aus der Hand geprellt. Seine Versuche, sich irgendwo festzukrallen, schlugen fehl. Die Fackel in der Linken weiterhin fest umklammert, rutschte er haltlos in die Tiefe – direkt auf den Raubkraken zu, der sofort drei seiner fünf Augen auf ihn richtete.

Rund um das Schlitzmaul richtete sich ein Wald aus kürzeren, nur drei bis vier Mannslängen hohen Tentakeln auf.

Uroks ganze Sorge galt allerdings dem Wellenschwert, das ebenfalls in die Tiefe schlitterte. Am liebsten hätte er sich ihm hinterhergeworfen, doch damit hätte er nur Falu einen Gefallen getan, der längst zu ihm herumgewirbelt war und die Klinge in seiner Hand blitzartig nach oben riss. In einem silbrigen Reflex schnitt sie genau dort durch die Luft, wo gerade eben noch Uroks Herz geschlagen hatte.

Statt wie angewurzelt stehen zu bleiben, war der jedoch längst in die Höhle zurückgesprungen. Genau auf einen Gardisten zu, der bereits aus mehreren kreisrunden Wunden blutete. Der Mondsporn in seiner schlaff herabhängenden Hand nutzte ihm ohnehin nichts mehr.

Urok riss ihn an sich und schwang damit sofort einen Halbkreis, um mehrere der pechschwarzen Würgestränge zu kappen, die nach ihm schnappen wollten. Mit echtem Blutstahl in der Hand hätte er sie alle auf einen Schlag durchtrennt, doch mit dem unhandlichen Mondsporn musste er mehrmals hinlangen, um sie niederzumähen. Der letzte Strang hatte sich bereits um seinen Stiefel geschlängelt, als er ihn mit einem gezielten Stich nach unten zerteilte.

Aber auch blutend und gekappt schnellten die Tentakel wieder empor und peitschten gefährlich um sich.

Inzwischen war es dunkler in der Höhle geworden. Denn mit jedem Gardisten, der unter den Attacken des Raubkraken starb, fiel auch eine Fackel herab. Meistens ins Wasser, nur selten auf eine trockene Erhöhung, wo sie zischend weiterbrannte.

Während Urok verbissen auf einen Fangarm einstach, erkannte er die Hoffnungslosigkeit ihres Kampfes. Gegen die Übermacht der Tentakel ließ sich auf Dauer nichts ausrichten. Die überlebenden Gardisten setzten sich zwar mit dem Mut der Verzweiflung zur Wehr, doch selbst Grindel, die härter als jeder Mensch austeilte, wurde bereits von lebenden Fesseln behindert, die ihre Arme und Beine umwickelt hatten. Alle Muskeln angespannt, versuchte sie die Stränge mit wuchtigen Bewegungen abzuschütteln, aber der Raubkrake gab einfach nach oder zog an, wie es gerade passte.

Zum Glück gab es jemanden, der Grindel zur Seite sprang und mit blankem Säbel auf die straff an ihr zerrenden Tentakeln eindrosch. Es war ausgerechnet der Eisvogt, der sich – trotz aller Leibesfülle – überraschend schnell und behände bewegte. So wie er die Waffe führte, wusste er durchaus, was er tat. Er musste früher selbst einmal als Gardist gedient haben.

Aber auch das würde ihm auf Dauer nicht das Leben retten.

Direkt vor der Rampe, die nach oben ins Freie führte, versperrte ihnen ein ganzer Tentakelwald den Weg. Selbst wenn es ihnen gelingen sollte, ihn zu überwinden, waren sie danach noch längst nicht in Sicherheit. Der Tod des Eisknechts Isleif war der beste Beweis dafür, wie weit die Hornkrallen der Fangarme reichten.

Kein Raubkrake ist in seinen Fanggründen zu bezwingen, wisperte es leise, während Urok weiter um sich schlug. *Nur auf heimischem Grund.*

Woher kamen diese Eingebungen, die er da hörte? Wirklich von Vuran oder dem Blut der Erde? Da sie von einem Jucken in

264

seiner linken Hand begleitet wurden, durfte er zumindest darauf hoffen.

Vielleicht hatte sich ja ein Hauch der Macht erhalten, die diesem Gewölbe innewohnte. Angesichts der Ausweglosigkeit seiner Lage konnte es jedenfalls nicht schaden, einen Blick in die Blutkammer zu werfen, wo ja auch sein Wellenschwert lag.

Als er sich zum Portal umdrehte, stand er unverhofft Falu gegenüber. Den Kopf in den Nacken gelegt, die Nasenlöcher geweitet, orientierte sich der Blinde tatsächlich anhand seines empfindlichen Geruchssinns, um Urok aufzuspüren. Die Tentakel, die überall durch die Luft flirrten, behelligten ihn seltsamerweise nicht.

Urok war das ein Rätsel. Obwohl der Schattenelf eine leichte Beute darstellte, hatte sich bisher kein einziger Strang um ihn gewunden. Im Gegenteil. Während er den Grund vor seinen Stiefeln mit der Schwertspitze abtastete, um nicht unvermutet ins Bodenlose zu stürzen, trat er versehentlich gegen einen Strang, der sich vor ihm wand – doch nachdem dieser kurz emporzuckte, schnellte er davon, als würde er Falu ganz bewusst verschmähen.

Sogar ungenießbar für einen Raubkraken, dachte Urok verächtlich. *Was für ein giftiges Völkchen diese elenden Elfen doch sind!*

Aus dem Stand heraus sprang er Falu entgegen.

Der Legionär hörte ihn und schleuderte sofort seinen Waffenarm in die Höhe. Gleichzeitig drehte er sich zur Seite, um die Angriffsfläche zu verkleinern.

Diesmal war das Überraschungsmoment jedoch auf Uroks Seite, und ratschend fuhr der Mondsporn in Falus zurückweichende Schulter. Die stählerne Spitze glitt am Knochen ab, so blieb es bei einer oberflächlichen Wunde. Dennoch wurde der Elf zu Boden geworfen.

Mit weit ausgreifenden Schritten rannte Urok auf das Portal zu. Er duckte sich, um einigen Tentakeln zu entgehen, die über ihn hinwegpeitschten, ohne ihn zu treffen. Hinter ihm kam der Elf wieder auf die Beine. Sollte er doch. Sollte er ihm ruhig folgen, wenn er sich traute.

Die Stangenwaffe fest umklammert, sprang Urok über den oberen Absatz hinweg. Die Säulen flogen links und rechts an ihm vorbei. Da er wusste, dass es auf der spiegelglatten Treppe keinen Halt gab, hob er seine Beine an, um mit der Kehrseite voran zu landen. Auf diese Weise hatten seinerzeit viele Scharbrüder den Hang bewältigt, als es zum Kampf an Magister Garskes Wasserrad gekommen war, und so wie sie rutschte nun auch er in die Tiefe.

22

Er rutschte auf seinem Waffenrock in die Tiefe. Zu beiden Seiten der Stufen schlängelten sich unendlich lange Fangarme empor, um unterhalb der gewölbten Decke in Spalten und Löchern zu verschwinden, die bis in die über ihnen liegende Zwischenhöhle führten. Doch der Raubkrake hatte zusätzlich noch wesentlich kürzere Fortsätze, mit denen er sich innerhalb der Blutkammer zu verteidigen wusste.

Wie angriffslustige Nattern schossen sie vor seinem unförmigen Leib in die Höhe. Um nicht ungebremst in diesen wimmelnden Wall zu rauschen, stieß Urok den Mondsporn zur Seite, tief hinein in den sich aufwärts schlängelnden Tentakelwust. Ein Zittern durchlief den Ballonleib der Kreatur, während Urok mit der Waffe mehrere Stränge gleichzeitig aufschlitzte.

Es gelang ihm, einen der Stiefel gegen die steinerne Begrenzung zu stemmen. Das bremste seine Rutschpartie noch weiter ab. Dann ließ er sich auf den Rücken fallen, breitete beide Arme aus und kam auf diese Weise zum Stillstand.

Von Morn war nirgends etwas zu sehen. Obwohl Urok keine große Sympathie für den Halbling hegte, missfiel ihm der Gedanke, dass der Kerl womöglich bereits im Magen dieses Untiers lag.

Die Augen, Ursohn, raunte die Stimme, die ihn hergelockt hatte. *Die Augen sind die Schwachstelle des Raubkraken.*

Urok kämpfte sich auf die Füße. Morns Fackel lag kurz vor dem Tentakelwall in einer immer größer werdenden Pfütze. Dennoch brannte die pechdurchtränkte Oberseite weiter.

Urok hob die eigene Fackel, um noch besser sehen zu können. Hier unten war es so kalt, dass sich jeder Atemstoß in kleine Nebelwolken verwandelte. Doch von irgendwoher wurde die Höhle erwärmt. Wände und Deckengewölbe glänzten längst vor Feuchtigkeit.

Der krasse Temperaturunterschied führte zu Spannungen im Fels, und die wiederum erzeugten fingerdicke Risse vom Boden bis hoch in den Felsdom. Überall auf der von Pfützen übersäten Eisdecke lagen kieselgroße Bruchstücke herum.

Mit Fackel und Sporn bewaffnet, bewegte sich Urok auf den Tentakelwall zu. Als er den festen Untergrund verließ und das ehemalige Gebiet des Glutsees betrat, begann der Boden unter seinen Füßen zu schwanken. Glucksende Laute stiegen empor. Unter der noch festen Oberfläche gab es längst verflüssigte Bereiche, und es bestand bei jedem Schritt die Gefahr einzubrechen. Vor ihm klaffte bereits ein mannsgroßes Loch in der Eisdecke.

Ob Morn darin verschwunden war? Von dem Halbling war jedenfalls nicht das Geringste zu sehen. Ebenso wenig von dem Wellenschwert, das er verloren hatte. Verdammt! Hoffentlich war die Waffe nicht mit im Eisloch gelandet!

Erst die Doppelaxt in der Blutgrube verloren und dann das Wellenschwert im Inneren eines Eisblocks, das wäre wirklich zu viel des Guten gewesen.

Verdrossen umrundete Urok die gefährliche Stelle und rückte weiter gegen den Tentakelwall vor. Er überlegte kurz, ob er den Mondsporn in eines der schwarzen Augen schleudern sollte, aber falls das Tier nicht sofort an diesem Stich starb, hätte er sich damit nur selbst entwaffnet. So blieb er stehen und wehrte den ersten Fangarm ab, der ihm entgegenpeitschte. Er schlitzte ihn auf und verbrannte einen zweiten mit der brennenden Fackel, doch obwohl sich der unangenehme Geruch von verschmorter Haut ausbreitete, wich der Strang keineswegs zurück, sondern wand sich dreimal um den Schaft des Mondsporns und versuchte die Waffe mit einem harten Ruck aus Uroks Hand zu zerren.

Der Krieger drückte sofort die brennende Fackel auf den Tentakel, doch der Raubkrake widerstand allem Schmerz. Er zerrte weiter mit ungeheurer Kraft, die jeden Menschen schon längst durch das Gewölbe gewirbelt hätte, und gleichzeitig jagten zwei mit Saugnäpfen bewehrte Fangarme heran.

Urok wollte trotzdem nicht loslassen. Hastig langte er auch mit der zweiten Hand zu und umklammerte mit ihr Schaft und Fackel gleichzeitig. Die Stange bog sich unter den entgegengesetzten Gewalten immer stärker durch – und zerbrach, kurz bevor die Saugnäpfe zuschnappen konnten. Mehr um das Gleichgewicht zu halten, als um zurückzuweichen, stolperte Urok nach hinten. Die kurzen Fangarme erreichten den Punkt ihrer größtmöglichen Ausdehnung, und Blut spritzte, als sie über Uroks Schultern und Oberarme schrammten.

Er unterdrückte den flammenden Schmerz, der wie mit glühenden Klingen durch seinen Körper stach. Ein Blick auf die Wunden zeigte ihm, dass es nur oberflächliche Risse waren, trotzdem quoll es dunkel aus ihnen hervor.

Von Wut geschüttelt, wankte er weiter zurück.

Jetzt war er tatsächlich entwaffnet, ohne auch nur ein einziges Auge angekratzt zu haben. Alles, was ihm noch blieb, war mit Eisbrocken zu werfen. Vielleicht ließ sich das Biest wenigstens damit blenden!

Während er sich nach einem besonders kantigen und spitz zulaufenden Exemplar umsah, hörte er ein unangenehmes Zischen über seinem Kopf. Er blickte in die Höhe und entdeckte zwei der großen, in Hornkrallen zulaufenden Fangarme, die durch das Portal stießen und über die Treppe zu ihm herabschlängelten.

Ohne auf Falu zu achten, der sich gerade an den Tentakelsträngen seitlich der Treppe herabhangelte, jagten sie direkt auf Urok zu.

Dem Krieger blieb gar nichts anderes übrig, als zur Seite zu rennen. Wenn ihn auch nur eine der beiden spitzen Hornkrallen erwischte oder einer der gefräßigen Saugnäpfe, war es um ihn geschehen. Ohne jede Waffe, Harnisch oder Schulterpanzer war er den fürchterlichen Hieben dieser Fangarme schutzlos ausgeliefert.

Was soll ich nur machen?, fragte er sich in einem Anflug von Verzweiflung. *Stimme des Blutes, hilf deinem Ursohn!*

Zu seiner Überraschung antwortete die angerufene Kraft tatsächlich, allerdings anders, als erhofft: *Das Blut der Erde vermag nur zu fließen und Kraft zu spenden,* orakelte sie, *doch das Schicksal derer, die auf Erden wandeln, liegt in ihren eigenen Händen.*

Damit konnte Urok wenig anfangen. Zum Glück fehlte ihm die Zeit, sich über die Antwort zu ärgern. Mit einem großen Satz hechtete er in Sicherheit, während sich eine der herabfahrenden Hornkrallen direkt hinter ihm in den Boden bohrte. Die Erschütterung, die den Einschlag begleitete, pflanzte sich durch den Fels fort, ließ selbst Wände und Decken erbeben, und kleinere Bruchstücke lösten sich aus den allgegenwärtigen Rissen und Spalten und regneten in die Tiefe.

Urok rollte hinter die vereiste Treppe, um dem Blickfeld des Raubkraken zu entkommen. Durch das natürliche Felsgeländer geschützt, riss er den rot gestreiften Überwurf auseinander und löste den Leibgurt des darunter liegenden Waffenrocks. Mit geübten Bewegungen schnallte er die Schutzbekleidung von seiner Hüfte und warf sie sich stattdessen um die Schultern.

Er hatte sie dort gerade notdürftig verschnürt, als die Hornkrallen nebeneinander um die Treppe schossen, und er entkam dem Doppelschlag nur, indem er den Hornkrallen entgegensprang.

Oder besser gesagt: indem er genau zwischen sie hindurchsprang!

Er berührte sie sogar dabei, und die scharfzähnigen Saugnäpfe schnappten instinktiv nach ihm, scheiterten aber an dem eisendurchwirkten Waffenrock.

Zudem war es für die Tentakel zu spät, um noch abzubremsen. Mit großer Wucht hämmerten sie gegen die Wand, die sich eben noch hinter Urok befunden hatte. Eine weitere Erschütterung, noch viel stärker als die erste, durchlief das Gewölbe, und diesmal rauschte ein ganzer Steinhagel in die Tiefe.

Urok wurde mehrfach getroffen, doch sein Kopf blieb verschont, und der Waffenrock milderte das meiste ab. Statt zur Treppe zu fliehen, wie es sein Instinkt verlangte, rannte er auf die am nächsten liegende Wand zu.

Hinter ihm pfiffen bereits die beiden Tentakel durch die Luft und auf ihn zu – doch sie sausten weit über ihn hinweg, als er sich fallen ließ.

Diesmal drangen sie nicht in die Felswand ein, sondern ratschten mehrere Speerlängen weit an ihr entlang. Das versetzte die brüchigen Bereiche sogar noch stärker in Schwingungen.

Auch weitere Versuche, Urok zur Strecke zu bringen, schlugen fehl. Allmählich wurde der Raubkrake wütend. Immer wilder drosch er um sich und sandte seine mächtigen Hiebe bereitwillig in all die Ecken, in die Urok ihn lockte.

Irgendwo, weit hinter dem Untier, krachte die erste Felsdecke herab.

Urok grinste zufrieden. Es war ein gefährliches Spiel, das er da trieb, denn jeden Moment konnte ihm selbst ein Trümmerstück den Schädel zerschmettern. Aber war das nicht immer noch besser, als sich dem sicheren Schicksal zu ergeben?

Nur wer bereit ist zu sterben, kann den Kampf überleben, hatte Torg Moorauge vor der Schlacht zu ihm gesagt, und von dieser Weisheit ließ er sich leiten.

Unablässig hagelte es von oben herab, und trotz des wattierten Rocks steckte er schwere Treffer ein, aber auch der tobende

Krake blutete aus den ersten Risswunden, die seinen Ballonleib überzogen.

Das war der Moment, in dem ein faustgroßer Stein Urok am Kopf traf.

Es war wie eine Explosion, die von der Stirn her unter seine Schädeldecke fuhr – ein gewaltiger Schlag, der sein Bewusstsein ins Nichts schmetterte.

Urok hatte das Gefühl, in einen schwarzen Abgrund zu stürzen.

Als er wieder zu sich kam, lag seine Fackel am Boden.

Er selbst schwebte in der Luft, von einem der großen Fangarme am Rücken gehalten. Feuchte Ströme rannen sein Rückgrat herab. Auch wenn sich der Saugnapf vor allem in den eisendurchwobenen Waffenrock krallte, zerschnitten die spitzen Zähne doch einiges an Haut und Fleisch.

Aber was machte das schon angesichts des anderen Fangarms, der direkt vor Uroks Gesicht schwebte.

Erstmals sah er, wie feuchtrosig der runde Saugtrichter leuchtete.

Ungeachtet des steinernen Grollens, das von dem Gewölbe widerhallte, schien ihn der ebenmäßige Kreis aus erwartungsvoll zuckenden Reißzähnen höhnisch anzugrinsen. Ein Gefühl der Übelkeit krampfte Urok den Magen zusammen, trotzdem fand er sich mit dem Gedanken ab, gleich das Gesicht zu verlieren, und das im wahrsten Sinne des Wortes.

Die Boshaftigkeit, mit der die Bestie seinen Tod hinauszögerte, offenbar um sich an seiner Hilflosigkeit zu weiden, wandte sich aber schon beim nächsten Herzschlag gegen sie.

Das Grollen über ihren Köpfen schwoll dramatisch an, bis sich ein Felsbogen, der eine Gasse hätte überspannen können, unter großem Getöse aus der Decke löste und in die Tiefe stürzte.

Genau auf den voluminösen Ballonleib herab.

Mit lauten schmatzenden Geräuschen wurde der Raubkrake unter der schweren Last zerquetscht. Die Tentakel, die Urok in die Zange genommen hatten, zitterten heftig.

Im nächsten Moment fand er sich auf dem kalten Boden wieder.

Keuchend rappelte er sich auf und taumelte blind umher. Das Blut aus der Platzwunde an seiner Stirn rann ihm in die Augen, und so oft er auch über den roten Vorhang wischte, es drang immer wieder nach und raubte ihm die Sicht.

Trotzdem hätte er nicht so stark schnaufen sollen, denn dadurch wusste Falu, wo er zu finden war.

Ein Tritt in die rechte Kniekehle brachte Urok zu Fall.

Er versuchte sich sofort in die Höhe zu stemmen, doch zwei schmale, aber unangenehm kräftige Hände, die ihn an Hals und Nacken packten, zwangen ihn wieder nieder. Urok spürte, wie er über das Eis gezogen wurde. Vergeblich versuchte er sich aufzubäumen, doch seine zahlreichen Wunden und der starke Schlag gegen die Stirn raubten ihm weiterhin alle Kraft.

Falu schwieg die ganze Zeit. Weder drangen Worte der Verwünschung noch des Triumphes über seine Lippen. Das brachte den dunklen Grimm, mit dem er nach Rache lechzte, noch viel deutlicher zum Ausdruck.

Urok versuchte seine Arme zu heben, fühlte sich aber wie gelähmt. Nur seine Lider zwinkerten unablässig, verzweifelt darum bemüht, den klebrigen Film fortzuwischen, der seine Augen verklebte. Als er endlich wieder sehen konnte, raste das Eisloch bereits auf ihn zu.

Tief einatmen und die Luft anhalten, mehr war nicht mehr drin.

Das kalte Wasser stach ihm wie mit Myriaden von Eisnadeln ins Gesicht, doch es weckte auch wieder seine Lebensgeister. Verzweifelt versuchte er sich aufzubäumen, doch gegen das Knie, das in seinen Nacken drückte, kam er nicht an. Gnadenlos zwängte es ihn unter die Oberfläche. Hinzu kam der schwere Waffenrock um seinen Hals, der sich rasch voll saugte.

Das Wasser drang ihm in Nasenlöcher und Ohren und bohrte sich in seine pochende Stirnwunde. Doch nichts quälte ihn mehr als der unbändige Wunsch, nach Atem zu ringen, und gleichzeitig zu wissen, dass das seinen Tod bedeutet hätte.

Uroks Finger krallten sich in der Eisdecke fest, aber sosehr er auch versuchte, sich in die Höhe zu stemmen, der Elf drückte ihn weiterhin unter Wasser. Reflexartig strampelte er mit den Füßen und versuchte auf die Beine zu gelangen, doch es half nichts, Falu drückte immer kräftiger zu.

Alle Gegenwehr war vergeblich. Der Elf wollte ihn ersäufen, und in seinem geschwächten Zustand gab es nichts, was Urok dagegen unternehmen konnte.

Endlich, Ursohn, raunte die vertraute Stimme, plötzlich laut und verständlich. *Endlich bist du nahe genug, um deine Fähigkeiten einzusetzen.*

Gleichzeitig blitzten Bilder vor seinen Augen auf. Bilder, die vielleicht der einsetzenden Atemnot geschuldet waren, die ihn aber dennoch erfreuten.

Denn er sah Ursa, wie sie am Glutsee des heiligen Horts stand. Ja, sie stand! Aufrecht! So, wie sie es sich insgeheim immer gewünscht hatte, auch wenn ihr dieser Wunsch niemals laut über die Lippen gekommen war.

Ursas Kräfte haben das Blut entfesselt, wisperte es in seinen Ohren. *Aber noch sind viele der alten Bahnen versandet. Darum musst du jetzt fügen, was zusammengehört.*

Urok verstand nicht, was die Stimme wollte. Ihn interessierte nur noch, was mit den Beinen seiner Schwester war.

Wird das so bleiben?, fragte er in Gedanken. *Wird sie jetzt auf ewig aufrecht stehen können?*

Vorläufig nur in ihrem Hort, antwortete die Stimme. *Sie hat zwar gefügt, was zusammengehört, aber die Macht derer, die auf Erden wandeln, ist räumlich begrenzt. Darum füge jetzt auch du!*

Die letzte Forderung klang ein wenig ungeduldig, wenn nicht sogar von Ärger geprägt. Vielleicht, weil die Stimme fürchtete, dass er sterben könnte, bevor er was auch immer fügen konnte. Fügen. Was war damit nur gemeint?

Fügen … Eigentlich konnte sich Urok nur noch in sein Schicksal fügen. Er hatte gut gekämpft. Alles, was er noch wollte, war, im Blut der Erde aufzugehen.

Im gleichen Moment, da er an das Blut der Erde dachte, verschwanden Ursa und der Hort aus seinen Gedanken. Stattdessen sah er auf einmal eine rote Linie in den klaren Fluten des Eiswassers, einen pulsierenden Strang, um den sich eine weiße Linie so fest gewickelt hatte, dass sie die rote geradezu strangulierte. Die weißen Konturen wirkten an einigen Stellen etwas zerflossen, waren aber eindeutig die stärkeren.

Füge!, verlangte die Stimme.

Was?, fragte sich Urok, ohne darauf eine Antwort zu erhalten, nur erneut die Anweisung: *Füge!*

Das Blut der Erde, dachte er, als er ein schwaches Pulsieren in dem roten Strang bemerkte. *Ich hoffe, ich gehe darin auf, wie es sich für einen Krieger geziemt.*

Er spürte ein Kribbeln in der linken Hand, aber auch, dass sein Körper nach Luft gierte. Seine Lungen brannten bereits so stark, als hätte er glühende Asche eingeatmet. Doch statt um sich zu schlagen und alle Kraft in seine Rettung zu stecken, dachte er nur, was für eine Ehre es war, das Blut der Erde, in das er gleich übergehen würde, schon zu Lebzeiten zu sehen.

Er fixierte einen pulsierenden Punkt, in den er sich stürzen wollte, sobald die Lippen unter der Atemnot auseinanderplatzen und seine Lungen begierig eisiges Wasser einatmen würden.

Er war nur ein einfacher Krieger, der nichts fügen konnte, was er nicht zerbrochen sah. Der einfach nur noch in den ewigen Blutstrom eintauchen wollte, um …

In dem Moment, da er im Todeskampf bereits alles Denken und Sehnen auf das Eintauchen in den roten Strom ausgerichtet hatte, schwoll das pulsierende Rot vor seinen Augen so stark an, dass die einschnürende weiße Linie gedehnt und gestreckt wurde, bis sie sich von allein löste und abwickelte.

Urok war so überrascht, dass er erschrocken ausatmete.

Warme Luftblasen strichen an seinen Wangen entlang nach oben.

Gern hätte er die wispernde Stimme gefragt, was das alles zu bedeuten hatte, doch in seinen Ohren rauschte es längst viel zu laut, als dass noch etwas anderes zu verstehen gewesen wäre als der Ruf des Todes, der so drängend nach ihm verlangte.

Gerade, als er den Entschluss, seine Lungen mit Wasser zu fluten, in die Tat umsetzen wollte, verschwand der Druck auf seinen Nacken. Kurz kam ihm der Gedanke, dass dies vielleicht nur eine Boshaftigkeit von Falu sein könnte, um ihm kurz vor dem Tode noch einmal Mut zu machen, da wurde er an den Schultern gepackt und in die Höhe gerissen.

Mit dem Rücken aufs Eis klatschend, erblickte er zweierlei: zum einen das Wellenschwert, das im Rücken des Schattenelfen steckte, der gerade sterbend zur Seite sank, und zum anderen Morns Gesicht, das einen Ausdruck höchster Zufriedenheit zeigte.

Urok verstand nicht, was das alles zu bedeuten hatte. Er pumpte einfach nur begierig Luft in seine Lungen.

Gut gemacht, Ursohn, lobte die wispernde Stimme, deutlich leiser als bisher. *Eine weitere Fessel ist gefallen. Raam weiß es noch nicht, aber wo das Blut wieder durch die Hauptschlagader zirkuliert, da pocht es gegen das nächste Hindernis. So wie hier, wo Ursas Taten das Eis zum Schmelzen brachten.*

Würgend wälzte sich Urok herum und verharrte einen Moment, auf allen vieren kauernd. »Was… was soll das bedeuten?«, fragte er krächzend. »Dass sich hier alles aufgeheizt hat, weil die Festung abgestürzt ist?«

Er erhielt keine Antwort, nicht einmal, als er die Frage wiederholte.

»Und warum trägt dieser Hort ein Zeichen, das eine gefiederte Schlange mit dem Rad des Feuers vereint?« Das war für ihn immer noch das größte Rätsel. Doch auch darauf schwieg die Stimme beharrlich.

»Was ist los?«, fragte Morn stattdessen. »Hat dir das kurze Bad im Eisloch das Hirn zerfressen?«

So durchnässt, wie der Halbling aussah, musste er selbst irgendwo eingebrochen sein. Keinen einzigen trockenen Faden am Leib, stand er über dem in einer grotesken Haltung erstarrten Schattenelfen und zog ihm das Wellenschwert aus dem Rücken.

Urok schüttelte unwillig den Kopf, während – so schien es ihm – Ameisen unter seiner Schädeldecke marschierten.

»Wo kommst du denn auf einmal her?«, wollte er wissen.

»Das Eisloch, in dem du beinahe ertrunken wärst, stammt von mir«, erklärte Morn, während er die Schwertklinge an dem Mantel des Schattenelfen reinigte. »Die Stelle war schon zu dünn, um mich zu tragen, und so bin ich eingebrochen. Zum Glück kann ich schwimmen, doch als ich wieder an die Oberfläche wollte, bin ich gegen die geschlossene Eisdecke gestoßen. Durchbrechen ging nicht, also musste ich mich darunter entlangtasten. Hab in meiner Panik aber die falsche Richtung erwischt und bin dort hinten rausgekommen.« Er deutete mit dem gesäuberten Schwert auf einen toten Winkel rechts hinter der Treppe. »Zum Glück ist an der Stelle das Gewölbe schon sehr brüchig. Die Eisdecke war bereits durchlöchert, bevor du hier wie ein Wilder rumgetobt bist.« Einen verächtlichen Ausdruck im Gesicht, stellte er sich hinter den toten Elfen und schob ihn mit dem rechten Stiefel auf die vor ihnen klaffende Öffnung zu.

Die zierliche Gestalt des Elfen ließ sich ohne große Anstrengung bewegen. Rasch glitt sie über die eckige Kante hinweg, rutschte durch das Loch und verschwand in den schwappenden Fluten.

»Der verdammte Mistkerl hat mich schon gequält, bevor du ihn geblendet hast«, sagte Morn, während er dem absinkenden Schatten hinterhersah. »Aber danach ist er wirklich unerträglich geworden.«

Abrupt drehte er sich um, das Wellenschwert immer noch in der Hand, die blanke Spitze wie zufällig auf den vor ihm knienden Ork gerichtet. »Niemand darf je erfahren, dass Falu durch meine Hand gestorben ist.« Er sah seinem Gegenüber tief in die Augen. »Hast du verstanden?«

Urok schnaufte verächtlich. »Ich erzähle mit Freuden überall herum, dass ich ihm den Hals mit bloßen Händen umgedreht habe.«

»Das lässt du schön bleiben.« Mit einem zufriedenen Grinsen steckte Morn das Schwert in die Scheide zurück. »Denn das würde nur auf mich zurückfallen. Nein, Falu wurde von dem Monstrum hier getötet. Was anderes wird nie über unsere Lippen kommen. Die Wahrheit bleibt hier in diesem Gewölbe zurück.«

Irgendwo hinter ihnen krachte ein weiterer Teil der Decke herab. Die Erschütterung war nicht allzu stark, fügte der brüchigen Eisdecke, auf der sie standen, aber einige neue Risse hinzu.

Hastig trat der Halbling auf Urok zu, legte sich einen seiner Arme um die Schultern und zog ihn hoch. »Los«, forderte er. »Lass uns schleunigst von hier verschwinden.«

Schwer auf Morn gestützt, schaffte es der Ork bis zur Treppe. Er blutete aus zahlreichen Wunden, trotzdem gelang es ihm allmählich, das Schwindelgefühl zurückzudrängen, das seine Bewegungen lähmte.

An der untersten Stufe angelangt, drehte ihm Morn noch einmal das Gesicht zu, plötzlich einen warmen Ausdruck in den Augen. »Danke, dass du gekommen bis, um mich zu retten«, sagte er, sichtlich bewegt.

Urok war zum Glück zu erschöpft, um laut aufzulachen. So nickte er nur brummend und machte sich zusammen mit dem Halbling an den Aufstieg, ohne dessen Irrtum aufzuklären. Sich gegenseitig stützend und an den erschlafften Tentakelsträngen emporhangelnd, schafften sie es über die vereisten Stufen bis hinauf zum Portal.

Oben angelangt, bot sich ihnen ein Bild des Grauens.

Von den wenigen auf trockenen Plätzen gelandeten Fackeln beleuchtet, waren überall die Toten zu sehen, die mit grotesk verrenkten Gliedern auf Treppen oder Felsvorsprüngen lagen oder mit dem Gesicht – sofern sie noch eins hatten – nach unten im Wasser trieben, viele von ihnen in unterschiedlich große Stücke zerteilt.

Urok glaubte schon, dass niemand außer dem Halbling und ihm überlebt hätte, als er Grindel entdeckte, die, Rücken an Rücken mit dem Eisvogt, inmitten eines Kreises aus zerhackten Tentakelstücken saß und vor Erschöpfung den Kopf hängen ließ.

»Los, hoch mit euch!«, rief er, weil in der Blutkammer schon wieder Gestein in die Tiefe stürzte. »Wir müssen hier so schnell wie möglich raus!«

Weil sich der Eisvogt nicht allein auf den Beinen halten konnte, klemmte Grindel ihn einfach unter ihren rechten Arm und schleppte ihn mit sich.

»Der kleine Mann ist ein tapferer Krieger«, erklärte sie Urok. »Ohne ihn hätte mich die Schlangenbrut niedergerungen.«

Urok nickte nur müde und half ihr, den Kerl mit nach draußen zu schleppen. Keiner der Fangarme versperre ihnen noch den Weg. Einige rührten sich zwar noch, doch das war nur Nervenzucken.

Allerdings reichten die Schritte der vier auf der nach oben führenden Rampe aus, um weitere Erschütterungen auszulösen. Immer mehr Steine klatschten ins Wasser, sodass sie froh waren, als sie in die oberen Tunnelbereiche gelangten.

Draußen, im Freien, wurden sie von einem Dutzend Wachen erwartet, das die beiden Orks mit gezückten Waffen in Empfang nahm. Dabei wären weder Urok noch Grindel in der Lage gewesen, die Flucht zu ergreifen oder die bewaffneten Menschen anzugreifen.

»Lasst die Ketten!«, befahl denn auch der Eisvogt. »Versorgt stattdessen ihre Wunden. Sie haben es verdient.«

Den Orks eine derartige Behandlung zukommen zu lassen gefiel den Hellhäutern nicht besonders, doch die Macht des Vogts war zu groß, um sich ihm zu widersetzen.

Die ärgsten Schnitte und Abschürfungen waren gerade vernäht oder verbunden, als die Erde unter ihren Füßen zu beben begann. Dann bildeten sich auch noch Risse in der Felskuppel, die sich rasch zu Spalten vergrößerten, und schon gab es kein Halten mehr: Alle Befehle missachtend, rannten die Wachen davon, während die ersten Stücke aus dem bogenförmigen Einstieg bröckelten.

Erst jetzt fiel Urok auf, dass sich etwas an dem darüber befindlichen Emblem verändert hatte. Das Rad des Feuers, zuvor nahezu verblasst, hob sich plötzlich genauso deutlich auf dem Oval ab wie die gefiederte Schlange. Oder täuschte dieser Eindruck, und war das Schlangensymbol jetzt nur ebenso schlecht wie das andere zu sehen, weil sich die Kuppel so stark schüttelte?

Urok konnte leider nicht überprüfen, ob die Rillen inzwischen gleich tief verliefen. Die Felsgrube vibrierte viel zu stark, als dass er es wagen konnte, noch einmal einen Fuß in sie hineinzusetzen.

Die Erschütterungen hatten aber noch andere Auswirkungen. Überall in der Stadt stiegen die Raben in dichten Schwärmen in den Himmel. Vermutlich gab es keinen gesunden Vogel, den es noch am Boden hielt. Aufgeregt flatterten sie umher und krächzten laut, bis ihre schrägen Misstöne so stark aufeinanderprallten, dass sie sich gegenseitig aufhoben und in Harmonien verwandelten, in echten Rabengesang.

»Wenn die Raben wirklich singen, droht der Stadt großes Unheil«, rief der Eisvogt erschrocken. »Dass ich noch miterleben würde, wie sich diese Prophezeiung erfüllt, hätte ich nie gedacht.« Und dann, nachdem er die Fassung wiedererlangt hatte: »Rasch auf die Lindwürmer und fort von hier!«

Zum Glück konnte er sich schon wieder allein bewegen. Mit seiner Hilfe gelangten sie auf dem schnellsten Weg hinaus aus der Stadt. Am Tor wurden sie bereits von Thannos und einigen anderen Gardisten erwartet, doch bevor diese nach dem Ausgang des Unternehmens fragen konnten, bebte der Boden erneut, diesmal in ganz Rabensang.

Eine riesige Staubwolke stieg pilzförmig über den Häusern auf, genau dort, wo sich der Einstieg zum Hort befunden hatte. Als der Staub langsam mit dem Wind verwehte und das Wehgeschrei in den Straßen begann, konnten sie sehen, dass einige der Dächer, die dort noch gerade emporgeragt hatten, verschwunden waren.

Mit bleichem Gesicht sah der Eisvogt erst in die Höhe und dann an sich herunter. Da erst entdeckte er, dass sich sein Amtssiegel von der Kette gelöst hatte. Statt zu schimpfen, tastete er über die leere Stelle unter den silbernen Gliedern und zuckte dann mit den Schultern.

»Was soll's?«, sagte er traurig. »Ohne Frostgewölbe gibt es ohnehin keinen Eisvogt mehr.«

Danach winkte er ihnen zu und wünschte ihnen noch eine gute Reise.

Wie seltsam manche Menschen doch waren.

Urok würde sie wohl nie verstehen.

AUF LEBEN UND TOD

ᚦ 23 ᚦ

Trotz der Verwundungen, die sie sich in Rabensang zugezogen hatten, bekamen Urok und Grindel keine Zeit zur
Erholung. So wie jeder andere Gefangene auch mussten sie an den
folgenden Tagen von früh bis spät im harten Sattel sitzen. Besonders bei Grindel, die wesentlich stärker verletzt war, platzten die
Wunden während des beschwerlichen Ritts immer wieder auf.

Kein Mensch hätte die Strapazen ertragen, die ihnen zugemu-
tet wurden. Doch Thannos und seinen Männern war es egal, ob
die beiden starben. Auf einige Orks mehr oder weniger kam es ihnen nicht an. Das mussten auch die drei Wagemutigen feststellen,
die eines Nachts ihre Ketten sprengten und zu fliehen versuchten.
Noch in Sichtweite des Lagerplatzes fielen sie den Flugsamen der
Pasek zum Opfer.

Der Großgardist präsentierte die Toten stolz als warnendes
Beispiel, kümmerte sich ansonsten aber nicht weiter um sie. Für
Thannos war nur wichtig, dass genügend Gefangene überlebten,
um einen Triumphzug durch Sangors Straßen abhalten zu können.

Als die Mauern der Stadt in Sicht kamen und sich die allgemeine Laune unter den Gardisten schlagartig verbesserte, blitzte
in ihm dennoch ein Anflug von Großmut auf: Während alle anderen Orks absteigen mussten und in einer langen Reihe hinter die
Lindwürmer gebunden wurden, durfte Grindel, die mit geschlossenen Augen vor sich hin dämmerte, im Sattel sitzen bleiben.

Mit vor Stolz geschwellter Brust ritt der kommandierende Offizier dem Tross voran. Raams Tagauge hatte gerade erst den Zenit überschritten, die karge Landschaft flirrte entsprechend vor Hitze, und die Angeketteten verschwanden beinahe in der Staubfahne, die von den trabenden Lindwürmern aufgewirbelt wurde. Thannos zog das Tempo absichtlich an, um sie kräftig Staub fressen zu lassen.

Doch je näher sie dem Stadttor kamen, desto stärker zügelte er wieder das eigene Reittier. Außer zwei müde wirkenden Wachposten, die sich im schattenspendenden Torbogen an ihren Mondspornen festhielten, war keine Menschenseele zu sehen.

Wo waren bloß all die vielen Händler, Knechte und Bürger, die sonst um diese Zeit in die Stadt und herausdrängten? Noch nicht mal ein paar zerlumpte Kinder hockten bettelnd am Wegesrand. Es war niemand da, den Thannos mit einigen Kupfermünzen dazu bewegen konnte, den Einmarsch der siegreichen Garde überall in der Stadt zu verbreiten. Selbst die beiden Posten gaben sich nur mäßig interessiert, obwohl fast zwei Dutzend in Ketten gelegte Orks kein alltäglicher Anblick waren.

»Was ist hier los?«, bellte Thannos die beiden an, als wären sie persönlich für den traurigen Empfang verantwortlich. »Warum wirkt die Stadt wie ausgestorben?«

»Ist sie nicht«, belehrte ihn einer der Posten. »Alles, was laufen kann, ist nur in oder vor der Arena versammelt. Wer keinen Sitzplatz mehr ergattern konnte, will wenigstens den Kampflärm hören, der nach draußen dringt. Und danach aus erster Hand erfahren, wie das Duell zwischen Gonga und dem Schattenelfen ausgegangen ist.«

»Schattenelf?«, echote der Großgardist überrascht. »Ein Schattenelf als Gladiator in der Arena? Etwa immer noch der abtrünnige Vater, der sein Neugeborenes verbergen wollte?«

Weiterhin schwer auf den Mondsporn gestützt, nickte der Posten. In seine Trägheit, die der Mittagshitze geschuldet war, mischte sich ein Hauch von Wehmut darüber, dass er nicht selbst bei dem großen Ereignis dabei sein konnte.

»Und deshalb sind die Straßen wie leergefegt?«, fragte Thannos, immer noch ein wenig erbost über das Desinteresse, das ihm entgegenschlug. »Gonga wird den Legionär genauso in der Luft zerreißen wie alle anderen Opfer, die ihm schon zum Fraß vorgeworfen wurden. Was ist so Besonderes an diesem Schauspiel?«

Der Posten richtete sich erstmals auf. Vielleicht, weil sich der Staub um die Orkreihe endlich weit genug gelichtet hatte, dass er sie deutlich erkennen konnte, vielleicht aber auch, weil ihn seine nächsten Worte selbst erregten und munter machten. »Du hast wohl noch nicht von Benirs zurückliegendem Kampf gehört, Großgardist«, sagte er versonnen. »Es muss ein wahrhaft blutiges Spektakel gewesen sein, wie es zuvor noch kein Zuschauer zu sehen bekommen hat.«

Auch diese Antwort stellte Thannos nicht zufrieden, aber es brachte nichts, sich mit diesem Kerl herumzustreiten. Mit unverhohlener Enttäuschung drehte er sich im Sattel um und sah über die Reihe seiner Gefangenen hinweg. Quer durch Cabras und Ragon hindurch hatte er sie nach Sangor geschafft, ohne einen einzigen Gardisten zu verlieren. Doch sobald die Orks in irgendeinem Kerker hockten, würde sich kein Mensch mehr für den Namen des Offiziers interessieren, dem dieses Kunststück gelungen war. Den offiziellen Triumphzug, der in zwei, drei oder vielleicht auch erst in fünf Wochen stattfinden mochte, würde der Herzog anführen. Bis dahin war Thannos wahrscheinlich längst an die Front zurückgekehrt.

»Wohin soll ich die Gefangenen bringen?«, fragte er entnervt. »Ich hoffe, es wurde für einen sicheren Platz gesorgt. Diese grünhäutigen Untiere sind äußerst gefährlich.«

»Sie werden in die Obhut der Legion übergeben«, erklang eine Stimme, die sich erst zuordnen ließ, als der Elf, der aus dem

Schatten des Torbogens heraus geantwortet hatte, die Kapuze seines Tarnmantels zurückschlug.

Die Mundwinkel der beiden Torposten zuckten in die Höhe, als Thannos vor Schreck in seinem Sattel zusammenfuhr. Scheinbar hatten sie die ganze Zeit über von der Anwesenheit des Legionärs gewusst, der nun zwischen ihnen hervortrat und seinen Blick suchend über die Lindwürmer gleiten ließ, bis er an Morn hängen blieb.

»Ich soll außerdem einen verletzten Kameraden und einen Halbling in Empfang nehmen«, fuhr er fort. »Wo ist Falu? Ich kann ihn nirgends entdecken.«

Anscheinend hatte es in Rabensang niemand für nötig gehalten, eine Nachricht über die dortigen Vorkommnisse nach Sangor zu schicken. Und ihr Tross selbst verfügte über keine goldenen Tauben. Wozu auch? Letztlich zählte das Schicksal eines erblindeten Schattenelfen ebenso wenig wie das einer Abteilung einfacher Gardisten.

Der zum Lakaien der Totenlegion aufgestiegene Morn übernahm es, die Frage nach Falus Verbleib zu beantworten. »Er ist im Kampf gefallen«, erklärte er hastig. »Bei einem Einsatz, der von dem Lichtbringer in Rabensang befohlen wurde.« Die Worte kamen ihm so glatt über die Lippen, dass selbst dem Dümmsten aufging, dass er sie sich schon seit Tagen zurechtgelegt hatte.

Die Augen des Schattenelfen wurden ganz schmal, doch trotz des Misstrauens, das plötzlich in ihnen funkelte, entgegnete er zunächst nichts. Stattdessen drückte er sich ansatzlos vom Boden ab, sprang über drei Lindwurmlängen hinweg und landete neben Morns Tier, von wo er sich behände vor den Holzsattel des Halblings auf den Lindwurm schwang.

»Zur Kaserne der Legion«, befahl er, zwischen zwei Hörnern des Rückenkamms sitzend. »Ihr werdet bereits erwartet.«

Thannos hütete sich davor, auf seinen eigenen Führungsanspruch zu pochen. Es war keine Schande, sich einem aus der Legion der Toten unterzuordnen. Auf seinen Wink hin setzte sich der Tross wieder in Bewegung.

Das Kratzen der Lindwurmtatzen hallte laut vom Torbogen wider, als sie in Sangor einritten. Um zu den Kasernen der Legion zu gelangen, mussten sie etwa ein Drittel der Stadt durchqueren. Die Menschen, die ihnen unterwegs begegneten, weil sie unaufschiebbaren Verpflichtungen nachkamen oder einfach jener Minderheit angehörten, die sich nicht an blutigen Schaukämpfen zu ergötzen vermochte, wichen erschrocken zur Seite, sobald sie die Orks erblickten. So erhielt Thannos doch noch ein wenig der von ihm so sehr ersehnten Aufmerksamkeit, doch bei Weitem nicht in dem Ausmaß, wie er sich in den Nächten zuvor erträumt hatte.

In der Arena

Der Kampf gegen Gonga verlief weitaus härter, als Benir es sich in seinen schlimmsten Alpträumen ausgemalt hatte. Ohne den Fingerzeig des Barbaren hätte ihn die Bestie längst zerfleischt, aber auch so wurde es immer schwieriger, ihr zu entkommen. Das Arsenal an tödlichen Waffen, das dem Lindwurm zur Verfügung stand, war groß: Die langen Krallen seiner Tatzen versprachen ebenso den Tod wie der unablässig umherpeitschende Schweif, der einen Menschen mühelos in zwei Hälften zerteilen konnte. Am gefährlichsten waren jedoch die scharfen Zahnreihen, die ein ums andere Mal dicht vor Benirs Gesicht zusammenkrachten.

Eine widerlich nach Blut und Aas stinkende Atemwolke quoll dem Elfen entgegen, als der Kopf der Bestie wieder einmal nach vorn schnellte. Benir ließ sich sofort nach hinten fallen. Nur eine Handbreit über seinen Brustkorb wischte das schnabelförmige Maul des Lindwurms hinweg.

Ohne den Atem des Himmels, den der Lichtbringer auch in diesem Kampf unterdrückte, prallte Benir hart auf den Rücken.

Stechender Schmerz jagte durch seine Wirbelsäule, trotzdem warf er sich sofort nach links und rollte hastig aus der Gefahrenzone.

Da er in diesem Kampf nur ein weißes Lendentuch tragen durfte, verbrannte ihm der aufgeheizte Sand beinahe die Haut, trotzdem federte er nicht sofort in die Höhe, sondern krabbelte noch ein Stück weiter, bis ihm der Kopf auf dem biegsamen Lindwurmhals nicht mehr weit genug folgen konnte, um ihn mit dem gesunden Auge zu erfassen; wohl oder übel musste der Koloss nun erst den wuchtigen Körper herumdrehen, um sein Opfer wieder in den Blick zu bekommen.

Das verschaffte Benir eine kurze Atempause, die er dringend benötigte.

Auch aus unmittelbarer Nähe war die Eintrübung in Gongas linkem Auge kaum auszumachen, und die Wenigsten von denen, die den grauen Schleier unter der Pupillenlinse entdeckten, lebten danach noch lange genug, um darüber zu berichten.

Doch wer das Verhalten des Tiers genau beobachtete, konnte durchaus feststellen, dass es immer wieder unsicher wurde oder ganz den Angriff einstellte, wenn Benir es auf der linken Seite umrundete.

Zahllose Narben auf dem geschuppten Augenlid bewiesen, dass kein einzelner Schlag zu dem blinden Fleck geführt hatte, sondern eine Vielzahl von kleineren Wunden und Verletzungen, die im Laufe eines langen Arenenlebens zusammengekommen waren. Den meisten der tobenden Zuschauer fiel Gongas Beeinträchtigung überhaupt nicht auf. Sie berauschten sich einfach an der Länge des Kampfes und den immer wieder vorgebrachten Attacken, denen Benir bisher stets haarscharf hatte entgehen können.

Selbst dem kräftigsten Barbaren wäre längst der Atem ausgegangen von all dem Herumlaufen, dem sich ohne Unterlass Zu-Boden-Werfen und wieder In-die-Höhe-Springen. Sogar Gongas Bewegungen wirkten längst nicht mehr so frisch wie zu Beginn.

Benir wunderte sich selbst ein wenig, dass er noch so gut bei Kräften war. Sicher, er schwitzte, doch er hätte noch ewig so weitermachen können, wäre da nicht die Gefahr gewesen, von Gongas mächtigen Kiefern zermalmt zu werden. Da ihm der Atem des Himmels nicht zur Verfügung stand, konnte er sich bloß auf die eigene Muskelkraft verlassen. Die war zwar zu hohen Leistungen fähig, benötigte aber regelmäßig kurze Erholungsphasen.

Nach dem schnellen Sieg über die sechs Gladiatoren hatte er sich für längere Zeit nur noch mühsam auf den Beinen halten können, doch bei diesem Kampf war alles anders. Vielleicht bildete er es sich ja nur ein vor lauter Anstrengung, aber er hatte irgendwie das Gefühl, dass der Arenaboden von einer fremden Macht durchwirkt wurde – einer gewaltigen, ihn stärkenden Kraft, die wie die Mittagshitze über dem hellen Sand flirrte und direkt auf seine Muskeln einwirkte.

Oder auf seinen klaren Verstand.

Wer bist du? Diese merkwürdige Stimme, die er schon mehrmals zu hören geglaubt hatte, deutete die nicht auf einen Sonnenstich hin? *Dein Geist ist stark und hochkonzentriert! Stärker als der unserer Feuerhände!*

Benir drängte die fremden Gedanken mit aller Macht zurück, um sich ganz auf Gonga zu konzentrieren. Der Lindwurm war gerade dabei, seine Kehrtwende zu vollenden. Sofort sprintete Benir los, an der linken Seite des Tiers vorbei.

Gonga versuchte ihn mit einem sichelförmigen Schlag seines langen Schweifs von den Füßen zu holen, doch damit hatte der Elf gerechnet. Aus dem Lauf heraus katapultierte er sich im richtigen Moment in die Höhe und sprang über das lebende Hindernis hinweg. Die nadelspitzen Schuppenhörner, zwischen denen sich der Hautkamm spannte, pfiffen nur wenige Fingerbreit unter seinen Sohlen dahin, mit der Gewalt eines astlosen Baumstamms, der einen Hang hinabrollt.

Kaum im Sand aufgekommen, hetzte Benir sofort weiter, bis er drei mit ihren Spitzen zusammengestellte Mondsporne erreichte, die am hinteren Rand des Sandovals standen.

Drei solcher Waffengarben ragten, über den ganzen Kampfplatz verteilt, in die Höhe, die weit abgespreizten Schaftenden im Sand ruhend, die sichelförmigen Schneiden in der Sonne blinkend. Neun Waffen insgesamt, die aber kaum etwas nutzten, weil ihr Stahl nicht gut genug geschmiedet war, um den Schuppenpanzer des Untiers zu durchdringen. Die Herren der Arena stellten nur noch minderwertige Waffen zur Verfügung, seit sich die abgebrochene Speerspitze in Gongas Flanke gebohrt hatte.

Du bist kein Vasall des Maars, sondern reinen Herzens!

Benir schnappte sich zwei der Mondsporne, ohne auf den dritten zu achten, der dadurch haltlos zu Boden fiel. Über ihm schrie die Menge auf, die endlich Blut sehen wollte. Seines oder das des Lindwurms, das war ihr inzwischen egal.

Einzig Herzog Garske verfolgte den Kampf nur mit halbem Interesse. Die meiste Zeit über war er mit seiner blonden Liebesmagd beschäftigt, und nun nahm er sogar die Botschaft einer goldenen Taube entgegen, die in seine überdachte Loge geflattert war. Was auch immer ihm gerade gemeldet wurde, zauberte ein zufriedenes Lächeln auf seine Lippen.

Benir hätte wirklich gern gewusst, was den Statthalter des Tyrannen so amüsierte, doch ihm fehlte die Zeit, sich um solche Nebensächlichkeiten Gedanken zu machen. Drei Sporne lagen bereits zerbrochen im heißen Sand. Er musste Gonga endlich an einer empfindlichen Stelle treffen, sonst gingen ihm die Waffen aus.

Als der Lindwurm fast heran war, ließ Benir einen der Mondsporne fallen. Den anderen mit beiden Händen umklammert, täuschte er einen Sprung nach links vor. Gongas Kopf pendelte sofort herum, um ihn nicht wieder ins Nichts entkommen zu lassen. Doch Benir blieb wie angewurzelt stehen und wartete seelenruhig ab, bis der Kopf so weit herum war, dass Gongas gesundes Auge an ihm vorbeiglitt.

Sofort zuckte die Waffe in seinen Händen empor. Mit einem wütenden Fauchen zuckte der Lindwurmkopf zurück.

Angriffe auf das gesunde Auge versetzten Gonga in geifernde Raserei, das hatte sich schon mehrmals gezeigt. Das Maul weit aufgerissen, den Hals zu einem blitzschnellen Vorstoß angespannt, wollte sich das Tier auf Benir stürzen, doch der hatte mit dieser Reaktion gerechnet. Den Mondsporn schräg emporgereckt, stürzte er weiter voran, ohne auch nur einen Herzschlag innezuhalten.

Die unverdauten Fleischreste zwischen den Lindwurmzähnen rückten plötzlich so nahe, dass er sie hätte mit dem Finger berühren können, während er die Spitze der Stangenwaffe tief in dem Gaumen des Untiers versenkte. Blut und Geifer spritzten ihm entgegen, trotzdem drängte er nach, als Gonga den Kopf reflexartig nach oben riss. Ein grell in den Ohren dröhnender Schmerzenslaut zerriss die Luft, doch anstatt nachzulassen, rückte Benir bis an das Schnabelmaul heran und presste den zitternden Holzschaft so fest er konnte an das geschuppte Kinn.

Die Waffe bog sich unter den auf sie einwirkenden Kräften. So war es ihm ein Leichtes, eine Hand von ihr zu lösen und sie mit einem gezielten Hieb auf Höhe der unteren Zahnreihe zu zerschmettern. Die Wucht des Schlags ließ den scharf angesplitterten Schaft nach innen rutschen. Das vor Schmerz umherstolpernde Tier versuchte sofort, das Maul zu schließen, doch als es neben dem Spieß im Gaumen auch noch das Splitterende im Unterkiefer spürte, verhinderte sein Schmerzinstinkt, dass es mit aller Kraft zubiss.

In der Zeit, in der das offen klaffende Maul vor ihm auf und ab tanzte, langte Benir unter seinen Lendenschurz und zog etwas hervor, das er dort die ganze Zeit über versteckt getragen hatte: einen Lederbeutel, klein genug, dass er sich mit der Handfläche gänzlich umschließen ließ. Geschickt setzte Benir Daumen und Zeigefinger dazu ein, die Verschnürung der Öffnung so zu weiten, dass er das graue Pulver darin herausschütten konnte.

Von Weitem war unmöglich zu sehen, dass er etwas in den Fingern hielt. Und es bemerkte auch niemand die graue Wolke, die er dem Lindwurm blitzschnell in den offenen Schlund schleuderte. Die gut durchmengte Mischung aus Siebenwurz, Salpeter und Rattenlosung reagierte sofort, als sie mit dem Lindwurmspeichel in Kontakt kam, und zischend wurden die Schleimhäute verätzt.

Gonga warf den Kopf herum, doch es war schon zu spät, aus seinem Maul quollen bereits feine weiße Wölkchen. Mit aller Kraft presste er die Schnabelhälften zusammen, bis der Sporn zerbrach, auch wenn er sich damit die Spitze noch tiefer in den Gaumen trieb. Blut spritzte aus seinem Maul und besprenkelte Benirs nackten Körper.

Die Menge stöhnte überrascht auf, als sich das Tier herumwarf und vor Schmerzen brüllend durch die Arena galoppierte. Niemand konnte recht verstehen, warum Benirs Treffer derartige Auswirkungen zeigte, besonders als Gonga sich auch noch in den Sand fallen ließ und sich wie rasend darin herumwälzte.

Obwohl der Boden unter seinen kniehohen Stiefeln wie unter kräftigen Erdstößen erzitterte, nahm Benir den zweiten Mondsporn auf und ging auf den Lindwurm zu. *Füge!*, forderte die Stimme, die immer wieder zu ihm durchdrang, doch er tat einfach so, als würde er sie nicht hören. *Füge, was zusammengehört!*

Wie das wild umherzuckende Untier so litt, hätte es ihm fast leidtun können. Aber auch nur fast. Angesichts all der Opfer, die Gonga grausam zerrissen hatte, war es höchste Zeit, ihm den Garaus zu machen.

Benir wollte schon zum Gnadenstoß ausholen, als sich der Lindwurm noch einmal in die Höhe wälzte. Der Schattenelf reagierte nicht sofort, sondern wartete, bis die verrostete Spitze in Gongas Flanke vor ihm in Augenhöhe auf und ab tanzte. Dann sprang er aus dem Stand heraus in die Luft und trat mit dem Absatz zu, genau auf das abgebrochene Ende des Metallstücks, das zwischen den Schuppenplatten hervorragte. Ein schmatzender und gleichzeitig reißender Laut war zu hören, dann war die alte Speerspitze gänzlich im Körper verschwunden.

Gonga fuhr zusammen, als wäre die Peitsche eines unsichtbaren Riesen auf ihn niedergefahren, während Blut aus der Wunde hervorsprudelte. Schrille Schmerzenslaute ausstoßend, torkelte der Lindwurm umher, brach aber schon nach wenigen Schritten in die Knie.

Sein Klagen wurde allmählich leiser, der eben noch haltlos umherpendelnde Kopf auf dem langen Hals kam zur Ruhe. Unversehens wandte er sein Gesicht zu Benir herum und starrte ihn direkt an. Weißer Brodem quoll ihm aus den Nüstern, blutiger Schaum tropfte aus den Winkeln seines Schnabelmauls, und in dem gesunden Auge schien so etwas wie ein stiller Vorwurf zu schimmern.

Benir achtete ebenso wenig darauf wie auf die Stimme in seinem Kopf, die weiterhin forderte, dass er etwas *fügen* solle.

Mit zwei zielsicheren Tritten entfernte er die sichelförmigen Klingen, die unterhalb der Spitze des Mondsporns angebracht waren. Dann stieß er die Waffe auf das Schnabelmaul zu.

Im letzten Moment versuchte Gonga den Kopf noch zu drehen, aber es war schon zu spät: Die Spitze fuhr in die rechte der beiden Nüstern und bahnte sich mit einem widerlichen Knacken ihren Weg direkt ins Hirn.

Ein letzter Stoßseufzer, so laut, dass er die ganze Arena erfüllte, dann sackte das Untier endlich tot zu Boden.

Die Menschen auf den Rängen verstummten. Mit diesem Ausgang des Kampfes hatte niemand gerechnet. Lähmende Stille breitete sich aus.

Dadurch rückte das Lärmen der draußen versammelten Menge unnatürlich deutlich in den Vordergrund. Trotz der hohen Tribünen und der Sonnensegel, die sie überspannten, wurden einzelne Stimmen hörbar.

»Was ist da drinnen los?«, wurde mehrmals, in verschiedenen Variationen, gerufen. Und auch: »Warum ist nichts mehr zu hören?«

»Endlich!«, schrie eine helle Stimme irgendwo auf den Rängen. Sie musste einer der vielen Frauen gehören, deren Liebster Gonga zum Fraß vorgeworfen worden war, denn sie fügte hinzu: »Endlich ist die Bestie tot!«

Durch ihren Applaus ermutigt, stimmten weitere Menschen in das Freudengeschrei ein, doch die meisten Zuschauer hätten lieber den Schattenelfen sterben sehen. Buhrufe blieben trotzdem aus. Die Art und Weise, in der Benir gegen den übermächtigen Gegner gekämpft und gewonnen hatte, nötigte allen Respekt ab.

Erhobenen Hauptes und mit blutbespritztem Oberkörper ging er auf den zuckenden Kadaver zu, stellte seinen rechten Fuß auf Gongas Kopf und sah zur Tribüne des Herzogs hinauf. Selbst Garske war so überrascht, dass er völlig von seiner Gespielin abgelassen hatte. Nur der verdammte Lichtbringer stand so reglos da wie eh und je.

Benir ließ den Blick über die immer noch verblüfft auf ihn herabstarrende Menge schweifen.

»Gebt mir bessere Gegner«, forderte er laut, »dann seht ihr noch aufregendere Kämpfe! Bringt mir Schädelreiter, und ich werde sie von ihren Linderwürmern fegen. Schafft Gepanzerte herbei, und ich werde sie erschlagen, bis sie sich zu Dutzenden übereinanderstapeln. Bringt mir Ebenbürtige, damit es etwas für euch zu sehen gibt!«

Seine Worte hallten eine Weile von den hohen Wänden wider, doch als Sangors Pöbel endlich begriffen hatte, *was* er da forderte, brach ein unbeschreiblicher Jubel los. Nicht nur auf den Rängen, sondern auch draußen vor dem Stadion, wo sich die Menschen scheinbar zu Tausenden drängten.

Allein die bloße Vorstellung, nicht nur einen Schattenelfen bluten zu sehen, sondern auch ebenso verhasste Schädelreiter und Gepanzerte, versetzte alle in Ekstase.

Der Lichtbringer, der wohl am besten verstand, welche Gefahr hier gerade heraufbeschworen wurde, trat aus dem Schatten der Säule und legte die Hände aneinander, um Benir mit dem Lichtschwert niederzustrecken.

Der Schattenelf rührte sich nicht von der Stelle. Er wollte lieber an Ort und Stelle sterben, als den gerade erworbenen Ruhm zu verlieren, indem er ängstlich in der Arena umhersprang, nur um am Ende doch von einem der tödlichen Blitze getroffen zu werden. Lieber genoss er, wie die ersten Zuschauer seinen Namen riefen. Es dauerte nicht lange, bis er schließlich von allen auf den Rängen skandiert wurde.

Dieser Begeisterung konnte sich nicht einmal der Herzog entziehen. Mit einem zufriedenen Lächeln trat er an den Rand der Loge und hob beide Hände in einer um Ruhe gebietenden Geste. Als der Tumult so weit abgeflaut war, dass sich ein einzelner Mann wieder Gehör verschaffen konnte, rief er zu Benir hinab: »Du willst Gepanzerte, Schattenelf? Die musst du dir erst einmal verdienen!«

Der Lichtbringer wandte ruckartig den Kopf und fixierte Garske mit unergründlichem Blick. Doch der Herzog bemerkte nicht, was sich an seiner Seite abspielte, oder fühlte sich darüber erhaben.

»Ich habe mir längst ein paar Gepanzerte verdient!«, antwortete Benir selbstbewusst, denn er brannte darauf, Gothar weiteren Schaden zuzufügen. »Aber ich räume auch jeden anderen aus dem Wege, den du zu mir in die Arena schickst.«

»Das freut mich!« Garskes Lippen spalteten sich zu einem zufriedenen Grinsen. »Dann sollst du einen der Orks bekommen, die gerade in Sangor eingetroffen sind!«

Die Menge hielt kollektiv den Atem an, als sie von dieser Nachricht hörte, nur Benir gab sich völlig unbeeindruckt.

»Gern!«, rief er in die Höhe. »Wenn ich danach meine Gepanzerten bekomme!«

»So soll es sein!«, antwortete Garske leichtfertig.

Der frenetische Jubel, der diesem Versprechen folgte, war geradezu unbeschreiblich. Benir nickte zufrieden, obwohl er keinen weiteren stinkenden Fleischkoloss erschlagen wollte, sondern jene, die ihn hierher gebracht hatten.

Trotz des ohrenbetäubenden Lärms deutete er mit der Hand auf Inea, die Amme, die mit seinem Sohn in den Armen nahe der herzoglichen Loge stand. »Bring meinen Sohn nie wieder hierher!«, warnte er sie, die Lippen deutlich bewegend. »Oder ich werde dich das nächste Mal töten, das schwöre ich bei allen fünf Winden!«

Seine Stimme drang nicht bis zu ihr empor, natürlich, doch die Amme verstand ihn trotzdem. Das erkannte er an dem entsetzten Ausdruck in ihrem Gesicht.

❥ 24 ❧

Im gleichen Moment, da sich sein Herzschlag beruhigte, verstummte auch die Stimme in Benirs Kopf, fast so, als wäre sie von dem drängenden Pulsieren genährt worden, das durch seine Adern gehämmert war. Wie angenehm sich die wiedergewonnene Ruhe auswirkte, wurde ihm erst richtig bewusst, als er zurück in den Kerker gebracht wurde. Die übrigen Gefangenen empfingen ihn mit atemloser Stille, einem tiefen Schweigen, das großen Respekt ausdrückte.

Gonga hatte bereits so viele von ihnen auf derart abscheuliche Weise umgebracht, dass der Tod des Untiers einen schweren Schatten von ihren Seelen genommen hatte.

Die Wachen sperrten Benir wieder in seinen Käfig, und die Stille hielt an, bis sie den Kerker verlassen hatten. Dann begannen die ersten Gefangenen, mit Bechern und Tellern auf die Steinquader zu schlagen. Zuerst nur Tarren und einige andere, dann immer mehr, und schließlich alle, selbst die drei verlausten Wolfshäuter, mit denen sonst keiner etwas zu tun haben wollte.

Zum ersten Mal, seit Nera sich vor seinen Augen aus dem Fenster gestürzt hatte, zeigte Benir die leise Andeutung eines Lächelns. Auch wenn ihm das Herz weiterhin schwer war, so glaubte er doch, einen Lichtstreifen am tiefschwarzen Horizont auszumachen. Ja, endlich sah er eine Möglichkeit, etwas an seinem Schicksal zu ändern und zurück zu seinem Sohn zu gelangen.

Respektvoll nickte er Tarren zu, denn ohne dessen Wissen um Gongas blindes Auge und den Siebenwurz aus seinem Vorrat hätte es schlecht für ihn ausgesehen. Selbst den Salpeter hatten andere Gefangene für ihn von den Wänden gekratzt. Nur den Rattendung und den Lederbeutel hatte er selbst in seinem Käfig zur Verfügung gehabt.

Nun, da der Lichtbringer die Arena wieder verlassen hatte, spürte Benir den Atem des Himmels zurückkehren, aber auch weiterhin die Anwesenheit einer unbekannten Kraft, die vertraut und fremd zugleich wirkte und sich absolut nicht einordnen ließ. Allerdings blieb sie weiterhin stumm. Vielleicht, weil er nicht mehr so hochkonzentriert wie im Kampf war. Oder weil der Atem des Himmels, dort, wo er wirkte, jede fremde Stimme überdeckte.

Bei der Legion der Toten

Begleitet von Inome, traf Herzog Garske in dem hoch ummauerten Kasernenhof ein. Nachdem er die Meldung eines Offiziers entgegengenommen hatte, der sich als Großgardist Thannos vorstellte, schritt er die Reihe der aneinandergeketteten Orks ab. Das halbe Dutzend Schattenelfen, das die umliegenden Zinnen mit gespannten Bogen besetzte, verlieh ihm den Mut, den Gefangenen Auge in Auge gegenüberzutreten. Schauder und Ekel überkamen ihn bei dem Anblick der grobschlächtigen Gestalten.

»Ihr werdet schon bald bereuen, unter meine Knute geraten zu sein«, drohte er, während er vor einem besonders abscheulichen Exemplar stehen blieb, dessen Hässlichkeit noch dadurch betont wurde, dass seine linke, von frischen Narben durchzogene Kopfhälfte bis weit über das von Schnitten eingekerbte Ohr abrasiert war. »Ich kenne keine Gnade mit Untieren wie euch, denn es waren wilde Kreaturen eurer Art, die meiner Familie so viel Böses angetan haben. Ja, ihr alle sollt dafür büßen, dass mein geliebter Bruder, der allseits geschätzte Magister, von seiner Reise in eure wilde Heimat niemals zurückgekehrt ist!«

Der zur Hälfte Kahlgeschorene, der mit blutunterlaufenen Augen auf ihn herabglotzte, entblößte bei dieser Ansprache die vorstehenden Eckzähne zu einem fletschenden Grinsen.

»Magister?«, grollte es unbeholfen zwischen seinen wulstigen Lippen hervor. »Redest du Wicht von Magister Garske, der das heilige Erz von Arakia mithilfe eines Holzrades stehlen wollte, um daraus Blutstahl zu schmieden?«

Der Herzog wusste nicht, was ihn mehr entsetzte: dass die über ihm aufragende Kreatur tatsächlich in einer Sprache redete, die seiner eigenen in beunruhigender Weise ähnlich war, oder dass sie tatsächlich etwas über die geheime Mission seines Bruders zu wissen schien.

Unfähig zu einer raschen Antwort, trat er einen Schritt zurück und schluckte mehrmals so hart, dass er seinen Adamsapfel den Hals auf und ab wandern spürte. Diese Reaktion war eines Herrschers unwürdig, das wusste er selbst, doch noch ehe er die anstürmende Überraschung niederkämpfen konnte, glomm ein höhnisches Funkeln in den Augen seines Gegenübers auf.

»Dein Bruder war ein Feigling, der sein Wasser nicht halten konnte, als wir ihn gefangen nahmen«, spie ihm der Ork mit einem Schwall übel riechenden Speichels ins Gesicht. »Als er auf dem Scheiterhaufen brannte, mussten wir ihm die Zunge herausreißen, damit sein Jammern nicht unsere Ohren beleidigte.«

Unter den Gefangenen klang Gelächter auf, als ob sie alle persönlich bei diesem Ereignis dabei gewesen wären. Einige Gardisten holten sofort mit den Flammenpeitschen aus, aber das schüchterte die Burschen nur wenig ein.

Der Herzog spürte, wie ihm alles Blut aus dem Gesicht wich. Nicht, dass er seinen großmäuligen Bruder ernstlich vermisste oder irgendwie in Zweifel zog, dass sich der Kerl wirklich als weinerlicher Jammerlappen erwiesen hatte – doch jeder Spott, der über Garske ausgegossen wurde, beleidigte letztlich auch ihn, den Herzog.

Von einem plötzlichen Wutanfall geschüttelt, riss Garske einem der Gardisten die Peitsche aus der Hand und schlug auf den Ork ein, der sich dermaßen frech und aufsässig geäußert hatte. Knallend fuhr sie ihm so zielsicher entgegen, dass sich der dornenübersäte Riemen tief in die unverletzte Gesichtshälfte fraß. Zugegeben, von dem Gebrauch einer blanken Klinge verstand Garske nicht viel, aber den Umgang mit der Peitsche erlernte jeder aus Sangors Adel, ob Mann oder Frau, von Kindesbeinen an.

Grunzend hob der überraschte Ork die Arme vors Gesicht, um sich vor weiteren Treffern zu schützen, trotzdem hieb Garske weiter wie besessen auf ihn ein, bis seine Wut endlich verraucht war.

»Du wirst in Zukunft von allen am schwersten leiden«, prophezeite er dem Grünhäutigen, nachdem er endlich von ihm abgelassen hatte. »Und jedem anderen, der sich genauso respektlos über meinen guten Bruder äußert, droht das gleiche Schicksal!« Da er den elenden Hund mit der Peitsche gekennzeichnet hatte, würde er ihn jederzeit unter den anderen wiedererkennen, selbst wenn er sein Haar nachwachsen ließ.

Garske überlegte kurz, ob er diesen Ork nicht gleich zum Gladiator machen sollte, aber falls der verdammte Schattenelf erneut gewann, würde die Rache an ihm viel zu kurz ausfallen.

»Gongas Kadaver muss aus der Arena geschafft werden!«, wandte er sich an den Großgardisten Thannos. »Die Arbeit ist gerade dreckig genug für Kettensklaven wie diese hier. Sorgt dafür, dass der Lindwurm ein Fressen für die Geier wird! Weit außerhalb der Stadtmauern! Die Menschen in den Straßen werden frohlocken, wenn sie sehen, wie wir mit den Blutorks umgehen.«

Thannos gab sofort entsprechende Befehle. Unter zischenden Peitschenhieben, die auf breite Rücken niederknallten, wurden die Orks aus dem Innenhof getrieben.

Nur eine einzige Gestalt, die nicht an die anderen gekettet war, blieb zurück, vor und zurück schwankend, als könnte sie sich kaum noch auf den Beinen halten.

»Was ist mit dem da?«, brauste Garske auf.

»Dieses Weib wurde in Rabensang schwer verletzt«, beeilte sich Thannos zu erklären. »Sie ist zu schwach, um mit den anderen mitzugehen; sie würde schon nach wenigen Schritten stürzen und von ihnen mitgeschleift werden. Aber wenn das Euer Wunsch ist, sorge ich natürlich sofort dafür, dass es geschieht.«

Beflissen winkte der Offizier einen mit Fußschellen behängten Soldaten herbei, der die Gefangene den anderen hinterherführen sollte.

Garske hielt ihn mit erhobener Hand zurück. »Ein Orkweib?«, fragte er, während das Kettenrasseln der Abziehenden in einer Nebenstraße verklang. »Ich wusste gar nicht, dass es so etwas gibt.«

Neugierig trat er auf die groß gewachsene Gestalt zu, die ihn mit verschleiertem Blick ansah. Die Ork ließ sich nicht mal zu einer Geste des Widerstands hinreißen, als er ihr Fellwams in die Höhe zerrte, um zu überprüfen, ob die sich darunter abzeichnende Brustmuskulatur tatsächlich über ihr Geschlecht Auskunft gab. Überrascht stellte Garske fest, dass Thannos recht hatte.

Obwohl das monströse Weib genauso kräftig wie die Männer ihres Volkes wirkte, schien sie lammfromm. Zufrieden ließ er das Wams wieder nach unten rutschen. Ein Lächeln erhellte seine Züge. Er hatte eine Idee.

»Diese Kreatur wird Teil meines Haushalts«, erklärte er in einem Tonfall, der keinen Widerspruch duldete.

Die Augen des Großgardisten weiteten sich vor Schreck. Unruhig trat er von einem Fuß auf den anderen. »Habt Ihr Euch das auch gut überlegt, Herzog?«, wagte er schließlich zu fragen. »Auch die Weiber dieser Wilden sind nicht ungefährlich.«

»Na und?«, gab Garske gereizt zurück. »Der Schwarze Mohn wirkt doch wohl auch auf sie einschläfernd, oder nicht?«

Dies musste der Offizier kleinlaut zugeben.

Garske sah wieder zu der fiebrig vor sich hin starrenden Ork, die überhaupt nicht zu begreifen schien, dass über sie geredet wurde. Je länger er darüber nachdachte, desto besser gefiel ihm die eigene Eingebung. Ein echtes Orkweib für die schweren Arbeiten im Haus – solch einen Sklaven hatte niemand sonst in Sangor, damit hob er sich über alle anderen heraus, selbst wenn König Gothar eines Tages mit der Schwebenden Festung von seinem Feldzug zurückkehrte.

»Was hältst du davon?«, wandte er sich an Inome. Als die Liebesmagd mit der Antwort zögerte, legte er einen Arm um sie und zog sie in einer besitzergreifenden Geste dicht an sich heran. »Du pflegst dieses Weib, bis es wieder ordentlich mit anpacken kann. Das ist doch ein Leichtes für dich, oder?«

Inome erbleichte, sagte aber kein Wort.

Garske hätte sich über ihre Reaktion vor Lachen ausschütten können, denn er war Inomes längst überdrüssig geworden. Bis er einen besseren Ersatz gefunden hatte, behielt er sie noch, aber sie konnte sich ruhig ein wenig im Haushalt nützlich machen. Dann klebte sie ihm wenigstens nicht mehr den ganzen Tag über an den Hacken.

»Schafft das Orkweib in mein Anwesen!«, befahl er Thannos, der keinen Widerspruch mehr wagte. »Aber vergesst dabei nicht, einen großen Vorrat des Mohntranks mitzuliefern!«

In den Gemächern des Todbringers

Ineas Herz pochte noch immer, als sie in den langen Gang einbog, der zu Feenes Trakt führte. Es gab wohl kaum einen Ort in Sangor, der sicherer als dieser war, trotzdem sah sie immer wieder gehetzt über die Schulter.

Sie wusste, dass ihre Ängste unbegründet waren, dennoch glaubte sie ständig den heißen Atem eines unsichtbaren Verfolgers im Nacken zu spüren. Den Fluch des Mannes, dessen Kind sie eng umschlungen in Armen hielt.

Der Säugling strampelte immer wieder gegen sie an, weil sie ihn viel zu fest an sich drückte, doch sie brauchte seine Nähe jetzt viel dringender als er die ihre. Wie unsinnig dieses Gefühl doch war! Schließlich würde ihr der Kleine nicht helfen können, wenn es ihr ans Leben ging.

Kurz bevor sie die Tür zu Feenes Schlafgemach erreichte, glaubte Inea, aus den Augenwinkeln eine Bewegung am Rande ihres Blickfelds wahrzunehmen. Erschrocken wirbelte sie herum, schimpfte sich aber gleich darauf eine Närrin, denn da krabbelte nur eine große schwarze Steinspinne die Wand entlang. Als das ekelhafte, aber harmlose Vieh über den Sims des Bogenfensters nach draußen tippelte, wurde jede einzelne Borste an seinen behaarten Beinen im Gegenlicht der Sonne sichtbar.

Inea atmete einige Male tief ein und aus, um wieder zur Ruhe zu kommen. Der namenlose Kleine in ihren Armen nutzte die neu gewonnene Bewegungsfreiheit, um nach ihren schweren Brüsten zu greifen. Er hatte Hunger, natürlich.

»Gleich, gleich!«, vertröstete sie ihn leise und hauchte ihm rasch einen Kuss auf die Stirn, was ihm ein verzücktes Lächeln entlockte.

Der süße Anblick beruhigte sie ein wenig, obwohl der Gedanke an den blutbespritzten Schattenelfen, der irgendwelche Flüche murmelnd drohend in ihre Richtung gedeutet hatte, einfach nicht aus ihrem Gedächtnis verschwinden wollte. Allein die Erinnerung an diese Geste ließ ihr Herz wieder rasen, doch diesmal bezähmte sie die aufsteigende Panik.

Inea hatte nie besonders viel Glück im Leben gehabt. Nicht mit den Männern, aber auch nicht mit dem Schicksal allgemein, das ihr das einstmals glatte Gesicht unwiederbringlich verhärtet hatte. Sie sah längst alt und verhärmt aus, dessen war sie sich wohl bewusst.

Sieben Kinder hatte sie geboren und alle wieder verloren, das letzte, kaum dass es in der Wiege gelegen hatte. Zwei Sommer war das nun schon her, und seitdem hatte sie beinahe ebenso vielen fremden Kindern dauerhaft ins Leben geholfen wie eigene verloren. Da sie nie zum Abstillen gekommen war, spendete ihr Körper immer noch so viel Milch wie am ersten Tag.

Amme zu werden war fast so etwas wie ein spätes Geschenk der Windgötter. Wenn sie sich nur nie darauf eingelassen hätte, auch kleine Elfen zu säugen. Besonders nicht diesen, den vor allen geheim gehaltenen. Manchmal wünschte sie, sie wäre wirklich einer schnellen Klinge in der Dunkelheit zum Opfer gefallen, einem verborgenen Stich, dessen tödliche Wirkung sie ereilt hätte, bevor sie begriffen hätte, warum sie eigentlich sterben musste.

Dann wäre sie wenigstens keine Verräterin geworden.

Und hätte sich nicht den Hass eines Vaters zugezogen, dessen Blutrünstigkeit sie schon zweimal hatte miterleben müssen, weil Feene es so von ihr verlangt hatte. Feene, der Todbringer. Die einzige Elfin, vor der sich Inea noch mehr fürchtete als vor dem Gonga-Bezwinger Benir.

Aber die Todbringerin war weit weg, in Arakia, und Benir kam nicht aus der Arena hinaus, weil es der Lichtbringer verhinderte. Worüber machte sie sich also Sorgen?

Einen weiteren Kuss auf die helle Stirn des Kindes hauchend, eilte die Amme weiter. Mit einer Hand öffnete sie die rechte Tür des Doppelflügels, der direkt ins Schlafgemach führte. Doch kaum über die Schwelle getreten, prallte sie wie vor einem unsichtbaren Hindernis zurück.

Denn in der Mitte des Raums, der eigentlich menschenleer sein sollte, stand ein Hüne mit bronzefarbener Haut, ein dümmliches Grinsen auf den Lippen und ein riesiges Schwert an der Hüfte.

»Was hast du hier zu suchen?«, fuhr sie ihn an, mehr erschrocken als herrisch. »Raus mit dir! Oder ich rufe die Elfen zu Hilfe!«

Das Kind in ihren Armen begann zu schreien. Sie selbst durchlebte einige mindestens ebenso bange Augenblicke, als sie sich fragte, ob dieser Kerl ein von Benir gedungener Mörder sein mochte – bis sich neben ihr eine schillernde Gestalt aus einem Lehnstuhl löste, die dort noch einen Herzschlag zuvor nicht zu sehen gewesen war.

Sie hasste es, wenn sich die Elfen mit ihren Tarnmänteln unsichtbar machten, aber das störte dieses Drecksvolk wenig.

»Nur die Ruhe«, verlangte Kuma, den sie wenigstens beim Namen kannte. »Dies hier ist Morn, ein Vertrauter unseres Todbringers. Sie hat ihn nach Sangor geschickt, damit er dich als persönlicher Leibwächter des Kindes unterstützt.«

Weitere Erklärungen hielt er wohl für überflüssig, denn er drehte sich wortlos auf dem Absatz um und ging auf das Fenster zu. Drei Stockwerke ging es dahinter in die Tiefe. Vermutlich sprang er nur hindurch, um zu beweisen, dass er es konnte.

»Du bist also die Amme, ja?« Morn grüßte unbeholfen, indem er die rechte Hand anhob. »Wir werden sicher gut miteinander auskommen.«

Er versuchte sich noch an einem Grinsen, was er besser unterlassen hätte, denn es entblößte ein Gebiss, das unmöglich menschlich sein konnte. Nein, was da hinter den wulstigen Lippen zum Vorschein kam, war Teil eines Erbes, wie es sich nur im Grenzland zu Arakia einschleichen konnte.

Inea hatte Mühe, die Tränen zurückzuhalten, die aus ihren Augen hervorbrechen wollten. Einen Halbling hatte ihr Feene in den Pelz gesetzt. Einen verdammten Orkbastard, dem alles zuzutrauen war.

Für einen unendlich langen Moment glaubte die Amme tatsächlich, der Boden unter ihren Füßen würde schwanken. So viel zu dem Gefühl der Sicherheit, das sie sich eben noch eingeredet hatte.

Verdammt. Wenn ihr aus dem Nichts heraus so ein Halbling vor die Nase gesetzt werden konnte, wie wollte sie dann sicher sein, dass nicht auch dieser verdammte Benir zu ihr vorzudringen vermochte?

⟩ 25 ⟨

rakia

Geschützt von Rowan und einigen weiteren Kriegern, die alles verloren hatten bis auf ihr Leben, stieß Ursa bis zur Front vor. In dem unwegsamen Gelände konnten sie den Feind beobachten, ohne ihm allzu nahe zu kommen, doch mussten sie mit umherstreifenden Schattenelfen rechnen.

»Lass das, Hatra!«, rügte die Priesterin, als der Lindwurm wieder einmal den Hals nach einigen schmackhaften Blättern reckte.

Gehorsam ließ das gutmütige Tier von der Süßbirke ab und bahnte sich wieder den Weg durch das dichte Grün, bis die Äste vor ihnen zurückwichen und sie in einen strahlend blauen Himmel sahen.

»Halt, Hatra, halt!«, rief die Priesterin erschrocken, doch der Lindwurm hatte längst gemerkt, dass sie am Rand eines steil abfallenden Felshangs angelangt waren. Das dichte Unterholz wucherte an dieser Stelle weit über den natürlichen Grund hinweg, sodass sie noch immer von der grünen Woge eines Blätter- und Farnmeers regelrecht verschluckt wurden.

Hatra machte sich zwar sogleich daran, einiges von dieser Deckung abzufressen, aber das war nicht weiter schlimm. Die Truppen des Feindes lagen viel zu weit entfernt, als dass man sie von dort unten ausmachen konnte.

Ursa bog einen dicht belaubten Ast zur Seite, um besser sehen zu können, und ließ den Blick über den vor ihr liegenden Talkessel schweifen. Von den umliegenden Hängen drang der schwere

Schlag von Äxten, dort wurden Baumstämme gefällt, und auf einer festgestampften Fläche entstand ein großes Fort, umschlängelt von einer Flussbiegung. Auf diese Weise zu drei Seiten von einem natürlichen Schutz umgeben, richteten die Erbauer besonders viel Augenmerk auf die vierte, Ursa zugewandte Richtung. Sie sicherten diese Seite mit einem tiefen Graben, hinter dem sich auch noch ein Wall auftürmte.

Berittene Lindwürmer schafften dicke Bündel voller Birkenstämme heran, die zusätzlich in den Boden gerammt werden sollten, während die oberen Enden angespitzt wurden.

Die Tiere verließen gerade den Schutz des Waldes, da wurden sie von einem Pfeilhagel eingedeckt. Mehrere der Schädelreiter wurden mit gefiederten Schäften gespickt, doch nur einer rutschte kraftlos aus dem Sattel.

Jeder, der noch konnte, löste sofort mit raschen Handgriffen die Lastenketten, an denen die geschleppten Bäume hingen. Derart von ihrem schweren Gewicht befreit, gewannen die Tiere umgehend an Bewegungsfreiheit.

Zwei der Schädelreiter rissen ihre Lindwürmer herum und preschten in Richtung der Bogenschützen. Natürlich war es dumm, sich so leicht provozieren zu lassen, und sobald die Tiere die Waldgrenze erreicht hatten, brachen Dutzende von Blutorks aus dem Unterholz und eilten ihnen mit blankem Stahl in den Händen entgegen. Dem Rot auf ihren Waffenröcken nach handelte es sich um Scharen aus dem Clan der Gorsk.

In Windeseile wurden die beiden leichtsinnigen Schädelreiter umringt und aus dem Sattel gezogen. Die Attacke erfolgte so rasch, dass sie mit ihren Lanzen nicht viel ausrichten konnten. Die gefährlichste Gegenwehr kam von den um sich beißenden Lindwürmern, doch die Krieger hatten längst gelernt, sie nach Uroks und Rowans Vorbild an den Zügeln zu packen und rasch unter Kontrolle zu bringen.

Die übrigen Schädelreiter waren schlauer. Sie brachten sich in Sicherheit und warteten, bis weitere Kavallerie und Fußtruppen heran waren, mit denen sie dann gemeinsam vorrückten. Als sich die Kräfte entsprechend gesammelt hatten, konnten sie jedoch nur noch die Leichen ihrer Kameraden bergen. Die Gorsks hatten ihnen die Köpfe abgeschnitten, dann waren sie mit den abgetrennten Häuptern und den Reittieren wieder zwischen dem dichten Grün der Bäume verschwunden.

Mehrere Feinde verletzt, zwei Schlangenköpfe und zwei Lindwürmer erbeutet, ohne eigene Verluste beklagen zu müssen. So sah ein erfolgreicher Überfall aus. Und dies war nur einer von vielen, die landauf und landab auf die vorrückenden Menschentruppen verübt wurden.

Doch so richtig die Strategie zurzeit auch war, blitzschnell zuzuschlagen und sich sofort wieder zurückzuziehen, diese Nadelstiche vermochten Gothars Invasion höchstens zu behindern, aber nicht wirklich aufzuhalten.

»Sie besetzen das Gebiet rund um die Schwarze Marsch und stoßen entlang des Amer bis zu den Kristallseen vor«, raunte Rowan, der sich neben Hatra auf einen emporragenden Felsblock gestellt hatte. »Aber sie wagen es nicht, den Hort direkt anzugreifen.«

»Noch nicht«, antwortete Ursa. »Sie wollen sich erst mal nur in Arakia festsetzen. Mit dem engen Fortgürtel, den sie errichten, wird ihnen das wohl auch gelingen. Auf den Hort werden sie erst zumarschieren, wenn ihre Schwebende Festung wieder aufgestiegen ist und die Lichtbringer erneut frei durch die Lüfte schweben.«

»Sollen sie es doch versuchen«, knurrte Rowan kampflustig. »Dann fegst du sie einfach wieder vom Himmel!« Er lachte siegessicher, verstummte aber abrupt und sah sich zu ihr um. »Oder etwa nicht?«

Ursa begegnete seiner Unsicherheit mit einem spöttischen Blick. »Ich werde es zumindest versuchen«, versicherte sie augenzwinkernd, wurde aber übergangslos ernst. »Es ist dem Maar gelungen, unser Rad des Feuers zu blockieren. Darum müssen wir auch damit rechnen, dass er meine Kräfte zu bannen versucht.«

»Aber das wird das Blut der Erde doch nicht zulassen?« Rowan war ein tapferer Krieger, der den Tod nicht fürchtete, doch die Vorstellung, das Blut der Erde könnte dem Atem des Himmels erneut unterliegen, flößte ihm sichtlich Unbehagen ein.

»Natürlich nicht«, behauptete Ursa mit einer Zuversicht, die sie selbst nicht empfand. Denn seit dem heftigen Zwiegespräch, in dem sie von der Gefahr für ihren Bruder erfahren hatte, war das Blut der Erde verstummt, und alle Versuche, es erneut anzurufen, waren bisher erfolglos geblieben.

»Komm!«, forderte sie Rowan auf und zerrte dabei an den Zügeln, um Hatra von einem Farnstrauch fortzuziehen, den das Tier ohnehin schon bis auf den Stiel abgeknabbert hatte. »Wir müssen uns noch ein paar andere Frontverläufe ansehen, damit wir Bescheid wissen und Auskunft geben können, wenn die Streitfürsten morgen zum Kriegsrat in den Hort kommen.«

Rowan half ihr, den Lindwurm so weit von der Kante fortzuschieben, dass dieser den schweren Schuppenleib gefahrlos umdrehen konnte.

»Glaubst du, dass sich auch Bava und Ulke blicken lassen?«, fragte der Krieger, als sie sich durch die Bresche, die Hatra bereits ins Unterholz gebrochen hatte, wieder zurückzogen.

Ursa zuckte mit den Schultern, denn sie wollte so ehrlich wie möglich sein. Warum also nicht ruhig zugeben, dass sie nicht alles wusste?

»Ich hoffe nicht«, sagte sie und seufzte leise, obwohl ihr das Blut der Erde einzureden versucht hatte, dass ihr Ulke und Bava noch nützlich sein konnten.

»Auch ich hoffe, dass sich die beiden nie wieder blicken lassen«, pflichtete Rowan ihr bei.

Ursa lächelte, denn es tat gut zu wissen, dass sie mit ihrer Meinung nicht allein dastand.

Sangor

Es hatte die halbe Nacht gedauert, den Kadaver des Lindwurms aus der Stadt zu schaffen, und bis zum Morgengrauen, um wieder nach Sangor zurückzukehren. Nun hockten sie aneinandergekettet in den Gewölben der Schattenelfen und versuchten sich zu erholen.

Grindel war verschwunden, niemand wusste wohin.

»Wir werden unsere Fesseln bereits in Kürze sprengen«, prophezeite Tabor lauthals, wie schon die ganze Nacht hindurch. »Und dann wird uns Vuran den *Ruf* schicken, damit wir alle Menschen in Sangor erschlagen und diese Stadt bis auf die Grundmauern niederbrennen können.«

Als er noch vor Schmerz über Grimpes Tod geschwiegen hatte, war seine Gegenwart für Urok leichter zu ertragen gewesen. Mehreren anderen Gefangenen ging es ebenso. Aber es gab auch welche, die Tabor geradezu an den Lippen hingen, wenn er ihnen ausmalte, wie sie dem Beispiel der Veteranen folgen und im Blutrausch alles niedermachen würden. Angesichts eines Lebens in Unfreiheit, wie es ihnen bevorstand, war das durchaus ein verlockender Gedanke.

Von seiner Sache völlig überzeugt, packte Tabor einen leeren Tonkrug und zerschmetterte ihn auf dem Steinboden. Was zuerst nach einem sinnlosen Wutausbruch aussah, erwies sich rasch als genau berechnete Aktion.

Er suchte sich die größte Scherbe mit den schärfsten Kanten aus. Dann beugte er sich über eine Schüssel, in der noch ein Rest Wasser stand. Viel war davon nicht mehr übrig, denn die Schattenelfen hielten sie absichtlich knapp. Bis zum nächsten Morgen sollte der Durst so quälend werden, dass sie das mit Schwarzem Mohn vermengte Wasser in sich hineinschütten würden. Und jedem, der sich dem verweigerte, drohten die Samen der Pasek.

Das verzerrte Spiegelbild in der Schüssel reichte gerade aus, um Tabor zu zeigen, wo er mit der Scherbe ansetzen musste. Vorsichtig schabte er sich die Haare auf der rechten Seite ab, die völlig mit Blut verklebt waren, denn der Peitschenhieb hatte ihm auch dort die Haut aufgerissen. Obwohl er einigermaßen zurechtkam, schnitt er sich mehrmals mit der Scherbe.

Daraufhin nahm sie ihm ein Njorm aus den Fingern und rasierte Tabor einen Streifen ab, der bis weit über das Ohr reichte, sodass nun beide Seiten ungefähr gleich aussahen. Als Tabor das Ergebnis in der Wasserschüssel betrachtete, war er damit sehr zufrieden.

Urok beschäftigte sich unterdessen mit dem Siegel des Eisvogts. Immer wieder holte er die ovale Plakette unter seinem Hemd hervor und strich mit den Fingerkuppen über die Symbole, die sich auf dem blauen Untergrund abzeichneten. Die gefiederte Schlange und das entflammte Rad: diese Zeichen faszinierten ihn so sehr, dass er dem Eisvogt das Siegel einfach hatte abnehmen müssen, als sie ihn aus den Gewölben des erloschenen Horts in Sicherheit geschleppt hatten.

Wo das Blut wieder durch die Hauptschlagader zirkuliert, da pocht es gegen das nächste Hindernis, hatte ihm die Stimme im Hort gesagt.

Ob sich dieses nächste Hindernis wohl hier, in Sangor, finden ließ? Die zweite gefiederte Schlange, die Ragmar in sein Lederbuch gezeichnet hatte, stammte jedenfalls von hier. Außerdem war diese Stadt ebenso kreisförmig angelegt wie Rabensang, und sie schien sich zur Mitte hin zu erheben, wie ein ebenmäßiger Hügel – oder ein zusammengefallener Hort.

Ein feines Jucken in seiner linken Hand bedeutete Urok jedenfalls, dass es gut gewesen war, dem Eisvogt das Siegel abzunehmen. Falls es in Sangor tatsächlich ein Abbild der gefiederten Schlange gab, würde er es mithilfe dieses Emblems finden, dessen war sich der Krieger gewiss.

ᛞ 26 ᛟ

Arakia

Aus der Deckung eines dichten Weißdornstrauches heraus beobachtete Gabor Elfenfresser, wie sich Ulke von Vokard und zwei weiteren Hohen mit ärgerlichen Gesten verabschiedete. Sein Versuch, die alten Getreuen hinter sich zu versammeln, war gescheitert. Einem geschlagenen Krieger gleich schlurfte er mit hängenden Schultern zu dem kargen Lagerplatz zurück, den er sich mit Bava Feuerhand teilte. Einen halben Tagesmarsch nördlich des Schädelfelds, auf gerader Linie zum Dorf der Njorm, hatten sich die beiden unter einem überhängenden Felsvorsprung eingenistet.

Ulkes zerschlissener Kapuzenmantel, der sich zwischen den Ästen eines umgestürzten und von ihnen herangeschleiften Buchenstamms spannte, diente als zusätzlicher Windschutz. Beide Orks – Hohepriester wie Erzstreiter – waren bis zu den Waden mit Schlammspritzern besudelt, ihre Stiefel waren kaum noch als solche zu erkennen, und die Kleidung klebte ihnen ebenso am Körper wie das fettig gewordene Haar am Kopf.

Gabor sah nach all den Tagen der rastlosen Suche nicht viel besser aus, trotzdem freute er sich, die beiden in einem so erbärmlichen Zustand zu sehen. Seit zwei Tagen spähte er sie nun schon aus, und alles, was er dabei zu sehen bekommen hatte, erfreute sein bitteres Herz.

Ein kleiner Leinensack voll trockener Bucheckern und eine halbvolle Bergziegenblase mit Schwarzbeerenwein war alles, was die Hohen Ulke als Zehrung mitgebracht hatten. Dabei kamen sie direkt vom heiligen Hort, wo sie sich zuvor Ursa unterworfen hatten.

»Feiglinge!«, schimpfte Ulke böse. »Richten alle ihr Banner nach dem Wind, obwohl sie genau wissen, dass das Blut bezähmt werden muss, weil es sonst auch seine eigenen Kinder verschlingt.«

Angesichts solcher Blasphemie hätte es Gabor nicht gewundert, hätte sich die Erde aufgetan und den Hohepriester verschlungen. Doch offenbar gefiel es Vuran, Ulke weiterhin in seinem Elend zu sehen.

Müde warf der Alte die Ziegenblase zu Bava hinüber und ließ sich auf einen mit Moos bewachsenen Stein nieder, dessen Oberseite Ulkes Hosenbund bereits während der letzten Tage blank gewetzt hatte. Eine der Bucheckern wanderte in seinen Mund, wurde jedoch unter einem Fluch wieder ausgespuckt. Zusammen mit einem gelblich schimmernden Zahnstück, das dem Greis beim Zubeißen herausgebrochen war.

Seufzend bückte er sich nach einer Holzschale, in der aufgefangenes Regenwasser schwappte, und legte ein paar der Bucheckern hinein, um sie darin einzuweichen.

Im heiligen Hort hatte sich der Tribut, den Ulke seinem Alter zollen musste, noch gut verheimlichen lassen, doch das Leben in der Wildnis, ohne Knappen, die für Bequemlichkeiten und mundgerechte Verpflegung sorgten, ließ alle Gebrechlichkeiten deutlich zutage treten.

Unterdessen machte sich Bava umständlich an der Ziegenblase zu schaffen, ohne aus ihr zu trinken. Der eiserne Stirnreif, der ihn als Streitfürsten kennzeichnete, saß längst nicht mehr auf seinem Kopf, sondern hing auf einem abgebrochenen Ast des angeschleppten Baumstamms. Entweder war ihm die Last zu schwer geworden, oder er hatte endlich eingesehen, dass ihm die Krone in keiner Weise zustand.

Gabor nutzte den Moment, in dem die beiden so sehr mit sich selbst beschäftigt waren, um näher an sie heranzuschleichen. Ulkes Stimme war wieder leiser geworden, und Gabor wollte unbedingt hören, was die beiden Verräter miteinander besprachen, damit er endlich Gewissheit über Ramoks Tod erlangte.

»Diese elenden Verräter!«, schimpfte Ulke weiter vor sich hin, während er die Bucheckern mit bloßen Fingern ins kalte Wasser tunkte. »Aber das werden sie noch bereuen. Auf Knien lasse ich sie ankriechen, damit sie mich um Vergebung anflehen können!«

»Glaubst du wirklich, dass sie das wollen?« Bava bemerkte nicht den bösen Blick, den ihm der Hohepriester zuwarf, denn er hielt gerade die Ziegenblase dicht an sein Ohr und schüttelte sie vorsichtig, als ließe sich am Hin- und Herschwappen des Inhalts besser herausfinden, wie viel Wein wirklich noch darin war.

»Und ob!«, brauste Ulke auf. »Dieses Pack wird noch um Gnade winseln, wenn ich erst einmal morgen, beim Kriegsrat, bewiesen habe, wem das Blut der Erde wirklich untertan ist ...«

Verdutzt hielt er inne, weil ihm Bava offen ins Gesicht lachte und dann fragte: »Du willst doch nicht ernsthaft am Kriegsrat teilnehmen?«

»Aber natürlich«, antwortete Ulke verblüfft. »Und du wirst mir, wie abgemacht, zur Seite stehen. Was bleibt uns denn anderes übrig? Wir müssen für den uns zustehenden Rang kämpfen, auch wenn das Schicksal gegen uns zu stehen scheint!«

»Vergiss es.« Bava schüttelte resigniert den Kopf. »Der heilige Hort sieht mich nie wieder. Diese Schmach tue ich mir nicht an.«

Ulke schluckte so hart, dass es bis in Gabors Versteck zu hören war. »Wie war das? Das ist doch nicht dein Ernst, oder? Willst du etwa kneifen? Wie ein räudiger Hund den Schwanz einklemmen?«

Ein fremder Glanz irrlichterte durch Bavas Augen. Doch er schwieg, statt auf die Beleidigungen zu antworten.

»Bastard!«, schimpfte Ulke. »Bastard eines feigen Trolls und einer angstschlotternden Elfin! Glaub bloß nicht, du kannst dich ungeschoren davonmachen! Vandall Eishaar und Hogibo wissen längst, wo wir lagern, hörst du? Und sie sind bereits auf dem Weg hierher, das hat mir Vokard gerade anvertraut. Hörst du? Sie kommen zu uns, um die Streitkrone von dir zu fordern! Willst du sie ihnen etwa übergeben, vor Angst zitternd wie Espenlaub?«

Das nervöse Flackern in Bavas Pupillen war plötzlich verschwunden. Mühelos hielt er dem stechenden Blick des Hohepriesters stand, und ein bitteres Lächeln legte sich auf seine Lippen. »Gar nichts werde ich den beiden übergeben«, antwortete er endlich. »Wenn sie die Krone haben wollen, müssen sie die mir schon aus meinen kalten Fingern entwinden.«

»Das klingt schon besser«, sagte Ulke zufrieden und steckte sich eine der angefeuchteten Bucheckern in den Mund, um das Knurren seines Magens zu bekämpfen.

»Komm, darauf trinken wir«, forderte Bava und hielt dem Alten die Ziegenblase hin.

Bereitwillig nahm sie Ulke entgegen und ließ einen kräftigen Strahl des Schwarzbeerenweins in seinen Mund laufen. Kaum hatte er geschluckt, stieß er jedoch einen angeekelten Laut aus.

»Vokard, diese elende Laus!«, schimpfte er. »So einen sauren Wein habe ich meinen ganzen Lebtag noch nicht getrunken. Den hat der Kerl doch absichtlich für uns ausgesucht!«

»Hat er nicht.«

»Woher willst du das wissen?« Verärgert reichte Ulke die Ziegenblase zurück. »Du hast ja noch gar nicht davon probiert.«

Bava nahm ihm die Blase aus der Hand, ohne die Öffnung selbst an die Lippen zu setzen.

»Was ist?«, fragte der Alte, der auf Bavas Reaktion wartete. »Ich dachte, wir wollten *zusammen* trinken?«

»Noch nicht.« Erneut glitzerte es in Bavas Augen unheilvoll auf. »Ich will dich erst genauso verrecken sehen wie damals Ramok.«

Ulke zuckte bei diesen Worten ebenso zusammen wie Gabor, doch während der Elfenfresser nur seine Finger in das Erdreich vor ihm graben konnte, schrie der Hohepriester wütend auf. »Was? Was soll das Gerede über Ramok?«

»Was glaubst du wohl?« Bava hielt die Nase über die Trinköffnung und tat, als atmete er wahre Wohlgerüche ein.

Ein unkontrolliertes Schütteln durchfuhr Ulkes Körper.

»Natterngift!«, entfuhr es ihm voller Entsetzen, während er in die Höhe sprang.

Hastig beugte er sich nach vorn und versuchte sich zwei Finger in den Hals zu stecken, um sich zu übergeben, doch ehe er die Bewegung zu Ende bringen konnte, überkam ihn ein weiterer Schüttelanfall, und jeder Muskel in seinem Leib verkrampfte sich so heftig, dass einige Finger aus ihren Gelenken sprangen.

Ulkes Gifttod währte nur kurz, war jedoch erfüllt von grauenvollen Schmerzen. Seine Augen rollten wild in ihren Höhlen, während sich seine Glieder in den unmöglichsten Winkeln verbogen. Dann lag er endlich still und atmete nicht mehr.

Gabor beobachtete dies alles und konnte es dennoch kaum fassen. Vor allem nicht, dass Ramoks Felltod tatsächlich eine böse Intrige gewesen war.

Einige Herzschläge lang fühlte er sich selbst wie gelähmt, doch als er sah, dass Bava die Ziegenblase an die eigenen Lippen führte, kehrte das Leben schlagartig in ihn zurück. Die Rache an Ulke war ihm genommen, doch mehr würde er nicht zulassen …

Kurz bevor er den ersten Schluck zu sich nehmen konnte, zögerte Bava einen Moment. Sich selbst zu vergiften widersprach seiner kriegerischen Natur, doch er hätte es getan, hätte Gabor nicht die zwischen ihnen liegende Distanz mit einigen federnden Sprüngen überwunden und ihm die Ziegenblase aus der Hand geschlagen.

Vergifteter Wein spritzte erst durch die Luft und versickerte dann im Gras.

»Elfenfresser!«, rief der Streitfürst zu Tode erschrocken. »Was hast du getan?«

»Die Wahrheit herausgefunden!« Die riesigen Hände zu Fäusten geballt, stand er vor Bava, bereit, den Tod seines alten Freundes Ramok zu rächen. »Es ist also wahr, was die Priester von Felsnest erzählen: dass Vuran persönlich zu Ursa gesprochen hat und ihr offenbarte, dass Ulke und du ihren Vater in den Felltod geschickt habt!«

»Ja.« Bava senkte den Blick. »Ja, es ist wahr. Ich habe mich dazu von Ulke anstiften lassen, denn er behauptete, es wäre zum Wohle aller Blutorks.« Ergeben beugte er sich so weit vor, dass sein Nacken freilag. »Aber das macht es nicht besser. Ich habe den Tod verdient.«

»Und ob du den verdient hast«, stimmte Gabor gefährlich leise zu. »Tausendfach und bis ans Ende aller Zeiten.«

Statt sein Schwert zu ziehen, winkelte er das rechte Bein an und trat Bava mit so großer Wucht vor den Brustkorb, dass der hintenüber gegen die Buche schlug.

»Glaub bloß nicht, dass ich dich so leicht davonkommen lasse«, drohte der Elfenfresser. »Ich werde dich zuerst bis zum Nebelmeer und wieder zurück jagen, bevor ich ein Ende mit dir mache. Es gibt keinen Ort, an dem du dich vor mir verbergen kannst, hörst du? Keine Nacht sollst du mehr ruhig schlafen, und jedes Mal, wenn ich dich aufstöbere, werde ich ein kleines Stück von dir abschneiden! Ja, genau – ich werde dich nur Stück für Stück töten.«

Bei diesen Worten ließ er den Blutstahl so langsam aus der Scheide gleiten, dass das unheilvolle Schaben von dem über ihnen lastenden Felsvorsprung widerhallte. »Am Ende wirst du deinen nackten Rumpf nur noch mit den Zähnen weiterziehen können, aber du wirst es trotzdem machen, weil du dich vor dem fürchtest, was ich sonst mit dir anstellen werde.«

Bava sah voller Entsetzen zu seinem Rechten Arm in die Höhe, der plötzlich sein erbarmungslosester Feind geworden war. Sein Adamsapfel tanzte hektisch auf und ab, bis Gabors rechter Stiefel auf sein linkes Handgelenk niederfuhr und es tief in den Waldboden bohrte.

Bava unterdrückte einen Aufschrei, hatte aber nicht die Kraft, den Arm zu befreien. Nicht, bevor auch Gabors Schwert in die Tiefe gefahren war, und zwar genau dort, wo der kleine Finger in den Handrücken überging.

Laut aufheulend presste sich Bava die spritzende Wunde gegen den Leib, während der Finger wie ein gekrümmter grüner Wurm am Boden blieb.

»Lauf!«, befahl Gabor. »Lauf, du feiger, giftmischender Troll, bevor ich dir auch alle Zehen raube, damit jeder Schritt deiner Flucht zu einer brennenden Hölle wird!«

Bava war beileibe kein Schwächling, doch die Schuld, die ihm tief in den Knochen saß, lähmte jeden Willen zur Gegenwehr. Und dann war da noch Gabors gerechter Zorn, der dessen Kräfte zu vervielfachen schien. Wie von geifernden Moorgeistern gehetzt, sprang Bava in die Höhe und stürzte davon.

Gabor sah ihm nur kalt lächelnd nach. Er würde die Spur dieses feigen Verräters schon nicht verlieren, und wenn der sich noch so mühen sollte, sie zu verwischen. Allein der Angstschweiß, den er verströmte, würde Bava fortan verraten.

In einer verächtlichen Geste reinigte Gabor die blutbesudelte Schwertspitze an Ulkes aufgespanntem Kapuzenmantel. Danach zog er ein verrottetes Dachsfell unter der umgestürzten Buche hervor, das die beiden irgendwo aufgetrieben hatten, um in den Nächten darauf zu ruhen.

Ohne es auszuschütteln, legte er es neben Ulke nieder und bettete den erstarrten Leichnam darauf, damit es bei ihm nach einem Felltod aussah, so wie sie ihn auch bei Ramok vorgetäuscht hatten. Danach nahm er die Streitkrone von dem abgebrochenen Ast, legte sie auf den Bauch des Toten und schmiegte seine kalten Hände darum, als ob er sie festhalten würde. Dabei störte es ihn nicht, dass er die erstarrten Finger, die noch in ihren Gelenken saßen, brechen musste, um sie wieder geschmeidig genug zu machen, dass sie um den gebogenen Stahl passten.

Erst als alles nach seinem Willen arrangiert war, kehrte Gabor zu seinem versteckten Lagerplatz zurück, um seine wenigen Habseligkeiten zusammenzusuchen, bevor er sich an die letzte Aufgabe seines Lebens machte. An die eine Aufgabe, für die ihn der *Ruf* des Blutes verschont hatte.

Bava Feuerhand auf grausamste Weise zu Tode zu hetzen.

⟩ ᘓ ᑎ ⟨

Am heiligen Hort
Für den Empfang der Streitfürsten wählte Ursa eine lange Robe aus, deren ausladender Saum leicht über den Boden schleifte. Sie wollte niemanden damit beeindrucken, dass sie einige Fingerbreit in der Luft schweben konnte, sondern einfach nur allen aufrecht entgegentreten. All die Schmiede, Knappen und Priester, die im Hort lebten und arbeiteten, hatten sich bereits an diesen neuen Anblick gewöhnt, doch aus den Scharen heraus, die seit dem Morgengrauen aus allen Himmelsrichtungen zusammenströmten, erntete sie immer noch erstaunte bis ehrfurchtsvolle Blicke.

Natürlich versuchte sie ihren Stolz ebenso wie die Beine zu verbergen, wenn sie auf die östliche Felsterrasse glitt, doch andererseits genoss sie die Bewunderung, die ihr von allen Seiten entgegenschlug. Nicht nur immer mehr Kriegsscharen drängten sich auf dem stufig abfallenden Gelände zusammen, sondern auch Halbwüchsige, die über Nacht zu Waisen geworden waren, Mütter, die ihren Nachwuchs auf den Armen trugen, oder Veteranen, die eigentlich nur noch zum Teerfischer taugten und doch – wie jeder andere Ork, der noch zu atmen vermochte – ihren Teil zum Widerstand beitrugen.

Mit jeder offiziellen Abordnung, die am Hort eintraf, kehrten auch die Banner der Sippen heim. Links und rechts des Haupteingangs wurden sie an ihren alten Plätzen aufgepflanzt. Schon bald war die Luft von den kräftigen Schlägen erfüllt, mit denen sich die

Flaggen im Wind streckten. Ursa genoss den vertrauten Klang, und auch die Orks unter der Steinbalustrade schienen erstmals wieder voller Hoffnung.

Ihr Anblick inmitten der beinahe vollzählig versammelten Banner trug natürlich mit dazu bei. So wie sich Ursa-mit-den-schwachen-Beinen dank Vurans Hilfe aufgerichtet hatte, so wollte sich das ganze Volk der Blutorks wieder aus dem Staub erheben, um dem grausamen Feind die Stirn zu bieten.

Immer wieder drängten Einzelne oder ganze Scharen heran. Entweder um sich für den Absturz der Schwebenden Festung zu bedanken oder um ein paar aufmunternde Worte zu erfahren oder Ursa einfach ihrer vollen Unterstützung zu versichern. Moa und einige andere Knappen aus dem Hort mussten manchmal mit scharfen Worten, aber auch harten Stößen und Knüffen dafür sorgen, dass das Gedränge auf und vor der Treppe nicht zu wild wurde. Insgesamt verhielten sich jedoch alle sehr besonnen und zurückhaltend. Wer wollte auch schon jemanden verärgern, der Schwebende Festungen zu Boden schmettern konnte?

Die große Masse der vor dem Hort versammelten Orks akzeptierte Ursa längst als neue Hohepriesterin, aber die Bestätigung durch den Kriegsrat und den Rat der Hohen stand noch aus, außerdem war Ulke ein gewiefter Fuchs, der den Machthunger von Priestern und Streitfürsten geschickt für sich zu nutzen wusste.

Angesichts der allgemeinen Sympathie, die ihr entgegenschlug, fühlte sie sich zwar jedweden Intrigen gewachsen, trotzdem fiel Ursa eine Last von den Schultern, als sie von Ulkes Tod erfuhr.

»Nur noch die Scharen der Madak und der Vendur fehlen«, bemerkte Rowan gerade, als die ersten Anzeichen von Nervosität aufflammten. Alles begann damit, dass zahlreiche Orks, die am nördlichen Rand des Felsgrunds hockten, von ihren Plätzen aufsprangen, um zwei Neuankömmlinge zu umringen. Was auch immer die beiden zu berichten hatten, löste große Unruhe aus, die sich rasch durch die Reihen fortpflanzte. Immer mehr Neugierige reckten die Hälse, um zu sehen, was eigentlich vor sich ging, bis der ganze Versammlungsplatz in Aufruhr zu geraten drohte.

»Ulke ist tot!«, ging es von Mund zu Mund, ohne dass jemand Genaueres zu berichten wusste.

Neugierig wogten die Massen umher, in der vagen Hoffnung, aus irgendeiner Richtung mehr als nur diesen kurzen Fetzen aufzuschnappen. Die verheißungsvolle Spannung, die sich im Laufe des Tages aufgebaut hatte, weil alle hofften, dass sich bald etwas zum Guten wenden würde, drohte unversehens in blanke Hysterie umzuschlagen. Orks waren es nicht gewohnt, in so großen Massen eng aufeinanderzuhocken. Schon schrien die ersten Kinder auf, die im Gedränge von ihrer Mutter getrennt wurden, und es erklangen wuchtige Schläge, weil sich ebendiese Mütter mit blanken Fäusten zu ihren Kindern zurückzukämpfen versuchten.

Während die Stimmung allmählich ins Unheilvolle kippte, drängten die beiden jungen Krieger, die mit ihrer Ankunft die Unruhe ausgelöst hatten, rücksichtslos durch die wogenden Leiber.

»Ruhe!«, forderte Ursa energisch, bevor es noch schlimmer werden konnte. »Setzt euch alle wieder hin! Dann kann ich in Erfahrung bringen, was vorgefallen ist, und es euch sofort verkünden!«

Das Gedränge ebbte daraufhin tatsächlich ab.

Dafür ruckten alle Köpfe zu Ursa herum, die selbst ungeduldig darauf wartete, Näheres zu erfahren. Den Farben auf ihren Waffenröcken nach waren die Überbringer der Neuigkeiten ein Madak und ein Vendur, und statt sich gemeinsam durch die Mauern aus Schultern und Rücken zu kämpfen, lieferten sich die beiden ein Wettrennen, in dem der eine den anderen zu behindern suchte.

Kurz vor der Treppe hatte der Madak die Nase ein kleines Stück vorn. So stürmte er als Erster die Stufen empor und schrie dabei mit überschnappender Stimme: »Ulke ist tot, aber bevor er starb, hat er die Krone des Erzstreiters an Vandall Eishaar übergeben!«

»Gar nicht wahr!«, fiel ihm der andere ins Wort. »Ulke war schon tot, als man ihn fand. Doch Hogibo hat zuerst den Eisenreif in seinen Händen entdeckt, deshalb hat er das größte Anrecht darauf, Bavas Nachfolger zu werden!«

Zuerst war ihr Geschrei nur bruchstückhaft zu verstehen, weil sie einander ständig ins Wort fielen und auch noch gegenseitig zu überschreien versuchten. Als sie sich dann auch noch zu schubsen begannen und die Fäuste einsetzen wollten, wurde es Rowan zu viel. Mit der bloßen Hand nach links und rechts austeilend, brachte er die beiden zur Ruhe.

»Reißt euch zusammen!«, schnauzte er sie wütend an. »Und redet gefälligst nacheinander!«

Mit dieser Forderung erreichte er nur eins: dass die beiden – auf einmal Schulter an Schulter stehend – gemeinsam gegen ihn Front machten.

»Pass bloß auf, dass wir dich nicht gleich aufschlitzten!«, blaffte der Madak zurück, und der Vendur nickte zustimmend und legte seine Rechte drohend auf den Schwertgriff an seiner Hüfte.

»Schluss jetzt!«, ging Ursa dazwischen. »Benehmt euch gefälligst wie Krieger!« Obwohl sie so leise gesprochen hatte, dass nur die beiden sie verstehen konnten, trafen ihre Worte die beiden härter als Rowans Schläge.

Betreten sahen der Madak und der Vendur kurz zu Boden, bevor sie sich mit Gesten darauf verständigten, wer als Erster reden durfte. Nachdem sie vorgebracht hatten, was zu sagen war, fasste Ursa alles für die wartende Menge zusammen.

»Das Blut der Erde hat sein Urteil gefällt«, fügte sie aus eigenem Interesse hinzu. »Ulke starb einen unrühmlichen Felltod, und Bava ist spurlos verschwunden. Zumindest den Anstand, die

Streitkrone zurückzulassen, hatte der Feigling, damit sie einem würdigeren Nachfolger übergeben werden kann!«

Unbeschreiblicher Jubel brach aus. Die Mehrheit der Orks empfand also wie sie, das erfreute ihr Herz. Und auch das Blut der Erde war offenbar ihrer Meinung gewesen, dass Ulke und Bava einem Neuanfang im Wege standen.

Begeistert riss sie beide Arme empor, um ihrer Freude Ausdruck zu verleihen. Mit dem Fuß aufzustampfen, wie es die vor ihr versammelte Menge tat, war ihr zwar nicht möglich, aber auch so begann der Fels unter den vereinten Tritten zu erzittern.

Mittlerweile hatte sich der große Platz derart gefüllt, dass es keinen einzigen freien Flecken mehr gab. Ein Meer aus Köpfen und Schultern erstreckte sich von der Felsbrüstung bis zu dem Wald, der sie umgab, und reichte noch bis tief zwischen die Bäume hinein.

Das Stampfen ließ erst nach, als die Farben der Madak und der Vendur am nördlichen Rund des Horts erschienen. Weit mehr als die beiden letzten fehlenden Banner zogen allerdings Vandall und Hogibo die Aufmerksamkeit auf sich. Schulter an Schulter, jeweils einen der Eisenbogen umfasst, präsentierten sie der wartenden Menge gemeinsam die Streitkrone, die sie Ulke aus den kalten Händen genommen hatten.

Trotz der allgemeinen Enge bildete sich sofort eine Gasse für sie, doch es dauerte eine Weile, bis sie breit genug war, dass sich die beiden nähern konnten, denn keiner von ihnen wollte dem anderen Streitfürsten den Vortritt lassen. Seite an Seite schritten sie einher, jeweils von dem Banner ihres Stammes und der eigenen Schar gefolgt.

»Platz für die Streitkrone!«, forderten sie immer wieder, wenn der Durchgang zu eng für sie wurde. Die versammelten Orks wichen tatsächlich zurück, aus Ehrfurcht vor dem Eisenreif, den Vandall und Hogibo am ausgestreckten Arm vor sich hertrugen und der ihnen allen hoffentlich bald einen besseren Erzstreiter präsentieren würde, denn nur vereint waren sie wirklich in der Lage, den überlegenen Feind aus ihrem Land zu vertreiben.

Ursa behagte es gar nicht, wie die beiden Streitfürsten unter ihr an die Treppe traten. Sie hatten sich zwar etwas besser in der Gewalt als die jungen Boten, die sie vorausgeschickt hatten, aber am liebsten wären sie sich genauso ungestüm an die Kehle gegangen.

»Bis dorthin und nicht weiter!«, beschied sie den beiden, bevor es noch zum Streit darüber kommen konnte, wer als Erster die Stufen hinaufsteigen durfte.

»Finske!«, rief sie leise, plötzlich froh, einen der alten Hohen um sich zu haben. »Schaff sofort die Schatulle für die Krone herbei!«

Der Priester nickte beflissen und eilte davon.

»Wie ich sehe, bringt ihr die Streitkrone in den Hort zurück«, wandte sich Ursa dann laut an Vandall und Hogibo. »Ich danke euch für diese noble Tat.«

Die beiden zogen ein Gesicht, als hätte Ursa zwei Eimer voll Schmelzwasser über ihren Köpfen ausgeleert. Unwillig schüttelte Vandall den Kopf, um seinen schneeweißen Schopf, auf den er so stolz war, über den Schultern aufzufächern.

»Ich ... *Wir* haben den Eisenreif in Ulkes toten Händen gefunden«, verkündete er mit seiner wohl tönenden Stimme. »Das ist ein Zeichen Vurans, dass einer von uns beiden der nächste Streitkönig werden soll!«

Überall auf dem Platz sogen überraschte Orks laut hörbar Luft in ihre Lungen. Aber es gab auch ärgerliches Rumoren, vor allem von Seiten der übrigen Streitfürsten, die hastig nach vorn drängten, um ebenfalls Ansprüche anzumelden.

Ursa hatte keinerlei Erfahrungen mit Situationen wie dieser, doch sie spürte instinktiv, dass sie die unverschämte Forderung der beiden im Keim ersticken musste, bevor es noch zum Streit oder gar feindseligen Handlungen zwischen allen Stämmen kam. Sie brauchte nicht erst das Blut der Erde um Rat zu fragen, um zu wissen, dass eine offene Auseinandersetzung ihr entwurzeltes Volk noch weiter gespalten hätte.

»Seid ihr neuerdings Priester vom heiligen Hort?«, fuhr sie Vandall und Hogibo an. »Denn nur wir können entscheiden, was ein Zeichen Vurans ist und was nicht!«

Vandalls Gesichtszüge verkanteten sich, und die Falten, die seine Augenwinkel einkerbten, wurden schärfer. Er wollte zu einer scharfen Antwort ansetzen, doch noch ehe er das erste Wort herausbrachte, glitt Ursa über die Treppe hinaus – wobei sie allerdings nicht über die Stufen absank, sondern die Höhe des Steinbalkons beibehielt.

Auf einmal für alle deutlich sichtbar in der Luft schwebend, starrte sie auf Vandall hinab. Nun, da offensichtlich war, wen das Blut der Erde unterstützte, schluckte dieser die Antwort, die ihm bereits auf der Zunge lag, wieder herunter.

»Moa!«, rief Ursa ihrem Knappen zu. »Nimm die Streitkrone von diesen beiden auserwählten Findern entgegen, und bring sie zu mir herauf!«

Moa drängte sofort von seinem Platz neben der Treppe heran und tat wie ihm geheißen. In Hogibos sonst so gutmütigem Gesicht zuckte es verärgert, als ihm der Reif abgenommen wurde. »Vandall und ich haben ein Recht darauf, es in der Blutgrube auszufechten«, beharrte er trotzig. »Es hat doch wohl etwas zu bedeuten, dass der tote Ulke die Krone wie zur Übergabe in Händen hielt!«

»Das sind Dinge, die nicht hier, sondern in der Blutkammer besprochen werden«, schnitt Ursa ihm das Wort ab. Und noch ehe er oder ein anderer dagegen aufbegehren konnten, hob sie beide Hände beschwörend empor und verkündete laut über den ganzen Platz hinaus: »Nun, da auch die letzten Banner eingetroffen sind, berufe ich den Kriegsrat ein, der über die Zukunft unseres Volkes entscheiden soll!«

Mit gewichtiger Miene glitt sie zurück und machte den Weg für Moa frei, der rasch an ihr vorbeidrängte. »Such Finske«, wies sie ihn halblaut an. »Er bringt gerade die Schatulle her.«

Ohne sich noch einmal zu Vandall oder Hogibo umzudrehen, folgte sie ihrem Knappen, der eilig in den dunklen Gang vorauseilte. Indem sie nach ihrer Ankündigung einfach in dem Hort verschwand, zwang sie alle Streitfürsten, ihr in die Blutkammer zu folgen. Dieser rasche Abgang verschaffte Ursa etwas Zeit, über die Ereignisse, die so unvorhergesehen über sie hereingebrochen waren, nachzudenken.

Auf ihrem Weg durch den großen Innenhof und über die Rampen in die dunklen Tiefen hinab reute es sie plötzlich, über Ulkes Tod jubiliert, ja, geglaubt zu haben, vorausschauender als das Blut der Erde zu sein. Wie anmaßend sie doch vor ein paar Tagen gesprochen hatte und wie furchtbar dumm.

Es gibt kein Ende der Dinge, nur ... Plötzlich dämmerte ihr, was das Blut der Erde mit diesen Worten hatte sagen wollen: dass Zwist und Machtgier allgegenwärtig waren und nicht mit dem Tode von einzelnen Orks, Menschen oder Elfen verschwanden. Hätte Ulke noch gelebt und wäre zum Kriegsrat erschienen, wäre es ein Leichtes gewesen, ihn oder Bava in die Schranken zu weisen. Diese beiden hatten sich derart vor allen Stämmen blamiert, dass sie nicht einmal mehr Unterstützung aus den Reihen der Ranar erhalten hätten. Vandall und Hogibo hingegen waren weitaus unberechenbarer und deshalb auch viel gefährlicher.

Ursa wusste nicht einmal, ob die beiden von puren Machtgelüsten getrieben wurden oder wirklich an ein Zeichen des Blutes glaubten und nur das Beste für ihr Volk wollten. Der Priesterin war nur eins klar: Wenn sich all die Streitfürsten jetzt im Kampf um die Streitkrone gegenseitig zerfleischten, waren die Blutorks verloren, lange bevor der eigentliche Krieg überhaupt begonnen hatte.

Ratlos glitt sie bis an das steinerne Ufer des Glutsees, in der Hoffnung, dass ihr die Stimme, von der sie »Urtochter« genannt wurde, irgendwie weiterhelfen würde. Zu ihrer größten Enttäuschung war jedoch wieder nichts zu hören. Entweder, weil sich das Blut der Erde gerade auf einen anderen Hort konzentrierte, oder weil es erwartete, dass sich Ursa selbst zu helfen wusste.

Die Priesterin konnte es nicht sagen, sondern einfach nur dastehen und weiterhin auf Unterstützung hoffen. Aber alles Warten war vergebens. Während sich die Blutkammer hinter ihr nach und nach mit Streitfürsten, Rechten Armen und den dazugehörigen Scharen füllte, waren weiterhin nur die eigenen Gedanken in ihrem Kopf, keine Stimme, die einen klugen Rat wusste.

»Blutgrube!«, wurde in ihrem Rücken immer wieder gemurmelt, während sich alle hinter ihren Bannern formierten. »Ihr müsst mich unterstützen, wenn ich es im Kriegsrat fordere, hört ihr? Blutgrube!«

Nicht nur Vandall und Hogibo redeten inzwischen so daher, sondern auch andere Streitfürsten, die sich ins Abseits gedrängt fühlten.

Diese elenden Narren! Hatten sie denn nichts dazugelernt? War denn keinem von ihnen klar, dass es nun darauf ankam, die Feinde Arakias zu bekämpfen und nicht sich gegenseitig?

In diesem Moment beschloss Ursa etwas zu tun, wogegen sich eigentlich alles in ihr sträubte. Sie konzentrierte all ihre geistige Kraft auf die vor ihr wabernde Glutdecke und brachte sie in Wallung, und dies dermaßen wütend und kraftvoll, dass hell lodernde Flammensäulen in die Höhe schossen. Knisternd und fauchend spalteten sie sich in Myriaden von Glutstrahlen auf, die einander kreuzten und durchschlugen, bis die Luft unter dem Felsgewölbe von ineinander verschlungenen Mustern erfüllt war.

Funken tanzten in überirdischer Schönheit umher, doch Ursa sah in ihnen nur die Schatten des Untergangs, die ihrem Volk drohten, wenn es sich nicht endlich zur Einheit entschloss. Die aufwallende Hitze ließ ebenso alle verstummen wie das grelle Schauspiel, das auf den Netzhäuten schmerzte.

Während die Glut weiter zerlaufende Fratzen in die Luft malte, drehte sich Ursa um und log mit großem Pathos in der Stimme: »Das Blut der Erde hat zu mir gesprochen! Hört, was es zu verkünden hat!«

Sie spürte Hunderte von erwartungsvollen Blicken unangenehm auf sich ruhen, als sie den Halbkreis der angetretenen Scharen aufsuchte, doch sie klang ruhig und fest, als sie fortfuhr: »Das Blut der Erde hat entschieden, dass die Streitkrone durch Bava und Ulke besudelt wurde! Sie taugt nicht mehr dazu, einen neuen Erzstreiter zu krönen!«

»Unmöglich!«, bellte Vandall erbost. »Es muss einen Erzstreiter geben, der uns gegen Gothars Truppen führt, oder …«

Er verstummte abrupt, als ihm die Priesterin mit einer herrischen Geste das Wort abschnitt. »Ein einfaches Reinigungsritual reicht nicht aus«, erklärte sie mit großem Nachdruck. »Gegen den menschlichen Tyrannen hilft nur etwas, das stärker ist als die Streitkrone, wie wir sie kennen!«

»Was denn?«, platzte Hogibo überrascht heraus. Und stellte damit eine gute Frage, auf die Ursa selbst noch keine Antwort wusste.

»Eine Rüstung«, erklärte sie dann, einer spontanen Eingebung folgend. »Ein schwerer Panzer aus Blutstahl, von den besten Handwerkern des Horts geschmiedet. Erst wenn diese Rüstung geschaffen ist, ist die Zeit für einen neuen Streitfürsten gekommen. So lautet der Wille, den mir das Blut der Erde verkündet hat.«

Vandall und einige andere Streitfürsten starrten sie nur entgeistert an. Andere schienen hingegen froh, dass es zu keinen weiteren Machtkämpfen kam. Um ihre Entscheidung endgültig zu machen, ließ sich Ursa von Finske die offene Schatulle aushändigen, auf deren Samtkissen für alle sichtbar die Streitkrone ruhte. Sie klappte den polierten Holzdeckel zu und glitt zurück zum Ufer das Glutsees.

Einige ahnten wohl, was sie vorhatte, doch alle schwiegen, als sie mit dem Arm weit ausholte und das Kästchen in einer beinahe verächtlichen Bewegung von sich schleuderte.

Weit hinter ihr, inmitten glühend roter Wogen, schlug es auf und verging in einem hellen Lodern.

Finske, Rowan und viele andere nickten ergriffen, weil das Blut der Erde eine so weitreichende Entscheidung getroffen hatte. Ursa hingegen fühlte sich so schlecht wie nie zuvor in ihrem Leben. Denn sie hatte gerade genau das getan, was auch Ulke schon so oft getan hatte: Sie hatte einfach ihren eigenen Willen als den von Vuran und dem Blut der Erde ausgegeben.

ᚦ 28 ᚦ

Sangor

Unter dem Einfluss des Schwarzen Mohns vergingen die Tage der Sklaverei wie im Fieber. Nur durch einen verschwommenen Vorhang hindurch, der an einen herabstürzenden Wasserfall erinnerte, nahm Urok wahr, wie sie anfangs verhöhnt und verspottet wurden, doch schon bald wurde es selbst den Kindern zu langweilig, ihnen Steine hinterherzuschmeißen, wenn sie schwere Lasten durch die Straßen trugen. Außerdem war ihre Arbeitskraft viel zu wertvoll, um sie durch mutwillige Attacken schmälern zu lassen. Etwa, wenn sie im Hafen Laderäume entluden oder gar die Schiffe an langen Seilen und über sauber abgeschälte Holzstämme hinweg auf Kiel holten, damit sie unterhalb der Wasserlinie von Muscheln und anderem hartnäckigen Besatz befreit werden konnten.

Sangor war nicht nur die Stadt der Lichtbringer und Schattenelfen, sondern auch der gefährlichen Schädelreiter und Gepanzerten, und so passten sich tapsig umherirrende Orks, die ständiger Anleitung bedurften, sehr schnell in das allgemeine Bild ein.

Wegen des steten Rausches vermochte Urok nicht zu sagen, wie viele Tage in diesem Zustand verstrichen, bevor sie endlich zu Ogus, dem Holzhändler, geführt wurden. Wie alle Gebäude der Stadt, die gutbetuchten Bürgern gehörten, war auch seines aus hellem Sandstein erbaut. Ärmere Teile der Bevölkerung behalfen sich gern mit Wänden aus getrocknetem Lehm. Weiß getüncht, um die Sonne zu reflektieren, überdauerten auch sie viele Generationen, solange regelmäßig kleinere Ausbesserungen erfolgten.

Sandsteingebäude wie das von Ogus waren in der Regel großzügiger gebaut. Obwohl nur die Vorderfront bewohnt wurde und die übrigen drei Flügel als Holzlager dienten, wirkte der lichtdurchflutete Innenhof sauber und gefegt. Einige in Steintrögen angepflanzte Blumen und ein Zierbrunnen verrieten eine weibliche Hand, doch außer dem wohlbeleibten Ogus und seinen hageren Gehilfen war niemand zu sehen, als Urok, Tabor und eine Handvoll anderer Orksklaven in der prallen Sonne Aufstellung nehmen mussten, während die Gardisten, die sie bewachten, sofort den Schatten des umlaufenden Säulengangs aufsuchten.

»Sehr schön, ganz ausgezeichnet«, freute sich der in kostbare Gewänder gekleidete Händler. »Diese kräftigen Burschen kommen überall hin, auch dort, wo mit breiten Handkarren kein Durchkommen ist. Ihr glaubt ja gar nicht, in was für verwinkelten und engen Gassen manche Kunden wohnen. Aber auch dort will gekocht werden, und ein paar zusätzliche Holzscheite sind immer willkommen, wenn des Nachts die kalte Meeresbrise herüberbläst.«

Sein Geschwätz interessierte die Wachen nicht im Geringsten, die guten Silbermünzen, die das Abbild der Schwebenden Festung trugen, hingegen sehr. »Zweigt mir jeden Tag ein paar dieser kräftigen Kerle ab«, bettelte Ogus, während er das Bakschisch verteilte, »dann könnt ihr euch die Zeit in der Schänke vertreiben, während meine Knechte eure Arbeit übernehmen. Seht nur, ich habe sogar Flammenpeitschen besorgt, sodass sie euch in nichts nachstehen.« Auf seinen Wink hin hielten mehrere der Hageren gehorsam ihre aufgerollten Lederriemen in die Höhe.

Grinsend stießen sich die Gardisten gegenseitig an und verschwanden, kräftig mit den Münzen klimpernd, durch das Tor, nachdem sie versprochen hatten, zurück zu sein, bevor das rote Rund der untergehenden Sonne die Stadtmauer berührte.

Kaum dass sie verschwunden waren, schlossen die Knechte die Doppelflügel des Tors und sicherten es mit einem großen Querbalken. Danach waren sie völlig unter sich. Kein Nachbar hatte die Möglichkeit, über die zwei Stockwerke hohen Mauern zu ihnen hereinzusehen.

Obwohl er ein schattiges Plätzchen aufgesucht hatte, stand Ogus plötzlich kalter Schweiß auf der Stirn. Verlegen an der goldenen Spange spielend, die sein Gewand zusammenhielt, sah er sich zu dem Mann um, der gerade aus dem Wohnhaus trat.

»Gut gemacht«, lobte der Bärtige, gekleidet in feste Stiefel, Wildlederhose und eine ärmellose Weste, die einen guten Blick auf seine dicht behaarte Brust freiließ. Was ihm dort und an den unmöglichsten Stellen seines übrigen Körpers wucherte, fehlte ihm allerdings auf dem Kopf; oberhalb der hohen Stirn fraßen sich bereits zwei kahle Kreise in die schwarzen Naturlocken.

»Kann ich jetzt gehen?«, fragte Ogus vorsichtig.

»Jetzt schon?« Der Bärtige schüttelte tadelnd den Kopf. »Was ist denn, wenn die Wachen vorzeitig zurückkommen? Dann musst du doch hier sein, um ihre Zweifel zu zerstreuen. Das begreifst du doch, nicht wahr?«

Bei der abschließenden Frage hatte seine Stimme einen lauernden Klang angenommen, der den Holzhändler erschauern ließ, bevor er hastig nickte.

»Es ist ja auch in deinem Interesse, dass niemand von unserer Abmachung erfährt, richtig?«, setzte der Bärtige trotzdem nach.

Das ohnehin schon kräftige Nicken fiel noch eine Spur heftiger aus, und auf einmal quollen Tränen aus den Augenwinkeln des Holzhändlers. »Meine Frau«, jammerte er. »Ihr tut ihr doch nichts an?«

»Natürlich nicht.« Unversehens schlug der Bärtige ihm mit dem Handrücken auf den Mund, um Ogus zum Schweigen zu bringen. »Und jetzt hör auf zu flennen! Sei lieber froh, dass du deine Alte für ein paar Tage los bist.«

Der Händler zuckte zusammen wie unter einem Peitschenhieb, obwohl er nur einen Klaps erhalten hatte. Zitternd blieb er an Ort und Stelle stehen, während sich der Bärtige den Knechten zuwandte. Auf seinen scharfen Befehl hin wurden zwei volle Wasserkübel herangetragen und vor den Orks abgestellt. Mittels einer Holzkelle schöpfte man daraus und hielt das erfrischende Nass den Sklaven an die Lippen.

Urok und die anderen waren wie betäubt, doch ihre Instinkte reagierten noch. Der ständige Durst, der in ihren Eingeweiden brannte, trieb sie dazu, mit großen Schlucken zu trinken. Sie fragten nicht, warum man ihnen Wasser gab, es war ihnen schlichtweg egal. Zumindest bis zu dem Moment, in dem sich der allumfassende Nebel, der ihren Verstand umschleierte, zu lichten begann.

»Na?«, fragte der Bärtige. »Endlich wieder klar im Schädel?«

Obwohl er ihnen nur mit wenigen Männern gegenüberstand, schien er keine Angst zu spüren. Wohl wegen der ganzen Bogenschützen, die auf den umliegenden Innendächern erschienen und mit gespannten Sehnen auf die Orks anlegten.

»Du da!«, wies er auf Tabor. »Du siehst anders aus als die übrigen.« Damit meinte er wohl die beiden abrasierten Kopfhälften, zwischen denen sich nur noch ein schmaler Streifen Haare befand. »Scheint so, als wärst du der Anführer dieser Bande.«

Tabor stierte verständnislos auf den Schwätzer hinab. »Wer bist du?«, brachte er nach einiger Zeit mühsam hervor. »Und was willst du von uns?«

»Ihr könnt also tatsächlich reden!« Der Bärtige atmete erleichtert auf. »Das macht vieles einfacher.«

Tabor sah weiterhin auf ihn hinab, schweigend, aber von dunklem Grimm erfüllt.

»Skork«, sagte der Bärtige plötzlich. »Mein Name ist Skork. Der König der Diebe, die Geißel Sangors oder der Großmeister aller dunklen Gilden, ganz wie es beliebt. Was ich von euch will, möchtet ihr wissen? Ganz einfach. Ihr sollt mich wieder zu dem machen, der ich einmal war: der gefürchtetste Mann von ganz Sangor!« Er kratzte sich am Kopf, bevor er lächelnd fortfuhr: »Es gab mal eine Zeit, da habe ich über jedes Viertel dieser Stadt geherrscht. Bis dieser verdammte König Gothar kam und uns allen das Leben schwermachte. Dann ist dieser verdammte König in seiner Schwebenden Festung endlich abgehauen, aber dafür hat er diesen umso elenderen Herzog eingesetzt, der jeden Dieb und jeden Bettler, den die Stadtwachen aufgreifen, in der Arena abschlachten lässt. Der gleiche Herzog Garske, der auch euch unter der Knute hält. Deshalb dachte ich mir, wir könnten einen Handel abschließen. Es gibt nämlich ein paar Leute, die glauben inzwischen, dass sie mich nicht mehr zu fürchten brauchen. Falls ihr die vom Gegenteil überzeugen könnt, habe ich noch viel mehr von diesem Mittel, das die Wirkung des Schwarzen Mohns aufhebt. Wie sieht's aus? Interessiert?«

Tabor kräuselte die Lippen, dass die Eckzähne hervortraten, dann forderte er: »Sag uns endlich, was du von uns willst!«

Skork wischte entnervt über seine Lippen. »Ich will, dass ihr ein paar Leute tötet, die mir nicht den nötigen Respekt erweisen. Dafür bekommt ihr diesen Trank, der euch klar im Kopf macht, damit ihr bei passender Gelegenheit fliehen und das Umland in Angst und Schrecken versetzen könnt. Bis dahin sollt ihr für mich ein paar Menschen erschlagen. Wie das geht, wisst ihr doch, oder? Men-schen er-schla-gen!«

»Menschen erschlagen!« Tabor grinste. »Ja, das können wir!« Drohend machte er einen Schritt auf Skork zu, doch das Knarren der auf ihn gerichteten Bogen ließ ihn in der Bewegung erstarren.

Skorks Mundwinkel zuckten. »Na also, wusst ich doch gleich,

dass ihr nicht so dumm seid, wie ihr ausseht. Also, was ist? Willigt ihr ein? Ihr dürft natürlich nur diejenigen umbringen, die ich euch zeige. Zumindest so lange, wie ihr in der Stadt seid. Danach ist mir egal, was ihr treibt.«

Tabor richtete sich auf, doch seine Haltung wirkte entspannt und nicht sonderlich gefährlich. Obwohl es auch bei ihm nur einer kurzen Muskelanspannung bedurfte, um sofort kampfbereit zu sein. Sein Blick wanderte zu den halbleeren Kübeln, in denen noch die Holzkellen ruhten.

»Wir brauchen genügend Gegenmittel für alle unsere Brüder«, sagte er. »Und Waffen, um die Menschen zu erschlagen, die Garske dienen.«

Skork nickte zufrieden. »Das lässt sich alles machen, mein grobschlächtiger Freund.« Er gab den Schützen auf den Dächern, denen bereits die Arme schmerzten, ein Zeichen, dass sie ihre Bogensehnen entspannen konnten. »Das lässt sich alles machen.«

Im Küchentrakt

»Stell dich nicht so an!«, fauchte Dragan. »So ergeht es allen, die aus Garskes breitem Seidenbett fallen und an seinem Herd landen.«

Inome schüttelte die verschwitzte Hand ab, doch sie fühlte die Abdrücke seines fordernden Griffs weiterhin wie schmutzige Flecken auf der Haut. Während sie sich mit dem Rücken am Tisch entlangdrückte, glitten ihre Finger suchend über die mit Flüssigkeit überzogene Steinplatte. Ihr war ein mit Seeknollen gefüllter Topf aus den Händen gerutscht, als sie der Stallknecht von hinten bedrängt hatte. Nun hoffte sie, das kleine Schälmesser mit dem Holzgriff ertasten zu können, das darin schwamm.

Dragan grinste sie nur höhnisch an. Er wusste, was sie immer noch panisch zu verdrängen suchte: dass sie nicht die geringste Chance hatte, selbst *wenn* sie die Klinge finden sollte.

»Wehr dich nicht«, riet er ihr. »Umso schneller ist es vorbei.«

Außer dem vierschrötigen Rotschopf, der das Kommando führte, versuchten sie noch zwei Hausdiener einzukreisen. Einer von ihnen war gerade alt genug, um zu wissen, was vor sich ging. Eigentlich ein ganz ansehnliches Kerlchen mit lehmfarbenem, bis auf die Schultern fallendem Haar. Allerdings war sein Gesicht von feinen Narben übersät. Ein Geschenk der Blattern, die ihn schon als Kind heimgesucht haben mussten. Zweifellos war er noch der Angenehmste der drei. Trotzdem hatte es keinen Zweck, sich an ihn zu wenden, denn er hatte nicht die Kraft und das Durchsetzungsvermögen, die anderen beiden zurückzuhalten.

Ihre Hände ertasteten den Henkel eines Tonkrugs. Ohne lange nachzudenken, schleuderte sie ihn in Dragans Richtung. Doch der Stallknecht hatte die Attacke kommen sehen. Mit einer Geschmeidigkeit, die sie ihm angesichts seines ruppigen Auftretens nicht zugetraut hätte, wich er zur Seite. Scheppernd zerbrach der Krug an der hinter ihm liegenden Wand.

Doch Hilfe ließ sich dadurch nicht herbeilocken. Der Herzog inspizierte gerade die Stadtmauern, das konnte bis zum Abend dauern, und die Köchin war zum Markt gegangen. Natürlich gab es noch ein paar Wachen und weitere Diener in dem weitläufigen Anwesen, doch ob die etwas hörten – oder hören wollten – war fraglich. Die meisten von ihnen rechneten sich ohnehin schon ihre eigenen Chancen für die nächsten Tage aus.

Das einzige Lebewesen in unmittelbarer Nähe war das groteske Orkweib, das seit einigen Tagen geistesabwesend durch die Räume schlich und nur die einfachsten Tätigkeiten auszuführen vermochte. Hätte ihr Inome auch noch den Schwarzen Mohn eingeflößt, wie sie eigentlich sollte, wäre die vor Muskeln strotzende Kreatur gar nicht mehr von der Stelle gekommen. In diesem Moment schlurfte sie an der offenen Küchentür vorbei und sah nicht einmal herein, um festzustellen, was zwischen den Menschen vor sich ging.

Ein umgekippter Becher kam ihr zwischen die Finger.

Dragan schüttelte verneinend den Kopf. »Mach mich besser nicht wütend.«

Sie ließ den Becher los. Ein schneller Blick über die Schulter zeigte ihr, dass sich ihre Flucht dem Ende zuneigte. Der blatternarbige Junge breitete bereits die Arme aus, um sie in Empfang zu nehmen. Doch seine Schritte wirkten unsicher, und er machte ganz den Eindruck, als wäre er am liebsten selbst weggerannt. Er war die Schwachstelle in dem menschlichen Netz, das sich immer enger um Inome zusammenzog.

Aus dem Stand heraus schnellte sie herum und auf ihn los. Vor Schreck zog er die Arme an den Körper, anstatt sich ihr entgegenzuwerfen. Sie hätte es an ihm vorbeigeschafft, wäre nicht von der Seite eine Hand herangeschossen und hätte ihren Arm mit eisernem Griff umfasst. Ehe sie ihr Gleichgewicht wiedererlangen konnte, hatte Gorim sie auch schon an sich herangerissen.

»Nicht so eilig«, mahnte er, fiebriges Verlangen im Blick. »Und lass dir bloß nicht einfallen, dem Herzog von dieser Sache zu erzählen. Er würde dich nämlich auf die Straße setzen, nicht uns, weil du viel leichter zu ersetzen bist als wir.«

Er war jünger als Dragan, außerdem fehlte ihm der grausame Zug, der die Mundwinkel des Stallknechts entstellte. Für *diese Sache* war er noch die angenehmste Wahl, denn er hatte auch die Kraft, die anderen beiden notfalls auf Abstand zu halten, das sah Inome sofort.

Statt auf seinen Brustkorb einzutrommeln, wie er erwartet hatte, schmiegte sie sich an ihn und hauchte ihm einen Kuss auf die Lippen. »Willst du mich wirklich mit den beiden anderen teilen?«, fragte sie und schlug dabei die Augendeckel nieder, wie sie es im Tempel gelernt hatte.

»He, was soll das?« Dragan wieselte von hinten heran. »Glaub bloß nicht, dass du damit durchkommst!«

Gorims Hand, die ihn am Kittel packte, hielt ihn auf Abstand. »Warte, bis du dran bist«, sagte er, ohne den Blick von Inome zu nehmen.

Nachdem Dragan seufzend in die Reihenfolge eingewilligt hatte, drängte Gorim die junge Frau brutal in die Speisekammer, durch den lindgrünen Vorhang, der den Raum von der Küche abtrennte. Im nächsten Moment wurde Inome auch schon mit den Schultern gegen eines der in die Wände gemeißelten Regale gestoßen.

Ein scharfer Stich zuckte durch ihren Körper, aber das war nicht weiter wild. Richtig schlimm war hingegen, dass sich in Gorims Gesicht auf einmal genau die Art von Grausamkeit zeigte, die sie an Dragan so abstoßend gefunden hatte. Nur, dass sie bei Gorim noch viel, viel ausgeprägter war.

Sie hatte sich von ihm täuschen lassen.

»Ihr Weiber seid doch alle …«

… *alle gleich!*, hatte er wohl sagen wollen, denn die Ausflüchte, die Kerle wie er gebrauchten, um ihre Taten vor sich selbst zu rechtfertigen, waren auch immer dieselben.

Noch ehe er aussprechen konnte, packte ihn jedoch etwas Großes, Grünes im Nacken, wirbelte ihn herum und knallte ihn mit dem Gesicht voran gegen die nächstgelegene Wand. Gut ein halbes Dutzend Mal schlug er so heftig auf, bis die blutigen Abdrücke, die auf dem Sandstein zurückblieben, mit abgebrochenen Zähnen gespickt waren.

»He, übertreib es nicht so mit ihr!«, rief Dragan aufgebracht, der offensichtlich dachte, dass Inome es war, die eine so üble Behandlung erfuhr.

Das große Orkweib, das durch den hinteren Zugang in die Speisekammer gehuscht war, hielt einen Moment inne und sah auf die schlaff in ihrem Griff hängende Gestalt hinab. Blutige Blasen stiegen in dem Krater auf, wo einmal Gorims Nase gewesen war, Blut sprudelte aus seinem zertrümmerten Mund. Gnädige Ohnmacht umgab den Diener.

»Zieh den Vorhang ein Stück beiseite«, flüsterte die Ork Inome zu.

Völlig überrascht darüber, dass dieses Weib tatsächlich sprechen konnte, starrte Inome sie an, doch ihre Füße und Hände bewegten sich von ganz allein.

Sie hatte gerade mal einen kleinen Spalt aufgezogen, als der Bewusstlose auch schon an ihr vorbeiflog und draußen mit dem zerschmetterten Gesicht voran zu Boden klatschte. Dragan und der Junge keuchten überrascht auf.

Drinnen beugte sich die Ork so weit zu Inome herab, dass die wulstigen Lippen beinahe das Ohr der jungen Frau berührten: »Geh raus, und mach ihnen Angst!«

Inome kam der Aufforderung umgehend nach, nur um der Nähe dieses Untiers zu entkommen. An den weit aufgerissenen Augen der beiden wie angewurzelt vor ihr stehenden Männer konnte sie erkennen, dass sie tatsächlich glaubten, *sie* hätte Gorim so zugerichtet. Ihre langen, feingliedrigen Hände fest zusammengeballt, hob sie die Fäuste bis zur Kinnlinie und fragte: »Wer ist der Nächste?«

Der blatternarbige Junge stürzte schon davon, noch ehe sie ausgesprochen hatte. So plötzlich allein gelassen, folgte ihm Dragan auf dem Fuß.

Inome sah den beiden überrascht hinterher.

»Die werden dich von jetzt an in Ruhe lassen«, versprach die Ork, die hinter ihr aus der Speisekammer trat. Grindel war ihr Name, das hatten zumindest die Gardisten behauptet.

Grindel blieb neben Gorim stehen und stupste ihn ein paar Mal prüfend mit der Stiefelspitze an. Als er ein leises Röcheln von sich gab, packte sie ihn am Rücken und trug ihn mühelos zum nächsten Fenster, durch das sie ihn mit einer achtlosen Bewegung hinauswarf.

Inome hielt sich rasch die Ohren zu, um nicht mit anhören zu müssen, wie er draußen auf die Platten schlug. Zum Glück befand sich die Küche im Erdgeschoss, sonst hätte sie wirklich Mühe gehabt, dem Herzog zu erklären, was aus seinem Stallknecht geworden war. Aber auch so kamen zu seinen bisherigen Blessuren noch etliche weitere Schrammen und Abschürfungen hinzu.

»Warum hast du das getan?«, fragte sie bestürzt.

Grindel sah sie überrascht an. »Weiß du denn nicht, was der von dir wollte?«, fragte sie stirnrunzelnd.

»Doch, schon, aber…« Ärgerlich brach Inome ab. »Seit wann kannst du eigentlich sprechen?«

Grinsend kam Grindel auf sie zu. »Die größte List meines Volkes ist, dass ihr Menschen uns alle für dumm haltet.«

Inome schluckte nur trocken, denn wie das riesige Monstrum so vor ihr stand, wurde ihr ganz angst und bange. Statt auf sie einzuschlagen, sah die Ork sie jedoch nur prüfend an.

»Du hast mich gesund gepflegt«, sagte sie plötzlich überraschend weich. »Und du hast mir nie von diesem Mohntrank gegeben. Verabreiche ihn mir auch zukünftig nicht, dann wird dir im Hause des Herzogs nichts mehr passieren.«

Inome nickte verstehend, atmete aber erst wieder auf, als sich die Ork erneut von ihr abwandte. Unter anderen Umständen wäre Inome schreiend aus dem Haus gelaufen, doch um Tarrens willen musste sie so lange aushalten, wie es nur ging. Denn nur hier, im Zentrum der Macht, konnte sie etwas für ihren Gefährten tun.

⟩ 29 ⟨

In einem der Lagerräume, hinter einigen Brennholzstapeln verborgen, gab es einen geheimen Zugang zu den Abwasserschächten. Skork brauchte nur einen in der Wand eingelassenen Eisenring zweimal zu drehen und daran zu zerren, dann erklang ein Knirschen, als ob Stein über Stein schabte, und zu ihren Füßen schwenkte eine rechteckige Platte herum. Von einer stählernen Achse gehalten, stand sie senkrecht in der Luft, zur einen Hälfte in die Höhe ragend, zur anderen in einen lichtlosen Schacht abfallend.

Einige Stufen, die im Dunkeln versanken, deuteten eine Treppe an, die in unbekannte Tiefen führte. Dem leisen Plätschern des Kanals nach zu urteilen, ging es aber nur zwei bis drei Orklängen hinab.

Urok und die anderen staunten nicht schlecht über die Konstruktion. Seilzüge und Gegengewichte sorgten dafür, dass sie auch von schwächlichen Menschen mühelos bedient werden konnte. Am meisten faszinierte sie aber die Oberfläche der Platte, auf der sich ein Mosaik aus weißen, gelben und roten Keramikquadraten nahtlos in den umliegenden Boden einpasste.

Skork war so stolz auf die gute Tarnung, dass er die Platte noch einmal zurück in die Waagerechte gleiten ließ. Geschlossen und eingerastet ließ sich der bewegliche Teil tatsächlich nicht vom übrigen Muster unterscheiden.

»Ein Relikt aus alten Schmugglertagen«, erklärte der König der Diebe mit einem feinen Lächeln. »Die Stadtwache hatte Ogus oft in Verdacht, konnte ihm aber nie etwas nachweisen.«

Der Holzhändler schaute ein wenig verlegen drein, als er an seine unredliche Vergangenheit erinnert wurde. Rote Flecken leuchteten auf seinen Wangen auf, bevor er zu fragen wagte, ob Skork und die seinen auch wirklich ganz bestimmt vor Sonnenuntergang mit den Orks zurück wären.

»Nur keine Sorge.« Das Gildenoberhaupt klopfte Ogus beruhigend auf die Schulter. »Wer mir treu ergeben ist, kann sich voll und ganz auf mich verlassen.«

Treue, die durch die Entführung des Eheweibes erzwungen wurde… Urok schüttelte unmerklich den Kopf. So etwas konnte es wirklich nur unter Menschen geben.

Einige aus der Diebesgilde entzündeten Fackeln und eilten voran. Die Orks folgten mit eingezogenen Köpfen, um nicht gegen die herabgeschwenkte Platte zu stoßen, doch unten, in der eckig ausgemauerten Kaverne, konnten sie mühelos aufrecht stehen. Neben dem durchfließenden Kanal gab es genügend gepflasterten Platz, um zahlreiche Kisten und Säcke aufzustapeln, doch außer einer alten Holztruhe, in der weitere Fackeln lagerten, herrschte überall gähnende Leere. Ogus, der als Einziger oben blieb, schloss den geheimen Mechanismus hinter ihnen.

Im Licht der Fackeln folgten sie dem ablaufenden Kanal, der nach zwanzig Schritten auf den üblichen Durchmesser zusammenschrumpfte. Es stank nach Unrat und Exkrementen, trotzdem wichen die Orks ins Wasser aus, wenn es ihnen zu eng wurde. Kleine borstige Schatten, die am Rand des Fackelscheins entlanghuschten, waren die einzigen Lebewesen, die ihnen begegneten.

Eine Zeitlang folgten sie den nach links und rechts abzweigenden Gängen, die auch von Wasserknechten genutzt wurden, bis sie an einer gemauerten Wand anlangten, von der sich ein Teil ebenso leicht zur Seite schieben ließ wie die Bodenplatte im Lager des Holzhändlers, nur musste diesmal ein Fackelhalter gedreht werden, um den Mechanismus in Gang zu setzen.

Dahinter führte eine lange Treppe in ein weitaus tiefer liegendes Labyrinth, das allerdings völlig anders war als das bisherige: Statt gemauerter Ecken und Kanten dominierten runde Tunnel, die nicht die geringste Spur einer menschlichen Bearbeitung durch Hammer und Meißel aufwiesen.

Den Orks kam diese Umgebung sofort bekannt vor, und dann wischten zerfallene Glutrinnen entlang des Weges sowie auf- und abwärts führende Rampen auch den letzten Zweifel weg: Sie bewegten sich tatsächlich durch den unterirdischen Teil eines zerfallenen Horts. Die Gilden der Diebe, Schmuggler und Bettler nutzten das offensichtlich in Vergessenheit geratene System, um sich dem Zugriff der sangorischen Truppen zu entziehen.

Fackeln, Kerzen oder Öllampen tauchten einzelne Gewölbe und Seitenhöhlen immer wieder in flackernden Schein. Die Menschen, die hier unten hausten, schwelgten im Luxus: Gefleckte Raubtierfelle bedeckten den Felsboden, die Orks sahen Möbel aus edlen Hölzern, dazu goldene Teller voller Früchte, die übers Meer von Imog und Neros herbeigeschafft wurden.

Nur an einem fehlte es: an der Sonne, die den Menschen hier unten die Haut bräunte. Alle, denen die Orks auf ihrem Weg begegneten, wirkten unnatürlich bleich, als wären sie dem Tageslicht entwöhnt.

Manche schienen sehr unzufrieden mit ihrer Situation. »Es wird Tag für Tag heißer hier unten«, schimpfte ein korpulenter Kerl in leichtem Gewand, dem dicke Schweißtropfen auf der Stirn glitzerten.

»Wann können wir endlich wieder nach oben?«, wollte ein anderer wissen. »Hätte ich gewusst, dass ich bis ans Lebensende in diesen Höhlen hausen muss, wär ich glatt ehrlich geworden!« Eine Handvoll nackter Gespielinnen, die sich gelangweilt auf seinen Fellen räkelte, teilte nickend diese Ansicht.

Egal, mit welchen Klagen ihn die Männer und Frauen der

dunklen Gilden auch bedrängten, Skork deutete zur Antwort immer wieder gut gelaunt auf die Orks in seinem Tross. Bei ihrem Anblick mischte sich in vielen Gesichtern anfänglicher Schrecken mit einem Anflug von Hoffnung, was auf Urok recht irritierend wirkte.

Nach einem langen Fußmarsch, während dem die Gildenknechte mehrmals die Richtung wechselten, ging es wieder an die Oberfläche. Durch die Kanalisation gelangten sie in eine enge Gasse, in der brütende Hitze herrschte. Trotz der Tünche waren die Lehmwände aufgeheizt, und es würde bis in die Nacht hinein dauern, bis sie die gespeicherte Wärme wieder abgegeben hatten.

Skork führte die Orks über eine verwinkelte Treppe zu einem Gebäude auf einem Hügel, das über die umliegenden hinausragte. Weiße Halbkuppeln auf dem Flachdach und einige geschwungene Rundbogen ließen es noch größer wirken, als es ohnehin schon war.

»Das ist der Schlupfwinkel der Verräter«, knurrte der König der Diebe böse. »Früher waren sie bloß Bettler, die froh sein konnten, wenn ihnen jemand ein Stück trocknes Brot hinwarf. Seit sie mit der Stadtwache zusammenarbeiten, halten sie sich für was Besseres.« Weinseliges Gelächter, das aus den offenen Fenstern drang, bestätigte seine Worte und steigerte zugleich seine Verdrossenheit.

Endlich wurden die Waffen ausgeteilt, die sie mitgeschleppt hatten. Es fühlte sich gut an, wieder ein Schwert in der Hand zu halten, auch wenn es sich um schartige Klingen aus minderwertigen Schmieden handelte.

»Warum fallt ihr nicht selbst über eure Feinde her?«, wollte Urok wissen. »Der Gilde stehen doch immer noch genügend Männer zur Verfügung.«

»Weil es darum geht, ein Zeichen zu setzen«, erklärte Skork geduldig. »In den richtigen Kreisen wird sich schnell herumsprechen, dass jetzt ihr Orks für uns kämpft, glaub mir. Angst und Schrecken sind zwei wichtigste Grundpfeiler der Macht, die ich viel zu lange vernachlässigt habe.«

»Zeichen setzen?«, fragte Tabor. »Mit Schwertern?«

»Schlagt einfach alles tot, was ihr in diesem Gebäude antrefft«, verlangte der Gildenmeister. »Schlitzt jeden Bauch und jeden Hals auf, und hackt den Kerlen die Köpfe ab. Wenn ihr alles zu unserer Zufriedenheit ausführt, bekommt ihr genügend von der Essenz, die gegen den Schwarzen Mohn wirkt, dass es für alle von euch reicht. Zudem kennt ihr jetzt die unterirdischen Gänge. Sie führen bis vor die Stadtmauer.« Nach einem hastigen Blick über die Schulter fügte er hinzu: »Kehrt zu dem Kanalgitter zurück, aus dem wir gestiegen sind, wenn ihr fertig seid. Wir gehen schon mal vor. Für uns ist es derzeit zu gefährlich, hier draußen herumzulaufen, auch wenn im Moment nur einer dieser verdammten Lichtbringer über den Dächern patrouilliert.«

Die Waffen unter ihrer zerschlissenen Kleidung verborgen, marschierten die Orks los. In der brütenden Nachmittagshitze wirkten die Gassen wie ausgestorben. Aber selbst, wenn sie jemand im Vorübergehen bemerkt hätte, hätte der wohl keinen Verdacht geschöpft. Sie gaben sich ganz friedlich, als wäre der nächste Aufseher mit der Flammenpeitsche ganz in der Nähe.

Vor dem Haus der Verräter stand ein Handkarren, auf dem rostige Ketten, Bronzegeschirr und ein löchriger Kupfertopf lagen, an dem nicht einmal mehr der beste Kesselflicker noch etwas hätte retten können.

Tabor nahm eine der Ketten an sich und ließ dafür den Säbel zurück, den man ihm ausgehändigt hatte. Der Griff war viel zu klein für seine große Pranke, während sich die massiven Kettenglieder vielseitiger einsetzen ließen.

Kurz vor der Tür angelangt, hielt Urok die anderen zurück. »Wollt ihr wirklich tun, was dieser Skork von euch verlangt?«, fragte er vorwurfsvoll. »Dieser Hellhäuter ist kein Mann von Ehre.«

Tabor biss so heftig die Zähne zusammen, dass seine Wangenknochen kantig hervortraten. »Das sind sie alle nicht!«, polterte er laut. »Hast du schon vergessen, dass Grimpe und so viele andere wegen dieser Menschen sterben mussten? Es ist geradezu unsere Pflicht, so viele Hellhäuter wie möglich zu erschlagen.«

»Aber diese hier sind keine Krieger«, wandte Urok ein. »Sie waren auch nie in Knochental.«

»Menschenfreund!«, schimpfte Tabor, der diese Einwände für Unsinn hielt, einmal mehr.

»Weil ich nicht die Befehle eines Hellhäuters ausführen will?«

»Das sind keine Befehle«, giftete Tabor zurück. »Das ist ein Handel zu unseren Gunsten, so wie er üblich ist zwischen Orks und Menschen.«

Diesem Argument hatte Urok nichts entgegenzusetzen, trotzdem war er nicht bereit, sich an dem Massaker zu beteiligen.

Während die anderen mit wuchtigen Tritten die Haustür eintraten und ins Innere stürmten, warf er sein Schwert in die Gosse und zog stattdessen das Siegel des Eisvogts unter seinem zerschlissenen Hemd hervor. Dank der Begegnung mit Skork wusste er nun, dass es in Sangor einen alten Hort gab. Er musste nur noch herausfinden, ob in dieser Stadt das Zeichen mit der gefiederten Schlange und dem Feuerrad bekannt war.

Im Inneren des Hauses verstummte das Gelächter. Stattdessen ertönten unartikulierte Laute. Schreie der Angst und des Schmerzes, die schon kurze Zeit später zu Todesschreien wurden.

Urok entschied sich einfach für die nächstbeste Richtung und stapfte drauflos …

Im Hauptraum des Hauses feierten gut ein Dutzend Vaganten, verwegen gekleidet, teils in Lumpen, teils in teuren, aber wild durcheinandergewürfelten Kleidungsstücken, deren vormalige Besitzer nun mit durchgeschnittenen Kehlen in irgendwelchen Gossen lagen.

Namihl reute es längst, sich heimlich, ohne jede Rückendeckung, aus dem Tempel der Liebe fortgestohlen zu haben. Was auch immer sich in diesem Unterschlupf an Informationen aufschnappen ließ, konnte unmöglich das Risiko aufwiegen, das sie leichtsinnigerweise eingegangen war. Doch für eine Umkehr war es längst zu spät.

Nun musste sie tun, wofür sie bezahlt worden war.

Grölend hockten ihre Freier an drei großen Tischen und hoben immer wieder Humpen voll schäumenden Biers, während Namihl auf dem größten dieser Tische tanzte, bloß dünne Seidenschleier am Leib, die sie nach und nach fallen ließ. Lediglich ihr langes Haar, das in feuerroten Kaskaden von den Schultern herabfloss, bedeckte ihre blanken Brüste.

Vor allem war es jedoch ihre ungewohnt bleiche Haut, die den Männern stärker einheizte, als ihr lieb sein konnte. Bei den obszönen Rufen wurde immer mehr klar, dass diese Kerle mehr von ihr wollten, als sich nur am Anblick ihres schlanken Körpers zu ergötzen.

»He, Füchsin! Lass sehen, ob dein Schweif genauso rot ist wie das Haar auf deinem Haupt!«, war noch das Freundlichste, das ihr zugerufen wurde. Die drei unansehnlichen Vetteln, die mit an den Tischen saßen, gaben sich dabei genauso ordinär wie der Rest dieser Bande. Offenbar waren sie sogar bemüht, noch schlimmeren Unflat als die Männer abzugeben. Vielleicht war es die Eifersucht, die sie dazu trieb, vielleicht aber auch nur der Wunsch, andere mit in die Gosse hinabzuziehen.

Eine Gänsehaut überspannte Namihls Leib, denn sie spürte, dass man sie nicht eher gehen lassen wollte, bis all diese wilden Kerle über sie hergefallen waren.

Während sie verzweifelt nach einem Ausweg suchte, tanzte sie einfach weiter, obwohl ihr bewusst war, dass jede ihrer Bewegungen die Gier dieser Männer nur noch weiter anfachte.

»Genug jetzt!«, schrie auf einmal der Anführer der Meute, ein bärtiger Kerl mit narbenentstelltem Gesicht, dessen verfetteter Oberkörper nur von einer offenen Weste bedeckt war. Er sprang auf, schnappte mit seinem behaarten Arm nach ihr, schlang ihn um Namihls Taille und riss sie vom Tisch auf seinen Schoß, als er sich zurück auf seinen Stuhl fallen ließ.

Im gleichen Moment ließ ein berstendes Krachen das ganze Gebäude erbeben. Das Bandenoberhaupt ließ Namihl von seinem Schoß gleiten, stand auf, und sie folgte dem Blick seiner ungläubig aufgerissenen Augen.

Die Tür war aufgebrochen, ja, geradezu in Stücke geschlagen worden, und in den Raum drängte eine Meute hoch gewachsener, grünhäutiger Monstren.

Orks!

»Was zum …«, stieß der bärtige Anführer der Menschenbande hervor, doch weiter kam er nicht.

Ein Ork, auf dessen Schädel sich nur ein schmaler Haarkamm von der Stirn bis zum Hinterkopf zog, stampfte wortlos auf ihn zu, schwang die Kette in seiner Hand und schleuderte ihm das eine Ende direkt ins Gesicht. Der Schrei des Bärtigen erstickte in einem Gurgeln, während er den Kopf zur Seite wandte und Blut und Zähne auf den Tisch spuckte.

Bereits im nächsten Moment ließ der Ork die Kette auf seinen Schädel niedergehen. Einmal, zweimal, dreimal – dann lag der Kopf des Menschen auf der Tischplatte, und eine Blutlache breitete sich darum aus.

Namihl schrie gellend auf und stürzte davon, während die anderen Vaganten aufsprangen und zu ihren Waffen griffen.

Die meisten schaffen es nicht einmal, sie hervorzuziehen, da fielen die Orks schon über sie her, hackten ihre Schwerter in die Leiber der Hellhäuter, durchtrennten Gliedmaßen, spalteten Schädel und schlitzten Kehlen auf, dass das Blut weit durch den Raum spritzte.

Namihl hatte inzwischen eine Hintertür erreicht. Die restlichen Schleier, die noch ihren Körper umgaben, reichten gerade aus, das Nötigste zu bedecken.

Als sie die Tür aufzog, warf sie einen Blick zurück in den Raum und auf das blutige Gemetzel. Der Anführer der Orks hatte die Kette inzwischen einem der Räuber von hinten um den Hals geschlungen und zog, die Zähne vor Mordgier gefletscht, gnadenlos zu. Die Augen des Mannes quollen weit aus den Höhlen, das Gesicht war vor Grauen verzerrt.

Ein anderer Ork hatte einen hohen Lehnstuhl weit über den Kopf gehoben und drosch damit auf zwei Menschen ein. Das Splittern von Holz und Knochen vermischte sich.

Ein paar andere Vaganten kamen durch eine Seitentür und eine Treppe hinunter, die in den großen Raum führte, von dem Kampflärm und den Schreien ihrer Komplizen alarmiert und blanken Stahl in den Händen.

Sie stürzten direkt in die Klingen der Orks, die wie Berserker wüteten und alle grausam niedermachten.

Eilig huschte Namihl durch die Tür davon und rannte ins Freie. Sie war die Einzige, die dem Massaker entkam.

Auch im rauschlosen Zustand war eine Stadt etwas ganz anderes als die heimischen Wälder von Arakia. Dort hätte Urok sofort gewusst, wohin er sich wenden musste, um an ein Ziel zu gelangen. Hier verstellten ihm hohe Mauern und Dächer die Sicht. Bäume, auf die er hätte klettern können, um sich einen Überblick zu verschaffen, gab es nicht. Und wenn er doch einmal welche sah, waren sie kleiner als der sie umgebende Stein.

Dafür gab es in Sangor etwas, woran es in Arakia mangelte: Menschen. Als die Gassen, durch die er wanderte, breiter wurden, nahm auch das Gewimmel um ihn herum zu. Anfangs wurde er noch misstrauisch beäugt, weil er ohne Begleitung unterwegs war, doch da er sich auf niemanden stürzte, um ihn lebend zu verspeisen, hielt sich die Aufregung bald in Grenzen.

Nur wenn er sich zu einigen herunterbeugte und ihnen das Siegel zeigte, wurden die Hellhäuter nervös. Einige flohen vor Entsetzen, andere hatten immerhin so viel Mut, in eine Richtung zu deuten und kurze Sätze hervorzustoßen wie »Dort entlang!« oder »Immer den Hang hinauf!«

Urok kletterte schließlich auf das Dach eines großen Hauses und stellte fest, dass sich innerhalb von Sangors Mauern tatsächlich ein sanfter Hügel erhob, der von einem sehr großen, ovalen Bauwerk gekrönt wurde.

Zufrieden bewegte er sich einige Zeit von Dach zu Dach und übersprang auch kleinere Straßen, wie er die Schluchten in seiner zerklüfteten Heimat übersprungen hatte, bis er an einer sehr stark bevölkerten Straße anlangte, die von zahlreichen Händlern gesäumt wurde. Er stieg hinab und schritt dann langsam die sanfte Anhöhe empor.

Das Gedränge, das zwischen den belebten Ständen herrschte, behagte ihm nicht, doch er riss sich zusammen, um nicht aufzufallen. Das gelang ihm immerhin so gut, dass ihm nicht einmal die Stadtwachen ihre Aufmerksamkeit schenkten. Alle glaubten, er wäre im Auftrag des Herzogs oder eines Händlers unterwegs.

Mit der Zeit lernte er sogar, was für ein Gesicht er machen musste, wenn er jemandem das Siegel entgegenhielt. Er schaute dann einfach ein wenig dumm und geistesabwesend drein, damit die Leute dachten, er stände noch unter dem Einfluss des Schwarzen Mohns. Von da an deuteten sie immer bereitwilliger auf die gefiederte Schlange und anschließend in die Richtung des großen Bauwerks.

Am Ende fügte er sich so gut ins Straßenbild ein, dass ihm ein junger Sangorianer von hinten in den Rücken trat, um vor allen anderen seinen Mut zu beweisen. Das hätte den Verrückten beinahe das Bein gekostet, doch noch ehe Urok sich umwenden konnte, waren schon zwei mit Krummsäbeln und Peitschen bewaffnete Wachen heran, um einen Verweis wegen Beschädigung herzoglichen Eigentums auszusprechen.

Neben allem, worin sich Sangor und Arakia unterschieden, gab es aber auch Dinge, in denen sich Menschen und Orks glichen. So wie Ranar oder Vendur Bäume markierten, um Botschaften für nachfolgende Wanderer zu hinterlassen, kratzten die Einwohner dieser Stadt mit Klingen oder scharfkantigen Steinen Symbole in Hauswände. Überall waren sie zu sehen, die eigenwilligen Zeichen, gewunden wie Schlangenspuren im Sand.

Auch die Mauern des großen Bauwerks, das er einmal komplett umwanderte, waren mit solchen Nachrichten übersät. Doch das, was er suchte, fand er ausgerechnet über dem Haupttor. Dort war ein sorgfältig aus dem Hort gemeißeltes Felsstück in den umliegenden Sandstein eingesetzt, auf dem aber nur die gefiederte Schlange prangte.

Wie, bei Vuran, kam sie dorthin?

Ein blinder und beinloser Bettler, der sich in der Nähe aufhielt, half ihm weiter. »Zuerst eine milde Gabe für einen Veteranen der Arena«, forderte er und hielt dabei einen kleinen Zinnbecher hoch. Nachdem ihm Urok ein silbernes Kettenglied vom Siegel des Eisvogts hineingeworfen hatte, erhielt er tatsächlich eine Antwort. »Beim Bau der Arena sind die Handwerker auf eine Felskuppel gestoßen, in die dieses Zeichen eingraviert war«, erklärte er. »König Gothar selbst hat seinerzeit befohlen, dass es aus dem Fels geschlagen und über dem Eingangsportal eingesetzt wird.«

Urok dachte nach. Das Symbol dort oben sah genauso aus wie das auf dem Fels in Rabenstein, nur dass es aus dem Oval herausgelöst worden war. Ob das fehlende Stück mit dem Feuerrad vielleicht immer noch im Boden steckte? Dort, wo dieses Ding, das sich Arena nannte, in die Höhe ragte?

»Wo kommst du her?«, versuchte der Blinde ein Gespräch anzufangen. »Du klingst, als wärst du von einer der Inseln. Neros, habe ich recht?«

»Nein, Arakia«, antwortete Urok, worauf der Blinde zuerst heftig erschrak und dann in aller Eile davonkroch.

Dem Ork fiel das überhaupt nicht auf. Seine ganze Aufmerksamkeit galt dem geschlossenen Haupttor, das er irgendwie überwinden musste. Er machte einige Schritte zurück, um sich einen besseren Überblick zu verschaffen. Dabei stieß er gegen ein Hindernis, das sich ihm lautlos von hinten genähert hatte.

Als er sich umwandte, sah er, dass er es mit Thannos und einigen weiteren Gardisten zu tun hatte.

»Sieh da, der Zerstörer Rabensangs«, höhnte der Offizier. »Kannst du mir verraten, was dich so ganz allein durch die Stadt treibt?«

Urok überlegte kurz, ob er die traurigen Gestalten mit einer kräftigen Armbewegung zur Seite fegen sollte, doch in einiger Entfernung stand Meusel mit den Flugsamen der Pasek bereit. Also beließ er es bei einem dummen Grunzen, in der stillen Hoffnung, so zu wirken, als würde er immer noch unter dem Bann des Schwarzen Mohns stehen.

Darauf fiel Thannos aber nicht herein. »Tu bloß nicht so, als hättest du dich verlaufen«, schnauzte er. »Aus Versehen bei Ogus verloren gehen, das könnte ja noch sein, obwohl der Kerl Stein auf Bein schwört, er hätte keinen von euch aus den Augen gelassen. Aber vom Untermarkt bis hier oben hin wimmelt es von Händlern, die über den merkwürdigen Ork reden, der jedem, der nicht schnell genug wegrennen kann, eine gefiederte Schlange zeigt. Eine in der Art wie die, vor der du gerade stehst.«

Blitzschnell riss der Offizier dem überraschten Urok das Siegel des Eisvogts aus den Händen. »Genau von dem Ding hier war die Rede«, triumphierte der Großgardist. »Na, wenn mir das mal nicht bekannt vorkommt. Ein Dieb bist du also auch noch.« Voller Selbstzufriedenheit nahm er seine Hände auf den Rücken und wippte auf den Zehenspitzen auf und ab. »Das sieht nicht gut für dich aus, du hirnloses Monstrum. Der Herzog drängt mich schon seit Tagen, ihm einen Orkkrieger für die Arena auszusuchen. Du scheinst mir gut dafür geeignet, schließlich hast du den Raubkraken in Rabensang überlebt.«

Grinsend legte er eine Pause ein, stellte aber enttäuscht fest, dass sich Urok keine Angst einjagen ließ. »Andererseits scheinst du etwas intelligenter als der Rest«, fuhr er deshalb versöhnlicher fort. »Es wäre fast ein wenig Verschwendung, dich in den sicheren Tod zu schicken. Außerdem ist bekannt, dass bei Ogus einiges nicht mit rechten Dingen zugeht. Wenn du mir also erzählst, wie du ihm wirklich entkommen bist und ob das Ganze vielleicht etwas mit einem Überfall auf einige Informanten der Stadtwache zu tun hat …«

Urok sah schweigend auf den Schwätzer hinab, offenbar ohne zu verstehen, was er von ihm wollte. Das machte Thannos wütend.

»Jetzt red schon endlich!«, drohte er. »Oder ich verfrachte dich sofort in die Kerker der Arena!«

»Kerker der Arena?«, fragte Urok interessiert und deutete dabei über die Schulter. »Meinst du damit die Gewölbe in diesem Bauwerk dort?«

»Allerdings«, beschied ihm Thannos. »Und wenn du nicht gleich …«

»Wie kommt man dort hinein?«, unterbrach ihn Urok.

Voller Unverständnis glotzte ihn Thannos an, bevor er dann richtig wütend wurde. »Indem man keine Fragen beantwortet, zum Beispiel«, giftete er. »Oder sich aufsässig gibt und ständig Händel sucht oder …«

Weiter brauchte er nicht aufzuzählen, denn Urok wusste, dass mit Händel eine handfeste Auseinandersetzung gemeint war. Ohne Vorwarnung hämmerte er seine Stirn in das Gesicht des Offiziers, der in einem Schwall von Blut zu Boden ging.

Mit gebrochener Nase und ausgebrochenen Vorderzähnen nuschelte Thannos den Befehl, Urok in die Arena zu schaffen …

EPILOG

Im gleichen Moment, da der große Ork den Kerker betrat, spürte Benir ein heißes Prickeln auf der Haut. Sich von einem glühenden Punkt in seinem Nacken her ausbreitend, überzog es rasch seinen ganzen Körper.

Nach und nach verstummten ringsum die Gespräche. Abgesehen von den drei Wolfshäutern hatte noch keiner der Gladiatoren einen Ork aus der Nähe gesehen. Überrascht von der Fremdartigkeit seiner Gestalt, dauerte es eine Weile, bis auch dem Letzten von ihnen dämmerte, *wer* da gerade nahte.

Der nächste Gegner des Schattenelfen.

Obwohl sich der Muskelberg widerstandslos zu einem freien Platz führen ließ, wichen alle, die er auf dem Weg dorthin passierte, an die Wand zurück. Schon allein die beunruhigende Erscheinung wirkte respekteinflößend, dazu kam noch, dass jede Bewegung des Orks von roher Gewalt kündete.

Benir erschauerte ebenfalls bei seinem Anblick, jedoch aus einem anderen Grund: Wo die übrigen Gefangenen nur das Äußere sahen, erkannte er die Andeutung einer verborgenen Kraft, die an den Atem des Himmels erinnerte und dennoch ganz anders war.

Füge… Ja, genau! Irgendwie erinnerte sie an den Moment in der Arena, in dem er die merkwürdige Stimme vernommen hatte.

Füge… Es dauerte einige Zeit, bis Benir aufging, dass er nicht etwa in einer Erinnerung schwelgte, sondern sich die elende Stimme wieder meldete.

Der Ork wirkte ebenso irritiert. Immer wieder starrte er auf seine linke Hand, die sichtlich gerötet war.

Mit schweren Hammerschlägen ketteten die Wächter ihn an die Wand.

Als sie das Gewölbe verließen, stand Benir bereits am Gitter, zwei der massiven Stäbe seines Käfigs umklammernd und das Gesicht fest gegen das kalte Metall gedrückt. »Wer bist du?«, fragte er, längst davon überzeugt, es mit keinem gewöhnlichen Ork zu tun zu haben. »Wie lautet dein Name?«

»Zwergenhirn heißt der!«, mischte sich einer der Wolfshäuter ein, ehe der Ork reagieren konnte. »Die ham doch alle so blöde Nam'n, die was bedeut'n!«

Die unerträgliche Spannung, die unter dem Gewölbe lastete, brach sich schlagartig in lautem Gelächter Bahn. Wegen den massiven Ketten, die den Ork hielten, fühlten sich alle vor ihm sicher. So begann die übliche Pöbelei, die alle Neuankömmlinge über sich ergehen lassen mussten. Besonders die drei Wolfshäuter taten sich darin hervor und schmissen mit Holzbechern und Tellern nach dem großen Kerl.

Der Hass und die Abscheu, die sie dem Ork entgegenschleuderten, fand ein Echo auf dessen breitem Gesicht. Von Grimm erfüllt, stand er auf und stemmte sich mit einem Bein gegen die Wand, an die er gekettet war, und seine Muskeln schwollen an, als er die schwere Kette packte und mit beiden Händen daran zog.

Ringsum brandete noch lauteres Gelächter auf. In diesem Kerker hatte schon mancher versucht, seine Ketten zu sprengen, bislang jedoch vergebens.

Das Gejohle verstummte aber abrupt, als sich der Haken knirschend aus dem Gestein löste. Die lose Kette in der Rechten schwingend, ging Urok auf die Wolfshäuter zu.

»Ich heiße Urok«, erklärte er ihnen so leise, dass es wie ein Flüstern klang. Trotzdem drang die Stimme allen durch Mark und Bein, vor allem, als der Ork hinzufügte: »Ihr werdet noch lernen, diesen Namen zu verfluchen!«

Dabei schwang er die Kette in weit ausholendem Bogen durch die Luft und drosch so lange auf die drei ein, bis sie winselnd um Gnade flehten.

Als er endlich von ihnen abließ, wirkte Uroks Linke stark angeschwollen. Überrascht beobachtete er, wie die ersten kleinen Flammen über die Hand hinwegzuckten. Es wirkte beinahe, als reagiere sie auf irgendetwas.

Oder auf *jemanden*.

»Du!«, grollte er und sah dabei zu Benir hinüber. »Das hast du ausgelöst!«

Anklagend deutete er mit der Hand auf ihn. Sie brannte zwar, wurde aber nicht vom Feuer verzehrt. Und tatsächlich, die Flammen, die auf der grünen Haut umhertanzten, loderten bei jedem Schritt, dem er sich dem Schattenelf näherte, höher.

Der Elf wollte etwas erwidern, doch seine Kehle war plötzlich wie zugeschnürt. *Füge...,* forderte die Stimme in seinem Kopf erneut.

Sonst sprach niemand ein Wort. Die übrigen Gladiatoren starrten alle nur ungläubig auf die Feuerhand, deren flackernder Schein unheimliche Schatten an die Wände malte.

Langsam ging Urok auf den Käfig zu, den Blick abwechselnd auf Benir und die züngelnden Flammen gerichtet.

Je näher er kam, desto heller wurden sie.

»Die letzten Male, da sich diese Hand überraschend entzündete, war ein Elfenweib in der Nähe«, schnaufte er wütend, als würde ihn allein die Erinnerung in Rage versetzen. »Vielleicht will mir meine Feuerhand ja sagen, dass ich alle eurer Art auf der Stelle umbringen soll.«

Füge..., verlangte die Stimme in Benirs Kopf, doch er wusste ganz einfach nicht, wen oder was es fügen sollte.

Er wollte zurückweichen, doch seine Glieder waren plötzlich wie gelähmt. Er schöpfte nach dem Atem des Himmels, doch alles, was er damit erreichte, war, dass die Flammen, die die Hand des Orks umloderten, noch höher züngelten.

Dann schoss die riesige Pranke des Orks auf ihn zu und packte ihn an der Kehle.

Kräftige, unangenehm harte Finger gruben sich in sein Fleisch, doch der Geruch von verbrannter Haut, den er zu riechen erwartet hatte, blieb aus. Zu Benirs eigener Überraschung – und der noch viel größeren des Orks – wanderten die Flammen auf der Hand zurück, sodass er zwar ihre Hitze spürte, sie ihn aber nicht verbrannten.

Der tödliche Griff, der schon auf seinem Kehlkopf gelastet hatte, lockerte sich unversehens, gerade so weit, dass er genügend Atem ausstoßen konnte, um ein einziges Wort hervorzubringen. Ein Wort, das wie verrückt in seinem Kopf hämmerte, ähnlich einem die Freiheit liebenden Vogel, der wieder und wieder gegen die Stäbe seines goldenen Käfigs anflog.

»Füge …«, sagte Benir.

Mehr nicht.

Urok starrte ihn völlig verdattert an.

»Was hast du da gesagt?«, wollte er wissen.

Ehe der Elf antworten konnte, zog der Ork seine Hand zurück, starrte auf sie herab und sagte selbst: »Füge …«

Das Feuer, das den Poren seiner Hand entströmte, versiegte, noch während das Wort von der gewölbten Decke widerhallte. Verwirrt torkelte Urok zurück, bis er mit dem Rücken gegen die Wand stieß, an die er noch kurz zuvor angekettet gewesen war. Als wären ihm die Beine plötzlich weich geworden, rutschte er am Stein nach unten.

Keiner der Gladiatoren lachte mehr. Schließlich ging es ihnen wie dem Ork und dem Schattenelfen: Sie alle spürten, dass sie gerade Zeugen von etwas ganz Großem, Außergewöhnlichem und völlig Unbegreiflichem geworden waren. Von einem Vorgang, der gar nicht sein durfte.

Urok sah zu Benir empor, der immer noch wie angewurzelt am Gitter stand. Beide sahen im Gesicht des anderen das gleiche unfassbare Entsetzen, das sie selber quälte, sowie die Frage, ob es wirklich sein konnte: dass sie beide dazu auserkoren waren, etwas zu fügen, das doch eigentlich für alle Zeiten widerstreiten sollte.

PERSONENLISTE

Die Blutorks

Urok – ein Erster Streiter mit einer kleinen Schar
Ursa – seine Schwester und eine Hüterin des Blutes
Ramok – Uroks und Ursas verstorbener Vater
Bava Feuerhand – der oberste Kriegsherr der Blutorks
Gabor Elfenfresser – Bavas Rechter Arm
Ulke – Hohepriester im heiligen Hort
Tabor – Uroks ärgster Widersacher
Grimpe – Tabors Vaterbruder
Torg Moorauge – Uroks Rechter Arm
Rowan – der einzige Krieger in Uroks Schar
Narg – ein halbwüchsiger Vendur
Grindel – eine Kriegerin der Madak
Moa – Ursas Knappe und Novize im Hort
Vandall Eishaar – Streitfürst der Madak
Hogibo – Streitfürst der Vendur
Vokard – einer der fünf Hohen
Finske – einer der fünf Hohen

Die Schattenelfen

Benir – kämpft in der Arena um sein Leben
Feene – der neue Todbringer
Nerk – Benirs Sohn
Kuma – ist in Sangor verblieben
Geuse – ist vertrauenswürdiger als manch anderer
Falu – verliert seinen Tarnmantel und mehr

Die Menschen

König Gothar – ein Tyrann auf der Suche nach dem legendären
    Blutstahl
Herzog Garske – begierig darauf, dem König zu dienen
Inome – Liebesmagd im Haushalt des Herzogs
Namihl – eine weitere Dienerin aus dem Tempel der Liebe
Thannos – Großgardist in den Reihen des Königs
Morn – Halbling in Feenes Diensten
Inea – eine Amme aus Sangor
Ogus – Schmuggler und Holzhändler
Skork – Anführer der Diebesgilde
Tarren – Gladiator aus Bersk

DANK UND GRUSS

Für meinen Blutsbruder
und natürlich für Marten, Klot, Bösen und Vogt,
sowie all die anderen Schatten der Vergangenheit,
die mich bis heute begleiten.

Es kommt eine Zeit, die nach Helden verlangt!

Roman. 640 Seiten. Übersetzt von Wolfgang Thon
ISBN 978-3-442-26592-3

Lesen Sie mehr unter: **www.blanvalet.de**